KB167899

'〈퀸스 갬빗〉은 때 묻지 않은 즐길거리다. 나는 이 책을 몇 년에 한 번씩 다시 읽는다. 순수한 즐거움과 이 책의 기량을 느끼기 위해서.' 〈잉글리시 페이션트〉의 저자 마이클 온다치

'최근에 읽은 어떤 스릴러보다 흥미진진하다. 그보다 더 아름답게 쓰였다.' 〈고리키 파크〉의 저자 마틴 크루즈 스미스

'뜬눈으로 밤을 지새우고 싶지 않다면, 밤 열 시 삼십 분 이후에는 이 책을 펴지 마시길.' 더 스코츠맨

'월터 테비스는 그의 소설 〈사기꾼(The Hustler)〉은 당구를 위해, 〈퀸스 갬빗〉은 체스를 위해 집필했다.' 플레이보이

'심리를 다룬 스릴러다.' 뉴욕타임스

'최면에 걸린 듯 마음을 사로잡는다.' 뉴스위크

'최고다.' 타임 아웃

추천사

성장하는 모습만큼 사람의 마음을 움직이는 것이 있을까. 호기심 어린 눈으로 세상을 배우는 어린아이와 더 높은 무대를 향해 땀 흘리는 젊은이는 지켜보는 이의 마음을 다정하게 만든다. 〈퀸스 갬빗〉은 고아였던 소녀가 체스를 통해 성장하는 이야기다. 그녀가 성장하는 여정을 따라가다 보면 나도 모르게 신나고 한편으로는 통쾌한 기분마저 든다. 나와는 아무런 상관이 없는 어린아이의 성장이 우리를 응원하게끔 만드는 이유는 무엇일까. 어쩌면 그 응원의 대상은 소설의 주인공이 아닌 나의 성장이 아니었을까. 베스 하먼이 그러했듯 우리는 모두 프리마 돈나이니까.

갬빗(Gambit)은 경기 초반에 상대에게 폰을 하나 내어주고 다른 이점을 취하는 체스 전략이다. 여행과 항해를 뜻하는 이탈리아어 갬비토(Gambetto)에서 유래한 이 전략은 폰을 희생하는 것인 만큼 모험적이고 위험도가 높다. 우리는 화려한 업적과 기록에 열광하지만 모든 성장에는 희생과 고통이 필연적으로 따른다. 하지만 누구도 그것들을 굳이 언급하지 않는다. 그것들은 목적지가 아니라 이미 지나온 길에 지나지 않으니까. 이 책에서는 천재 체스 소녀, 베스 하먼의 심리 상태와 그녀의 고뇌를 깊게 느낄 수 있다. 마치 퀸의 항해 일지를 훔쳐보는 것처럼.

성진수(유튜브채널 체스인사이드 운영자)

엘레노라를 위하여

지은이 **월터 테비스** Walter Tevis

월터 테비스는 미국 단편 소설 작가이다. 켄터키 대학 재학 중에 당구장에서 아르바이트를 했고, 영어 수업에 활용할 게임에 관한 이야기를 책으로 내기도 했다. 훗날 그의 소설 《사기꾼(The Hustler)》과 《돈의 색깔(The Color of Money)》에서 그가 아끼던 당구장을 다시 소환하였다. 두 작품은 영화로도 각색되었는데, 배우 폴 뉴먼이 주연을 맡았으며 여러 가지 영화상을 휩쓸며 인기를 끌었다. 저자의 또 다른 작품인 《지구로 떨어진 남자(The Man Who Fell to Earth)》와 《앵무새(Mockingbird)》는 공상 과학 소설의 걸작으로 그 명성이 대단하다. 월터 테비스는 1984년에 세상을 떠났다.

옮긴이 **나현진**

한양대학교에서 독문학과 경제학을 공부했습니다. 독일어와 영어 서적을 번역하며, 작가와 독자를 이어 주는 징검다리 역할에 즐거움을 느낍니다. 옮긴 책으로는 〈훔쳐보는 여자〉와 〈딜리버리〉, 〈안녕, 알래스카〉가 있습니다.

퀸스 갬빗

THE
QUEEN'S GAMBIT

월터 테비스 지음 나현진 옮김

연필

퀸스 갬빗

지 은 이 | 월터 테비스
옮 긴 이 | 나현진

펴 낸 날 | 1판 1쇄 2021년 9월 1일

펴 낸 곳 | ㈜연필
등　　록 | 2017년 8월 31일 제2017-000009호
전　　화 | 070-7566-7406
팩　　스 | 0303-3444-7406
이 메 일 | editor@bookhb.com(편집부)
bookhb@bookhb.com(영업부)

ISBN 979-11-6276-885-3 03840

* 잘못된 책은 구입하신 서점에서 바꾸어 드립니다.

작가 노트

최고의 체스 그랜드 마스터 로버트 피셔와 보리스 스파스키, 아나톨리 카르포프는 지난 몇 년간 저와 같은 선수들에게 기쁨의 원천이었습니다. 그러나 《퀸스 갬빗》은 소설이기 때문에 혹여 그들의 기록에 모순이 생기지 않을까 하는 생각이 들었고, 그리하여 그들을 등장인물에서 제외하는 것이 현명하다고 판단했습니다.

조 앤크레일과 페어필드 호반, 스튜어트 모던 그리고 그 외 모든 훌륭한 선수들에게 깊은 감사를 드립니다. 여러분이 제게 알려 준 여러 도서와 잡지들, 토너먼트 규칙들에 관한 정보가 큰 도움이 되었습니다. 그리고 저는 운이 좋게도 미국의 체스 마스터 브루스 판돌피니의 따뜻한 마음과 꾸준하고 세심한 도움 덕분에 텍스트를 올바르게 교정할 수 있었으며, 부러울 정도로 체스를 잘 두는 그의 굉장한 실력은 책 속의 오류를 없애는 데 큰 역할을 하였습니다.

♖ 1장 ♖

베스는 클립보드를 든 여자에게서 엄마의 사망 소식을 들었다. 다음 날 베스의 사진이 렉싱턴의 지역 신문 《헤럴드-리더》에 실렸는데, 메이플우드 드라이브에 위치한 소녀의 회색 집 현관에서 면 소재 원피스를 입고 찍은 사진이었다. 끔찍한 사건에도 베스의 모습은 지극히 무덤덤했다. 사진 아래에는 이렇게 적혀 있었다.

어제 뉴서클로드에서 벌어진 연쇄 추돌 사고로 부모를 잃은 엘리자베스 하먼은 불안한 미래를 눈앞에 두고 있다. 엘리자베스는 여덟 살 나이에 교통사고로 혼자 남겨졌으며 이 사고로 두 명이 사망하고 다수의 부상자가 발생했다. 홀로 집에 있던 엘리자베스는 이 사진을 촬영하기 직전에 사고 소

식을 들었다. 담당 공무원은 엘리자베스를 잘 보살필 것이라고 전했다.

켄터키주 마운트 스털링에 있는 메듀엔 보육원에서 베스는 하루에 두 번 신경안정제를 받았다. 다른 아이들도 전부 마찬가지였다. '아이들의 성향을 모두 균일'하게 하기 위한 약이었다. 베스의 성향은 겉으로 보기엔 아무 문제 없어 보였지만, 속으로는 작은 알약을 받는 걸 내심 좋아했다. 약을 먹으면 배 속 깊숙이에 있는 무언가가 느슨해지면서 깜빡 잠이 들었고 덕분에 보육원에서의 긴장되는 시간을 잊고 지낼 수 있었다.

퍼거슨이 종이컵에 알약을 담아 아이들에게 주었다. 성향을 균일하게 만드는 초록색 알약과 체력을 강하게 길러 주는 주황색, 갈색이 섞인 알약이었다. 아이들이 약을 받기 위해 줄을 섰다.

키가 가장 큰 흑인 여자애 이름은 졸린. 졸린은 열두 살이었다. 둘째 날, 베스가 약을 받으려고 졸린의 뒤에 서 있는데 졸린이 뒤로 돌아 베스를 위아래로 훑어보았다. "너 진짜 고아야, 아니면 아빠 없는 후레자식이야?"

베스는 무슨 말을 해야 할지 몰랐다. 두려웠다. 베스와 졸린은 비타민 줄 맨 뒤에 있었고 퍼거슨이 서 있는 약국 유리창에 도착할 때까지 졸린과 같이 있어야 했다. 엄마가 아빠를 '후레자식'이라고 부른 적이 있긴 했지만 정확히 무슨 뜻인지는 몰랐다.

"야, 너 이름이 뭐야?" 졸린이 물었다.

"베스."

"네 엄마 죽었어? 아빠는 어딨는데?"

베스가 졸린을 뚫어지게 쳐다봤다. '엄마'라는 말과 '죽었다'라는 말을 견딜 수 없었다. 당장 도망치고 싶었으나 갈 곳이 없었다.

"그럼 네 부모님은," 졸린의 목소리에 동정심이 살짝 서렸다. "둘 다 죽은 거야?"

베스는 아무런 말도, 아무런 행동도 취할 수 없었다. 겁에 질린 채 줄을 서서 알약을 기다릴 뿐이었다.

"니들은 전부 더러운 좆 빠는 새끼들이야!" 랄프가 남자 다인실에서 소리쳤다. 도서실에 있던 베스는 창문이 남자 다인실 쪽을 향하고 있어서 전부 들을 수 있었다. 베스는 '좆 빠는 새끼'가 뭔지 전혀 몰랐다. 처음 들어 보는 말이었다. 그러나 듣기만 해도 입에 걸레를 문 것 같은 나쁜 말이란 걸 알 수 있었다. 베스에겐 '젠장'과 같은 말처럼 느껴졌다. 베스의 엄마는 매일 젠장이라고 했었다.

이발사가 베스에게 꼼짝 말고 의자에 앉아 있으라고 했다. "움직이면 귀가 잘릴 수도 있다." 이발사의 목소리는 전혀 상냥하지 않았다. 최대한 움직이지 않으려고 했지만 꼼짝없이 가만히 있는 건 불가능했다. 다른 아이들처럼 앞머리를 일자로 자르는 데 시간이 무척 오래 걸렸다. 베스는 일부러 '좆빠는 새끼'를 생각하며 정신을 딴 데 집중했다. 아무리 생각해 봐도 송아지 새끼 같은 동물만 떠올랐다. 그러나 동물과 연관된 말 같진 않았다.

경비 아저씨는 뒷모습보다 앞모습이 더 뚱뚱했다. 경비 아저씨의 이름은 샤이벌. 하루는 베스가 지하실로 내려가 칠판 지우개를 맞잡고 탁탁 두드리며 분필 가루를 털어 내고 있는데 샤이벌이 철제 의자에 앉아 이글대는 눈으로 초록색과 흰색으로 이루어진 바둑판처럼 생긴 보드를 응시하고 있었다. 그 위에는 말 같은, 우습게 생긴 작은 플라스틱 조각들이 있었다. 몇몇은 다른 것들보다 컸고 유독 작은 것들도 있었다. 경비 아저씨가 고개를 들어 베스를 바라봤다. 그녀는 아무 말 없이 자리를 떠났다.

금요일, 가톨릭 신자든 아니든 관계없이 모두들 생선요리를 먹었다. 진한 갈색의 바삭한 빵가루가 입혀진 네모난 생선 위에 프렌치드레싱 같은 주황색 소스가 뿌려져 있었다.

소스는 들쩍지근해서 맛이 형편없었다. 소스 아래의 생선은 그보다 더 심각했다. 헛웃음이 나오는 맛이었다. 그래도 전부 먹어 치워야 했다. 안 그러면 디어도르프 원장이 입양시키지 않을 거라며 으름장을 놓을 테니까.

어떤 아이들은 곧바로 입양되기도 했다. 앨리스라는 여섯 살짜리는 베스보다 한 달 늦게 들어왔는데도 입소 3주 후에 사투리를 쓰는 친절해 보이는 사람들이 데리고 갔다. 그 사람들은 앨리스를 데리러 온 날, 여자 다인실을 쭉 훑으며 걸었다. 그들이 행복하고 편안해 보여서 베스는 팔을 뻗어 그 사람들을 껴안고 싶었지만 막상 그들이 흘긋 바라봤을 때 고개를 돌리고 말았다. 다른 아이들은 보육원에서 지낸 지 벌써 오래였고 결코 이곳을 떠날 수 없음을 자각하고 있었다. 그 아이들은 자기를 '종신형 재소자'라고 칭했다. 베스는 자신도 종신형 재소자가 될지 궁금했다.

체육 시간은 별로였다. 특히 배구가 가장 싫었다. 베스는 한 번도 공을 제대로 치지 못했다. 너무 세게 쳐 내거나 손가락으로 뻣뻣하게 쭉 밀어냈다. 한 번은 손가락을 크게 다쳐서 부풀어 오르기도 했다. 여자애들은 대부분 배구 경기를 하며 깔깔 웃거나 소리를 지르곤 했지만 베스는 한 번도 그런 적이 없었다.

졸린은 단연 최고의 선수였다. 단순히 나이가 더 많고 키가 커서가 아니었다. 졸린은 늘 어떻게 해야 하는지, 언제 공이 네트를 넘어오는지 알았기에 다른 애들한테 저리 비키라고 소리치지 않고도 남들보다 먼저 네트 아래에 자리를 잡고 펄쩍 뛰어올라 기다란 팔로 부드러우면서도 강력한 스파이크를 날렸다. 그래서 졸린이 속한 팀이 항상 이겼다.

베스가 손가락을 다친 그 주, 체육 시간이 끝나자 졸린이 베스를 불러 세웠다. 다른 아이들은 서둘러 샤워장으로 달려갔다. "야 여기 좀 봐 봐." 졸린이 말했다. 그녀는 긴 손가락을 쫙 펼치고 끝을 살짝 구부린 후 들어 올렸다. "이렇게 하면 돼." 마치 공이 있는 것처럼 팔꿈치를 접고 손을 둥그스름하게 오므린 채 부드럽게 밀어 올렸다. "해 봐."

베스가 어설프게 따라 했다. 졸린이 웃으면서 다시 보여 줬다. 몇 차례 더 해 보니 한결 나아졌다. 그런 다음 졸린이 공을 가지고 왔고 베스가 손가락 끝으로 잡았다. 서너 번 더 연습했더니 더 쉬워졌다.

"이제 됐다, 그렇지?" 졸린은 그렇게 말하고는 샤워를 하러 달려갔다.

베스는 그다음 주 내내 연습했고, 그러고 나서는 더 이상 배구가 싫지 않았다. 썩 잘하는 편은 아니었지만 더는 두렵지 않았다.

매주 화요일, 그레이엄 선생님은 산수 시간이 끝나면 베스를 지하실로 보내 칠판지우개를 털게 했는데, 그건 특권이었다. 베스는 반에서 나이가 가장 어렸는데도 실력이 매우 뛰어났다. 그렇지만 지하실은 싫었다. 퀴퀴한 냄새도 났고 무엇보다 샤이벌 아저씨가 무서웠다. 하지만 아저씨가 무슨 판 위에서 하던 게임이 뭔지 더 알고 싶긴 했다.

어느 날 베스는 샤이벌에게 다가가 옆에 서서 그가 플라스틱 말을 움직이길 기다렸다. 샤이벌이 조그마한 받침대 위에 놓인 말 머리 모양을 잡았다. 잠시 뒤 그가 짜증 난다는 듯 눈살을 찌푸리며 베스를 올려다봤다. "여기서 뭐 하는 게냐?" 샤이벌이 물었다.

보통 베스는 사람과 마주치는 걸 피했지만 —특히 어른과 만나는 건 더욱더 멀리했다— 이번에는 물러서지 않았다. "그 게임은 이름이 뭐예요?" 베스가 입을 열었다.

그가 소녀를 응시했다. "위층에 다른 애들과 같이 있어야지."

베스가 샤이벌을 차분히 바라보았다. 그의 기묘한 무언가와 저 신비한 게임의 견고함이 베스의 호기심을 단단하게 붙들었다. "저는 다른 애들과 있고 싶지 않아요." 그녀가 말했다. "아저씨가 하는 게임이 뭔지 궁금해요."

그가 베스를 더욱 빤히 바라봤다. 그러더니 어깨를 으쓱했다. "체스라는 거다."

샤이벌과 난로 사이의 검은 전기선에 갓이 없는 전구가 매달려 있었다. 베스는 체스판에 머리 그림자가 지지 않도록 조심했다. 일요일 아침, 모두들 위층 도서실에서 예배를 보고 있었다. 베스는 손을 들어 화장실에 다녀오겠다는 허락을 받고 지하실로 내려가 경비 아저씨가 체스 두는 걸 십 분 동안이나 서서 지켜보았다. 둘 다 아무 말도 하지 않았다. 경비 아저씨는 베스의 구경을 받아들이는 듯했다.

그는 움직이지도 않고 몇 분씩이나 체스 기물 하나를 응시하기도 하고 몹시 증오하는 듯이 노려보기도 하다가 배 위에서 손을 뻗어 죽은 쥐의 꼬리를 잡는 것처럼 기물의 윗부분을 살짝 들어 올려 다른 칸에 내려놓았다. 그는 베스를 쳐다보지 않았다.

베스는 발밑의 콘크리트 바닥에 검은 머리 그림자를 드리운 채 체스판에서 눈을 떼지 않고 기물의 움직임을 전부 지켜보았다.

베스는 신경안정제를 저녁까지 보관해 두는 방법을 배웠다. 신경안정제는 숙면에 도움이 되었다. 퍼거슨이 약을 주면 두 알 모두 입 안에 넣은 다음 곧바로 혀 아래에 숨기고 오렌지주스를 한 모금 넣어 약 하나만 혀 위로 빼내 주스와 삼켰다. 그러고 나서 퍼거슨이 다음 아이에게 가면 입에서 나머지 약을 꺼내 블라우스 주머니에 쏙 집어넣었다. 알약은 코팅이 단단하게 되어 있어서 혀 아래에 있어도 말랑해지지 않았다.

첫 두 달은 잠을 거의 자지 못했다. 눈을 꼭 감고 자려고 노력했으나 다른 침대에 있는 아이들의 기침 소리나 뒤척이는 소리, 웅얼대는 소리가 들렸고 복도를 걸어 다니는 야간 당직자의 실루엣과 침대 위를 언뜻 스쳐 지나가는 어떤 그림자가 보이는 듯했다. 눈을 감고 있는데도 말이다. 또 멀리서 전화가 울리거나 변기 물이 내려가는 것 같기도 했다. 가장 끔찍한 건 복도 끝에 있는 책상에서 이야기하는 소리가 들렸을 때였다. 당직자가 야간 근무 직원에게 소곤소곤 말해도, 즐거운 목소리로 말해도, 베스는 그 즉시 정신이 번쩍 들어 잠에서 완전히 깨 버렸다. 속이 뒤틀리고 입에서 시큼한 맛이 났다. 그런 날 밤은 어김없이 뜬눈으로 지새우곤 했다.

침대로 파고들어 긴장으로 팽팽해진 배 속을 느꼈다. 물론 그 느낌이 곧 사라질 거란 걸 알고 있었다. 혼자 어둠에 갇혀 혼란의 정점을 기다리며 자신을 관찰했다. 그러고는 약 두 알을 삼키고 안정감이 온몸에 퍼지기 시작할 때까지 마음을 편안하게 다독였다. 따뜻한 바다의 파도처럼 사르르 퍼질 때까지.

"저 좀 가르쳐 주실래요?"

샤이벌 아저씨는 아무 말도 하지 않았다. 심지어 그녀의 질문을 머릿속에 담지도 않았다. 위층 어디선가 노래하는 소리가 들렸다. "이삭을 들여라—."

베스는 몇 분간 기다렸다. 목에 너무 힘을 주고 말해서 목소리가 끊어질 뻔했지만 어쨌든 차근차근 목구멍 밖으로 밀어냈다. "체스를 배우고 싶어요."

샤이벌이 통통한 손을 큼직한 검은색 기물로 뻗어 머리를 능숙하게 잡고 반대편 네모 칸에 내려놓았다. 그는 손을 다시 거두고 가슴 앞에 팔짱을 꼈다. 여전히 베스를 보지 않았다. "낯선 사람하고는 체스 안 한다."

그의 단조로운 목소리가 뺨을 때렸다. 베스는 몸을 돌려 쿵쿵 계단을 올라가 그곳을 떠났다. 안 좋은 기억을 떠안은 채.

"저는 낯선 사람 아니에요." 이틀 뒤 베스가 말했다. "전 여기에 살아요." 베스의 머리 뒤에서 작은 나방 한 마리가 전구 주위를 빙 돌고 있었다. 나방의 흐릿한 그림자가 동일한 궤적을 그리며 체스판 위를 스쳤다. "가르쳐 주실 수 있잖아요. 이미 어느 정도는 알아요. 구경하면서 익혔어요."

"여자는 체스를 두지 않는다." 샤이벌의 목소리는 여전히 흔들림이 없었다.

베스는 마음을 단단히 먹고 한 걸음 다가가 원통형 기물 중 하나를 가리켰다. 만지지는 않고. 상상 속에서 그 기물의 이름을 대포라고 정했다. "이건 위아래 또는 앞뒤로 움직여요. 자리만 비어 있으면 얼마든지 뻗어 가죠."

샤이벌 아저씨는 한동안 아무 말도 하지 않았다. 그러더니 칼에 베인 듯한 레몬이 달린 말을 가리켰다. "그럼 이거는?"

그녀의 심장이 쿵쾅댔다. "대각선으로 움직여요."

밤에 약을 딱 한 알만 먹고 나머지 하나는 남겨 두면 약을 절약할 수 있었다. 아무도 들여다보지 않을 만한 곳에, 칫솔 꽂이 컵에 남은 약을 숨겨 두었다. 그래서 칫솔을 사용한 다음엔 종이 타월로 최선을 다해 물기를 닦아야 했다. 어쩔 땐 칫솔을 아예 쓰지 않으려고 손가락으로 치아를 박박 문지르기도 했다.

그날 밤 베스는 처음으로 약을 세 알이나 먹었다. 두 알을 먹은 다음에 하나를 또 삼켰다. 작은 가시들이 머리카락을 지나 목덜미로 내려갔다. 뭔가 대단한 경험이었다. 베스의 침대는 여자 다인실에서 가장 안 좋은 자리였다. 즉, 복도로 나가는 문에서 제일 가까운 곳이자 화장실 맞은편이었다. 베스는 색 바랜 파란 잠옷을 입고 침대에 누워 은은한 불꽃이 온몸으로 퍼지는 걸 느꼈다. 새로운 삶이 시작되고 있었다. 이제 체스의 기물이 어떻게 움직이고 잡히는지 알게 되었고, 뒤틀리는 배 속과 팔다리 관절의 긴장을 어떻게 풀어서 편안하게 할 수 있는지 알아냈다. 보육원에서 제공하는 알약으로 말이다.

“그래, 좋다. 한 판 두자. 내가 백을 하마.”

베스의 손에는 칠판지우개가 들려 있었다. 산수 시간이 끝난 뒤였고 10분 후에 지리 수업이 시작될 참이었다. “전 시간이 별로 없어요.” 지난 일요일 예배 시간에 지하실로 내려가서 체스 말들의 움직임을 전부 터득했다. 마을 건너편에서 여자아이들이 단체로 예배를 드리러 왔기 때문에 아무도 베스가 사라진 걸 눈치채지 못했다. 하지만 지리 시간은 달랐다. 그녀는 반에서 우등생인데도 지리 선생님인 셸 선생님이 무서웠다.

경비 아저씨가 목소리를 낮게 깔았다. “지금 아니면 안 한다.”

“저 지리 수업이 있어서…….”

“지금 아니면 안 한다.”

결정하는 데 몇 초 걸리지 않았다. 난로 뒤에 있는 플라스틱 우유 상자가 눈에 들어왔다. 베스는 우유 상자를 끌어다 반대편 체스판 끝에 놓고 그 위에 앉았다. “시작하세요.” 샤이벌은 베스가 나중에 배운 스칼러스 메이트*로 게임에서 이겼다. 말을 딱 네 번만 움직이고 나서. 게임은 금세 끝났다.

* 네 수만에 후수가 외통수에 몰리는 것이다.

그러나 그 속도는 베스에겐 충분히 빠르지 않았다. 지리 수업이 시작한 지 이미 15분이나 지났기 때문이었다. 베스는 셸 선생님에게 화장실에 있었다고 말했다.

셸 선생님은 골반에 손을 걸치고 교탁 앞에 서 있었다. "여자 화장실에서 이 꼬마 아가씨를 본 사람 있나?"

여기저기에서 웃음소리가 피식 새어 나왔다. 아무도 손을 들지 않았다. 졸린마저도. 전에 졸린을 위해 두 번이나 거짓말을 해 줬는데도.

"이 수업 전에 여자 화장실에 간 사람이 얼마나 되지?"

킥킥거리는 웃음소리가 더 크게 터져 나왔고 세 명이 손을 들었다.

"너희들 중 화장실에서 베스를 본 사람 있나? 저 작고 귀여운 손을 씻고 있었다던가, 뭐."

대답이 없었다. 셸 선생님은 아르헨티나의 수출품 목록이 적힌 칠판 쪽으로 몸을 돌려 '은'을 추가로 썼다. 그 순간 베스는 선생님의 꾸중이 이제 끝났다고 생각했다. 그러나 선생님은 아이들에게 등을 돌린 채 이렇게 말했다. "벌점 5점."

벌점이 10점이면 가죽끈으로 엉덩이를 호되게 맞았다. 베스는 오직 상상 속에서만 가죽끈을 느껴 봤다. 하지만 잠시 후 그 상상은 자신의 부드러운 피부를 불로 지지는 것 같은 고통으로 번져 갔다. 가슴에 손을 얹어 아침에 받은 블라우스 주머니 속 알약을 만져 보았다. 두려움이 꽤 수그러들었다. 칫솔 컵을 떠올렸다. 기다란 직사각형 모양의 플라스틱 컵을. 그 안에, 침대 옆 아담한 철제 탁자 안에 네 알이 더 있었다.

그날 밤은 등을 침대에 대고 누웠다. 손에 쥔 약은 아직 먹지 않았다. 밤의 조용한 소음을 들으며, 동공이 어둠에 익숙해져 감에 따라 커지는 소음을 느꼈다. 복도 끝 책상에서 번 선생님과 홀랜드 선생님이 이야기를 나누기 시작했다. 그 소리에 베스의 몸이 팽팽하게 긴장했다. 어두운 천장을 향해 눈을 끔뻑이며 초록색과 흰색 네모 칸으로 이루어진 체스판을 떠올리려 노력했다. 그러고는 기물들을 세팅했다. 룩, 나이트, 비숍, 퀸, 킹 그리고 그 앞에 폰들을 한 줄로 세웠다. 킹 앞에 있는 흰색 폰을 4행에 놓았다. 이번에는 흑 폰을 올렸다. 됐다! 간단했다. 베스는 졌던 게임을 복기해 다시 두기 시작했다.

베스는 샤이벌 아저씨의 나이트를 세 번째 줄로 올렸다. 초록색과 흰색의 체스판이 다인실 천장에 선명하게 떠 있었다.

소음은 진즉에 희미해져 하얗고 고운 배경 속으로 사라졌다. 베스는 침대에 누워 행복하게 체스를 뒀다.

다음 일요일, 베스는 킹 측 나이트로 스칼러스 메이트를 막았다. 늦은 밤마다 시야에 체스판과 기물을 또렷하게 띄워 머릿속으로 수백 번도 넘게 살피고 또 점검했다. 분노와 굴욕이 없어질 때까지. 일요일에 샤이벌과 체스를 둘 때도 잘 진행됐다. 꿈을 꾸듯 나이트를 움직였다. 베스는 기물의 느낌이, 자그마한 기물의 머리가 손에 닿는 감각이 너무 좋았다. 나이트를 네모 칸에 내려놓자 아저씨가 노려보았다. 샤이벌은 퀸의 머리를 잡고 베스의 킹을 체크메이트*했다. 그러나 베스는 이미 그 수를 대비하고 있었다. 전날 밤 침대에 누워서 봤던 수였다.

샤이벌은 열네 번 움직이고 베스의 퀸을 궁지로 몰아넣었다. 그녀는 치명타를 입고도 퀸 없이 게임을 계속하려고 했다. 폰을 움직이려고 손을 뻗는데 샤이벌이 베스의 손을 막았다. "이제 기권해라." 아저씨의 목소리가 거칠었다.

"기권이요?"

"그래, 얘야. 이런 식으로 퀸을 잃었을 땐 기권하는 거다."

베스는 이해가 가지 않아 그를 뚫어지게 바라봤다. 샤이벌은 그녀의 손을 치우고 상대의 킹을 들어 옆으로 눕힌 채 체스판 위에 내려놓았다. 엎어진 킹이 체스판 위에서 앞뒤로 왔다 갔다 하다가 멈췄다.

"싫어요." 베스가 거부했다.

---

* 킹이 도망갈 곳이 없어 다음 수에서 잡힐 수밖에 없는 상황이다. 체크메이트를 피하지 못하면 경기에서 진다.

"아니, 넌 이미 게임에서 기권했다."

베스는 무언가로 샤이벌을 내리치고 싶었다. "그런 규칙은 알려 주지 않았잖아요."

"규칙이 아니다. 이건 스포츠맨십이야."

베스는 그제야 샤이벌의 의도를 알아챘지만 상관없었다. "전 이기고 싶다고요." 킹을 다시 세워서 네모 칸 안에 놓았다.

"안 된다."

"끝까지 할래요."

샤이벌이 눈썹을 올리더니 자리에서 일어났다. 베스는 아저씨가 지하실에서 일어나 있는 모습을 본 적이 없었다. 그는 위층 복도에서 바닥을 쓸거나 교실에서 칠판을 청소할 때만 서 있었다. 지하실 천장이 낮아서 서까래에 머리를 부딪치지 않으려면 허리를 약간 구부정하게 서야 했다. "안 돼. 네가 졌다."

불공평했다. 베스는 스포츠맨십 따위엔 관심 없었다. 게임에서 이기고 싶었다. 그 어느 때보다 훨씬 더 이기고 싶었다. 엄마가 죽은 후 한 번도 입 밖으로 꺼낸 적이 없는 말을 했다. "제발요."

"게임은 끝났다."

베스가 분노로 이글대는 눈으로 샤이벌을 노려봤다. "이런 더러운……."

샤이벌이 팔을 털썩 떨어뜨리고 힘주어 말했다. "더 이상 체스는 없다. 나가라."

베스는 자기가 조금 더 컸으면 좋았을 거라고 생각했지만 그녀는 작았다. 자리를 박차고 일어나 계단으로 터벅터벅 걸어갔다. 샤이벌이 베스를 가만히 바라보았다.

화요일, 베스가 칠판지우개를 들고 지하실로 내려가려는데 지하실 문이 잠겨 있었다. 엉덩이로 문을 두 번이나 밀어 봤으나 꿈쩍도 하지 않았다. 처음에는 똑똑 노크를 하다가 나중에는 쾅쾅 두드렸는데도 안에서는 아무 소리도 들리지 않았다. 끔찍하기 짝이 없었다. 베스는 샤이벌 아저씨가 체스판 앞에 앉아 있다는 것도, 지난번 일 때문에 자기에게 화가 났다는 것도 알고 있었지만 별수 없었다. 칠판지우개를 들고 교실로 돌아갔다. 그러나 그레이엄 선생님은 지우개가 털려 있지 않다는 건 물론이고 베스가 평소보다 일찍 돌아왔다는 것도 눈치채지 못했다.

목요일, 베스는 그날 역시 마찬가지일 거라 확신했으나 그렇지 않았다. 지하실 문도 열려 있었고 샤이벌 아저씨도 아무 일 없었던 것처럼 행동했다. 체스 기물들도 세팅되어 있었다. 재빠르게 지우개를 털고 서둘러 체스판 앞에 앉았다. 베스가 자리에 앉자마자 샤이벌이 자신의 킹 앞에 있는 폰을 움직였다. 베스 역시 킹 앞의 폰을 두 칸 앞으로 옮겼다. 이번에는 절대 실수하지 않을 생각이었다.

샤이벌이 빠르게 응수했고 베스도 즉시 움직였다. 두 사람은 아무 말 없이 체스를 뒀다. 긴장감이 느껴졌다. 베스는 그 긴장감이 좋았다.

스무 번째 수를 둘 차례에 샤이벌이 나이트를 전진시켰다. 그러나 그러지 말았어야 했다. 베스가 폰을 여섯 번째 줄로 올렸다. 그는 하는 수 없이 나이트를 다시 뒤로 보냈다. 쓸모없는 수였다. 샤이벌이 그렇게 하는 걸 보고 있으니 베스는 짜릿했다. 이번엔 나이트를 잡기 위해 비숍을 교환*했다. 그리고 베스가 폰을 또 앞으로 밀었다. 이제 아저씨의 퀸이 공격을 받을 차례였다.

샤이벌이 반대편에서 그 광경을 지켜보고는 손을 불쑥 뻗어서 그의 킹을 쓰러뜨렸다. 두 사람 모두 말이 없었다. 베스의 첫 승이었다. 긴장감은 전부 사라졌고, 소녀의 가슴속에서 느껴지는 그것은 전에 경험했던 그 어느 것보다 훨씬 환상적이었다.

베스는 일요일 점심을 먹지 않아도 되겠다고 생각했다. 어차피 아무도 관심을 갖지 않을 테니까. 대신 샤이벌이 퇴근

---

* 두 선수가 서로의 기물을 잡은 상황을 뜻한다.

하는 두 시 삼십 분까지 약 세 시간 동안 그와 함께 있었다. 둘은 이야기를 나누지 않았다. 언제나 샤이벌이 백으로 먼저 체스를 뒀고 베스가 흑을 맡았다. 베스는 왜 그러는 건지 물어봐야겠다고 생각하다가 하지 않기로 했다.

어느 일요일, 샤이벌이 간신히 시합에서 이긴 후 베스에게 말했다. “시실리안 디펜스*에 대해 배워야겠구나.”

“그게 대체 뭔데요?” 베스가 신경질적으로 물었다.

그녀는 패배 때문에 아직도 속이 쓰렸다. 지난주에는 두 게임이나 아저씨를 이겼다.

“백 킹 앞에 있는 폰이 4행으로 가면, 흑은 이렇게 움직인다.” 샤이벌이 손을 뻗어 흰색 폰을 두 칸 앞으로 움직였다. 그의 첫수는 거의 변함없었다. 그러고는 검은색 퀸 측 비숍 앞에 있는 폰을 집어서 두 칸 위로 올려 체스판 가운데를 향하게 했다. 그가 베스에게 이런 걸 보여 준 건 처음이었다.

“그런 다음에는요?” 베스가 물었다.

샤이벌이 백 킹 측 나이트를 들고 왼쪽 폰 앞에 내려놓았다. “나이트를 KB3로.”

“KB3가 뭐예요?”

---

* 체스 오프닝 중 하나로 1. e4 c5로 움직인다. 첫수에 백이 e열(킹열) 4행으로 행마하면, 흑이 그 대응으로 c열(비숍열) 5행으로 움직이는 것으로 가장 인기 있고 승률이 높다.

"킹 측 비숍 3행. 방금 나이트를 내려놓은 자리다."

"네모 칸들도 이름이 있어요?"

샤이벌이 무표정하게 고개를 끄덕였다. 베스는 그가 한 번에 많은 정보를 알려 주고 싶어 하지 않는다는 걸 느꼈다. "게임을 잘하다 보면 알게 된단다."

베스가 몸을 앞으로 내밀었다. "보여 주세요."

샤이벌이 그녀를 내려다보았다. "안 돼. 지금은 아니야."

베스는 울화가 치밀었다. 사람은 자기만의 비밀을 혼자 간직하고 싶어 한다는 걸 그녀도 잘 알았다. 베스 역시 자신의 비밀을 갖고 있었으니. 그럼에도 체스판 위로 몸을 더 내밀고 아저씨의 얼굴을 때려서라도 입을 열게 하고 싶었다. 그녀가 숨을 크게 들이마셨다. "이것도 시실리안 디펜스예요?"

베스가 네모 칸 이름 알아내기를 포기하자 샤이벌은 안심한 듯했다. "더 있다." 그가 기물의 기본적인 이동과 변형 몇 가지를 계속 보여 주었다. 그러나 네모 칸의 이름은 말하지 않았다. 레벤피시 변형*과 나이도르프 변형**을 알려 주고 그

---

* 시실리안에서 변형된 것으로 다음과 같이 움직인다. 1. e4 c5 / 2. Nf3 d6 / 3. d4 cxd4 / 4. Nxd4 Nf6 / 5. Nc3 g6 / 6. f4
체스 기보 읽는 법: 예를 들어 Nf3는 백 나이트(N)가 f열 3행으로 간다는 의미이고, cxd4는 c열에 있는 흑 폰(c5)이 d열 4행에 있는 백 폰(d4)을 잡는다는 뜻이다. x는 상대의 말을 잡는 걸 의미한다.

** 시실리안의 변형으로 다음과 같이 행마한다. 1. e4 c5 / 2. Nf3 d6 / 3. d4 cxd4 / 4. Nxd4 Nf6 / 5. Nc3 a6

것들을 직접 해 보게 했다. 베스는 한 번도 실수하지 않고 해냈다.

하지만 그 후 둘이 실제로 게임을 할 때는 샤이벌이 그의 퀸 앞에 있는 폰을 먼저 전진시켰다. 곧바로 베스는 아저씨가 조금 전 가르쳐 준 전략들이 이런 상황에서는 쓸모없다는 걸 알아챘다. 칼이 있다면 아저씨를 찔러 버렸을 거라고 생각하며 체스판 너머로 그를 빤히 노려봤다. 그러고는 다시 체스판으로 시선을 돌려 그녀의 퀸 앞에 있는 폰을 위로 옮겼다. 샤이벌 아저씨를 꼭 이기겠다고 다짐하면서.

샤이벌은 비숍 앞의 폰을 퀸 폰 옆으로 이동시켰다. 종종 이런 수를 두곤 했다. "이것도 오프닝 중 하나예요? 시실리안 디펜스 같은?" 베스가 물었다.

"그래, 오프닝이다." 그는 베스를 보지 않았다. 체스판만 보고 있었다.

"그래요?"

샤이벌이 어깨를 으쓱했다.

"퀸스 갬빗*이다."

베스는 기분이 조금 나아졌다. 아저씨에게서 뭐라도 더 배웠기 때문이었다. 그녀는 체스판 위에 긴장감을 남겨 누기 위

---

* 체스 오프닝 중 하나이며, 백이 폰 하나를 일시적으로 희생함으로써 포지션에서 이점을 가져가기 위한 오프닝이다. 1. d4 d5 / 2. c4로 움직인다.

해 나와 있는 폰을 잡지 않기로 했다. 베스는 그런 게 좋았다. 직선과 대각선을 따라 분투하는 기물의 힘이 좋았다. 게임의 중반쯤 기물들이 여기저기 흩어져 있을 때, 십자 모양으로 판을 가로지르는 기물들의 힘은 감격스러웠다. 그녀는 킹 측 나이트를 앞으로 빼내며 체스판 위로 쫙 퍼지는 나이트의 힘을 느꼈다.

스무 번째 수에서 베스는 샤이벌의 룩을 전부 손에 넣었고 결국 그는 기권했다.

베스는 복도 문 아래로 새어 들어오는 불빛을 차단하려고 베개로 얼굴을 덮고 침대 위를 뒹굴며 비숍과 룩을 함께 활용해서 어떻게 킹을 그렇게 급작스레 공격할 수 있었는지 골똘히 생각했다. 비숍을 움직이면 킹이 체크될 것이고 그러면 비숍은 다음 수에서 어디든 원하는 곳을 갈 수 있을 터였다. 심지어 퀸을 잡을 수도 있었다. 베스는 한동안 침대에 가만히 누워 어마어마한 공격의 힘을 짜릿하게 느꼈다. 베개를 머리 뒤에 두고 똑바로 누워 천장에 가상 체스판을 띄우고 샤이벌 아저씨와 한 게임을 단번에 복기했다. 그녀는 조금 전 자신이 창조해 낸 것 같은 룩-비숍 콤비네이션*을 두 군데

* 전술적으로 계획된, 보통 희생이 포함된 일련의 수를 둔 후 구체적인 이득을 취하거나 체크메이트를 한다. 예를 들면 나이트를 희생한 다음 2~3수 뒤에 상대의 퀸을 잡는 경우가 있다.

서 찾았다. 한 곳에서는 둘이 쌍으로 위협을 가했을 테고, 다른 한 곳에서는 상대방 모르게 슬그머니 들여왔을 것이다. 베스는 머릿속으로 새로운 전략을 이용해 체스를 두 판 더 뒀고 모두 이겼다. 그러고는 행복한 미소를 지으며 잠이 들었다.

산수 선생님은 베스가 좀 쉬어야 한다면서 칠판지우개 털기를 다른 아이에게 시켰다. 말도 안 되는 소리였다. 베스의 산수 점수는 여전히 최고였지만 달리 할 수 있는 방법이 없었다. 키가 작은 빨간 머리 남자애가 지우개를 들고 교실을 나갈 때마다 베스는 자리에 우두커니 앉아 손을 부들부들 떨며 아무 의미 없는 덧셈과 뺄셈을 하고 있었다. 매일매일 미치도록 체스를 두고 싶었다.

화요일과 수요일에는 약을 한 알만 먹고 나머지는 아껴 뒀다. 목요일엔 약 한 시간 동안 머릿속으로 체스를 둔 후에야 잠들 수 있었다. 금요일도 마찬가지였다. 토요일은 급식실 주방에서 일을 하고 오후에는 도서실에서 기독교 영화를 보고 난 후, 저녁 식사 전까지 인성 향상을 위한 면담을 했다. 칫솔 컵 안에 있는 알약 여섯 개가 떠오를 때마다 기분이 조금씩 상기되는 게 느껴졌다.

그날 밤 불이 다 꺼지고 나서 여섯 알을 전부 먹었다. 하나씩 하나씩 삼키고 기다렸다. 맛있는 느낌이 다가왔다. 배 속이 달달하게 사르르 녹는 듯한, 몸의 뻣뻣한 부분이 풀어지는 듯한 느낌이었다. 잠들지 않은 채 저 안 깊숙이에서 퍼지는 화학 물질의 기쁨을 마음껏 즐겼다.

일요일, 샤이벌 아저씨가 베스에게 그간 어디에 있었냐고 물었고 베스는 아저씨가 자기를 신경 쓰고 있다는 사실이 의아했다.

"선생님들이 절 교실 밖으로 못 나가게 했어요."

샤이벌이 고개를 끄덕였다. 체스판이 이미 세팅되어 있었는데 백이 베스 쪽에, 즉 플라스틱 우유 상자 쪽에 있어서 또 한 번 의아했다. "제가 먼저 시작해요?" 베스가 못 믿겠다는 듯이 물었다.

"그래. 지금부터 교대로 하자꾸나. 원래는 그렇게 게임을 해야 하는 거다."

베스는 자리에 앉아 킹 앞의 폰을 움직였다. 샤이벌은 말없이 퀸 측 비숍 앞의 폰을 이동시켰다. 그녀는 기물의 움직임을 잊지 않았다. 체스의 움직임을 결코 잊은 적이 없었다. 샤이벌이 레벤피시 변형을 뒀다. 베스는 대각선으로 쭉 뻗어 가는 공격 타이밍을 기다리고 있는 상대의 비숍에서 눈을 떼지 않았다. 그리고 열일곱째 수에서 비숍의 행마를 상쇄시킬 방안을 찾아냈다. 그 수를 위해 그녀는 힘없는 비숍을 내어 주었다. 그러고는 나이트를 행마하고 룩을 전진 배치했다. 그 뒤 열 수만에 샤이벌을 체크메이트했다.

게임은 쉬웠다. 눈을 크게 뜨고 시합이 진행될 방식을 예측하는 게 오히려 더 어려웠다.

샤이벌은 예상치 못한 체크메이트에 당황했다. 베스는 체스판 위로 팔을 뻗어 뒷줄에 있는 킹을 잡고 그 자리에 자기의 룩을 탁 내려놓았다. "메이트." 그녀가 차분하게 말했다.

샤이벌 아저씨가 그날은 다르게 보였다. 전에는 베스가 이길 때마다 늘 노려보았는데 그날은 그러지 않았다. 샤이벌이 몸을 앞으로 기울여 말했다. "체스 표기법에 대해 알려 주마."

베스가 그를 올려다봤다.

"칸의 이름 말이다. 지금 알려 주마."

베스가 눈을 깜빡였다. "제 실력이 이제 괜찮은 거예요?"

샤이벌이 무슨 말을 하려다가 멈칫했다. "얘야, 너 몇 살이냐?"

"여덟 살이요."

"여덟 살이라……." 아저씨가 몸을 앞으로 내밀었다. 불룩 나온 배가 나아갈 수 있을 만큼. "솔직히 말하자면, 얘야, 넌 정말 놀랍단다."

베스는 아저씨의 말을 이해하지 못했다.

"잠시만." 샤이벌이 바닥으로 손을 뻗어 거의 비어 있는

500밀리리터짜리 병을 잡았다.

고개를 뒤로 젖히고 병 안에 든 것을 마셨다.

"위스키예요?"

"그렇단다. 아무에게도 말하지 마라."

"안 해요. 체스 표기법 알려 주세요."

그가 바닥에 병을 내려놓았다. 베스는 병을 눈으로 좇으며 위스키는 어떤 맛일지, 마시면 어떤 기분이 들지 궁금해했다. 서른두 개의 말이 놓인 체스판으로 다시 시선을 돌리고 집중했다. 체스 기물들이 각자의 고요한 힘을 발산하고 있었다.

한밤중에 잠에서 깨는 날이 더러 있었다. 누군가 베스의 침대에 걸터앉아 있었다. 베스는 긴장했다.

"괜찮아." 졸린이 속삭였다. "나야."

베스는 아무 말도 하지 않고 누워 있었다.

"뭔가 재밌는 걸 좀 해 보면 좋을 거 같아서." 졸린이 말했다. 그러고는 이불 아래에 손을 넣더니 베스의 배 위로 부드럽게 올렸다. 베스는 등을 대고 누워 있었다. 졸린의 손이 배 위에 있으니 몸이 뻣뻣하게 굳었다.

"긴장하지 마." 졸린이 작게 말했다. "절대 아프게 하지 않을게." 그녀가 조용하게 큭큭 웃었다. "내가 좀 달아올랐거든. 달아오른 게 뭔지 알지?"

베스가 알 리 없었다.

"그냥 긴장 풀어. 살짝만 문지를게. 가만히 있으면 기분이 꽤 괜찮을 거야."

베스가 복도 문 쪽으로 머리를 돌렸다. 문이 닫혀 있었다. 늘 그랬듯이 문틈 아래로 불빛이 스며들었다. 저 멀리 복도 아래 책상에서 목소리가 들렸다.

졸린의 손이 아래쪽으로 움직였다. 베스가 머리를 흔들었다. "아니, 안 돼……." 그녀가 속삭였다.

"조용히 해." 졸린이 더 밑으로 손을 옮겨 손가락을 위아래로 움직이기 시작했다. 아픈 건 아니었지만, 베스 내면의 무언가가 저항했다. 땀이 송골송골 맺혔다. "오, 이런. 내가 좋을 거라고 했잖아." 졸린이 꿈틀대며 베스에게 조금 더 가까이 가서 손을 잡고 자기 쪽으로 당겼다. "나도 해 줘." 졸린이 요구했다.

베스는 손에 힘을 뺐다. 졸린이 베스의 손을 잠옷 아래로 끌어 손가락이 따뜻하고 축축한 곳에 닿게 했다.

"이제 해 봐. 살짝 눌러." 졸린이 숨죽여 말했다. 베스는 속삭임 속의 강렬함이 무서웠다. 결국 졸린이 시키는 대로 더 세게 눌렀다.

"그래, 좋아. 위아래로 움직여. 이렇게." 졸린이 베스의 몸에 있는 손가락을 움직였다. 너무나 무섭고 끔찍했다. 베스는 집중하려 노력하며 손가락을 몇 번 문질렀다. 얼굴에 땀이 비 오듯 쏟아졌다. 온 힘을 다해 남은 손으로 이불을 꽉 움켜쥐었다.

이내 졸린의 얼굴이 베스의 얼굴 가까이에 닿더니 팔로 베스의 가슴을 감쌌다. "더 빨리." 졸린이 속삭였다. "더 빨리."

"싫어." 베스는 겁이 나서 소리를 질렀다. "싫어. 하기 싫어." 그러면서 손을 뺐다.

"미친년." 졸린이 소리쳤다.

복도를 달리는 발소리가 들리고 문이 벌컥 열렸다. 불빛이 쫙 들어왔다. 처음 보는 야간 근무자가 들어왔다. 그 여자는 꽤 오랫동안 그곳에 서 있었다. 죽은 듯이 조용했다. 졸린은 갔다. 베스는 졸린이 옆 침대에 있는지 확인할 엄두가 나지 않았다. 마침내 야간 근무자가 떠났다. 고개를 돌려 옆 침대에 있는 졸린의 뒷모습을 봤다. 작은 탁자 서랍 안에 약이 세 알 더 있었다. 베스는 세 알을 전부 삼켰다. 그리고 등을 대고 누워 찝찝한 느낌이 사라지기를 기다렸다.

다음 날 급식실. 잠을 설쳐서 피곤했다.

"네가 백인 여자애들 중에 제일 못생겼어." 졸린이 작은 시리얼 상자를 받으려고 줄 서 있는 베스에게 다가와 속삭였다. "코도 못생겼고 얼굴도 못생겼고 피부는 사포 같아. 이 쓰레기 흰둥이 년아."

졸린은 머리를 높이 쳐들고 스크램블드에그를 받으러 갔다. 베스는 아무 말도 하지 않았다. 전부 맞는 말이었으니까.

킹, 나이드, 폰. 체스판 위의 긴장감은 판을 휘어 버릴 정도로 대단했다. 그러더니 쿵! 퀸이 아래로 내려왔다. 저 아래에 있는 룩이 사방에 둘러싸여 힘을 키우고 있었을 테지만 그 힘은 단 한 수만에 제거됐다. 공통 과학 시간, 해들리 선생님이 자기장의 크기와 힘의 방향을 나타내는 역선에 대해 설명했다. 베스는 지루해서 거의 잠들 뻔하다가 갑자기 정신이 번뜩 들었다. 역선이라…… 사선 위의 비숍, 파일(세로줄-옮긴이) 위의 룩. 그들의 역선.

교실 안이 체스판의 네모 칸으로 보였다. 빨간 머리 남자애 랄프가 나이트라면, 그 애를 들어서 두 칸 앞의 옆으로 보내 데니스 옆 빈자리에 앉혔을 것이다. 그러면 맨 앞줄에 앉은 버트런드를 킹이라고 여기고 그를 체크했을 거다. 베스는 그런 상상을 하며 미소 지었다. 졸린과는 벌써 일주일 넘게 말을 하지 않았지만 베스는 울지 않았다. 이제 곧 아홉 살이 되고 더는 졸린이 필요하지 않았다. 그녀가 어떻게 생각하든 그건 중요치 않았다. 이제 졸린이 필요 없었다.

"이거." 샤이벌 아저씨가 말했다. 그가 베스에게 갈색 종이

가방을 건넸다. 일요일 정오였다. 베스가 종이 가방을 슬그머니 열었다. 안에 묵직한 책이 들어 있었다.《모던 체스 오프닝》.

베스가 고개를 갸우뚱하며 책장을 넘겼다. 체스 표기법이 긴 세로줄에 빼곡히 정리되어 있었다. 작은 체스판 도표들과 도표 위에 '퀸 폰 오프닝', '인디언 디펜스' 같은 제목이 적혀 있었다. 베스가 고개를 들었다.

샤이벌이 그녀를 뚫어지게 바라봤다. "너에게 가장 필요한 책이다. 이 책이 네가 알고 싶어 하는 걸 전부 알려 줄 거다."

베스는 아무 말 없이 우유 상자 위에 앉아서 책을 무릎에 올려놓고 체스 게임을 기다렸다.

영어 수업이 가장 따분했다. 특히 에스페로 선생님이 낮은 목소리로 존 그린리프 휘티어와 윌리엄 쿨런 브라이언트 같은 시인들의 시를 낭독할 때는 정말 지루하기 짝이 없었다. "떨어지는 이슬은 어디로 향하는가, 하루의 마지막 발걸음으로 하늘을 비추는 동안……." 정말 구렸다. 선생님은 단어 하나하나에 힘을 주고 크게 말했다.

베스는 에스페로 선생님이 시를 낭독하는 동안《모던 체스 오프닝》을 책상 아래에 두고 읽었다. 단 한 번에 변형들을 다 훑고 머릿속으로 연습했다. 사흘째 되던 날, P-K4(폰 나이트열

4행)와 N-KB3(나이트 킹 측 비숍열 3행) 같은 표기법이 체스 기물처럼 머릿속에 선명히 박혔다. 기물들이 훤히 보였다. 체스판이 필요 없을 정도로. 베스가 메듀엔의 주름 잡힌 서지* 치마 위에 《모던 체스 오프닝》을 두고 앉아 있는 동안, 에스페로 선생님은 "자연을 사랑하는 그에게, 눈으로 볼 수 있는 형태의 교감, 그녀는 다양한 언어로 말을 한다"라며 시를 크게 낭독하거나 이런 위대한 시가 우리들에게 영혼의 확장을 제공한다고 중얼거렸다. 체스 기물의 움직임이 그녀가 눈을 반쯤 감기 전에 정확한 공간으로 딱 들어맞았다. 책의 가장 끝부분에는 스물일곱 수 만에 기권한 일부 고전 경기나 마흔 번째 수에서 무승부를 한 엔드 게임의 뒤를 이어서 보여 주었다. 한 편의 작품 같은 체스 경기들을 통해 기물을 제대로 놓는 법을 배웠고, 가끔 콤비네이션 공격을 하거나 희생할 때 드러나는 체스 기물의 우아함과 각 포지션에서 억제하고 있는 균형 잡힌 힘이 느껴질 때면 숨이 쉬어지지 않았다. 그녀의 마음은 언제나 승리, 또는 잠재적인 승리에만 집중되어 있었다.

"그녀는 그의 밝은 날들을 반가움의 목소리와 미소, 아름다운 말로 맞이하고……." 에스페로 선생님이 낭독했다. 그

* 트윌 원단의 일종으로 사선 방향의 이랑이 있는 능직물.

동안 베스의 마음은 체스의 기하학적인 로코코 양식에 경외심을 느끼며 춤을 추고 있었다. 체스가 그녀의 영혼을 열었을 때, 그녀는 넋을 잃고 체스의 웅장한 순열에 도취하였고 영혼은 체스를 향해 열렸다.

"어이, 흰둥이!" 졸린이 역사 교실을 나오면서 식식대며 야유했다.

"어이, 깜둥이!" 베스도 식식거리며 받아쳤다.

졸린이 가던 길을 멈추고 뒤로 돌아 베스를 노려봤다.

그 주 토요일, 베스는 약을 여섯 알 먹고 한 손은 배 위에, 다른 한 손은 더 아래에, 즉 음부에 올리고서 화학적인 달콤함으로 빠져들었다. '음부'라는 단어는 알고 있었다. 차 사고가 나기 전 엄마가 알려 줬던 몇 개 안 되는 것 중 하나였다. "음부는 스스로 닦아야 해." 엄마는 화장실에서도 이렇게 말하곤 했다. "음부를 똑바로 닦아." 베스는 손가락을 위아래로 움직였다. 졸린이 그랬던 것처럼. 기분이 좋지 않았다. 그녀의 취향은 아니었다. 손을 치우고 약이 주는 정신적 안정으로 다시 빠져들었다. 어쩌면 너무 어려서 그럴지도 모른다. 졸린은 베스보다 네 살이나 더 많았고, 거기에 곱슬곱슬한 털도 있었다. 그날 손에 느껴졌었다.

"안녕, 흰둥이." 졸린이 부드럽게 말했다. 어쩐 일로 그녀의 얼굴이 편안해 보였다.

"졸린." 베스가 부르자 졸린이 가까이 다가왔다. 주변에 아무도 없었다. 둘뿐이었다. 둘은 체육 시간이 끝나고 탈의실이었다.

"뭔데?" 졸린이 물었다.

"좆 빠는 놈이 뭔지 알고 싶어."

졸린이 잠시 베스를 응시했다. 그러더니 깔깔 웃었다. "이런 제길." 졸린이 툭 내뱉었다. "너 좆이 뭔지는 알지?"

"글쎄. 모르겠어."

"남자들한테 있는 거야. 보건 책 맨 뒤에 있어. 엄지손가락처럼 생긴 거."

베스가 고개를 끄덕였다. 그 그림은 그녀도 알고 있었다.

"음, 꼬마야. 그 엄지손가락을 빠는 걸 좋아하는 여자들이 있단다." 졸린이 진지하게 말했다.

베스는 생각에 잠겼다. "거기로 오줌 싸지 않아?"

"잘 닦겠지." 졸린이 받아쳤다.

베스는 충격에서 벗어나지 못한 채 길을 걸었다. 여전히 혼란스러웠다. 살인자나 고문자에 대해서는 들어 봤다. 예전에 집에 살 때 이웃집 남자애가 키우는 개를 두꺼운 막대기로 무자비하게 때리는 걸 본 적도 있었다. 하지만 졸린이 얘기한 게 어떻게 가능한 건지 이해가 가지 않았다.

다음 일요일, 베스는 다섯 판을 내리 이겼다. 석 달째 샤이벌 아저씨와 체스를 두고 있는데 아저씨는 이제 더는 베스를 이길 수 없었다. 절대로. 그건 베스도 잘 알고 있었다. 베스는 샤이벌이 꾀하는 속임수와 위협을 전부 예측했다. 그는 나이트로 베스를 당황하게 하지도 못했고 그녀의 중요한 기물에 핀*을 걸거나 핵심 기물을 꼼짝없이 가둬서 머릿속을 헤집어 놓지도 못했다. 베스는 다가올 일을 예견하고 지속적으로 공격을 준비하면서 상대의 급습을 막았다.

체스가 끝나자 샤이벌이 물었다. "여덟 살이라고?"

"11월에 아홉 살이 돼요."

그가 고개를 끄덕였다. "다음 주 일요일에 또 올 거니?"

"네."

"그래. 꼭 오너라."

일요일, 지하실에 샤이벌 아저씨가 다른 남자와 함께 있었다. 마른 체격인 그 남자는 줄무늬 셔츠에 넥타이를 매고 있었다. "체스 클럽의 갠즈 씨다." 샤이벌이 말했다.

"체스 클럽이요?" 베스가 갠즈 씨를 바라보며 따라 말했

---

* 공격받고 있는 기물이 움직이면 그 뒤에 위치한 더 높은 가치의 기물을 잃게 되므로 움직일 수 없게 된 경우를 뜻한다.

다. 갠즈 씨는 미소를 띠고 있는데도 셸 선생님과 약간 닮은 얼굴이었다.

“우리는 클럽에서 함께 체스를 둔다.” 샤이벌이 말했다.

“나는 고등학교 체스팀 감독이란다. 딩컨고.” 갠즈 씨가 자기를 소개했다. 처음 들어 보는 학교였다.

“나와 한 판 두지 않겠니?” 갠즈 씨가 물었다.

베스는 대답 대신 우유 상자 위에 앉았다. 체스판 옆에 접이식 의자가 놓여 있었다. 샤이벌이 육중한 몸을 접이식 의자에 밀어 넣었고 갠즈 씨가 체스판 앞에 놓인 스툴에 앉았다. 갠즈 씨가 불안한 손놀림으로 빠르게 폰 두 개를 집어 들었다. 하나는 백 폰, 다른 하나는 흑 폰. 그러더니 손을 동그랗게 모아 폰을 담고 잠시 흔들더니 주먹 쥔 두 손을 베스 앞으로 내밀었다.

“둘 중에 하나를 고르렴.” 샤이벌이 말했다.

“왜요?”

“네가 고른 색으로 체스를 두는 거다.”

“아.” 베스가 손을 뻗어 갠즈 씨의 왼손을 살짝 건드렸다. “이거요.”

갠즈 씨가 손가락을 펼쳤다. 그의 손바닥에 흑 폰이 놓여 있었다. “이런, 미안하게 됐구나.” 그가 살며시 미소 지었다. 베스는 그 미소가 어쩐지 불편했다.

체스판의 흑 기물이 베스를 향했다. 갠즈 씨가 폰을 제자리에 내려놓고 킹 앞의 폰을 4행으로 전진시켰다. 책에서 시실리안 디펜스에 관한 모든 경우의 수를 익혔기 때문에 베스는 안심했다. 그녀는 퀸 측 비숍 폰을 네 번째 칸으로 보냈다. 갠즈 씨가 나이트를 잡았을 때 베스는 나이도르프 변형을 하기로 결심했다.

그러나 그 전술을 쓰기엔 갠즈 씨는 꽤나 영리했다. 샤이벌보다 실력이 더 좋았다. 여섯 수만에 베스는 쉽게 이길 수 있겠다고 생각했고, 스물세 번째 수를 둔 뒤에 침착하게 그리고 무자비하게 그를 기권하게 만들었다.

그가 킹을 옆으로 눕혔다. "체스를 아주 제대로 하는구나, 꼬마 아가씨. 여기에 체스팀이 있니?"

베스가 못 알아듣겠다는 듯이 그를 바라봤다.

"다른 여자애들 말이다. 체스 클럽에 든 애 있니?"

"아니요."

"그러면 어디서 체스를 뒀지?"

"여기 아래에서요."

"샤이벌 씨가 그러는데 일요일마다 몇 판씩 둔다더구나. 다른 요일에는 뭘 하니?"

"아무것도 안 해요."

"그런데 어떻게 실력이 계속 유지되는 거지?"

베스는 밤마다 침대에 누워 머릿속으로 체스를 둔다는 말을 하고 싶지 않았다. 대신 갠즈 씨의 주의를 다른 데로 돌리려고 이렇게 물었다. "한 판 더 두실래요?"

그가 웃었다. "그래 좋아. 이번엔 네가 백을 둘 차례야."

베스는 레티 오프닝*으로 조금 전보다 더 간단하게 그를 이겼다. 책에는 '하이퍼모던 이론**'이라고 적혀 있었다. 베스는 킹 측 비숍을 움직이는 이런 방식을 좋아했다. 갠즈 씨가 믿을 수 없다는 듯 고개를 저으며 킹을 쓰러뜨렸다.

"정말 놀랍구나. 이런 체스는 본 적이 없어." 그가 자리에서 일어나 난로를 지나 작은 쇼핑백이 있는 쪽으로 갔다. "이젠 가야겠구나. 여기 네 선물을 좀 챙겼다." 그가 베스에게 쇼핑백을 건넸다.

베스는 체스 책이길 바라며 안을 들여다봤다. 얇은 분홍색 포장지에 무언가 싸여 있었다.

"풀어 보렴." 갠즈 씨가 웃으며 말했다.

베스가 선물을 꺼내 포장지를 대충 뜯었다. 파란색 무늬가 있는 분홍색 원피스 차림의 금발 인형이 입술을 동그랗게 오므리고 있었다. 베스는 인형을 들고 가만히 바라보았다.

---

* 하이퍼모던 오프닝 중 하나로 백이 첫수에서 폰이 아니라 나이트를 먼저 움직이는 것이 특징이며 다음과 같이 움직인다. 1. Nf3 d5 / 2. c4

** 원거리 기물로 중앙을 간접적으로 제어하는 것이다.

"어떠니?" 갠즈 씨가 물었다.

"한 판 더 두실래요?" 베스가 팔에 인형을 끼고 말했다.

"가야 한단다. 다음 주쯤에 다시 오마."

베스가 고개를 끄덕였다.

복도 끝에 쓰레기통으로 쓰이는 커다란 기름통이 있었는데, 일요일 오후 일정인 영화 감상을 하러 가는 길에 베스는 인형을 기름통 안으로 툭 떨어뜨렸다.

보건 시간, 보건 책의 맨 뒤에서 그림을 찾았다. 한쪽에는 여자가, 그 옆에는 남자가 있었다. 색 없이 선으로만 그려진 그림이었다. 남자와 여자 둘 다 손바닥을 앞으로 돌린 채 팔을 내리고 서 있었다. 여자 그림에는 납작한 배 아래에 군더더기 없는 V라인이 있었다. 남자 그림엔 라인 같은 게 없었다. 있는데 안 보이는 것일 수도 있었다. V라인 앞에 동그란 무언가가 늘어진 것 같은 작은 주머니 모양이 있었으니까. 졸린은 그걸 보고 엄지손가락처럼 생겼다고 했다. 이게 바로 남자의 좆이었다.

흄 선생님이 최소 하루에 한 번은 푸른잎채소를 먹어야 한다고 설명했다. 선생님이 칠판에 여러 가지 채소를 적기 시작했다. 왼편에 있는 커다란 창밖으로 동백나무가 분홍빛 꽃을 피우고 있었다. 베스는 알 수 없는 비밀을 찾으려 헛되이 노력하며 남자의 나체 그림을 눈여겨보았다.

다음 주 일요일, 갠즈 씨가 그의 체스판을 들고 다시 왔다. 검은색과 흰색 네모 칸으로 된 체스판이었고, 기물들은 빨간 펠트 천이 깔린 나무 상자 안에 줄 맞춰 정리되어 있었다. 광택 나는 원목 기물이었다. 백의 기물에 나뭇결이 은은하게 보였다. 베스는 갠즈 씨가 기물을 세팅하는 동안 나이트 하나를 들어 보았다. 평소에 사용하던 것보다 묵직했고 바닥에 동그란 초록색 펠트 천이 붙어 있었다. 여태껏 이런 체스 세트를 갖고 싶다고 생각한 적이 한 번도 없었는데, 갖고 싶어졌다.

샤이벌이 원래 자리에 체스판을 준비하고 그 옆에 다른 우유 상자를 갖다 놓더니 그 위에 갠즈 씨의 체스판을 올렸다. 두 남자의 발 사이에 체스판 두 개가 하나씩 나란히 놓였다. 날이 좋아서 건물 옆 산책로의 키 작은 수풀들 사이로 뻗어 나오는 밝은 햇살이 창문을 통해 스몄다. 체스 기물들이 세팅되는 동안 누구도 말을 하지 않았다. 갠즈 씨는 베스의 손에 들린 나이트를 부드럽게 가지고 가서 자리에 내려놓았다.

"네가 우리 둘과 동시에 게임을 할 수 있을 것 같아서 말이다."

"동시에요?"

그가 고개를 끄덕였다.

베스의 우유 상자가 두 개의 체스판 앞에 놓여 있었다. 그녀는 두 시합에서 모두 백을 맡아 킹 앞의 폰을 4행으로 행마했다.

샤이벌은 시실리안으로 응수했고, 갠즈 씨는 킹 폰을 자기 진영의 넷째 칸에 놓았다. 베스는 한시도 쉬지 않고 다음에 이어질 수를 생각했다. 동시에 두 게임을 하며 창밖을 내다봤다.

베스는 어려움 없이 두 경기를 모두 이겼다. 갠즈 씨가 다시 세팅했고 경기가 또 시작되었다. 이번엔 퀸 앞의 폰을 4행에 두었다. 그다음 퀸 측 비숍 앞의 폰도 4행에 두었다. 퀸스 갬빗이었다. 꿈을 꾸듯 마음이 편안해졌다. 지난밤 자정에 신경안정제를 일곱 알 먹었는데, 기분 좋은 나른함이 아직 몸속에 남아 있는 것 같았다.

게임의 중반쯤 베스가 창밖의 수풀에 핀 분홍 꽃을 바라보고 있는 와중에 갠즈 씨가 말했다.

"베스, 흑 비숍을 비숍열 다섯 번째 칸으로 옮겼다."

베스는 공상에 빠진 채 대답했다. "나이트를 K-5(나이트열 5행)로요." 봄날의 햇살에 수풀이 반짝거렸다.

"비숍을 나이트열 네 번째로." 갠즈 씨가 말했다.

"퀸을 퀸열 4행으로." 베스는 여전히 창밖을 보고 있었다.

"나이트, 퀸 측 비숍열 세 번째." 샤이벌이 무뚝뚝하게 말했다.

"비숍을 나이트열 5행으로." 베스가 분홍 꽃에 시선을 고정했다.

"폰을 나이트열 세 번째로." 갠즈 씨가 목소리에 낯선 부드러움을 담았다.

"퀸을 룩열 4행으로. 체크." 베스가 말했다.

베스는 갠즈 씨가 거칠게 숨을 들이마시는 소리를 들었다. 잠시 후 그가 입을 열었다. "킹을 비숍열 첫 번째 칸으로."

"세 수 안에 체크메이트돼요." 베스가 고개도 돌리지 않고 툭 던졌다. "일단 나이트가 먼저 체크를 할 거예요. 킹은 검은 칸 사이에 있을 거고, 그러면 비숍이 체크하겠죠. 그러고 나면 나이트가 체크메이트를 하죠."

갠즈 씨가 숨을 천천히 내쉬었다. "세상에, 이럴 수가."

♖ 2장 ♖

토요일 오후, 아이들이 영상을 보고 있는데 퍼거슨이 와서 베스를 디어도르프 원장실로 데리고 갔다. 영상의 제목은 저녁 식사 시 행동 수칙. 식탁에서의 매너를 다룬 것이어서 베스는 거리낌 없이 자리에서 일어났다. 하지만 한편으로는 두려웠다. 혹시 원장님이 내가 예배실을 한 번도 간 적이 없다는 걸 알아챈 걸까? 약을 숨겨 놓은 걸 들켰나? 흰 바지와 흰 티셔츠를 입은 퍼거슨을 따라 군데군데 검게 금이 가 있는 초록색 리놀륨 바닥의 긴 복도를 걸어가는데 다리가 후들거리고 무릎에 이상한 느낌이 들었다. 두툼한 갈색 신발이 리놀륨 바닥에 닿자 삐그덕 소리가 났다. 쨍하게 내리쬐는 환한 빛에 눈을 질끈 감았다. 그날은 그녀의 생일 전날이었지만 아는 사람이 아무도 없었다. 늘 그렇듯 퍼거슨은 아무 말도 하지 않았다. 그저 저 앞으로 빠르게 걸어갈 뿐이었다. 문에 불투명한 유리 판넬이 있었는데 거기에 '헬렌 디어도르프 원장실'이라고 적혀 있었다. 퍼거슨이 문 앞에 멈추었고 베스가 문을 열고 안으로 들어갔다.

하얀 블라우스 차림의 비서가 베스에게 안으로 들어가라고 했다. 디어도르프 원장님이 기다리고 있었다. 커다란 원목 문을 열고 안으로 들어갔다. 빨간 안락의자에 갈색 정장을 입은 갠즈 씨가 앉아 있었다. 디어도르프 원장은 책상 앞에 앉아서 얼룩무늬 뿔테 안경 너머로 베스를 바라봤다. 베스가 들어오자 갠즈 씨가 멋쩍게 웃으며 의자에서 반쯤 일어나더니 다시 어색하게 자리에 앉았다.

"엘리자베스." 원장이 입을 열었다.

베스가 문을 닫고 몇 발자국 앞에 섰다. 그리고 디어도르프 원장을 바라봤다.

"엘리자베스, 갠즈 감독님이 네가……." 원장이 콧대 위의 안경을 매만졌다. "재능이 뛰어난 아이라고 하시는구나." 디어도르프는 베스가 부인할 줄 알았는지 잠시 그녀를 응시했다. 베스가 아무 말도 하지 않자 계속 말을 이었다. "감독님이 우리에게 매우 이례적인 부탁을 하셨어. 너를 고등학교에 초청하겠다는구나……. 날짜가……." 디어도르프가 다시 갠즈 감독에게 눈을 돌렸다.

"목요일입니다." 갠즈 씨가 말했다.

"그래요. 목요일 오후에. 감독님은 네가 경이로운 체스 선수라면서 체스 클럽에서 시합을 하길 원하셔."

베스는 아무 말도 하지 않았다. 여전히 겁먹은 상태였다.

갠즈 씨가 목을 가다듬었다. "체스 클럽에 열두 명이 있는데, 네가 그들과 체스를 둬 보면 좋겠구나."

"어떠니?" 디어도르프 원장이 물었다. "그렇게 하고 싶니? 현장 학습으로 처리하면 된다." 디어도르프가 갠즈 감독을 보며 냉혹하게 웃었다. "저희는 종종 아이들에게 외부 활동을 경험할 수 있는 기회를 줍니다." 그런 말은 처음 들어 봤다. 여태껏 보육원 밖을 나간 아이는 한 번도 본 적이 없었다.

"네. 해 볼게요." 베스가 대답했다.

"좋아. 됐구나. 갠즈 감독님과 여학생 한 명이 목요일 점심 식사 후에 널 데리러 올 거다."

갠즈 씨가 자리에서 일어나고 베스가 그 뒤를 따라 나가려고 하는데 디어도르프가 그녀를 불렀다.

"엘리자베스." 둘만 남겨졌을 때 원장이 입을 열었다. "갠즈 감독이 말씀하시길, 네가 경비 아저씨랑 체스를 둔다는구나."

베스는 무슨 말을 해야 할지, 어찌할 바를 몰랐다.

"샤이벌 아저씨와 말이다."

"네, 원장님."

"아주 비정상적인 행동이구나, 엘리자베스. 지하실에 갔었니?"

잠시 베스는 거짓말을 해야 하나 고민했다. 그래 봤자 디어도르프 원장이 알아내기는 식은 죽 먹기였다. "네, 원장님." 베스가 다시 한번 말했다.

원장이 불같이 화를 낼 줄 알았지만 놀랍게도 디어도르프 원장의 목소리는 차분했다. "그건 안 돼. 메듀엔은 훌륭한 보육원이기 때문에 아이가 지하실에서 체스를 두게 할 수는 없다."

베스의 배 속이 팽팽해졌다.

"게임 물품 보관함에 분명 체스 세트가 있을 거야." 원장이 말을 이었다. "퍼거슨에게 찾아보라고 하마."

원장실 밖에서 전화기의 작은 불빛이 반짝이며 벨이 울렸다. "이제 가 봐라, 엘리자베스. 고등학교에 가서 행동 바르게 하고 항상 손톱을 깨끗하게 유지하는 거 잊지 말도록 해라."

《후플 장군》이라는 만화책에서 후플 장군은 올빼미 클럽에 속해 있었다. 올빼미 클럽은 남자들이 커다랗고 오래된 의자에 앉아 맥주를 마시며 아이젠하워 대통령에 관한 이야기와 자신들 부인이 모자에 얼마나 돈을 많이 쓰는지에 대해 시시콜콜 잡담하는 곳이었다. 샤이벌 아저씨처럼 배가 불룩하게 나온 후플 장군은 올빼미 클럽에 있을 때면 늘 두 손에 흑맥주를 들고 있었고 '에헴'이나 '이런, 제길!' 같은 말이 적힌 말풍선이 그의 입 옆에 달려 있었다. 그런 곳이 '클럽'이었다. 메듀엔의 도서실 같은 곳. 어쩌면 베스도 저런 공간에서 열두 명과 체스를 두게 될지도 모르는 일이었다.

그녀는 아무에게도 이야기하지 않았다. 졸린에게도. 불이 꺼진 뒤 침대에 누워 상상해 보니 기대감으로 뱃속이 전율했다. 그렇게 많은 게임을 정말 할 수 있을까? 등을 대고 침대 위를 구르며 불안한 듯 잠옷 주머니에 집중했다. 주머니 안에 약이 두 알 있었다. 목요일까지 엿새가 남았다. 아마 갠즈 씨는 한 사람과 대국을 두고 나서 다른 사람과 게임하는 걸 의미했을 것이다.

베스는 '경이로운'이라는 단어를 찾아봤다. 사전에 이렇게 나와 있었다. 놀라운, 뛰어난, 눈에 띄는. 그 단어들을 조용히 되뇌었다. "놀라운, 뛰어난, 눈에 띄는." 그 단어들이 머릿속에서 멜로디가 되어 춤을 추었다.

베스는 체스판 열두 개를 한 번에 떠올려 천장에 나란히 나열해 보았다. 체스판 네다섯 개만 선명했다. 그녀가 흑색 기물을 맡고 '그들'에게 백색 기물을 넘겼다. '그들'이 킹 앞의 폰을 4행으로 옮기게 한 다음 시실리안으로 응수했다. 다섯 게임이 한 번에 가능했다. 한 게임에 집중하는 동안 나머지 네 개는 베스의 다음 수를 기다렸다.

복도 아래에 있는 책상에서 어떤 목소리가 들렸다. "지금 몇 시야?" 그러더니 다른 목소리가 "두 시 이십 분"이라고 했다. 엄마는 한밤중에 이야기하곤 했다. 그들도 엄마처럼 한밤중에 이야기하고 있었다. 베스는 계속해서 한 번에 다섯 게임을 머릿속으로 그리며 시합을 이어 갔다. 어느새 주머니 속의 약은 까맣게 잊어버렸다.

다음 날 아침, 퍼거슨이 여느 때와 같이 베스에게 종이컵을 주었다. 그런데 종이컵 안에 주황색 비타민만 두 알 있었다. 다른 건 없었다. 고개를 들어 약국의 작은 유리창 너머로 퍼거슨을 바라봤다.

"자, 다음." 퍼거슨이 말했다.

베스는 뒤에 있는 여자애가 자기를 밀치는데도 꼼짝없이 서 있었다. "초록색 약은요?"

"이제는 못 받는다." 퍼거슨이 단호하게 내뱉었다.

베스는 까치발을 들고 약국 안을 들여다봤다. 저쪽 퍼거슨 뒤 커다란 유리병 안에 초록색 약이 삼 분의 일 정도 차 있었다. 적어도 수백 알은 있었다. 젤리빈처럼. "저기에 있잖아요." 베스가 손으로 가리켰다.

"다 처분할 거다. 법이 새로 생겼어. 아이들에게 신경안정제를 투약하지 말 것."

"내 차례야." 뒤에 있는 글레디스가 말했다.

그런데도 베스는 꼼짝하지 않았다. 말을 하려고 입을 벌렸지만 아무 말도 나오지 않았다.

"내가 비타민 받을 차례라고!" 글레디스가 큰소리로 외쳤다.

머릿속으로 체스에 과하게 몰두하다가 약 없이 잠드는 밤이 계속됐다. 그런데 그날 밤은 그렇지 않았다. 체스가 떠오르지 않았다. 칫솔 컵 안에 약이 세 알 있긴 했지만 그게 전부였다. 그냥 한 알 먹어 버리자,고 마음먹은 날도 더러 있었으나 이내 마음을 접곤 했다.

"너 뭐 어디 전시된다고 하던데?" 졸린이 물었다. 그녀는 베스 때문이 아니라 자신이 한 말에 키득키득 거렸다. "사람들 앞에서 체스 둔다며."

"누구한테 들었어?" 베스가 말했다. 둘은 배구 경기 후 탈의실에 있었다. 작년만 해도 없었던 졸린의 가슴이 봉긋하게 솟아 체육복 아래에서 흔들렸다.

"얘, 그냥 알게 된 거란다." 졸린이 말을 이었다. "바둑판처럼 생긴 판 위에서 말들이 미친 듯이 돌아다니는 그런 거 아냐? 우리 휴버트 삼촌도 그거 했었어."

"원장님이 얘기해 줬어?"

"그 여자 근처엔 가지도 않아." 졸린이 당당하게 웃었다.

"퍼거슨이 알려 줬어. 네가 시내에 있는 고등학교에 간다더라. 내일모레."

베스가 졸린을 회의적으로 바라봤다. 선생님들은 고아와 정보 교류를 하지 않았다. "퍼거슨이……?"

졸린이 몸을 앞으로 기울이고 진지하게 말했다. "가끔은 퍼거슨하고 나, 꽤 가깝거든. 어디에 가서 얘기하지 말고, 알았지?"

베스가 고개를 끄덕였다.

졸린이 뒤로 돌아 하얀 수건으로 머리를 털었다. 배구 시합이 끝난 후에는 늘 교실로 돌아가기 전 샤워를 하고 옷을 갈아입을 시간이 주어졌다.

베스는 골똘히 생각에 잠겼다. 그러고는 낮은 목소리로 말했다. "졸린."

"응."

"퍼거슨이 너한테 초록색 약 줬어? 따로?"

졸린이 베스를 뚫어지게 쳐다보다가 이내 얼굴에 긴장을 풀었다. "야, 그럴 리가. 나도 그랬으면 좋겠지. 그런데 지금 정부에서 그 알약으로 무슨 짓을 했는지 조사하고 난리야."

"약국 안에 아직 약 있던데. 큰 유리병에."

"진짜? 난 못 봤는데." 졸린이 베스를 계속 바라봤다. "너 요새 좀 예민한 거 같더라. 금단 증상 있어?"

지난밤 베스는 하나 남은 약을 먹었다. "모르겠어." 베스가 말했다.

"주변을 잘 살펴봐. 며칠 안에 불안에 떠는 고아들이 속속 나타날 테니까." 졸린이 머리를 다 털고 몸을 쭉 폈다. 곱슬곱슬한 머리와 커다란 눈 뒤로 후광이 비쳤다. 졸린은 아름다웠다. 베스는 자기가 못생겼다고 느끼며 벤치 위 졸린의 옆에 앉았다. 베스는 작고 희멀게서 못생겼다. 약 없이 잠들 생각을 하니 두려웠다. 어제, 그제 밤에도 새벽 두세 시를 넘겨 잠이 들었다. 눈이 뻑뻑했고, 방금 샤워를 마쳤는데도 뒷덜미가 끈적끈적했다. 베스는 퍼거슨 뒤에 있던 커다란 유리병, 삼 분의 일 이상이 초록색 약으로 차 있던 그 유리병을 계속 떠올렸다. 그녀의 칫솔 컵을 수백 번 가득 채우고도 남을 만큼의 초록색 약을.

고등학교로 가는 길. 메듀엔 보육원에 들어온 후로 차를 타고 나가는 첫 외출이었다. 벌써 14개월 전이었다. 거의 15개월 만이었다. 엄마는 이런 검은색 차에서 운전대의 툭 튀어나온 부분에 눈을 찔린 채 죽어 있었다. 클립보드를 든 여자가 무슨 말을 하는 동안 베스는 아무 말 없이 그 여자의 볼에 박힌 점을 노려보고 있었다. 아무 감정도 느껴지지 않았다. 엄마가 돌아가셨다고 그 여자가 말했다. 장례식은 3일 후에 있을 거라고. 관은 닫혀 있을 거라고. 베스는 관이 무엇인지 알고 있었다. 드라큘라가 잠들어 있는 곳. 언젠가 엄마가 말했듯이 아빠는 '속 편한 삶' 때문에 그해 일 년 전에 죽었다.

베스는 쑥스러움이 많은 키 큰 여자애 셜리와 차의 뒷자리에 앉았다. 셜리는 체스 클럽 회원이었다. 갠즈 씨가 운전했다. 베스는 배 속에 철사처럼 단단한 매듭이 느껴졌다. 두 무릎을 딱 붙이고 앉아서 갠즈 씨의 줄무늬 셔츠 안의 목덜미만 똑바로 쳐다보며 차 앞 유리를 왔다 갔다 하는 다른 차들과 버스를 흘긋거렸다.

셜리가 대화를 시도했다. "너 킹스 갬빗* 하니?"

베스는 고개를 끄덕였지만 말을 하기엔 겁이 났다. 전날 한숨도 자지 못했다. 이런 날은 거의 처음이었다. 지난밤 베스는 퍼거슨이 리셉션의 여직원과 시시덕거리는 소리를 들었다. 육중한 그의 웃음소리가 복도를 타고 흘러 여자 다인실의 문틈으로 들어와 그녀가 누워 있는 딱딱한 철제 침대에 닿았다.

그런데 조금 전 의아한 사건이 있었다. 생각지도 못했던 일이. 베스가 갠즈 씨와 막 길을 나서려는데 졸린이 달려와서 그를 교묘한 눈으로 바라보더니 물었다. "잠깐 애랑 얘기 좀

* 백이 킹 앞의 폰으로 시작하는 오프닝이다. 1. e4 e5 / 2. f4로 움직인다.

해도 될까요?" 갠즈 씨가 그러라고 하자 졸린이 베스를 재빠르게 자기 쪽으로 당겨 초록색 약 세 알을 손에 쥐여 주었다. "여기. 너 필요하잖아." 그러고는 갠즈 씨에게 고맙다고 한 뒤 팔 아래에 지리 책을 끼고 교실로 뛰어 들어갔다.

그러나 약을 먹을 기회가 좀처럼 나질 않았다. 바로 지금 주머니에 약이 있는데도 베스는 두려웠다. 입이 바짝 말랐다. 아무도 모르게 약을 왕창 삼킬 수도 있었다. 하지만 무서웠다. 사람들이 곧 들이닥칠 게 분명했다. 머리가 빙빙 돌았다.

차가 신호에 걸렸다. 교차로 건너에 커다란 파란색 입간판이 있는 퓨어 오일 주유소가 있었다. 베스가 목을 가다듬었다. "저 화장실에 가고 싶어요."

"십 분 후면 도착한다." 갠즈 씨가 말했다.

베스가 단호하게 머리를 흔들었다. "못 참겠어요."

갠즈 씨가 어깨를 으쓱했다. 신호가 바뀌자 교차로를 가로질러 주유소로 향했다. 베스는 여성용이라고 적힌 화장실로 들어가 문을 잠갔다. 이가 빠진 세면대와 하얀 타일에 묻은 더러운 얼룩, 지저분했다. 수도꼭지를 돌려 차가운 물을 틀어 놓고 입 안에 약을 집어넣었다. 그리고 손을 동그랗게 모아 물을 채운 다음 꿀꺽 삼켰다. 벌써 기분이 좀 나아지는 것 같았다.

널찍한 교실의 저 멀리 끝에 칠판이 세 개나 달려 있었다. 가운데 칠판에 '환영합니다, 베스 하먼!'이라는 문구가 하얀 분필로 크고 진하게 적혀 있었다. 칠판 위에는 아이젠하워 대통령과 닉슨 부통령의 칼라 사진이 붙어 있었다. 책상은 대부분 교실 밖으로 빠져 복도 벽을 따라 한 줄로 세워져 있었고 나머지는 저 뒤로 밀려 있었다. 교실 가운데에 접이식 책상 세 개가 U자 모양을 이루고, 책상 하나에 초록색과 베이지색 칸으로 이뤄진 종이 체스판이 네 개씩 세팅되어 있었으며 그 위에 플라스틱 기물이 자리를 잡고 있었다. U자 안쪽에는 철제 의자들이 흑 기물을 마주한 채 테두리를 따라 놓였지만 백 기물 쪽에는 의자가 없었다.

퓨어 오일 주유소의 화장실에 다녀온 지 이십 분이 지났고 베스는 더 이상 떨지 않았다. 그런데도 눈이 따끔거리고 관절이 욱신댔다. 그녀는 남색 주름치마에 하얀 블라우스 차림이었다. 블라우스의 주머니에 빨간 글씨로 메듀엔이라고 적혀 있었다.

교실에 들어섰을 때는 아무도 없었다. 갠즈 씨가 주머니에서 열쇠를 꺼내 문을 열었다. 몇 분 후 종이 울리자 복도에서 우다다 발소리와 시끌벅적한 웅성임이 나더니 학생들이 줄지어 들어왔다. 대부분 남학생이었다. 성인만큼 큰 남학생도 있었다. 가장 고학년이었다. 스웨터를 입은 학생들이 주머니에 손을 찔러 넣고 있었다. 베스는 순간 어디에 앉아야 할지 몰라 어물쩍댔다. 그러나 남학생들과 동시에 대국을 치르려면 앉아서는 안 되었다. 이 체스판에서 저 체스판으로 이동하며 수를 둬야 했으니까. "야, 앨런. 조심해!" 한 학생이 엄지 손가락을 베스 쪽으로 홱 꺾으며 외쳤다. 불쑥 베스는 자신이 쓸모없는 인간처럼 한없이 작게 느껴졌다. 갈색 머리의 희멀건 여자애. 부모 없는 여자애. 허접한 보육원복을 입은 고아. 그녀의 몸집은 밝은색 스웨터를 입고 고래고래 소리를 질러 대는 우습고 무례한 남학생들의 절반도 안 되었다. 힘이 쭉 빠지고 바보처럼 느껴졌다. 하지만 베스는 익숙한 패턴으로 세팅되어 있는 체스 기물과 체스판으로 다시 시선을 돌렸다. 그러자 우울한 기분이 조금씩 풀어졌다. 이 고등학교에서는 자신이 객스럽게 느껴졌지만, 열두 개의 체스판을 대할 때는 전혀 그렇지 않았다.

"자, 자리에 앉아 조용히 하도록." 갠즈 씨의 권위가 새삼 놀라웠다. "찰스 레비가 가장 잘하니까 첫 번째 체스판을 맡는다. 나머지는 원하는 자리에 앉도록 한다. 대국 중에는 이야기하지 않는다."

일순간 모두 입을 다물고 베스를 쳐다봤다. 베스 역시 눈도 깜빡이지 않고 그들을 바라봤다. 밤하늘처럼 새까만 증오가 꿈틀꿈틀 솟아오르는 게 느껴졌다.

베스가 갠즈 감독에게 몸을 돌렸다. "시작해요?"

"첫 번째 체스판부터 시작하자."

"그리고 다음 체스판으로 가요?"

"맞아." 갠즈 감독이 말했다. 베스는 그가 아직 남학생들에게 자기를 소개시키지 않았다는 걸 깨달았다.

첫 번째 체스판으로 갔다. 찰스 레비가 흑 앞에 앉아 있었다. 베스는 손을 뻗어 킹 앞 폰을 들고 4행으로 옮겼다.

베스는 고등학생들이 체스를 너무 못 둬서 깜짝 놀랐다. 전부 다 형편없었다. 생애 첫 대국에서 그녀는 상대의 수를 그들보다 훨씬 더 잘 이해했다. 고등학생들은 폰을 전부 자기 진영에 내버려 둔 채 활짝 열어 놔 베스가 포크*를 할 수 있게 했다. 몇몇 학생이 체크메이트를 살짝 시도하기도 했지만 그럴 때면 베스가 파리를 쫓아내듯 기물들을 옆으로 털어 버렸다. 베스는 힘차게 체스판을 옮겨 다녔다. 배 속이 차분해지고 손도 진정되었다. 각 체스판에 놓인 기물의 위치를 파악하고 다음 수를 결정하는 데까지 일 초밖에 걸리지 않았다. 그녀의 응수는 빠르고 정확하며 날카로웠다. 찰스 레비는 남학생들 중 최고라고 했다. 베스는 수를 열두 번 둔 뒤 그의 기물을 묶어 버렸고 그 후 여섯 수만에 맨 뒷줄에 있는

* 한 수로 두 개의 위협을 만드는 상황.

흑 킹을 나이트-룩 콤비네이션으로 체크메이트했다.

정신이 맑아지고 체스의 달콤한 움직임에 따라 영혼이 노래를 불렀다. 교실에는 분필 가루 냄새가 자욱했고, 베스가 줄지어 앉아 있는 남학생들 한 명 한 명에게 다가갈 때마다 신발에서 끼익끼익 소리가 났다. 교실 안은 고요했다. 베스는 그 중심에서 모든 걸 압도하는, 작지만 견고한 자신의 존재를 느꼈다. 밖에서 새들이 지저귀고 있었지만 그녀에겐 들리지 않았고, 교실 안에서는 학생들 몇몇이 그녀를 가만히 바라보고 있었다. 복도에서 들어온 남학생들이 뒷벽을 따라 줄을 서서 외곽의 보육원에서 온 못생긴 여자애를 구경했다. 너른 평야의 카이사르*처럼, 불빛 아래의 파블로바**처럼 결연한 에너지를 분출하며 이 선수에서 저 선수로 옮겨 가는 소녀의 모습을 열너댓 명이 구경하고 있었다. 어떤 남학생들은 야유를 보내기도 하고 히죽히죽 깔보기도 했다. 그러나 나머지는 교실 안의 에너지를, 이 고루한 학교 교실에서 역사상 한 번도 느껴 보지 못한 단호한 힘을 감지하고 있었다.

사실 베스의 행동은 매우 사소했지만, 놀랍도록 강렬한 정신의 에너지가 교실 안에서 타닥타닥 소리를 내며 불타올랐고, 그 소리는 들을 줄 아는 사람들에게만 들렸다. 그녀의 체

---

* 로마 공화정 말기의 정치가이자 장군.

** 세계 발레 역사상 가장 위대한 발레리나 중 한 명.

스는 에너지와 함께 활활 불타올랐다. 한 시간 반이 다 되어 갈 때쯤 베스는 한 치의 망설임도, 시간 낭비도 없이 남학생들을 전부 이겼다.

베스는 멈춰 서서 주변을 둘러보았다. 각 체스판 옆에 그녀가 잡은 기물들이 무리 지어 놓여 있는 모습이 보였다. 학생 서너 명만이 베스를 뚫어지게 바라볼 뿐 대부분 그녀의 눈을 피했다. 드문드문 박수 소리가 들렸다. 베스가 발그레 얼굴을 붉혔다. 내면의 무언가가 체스판들 쪽으로, 체스판 위의 비김수들 쪽으로 손을 뻗었다. 그러나 그곳엔 아무것도 남아 있지 않았다. 베스는 다시 힘을 잃은 작은 여자아이로 돌아갔다.

갠즈 씨가 베스에게 1킬로그램짜리 휘트맨 초콜릿을 선물하고 차로 데리고 갔다. 셜리는 베스와 마주치지 않도록 조심하면서 말없이 뒷좌석으로 들어갔다. 그들은 고요함 속에 메듀엔 보육원으로 돌아갔다.

오후 다섯 시의 자습 시간은 정말 참기 힘들었다. 베스는 머릿속으로 체스를 두고 있었는데 고등학교를 다녀온 후에는 어쩐지 하찮고 의미 없게 느껴졌다. 마침 내일 지리 시험이 있으니 지리 책을 읽으려 노력해 봤는데도 커다란 지리 책에는 그림이나 사진이 대부분이었고 그런 것들은 별로 중요하지 않았다. 졸린은 교실에 없었다. 약이 더 있는지 물어보려면 반드시 졸린을 찾아야 했다. 가끔 한 번씩 마법이 일어나길 바라는 희망을 품으며 블라우스 주머니를 손바닥으로 만져 보았다. 알약의 작고 단단한 표면이 느껴지길 바라면서. 그러나 아무것도 없었다.

베스가 식당으로 들어가 쟁반을 들었을 때, 졸린은 저녁 식사 중이었다. 이탈리안 스파게티를 먹고 있었다. 음식을 받기도 전에 졸린이 있는 테이블로 성큼성큼 다가갔다. 그녀는 어떤 흑인 여자애와 같이 있었다. 새로 들어온 사만다였다. 둘은 이야기를 나누고 있었다.

베스가 곧장 다가가 졸린에게 말했다. "더 있어?"

졸린이 이마를 찌푸리며 고개를 젓고 이렇게 받아쳤다. "전시회는 어땠어? 괜찮았어?"

"괜찮았어." 베스가 대답했다. "하나밖에 없어?"

"얘," 졸린이 몸을 돌렸다. "지금 그 얘기는 하고 싶지 않거든?"

토요일 오후, 도서실에서 상영하는 영화는 「성의」였다. 잘생긴 남자 배우인 빅터 머추어가 출연하는 종교적인 내용의 영화였다. 그날따라 보육원 직원 전체가 덜덜 흔들리는 프로젝터 근처에 나란히 앉아 영화에 집중했다. 베스는 영화가 시작하고 삼십 분 내내 거의 눈을 감고 있었다. 눈에 실핏줄이

터져서 따끔거렸다. 목요일 밤에는 아예 잠을 자지 못했고, 금요일에는 한 시간 정도만 깜빡 졸았다. 배 속이 뒤틀리고 목구멍에서 시큼한 맛이 났다. 치마 주머니에 손을 찔러 넣은 채 접이식 의자에 구부정하게 앉아 있는데 아침에 넣어 놓은 드라이버가 손끝에 닿았다. 아침 식사 후 남자아이들의 목공실에 들어가서 벤치 위에 있던 걸 가져왔다. 아무도 그녀를 보지 못했다. 손가락이 아프도록 드라이버를 꽉 쥐고 숨을 깊게 들이마셨다. 자리에서 일어나 문 쪽으로 조금씩 이동했다. 퍼거슨이 거기에 앉아 있었다. 아이들을 감독하면서.

"화장실이요." 베스가 속삭였다.

가슴팍을 드러낸 채 원형 경기장에 서 있는 빅터 머추어에게서 눈을 떼지 않은 채 퍼거슨이 고개를 끄덕였다. 베스는 분명한 목적을 마음에 품고 좁은 복도를 따라 내려갔다. 빛바랜 리놀륨 바닥이 굽이치는 곳을 넘어 여자 다인실을 지난 다음, 잡지 《크리스천 엔데버*》와 《리더스 다이제스트**》가 전시된 다목적실로 발걸음을 옮겼다. 저쪽 벽 맞은편, 자물쇠로 잠긴 창문에 '약국'이라고 적혀 있었다.

옆 교실에 작은 나무 의자가 몇 개 보였다. 의자 한 개를

* 프로테스탄트 교회의 청년들이 전도와 봉사를 하기 위해 1881년 교파를 초월하여 설립한 단체.

** 1922년에 출간된 미국의 유명 월간지.

들었다. 주변에 아무도 없었다. 도서실에서 상영 중인 영화에서 나오는 검투사의 외침만 들렸을 뿐 그녀의 발소리 외엔 어떤 소리도 존재하지 않았다. 검투사의 외침이 쩌렁쩌렁 울려 퍼졌다.

베스가 약국 창문 앞에 의자를 두고 그 위로 올라갔다. 얼굴이 가장 위에 매달린 자물쇠 높이까지 닿았다. 약국 창문은 육각형 모양의 철조망이 들어 있는 불투명한 유리였고 나무 재질의 창틀에 하얀색 에나멜페인트가 두껍게 발라져 있었다. 베스는 페인트칠이 되어 있는 걸쇠의 나사를 유심히 관찰했다. 걸쇠의 나사 구멍 틈에도 페인트가 묻어 있었다. 베스는 이마를 찌푸렸다. 심장이 점점 빨리 뛰기 시작했다.

아주 가끔 아빠가 술에 취하지 않은 채로 집에 올 때면, 소일거리를 하는 걸 좋아했다. 가난한 지역에 위치한 그 집은 오래되어서 여기저기에 페인트가 두껍게 칠해져 있었다. 베스는 대여섯 살 무렵에 아빠를 도와 커다란 드라이버로 벽에 있는 스위치 커버와 콘센트 커버를 바꾸곤 했다. 제법 잘했고 아빠의 칭찬을 받았다. “정말 빨리 배우는구나. 우리 딸.” 베스는 그때가 가장 행복했다. 아빠는 나사 구멍에 페인트가 들어가 있으면 “아빠가 할게”라며 무언가 조치를 취해서 나사의 머리를 잘 보이게 했다. 베스가 드라이버를 넣고 돌리기만 하면 되게끔 말이다. 페인트를 빼내기 위해 아빠는 무엇을 했던 걸까? 어느 방향으로 드라이버를 돌려야 했던 걸까? 순간 베스는 자신의 무능함에 얼굴이 확 달아오르고 숨이 턱 끝까지 차올랐다. 영화 속 원형 경기장의 외침이 거대한 함성으로 바뀌었고 배경 음악 역시 분주하게 리듬을 탔다. 그때만 해도 베스는 의자에서 내려가 도서실로 돌아가서 자리에 앉을 수 있었다.

하지만 그렇게 하면, 지금 같은 기분을 계속 안고 살아야 할 터였다. 매일 밤, 문 아래로 스며 들어와 그녀의 얼굴에 닿는 불빛과 복도에서 흘러와 귓가를 스치는 소음 그리고 입안을 메우는 씁쓸한 맛을 느끼며 침대에 누워 있어야 한다. 온몸에 느껴지는 안정도, 안심도 없을 터였다. 베스는 드라이버 손잡이를 들고 나사 머리를 쿵쿵 때렸다. 아무 일도 일어나지 않았다. 이를 악물고 머리를 굴렸다. 이내 비장하게 고개를 끄덕이고는 드라이버를 다시 꽉 잡아 날 끝으로 페인트를 긁어내기 시작했다. 그게 바로 아빠가 했던 조치였다. 발에 힘을 주고 의자를 밟고 서서 두 손을 세게 누르며 나사 머리의 틈을 따라 밀어냈다. 페인트 부스러기가 조금씩 떨어져 나갔고 놋쇠 나사가 모습을 드러냈다. 계속해서 드라이버의 날 끝으로 밀어내자 페인트가 점점 더 떨어졌다. 그러더니 큼직한 페인트 조각이 뚝 떼어지고 나사 머리의 틈이 선명하게 모습을 드러냈다.

베스는 드라이버를 오른손에 들고 나사 머리에 꽂은 후 조심스럽게 돌렸다. 왼쪽으로. 아빠가 가르쳐 줬던 것처럼. 그제야 기억이 났다. 베스는 기억력이 좋았다. 있는 힘껏 나사를 돌렸다. 하지만 꿈쩍도 하지 않았다. 드라이버를 나사 머리에서 빼고 한 손으로 나사를 움켜잡은 다음 다시 드라이버 날 끝을 나사 틈에 넣었다. 어깨를 바짝 웅크리고 손이 찢어질 것 같을 때까지 돌렸다. 그때 갑자기 끼익 소리가 나더니 나사가 느슨해졌다. 같은 방향으로 손가락을 비틀어 나머지가 다 풀릴 때까지 쉬지 않고 돌렸다. 나사를 빼서 블라우스 주머니에 넣었다. 그러고는 다른 나사를 또 풀기 시작했다. 베스가 풀려는 걸쇠의 모서리마다 나사 구멍이 네 개씩 있었는데, 딱 두 구멍에만 나사가 박혀 있었다. 지난 며칠간의 관찰 끝에 알게 된 사실이었다. 매일 비타민 시간에 약국 안의 커다란 유리병에 아직 초록색 약이 그대로 있나 확인하다가 알아챘다.

나머지 나사도 주머니에 넣었다. 걸쇠의 한쪽 끝이 큼직한 자물쇠를 매단 채 느슨해졌고, 다른 쪽 끝은 창틀에 박힌 나사가 붙들고 있었다. 얼마 지나지 않아 걸쇠의 양쪽 모두가 아니라 한쪽만 풀면 된다는 걸 깨달았다. 처음에는 양쪽 다 풀려 했었다.

베스는 창문을 당겨서 열었다. 창문이 자기 앞으로 지나가게끔 몸을 뒤로 살짝 보냈다. 약국 안으로 머리를 집어넣었다. 불은 꺼져 있었지만 큰 유리병의 윤곽은 보였다. 까치발을 하고 몸을 최대한 앞으로 숙여 창문 안으로 팔을 뻗었다. 각진 창턱이 배에 닿았다. 꿈틀거리며 앞으로 더 가자 의자에서 발이 떨어졌다. 창턱 끝의 약간 뾰족한 부분에 배가 베일 것 같았다. 그러나 무시하고 조금이라도 앞으로 가기 위해 계속 꿈틀댔다. 마구잡이가 아니라 체계적으로. 블라우스가 쭈욱 찢어지는 소리가 들렸다. 동시에 느껴지기도 했다. 그래도 모른 체했다. 어차피 옷장에 블라우스가 하나 더 있으니 바꾸면 됐다.

이제 차갑고 매끈한 철제 책상의 표면에 손이 닿았다. 퍼거슨은 아이들에게 약을 줄 때 폭이 좁은 그 하얀 철제 책상 앞에 서 있었다. 앞으로 조금 더 갔더니 손에 체중이 실렸다. 그쪽에 상자가 몇 개 있었다. 상자들을 한쪽으로 밀어서 내려갈 자리를 만들었다. 이제 움직이기가 수월해졌다. 골반 아래의 창턱이 허벅다리 윗부분을 긁을 때까지 체중을 앞으로 싣고 나서야 책상 위로 폴짝 올라갈 수 있었다. 그런 다음 중심을 잃고 넘어지지 않기 위해 팔을 휘저었다. 마침내 안으로 들어왔다! 몇 번 크게 숨을 들이마시고 아래로 내려갔다. 그래도 빛이 꽤 들어와서 잘 보였다. 베스는 약국 벽으로 다가가서 어슴푸레하게 보이는 유리병을 마주했다. 유리병은 마개로 덮여 있었다. 마개를 들어 올리고 조심스레 책상 위에 놓았다. 그러고는 두 손을 천천히 유리병 안으로 넣었다. 손끝에 반질반질한 알약의 표면이 닿았다. 수백, 수천 개의 알약이. 손을 더 깊숙이 넣어 손목까지 파묻었다. 길게 심호흡을 한 다음 가만히 숨을 멈췄다. 이내 짧은 한숨을 훅 내쉬고 한 주먹 가득 약을 쥐어 오른손을 빼냈다. 얼마나 되는지 세지 않았다. 그냥 입 속에 몽땅 그러넣고 전부 삼켰다.

또 약을 한 움큼 집어서 치마 주머니에 넣었다. 세 번이나. 창문의 오른쪽 벽에 종이컵 거치대가 있었다. 까치발을 하고 쭉 뻗으면 닿는 높이였다. 종이컵 네 개를 빼냈다. 실은 어젯밤에 종이컵을 몇 개 빼낼지 정해 놓았었다. 종이컵을 포개어 쌓고 유리병이 놓인 그 책상으로 가서 책상 위에 종이컵을 가지런히 두고, 유리병 안의 약을 종이컵에 부어 가득 채웠다. 그러고는 돌아서서 유리병을 바라보았다. 원래보다 양이 절반 가까이 줄었다. 아마 메듀엔의 영원히 풀리지 않을 미스터리가 될 것이었다. 앞으로 일이 어떻게 돌아가는지 베스도 지켜봐야 했다.

컵을 놓고 퍼거슨이 약국 일을 할 때 지나다녔던 문으로 갔다. 이 문으로 나가면 될 듯했다. 안에서 문을 열고 나가서 두 번 왔다 갔다 하면 그녀의 침대 옆 철제 탁자에 약을 갖다 놓을 수 있을 것 같았다. 거의 빈 크리넥스 상자 안에 약을 넣은 다음 휴지 서너 장으로 상자 위를 덮고 침대 옆 철제 탁자 아래에 상자를 놓을 생각이었다. 깨끗이 세탁한 속옷과 양말이 있는 서랍 아래에.

그런데 약국 문이 열리지 않았다. 아주 단단하게 잠겨 있었다. 조심스럽게 손잡이와 자물쇠를 살펴보았다. 갑자기 목구멍 안쪽에서 묵직하고 둔탁한 느낌이 우지끈 솟구치더니 죽은 사람처럼 팔에 감각이 없어졌다. 문이 정말로 열리지 않았다. 의심했던 것이 현실이 되었다. 약국 안에서도 열쇠가 필요했던 것이다. 신경안정제가 그득그득 담긴 종이컵 네 개를 들고 기어 올라가 저 작은 창문을 빠져나가기란 쉽지 않아 보였다.

베스는 점점 미쳐 갔다. 조만간 선생님들이 그녀가 없어진 걸 알게 될 터였다. 퍼거슨이 그녀를 찾아다닐 것이었다. 프로젝터는 멈추고 퍼거슨의 감독 아래 아이들은 전부 다목적실로 보내질 터였다. 그러고 나면 여기에서 그녀를 발견할 것이다. 베스는 저 아래 더 깊숙한 곳에서 덫에 걸린 느낌이 들었다. 집에서 나와 이 보육원에 맡겨졌을 때, 스무 명의 낯선 아이들로 득실대는 다인실에서 잠을 청해야 했을 때, 밤새 웅얼대는 소음을 견뎌야 했을 때 느꼈던, 심장이 멎는 듯 비참한 기분이었다. 예전에 집에 살던 시절, 엄마와 아빠가 밝은 햇살이 쏟아지는 주방에서 서로를 향해 마구 고함을 쳐댔을 때처럼 기분이 아주 나빴다. 당시 베스는 식당에 접이식 침대를 펴고 자야 했다. 그때도 덫에 걸린 느낌이었고 팔이 마비된 것 같았다. 식당과 주방 사이에 있는 문 아래의 커다란 공간 틈으로 빛이 흘러 들어왔었다. 부모님이 고함치는 소리와 함께.

베스는 문손잡이를 움켜잡고 얕은 숨을 몰아쉬며 한동안 가만히 서 있었다. 심장이 다시 정상적으로 뛰기 시작했고 팔과 손에도 감각이 돌아왔다. 창문을 통해 기어 나갈 수 있을 것 같았다. 주머니는 약으로 가득했다. 종이컵을 창문 안쪽의 하얀 책상 위에 둔 다음 밖에 있는 의자로 나가서 손을 뻗어 종이컵을 꺼내면 된다. 한 번에 하나씩. 모든 장면들이 눈앞에 그려졌다. 체스처럼.

베스는 종이컵을 책상 위로 옮겼다. 고등학교에서 대국을 두던 날, 아무도 자신을 이길 수 없다는 사실을 알았을 때처럼 내면에서 묵직한 침착함이 느껴졌다. 종이컵 네 개를 내려놓고 뒤를 돌아 유리병을 바라봤다. 퍼거슨은 누군가 약을 훔쳐 간 걸 눈치챌 것이다. 그 사실은 숨겨지지 않을 터였다. 베스의 아빠는 종종 이렇게 말했다. "일단 시작한 일은 무조건 끝내라"라고.

베스는 유리병을 들고 책상으로 가서 종이컵에 있는 약을 전부 쏟아 넣은 다음, 뒤로 물러나 다시 확인했다. 창문 밖에서 안쪽으로 몸을 기울여 유리병을 꺼내는 건 간단할 것 같았다. 어디에 숨겨야 할지도 물론 생각해 놨다. 여자 다인실 안에 있는, 아무도 쓰지 않는 관리인의 옷장 선반에 숨기면 될 것이다. 그 위에 아연 도금을 한 낡은 양동이가 있는데, 절대 누구도 신경 쓰지 않으니 그 양동이 안에 유리병을 넣으면 될 터였다. 옷장 안에 아담한 사다리도 있어서 안전하게 오르내릴 수 있었다. 게다가 여자 다인실 문은 안에서도 잠글 수 있었다. 만약 선생님들이 약을 찾아다니면, 혹시라도 약을 찾아낸다 해도 결코 베스를 의심하지 않을 것이다. 어차피 한 번에 서너 알씩만 먹을 거고, 아무에게도 말하지 않을 거니까. 졸린에게도.

몇 분 전 꿀꺽 삼킨 알약이 가슴속에 닿기 시작했다. 불안감이 전부 사라졌다. 결의를 다지고 퍼거슨의 하얀 테이블로 올라가 창밖으로 머리를 내밀어 여전히 아무도 없는 약국 안에서 밖을 둘러보았다. 왼쪽 무릎 앞에 약이 든 유리병이 있었다. 몸을 꿈틀대며 창문으로 나가서 의자 위로 올라갔다. 의자 위에 올라서자 자신의 삶에 대한 책임감이 강하고 차분하게 느껴졌다.

온몸에 꿈을 꾸듯 허리를 숙이고 손날 끝으로 유리병을 들었다. 편안한 안도감이 사르르 퍼졌다. 몸에 힘을 쭉 빼고 잔뜩 담긴 초록색 약을 응시했다. 도서실에 상영되고 있는 영화에서 장엄한 음악이 흘러나왔다. 발가락은 계속 의자에 두고 배를 창턱 위에 걸친 채 허리를 반으로 접어 상체를 아래로 축 늘어뜨렸다. 지금은 창턱의 뾰족한 모서리가 느껴지지 않았다. 그녀의 모습은 마치 축 늘어진 헝겊 인형 같았다. 문득 눈에서 초점을 잃었다. 초록색이 밝고 희미한 형체로 변했다.

"엘리자베스!" 머릿속 어디선가 목소리가 들려오는 것 같았다. "엘리자베스!" 눈을 깜빡였다. 여자 목소리였다. 엄마처럼 거친 목소리였다. 베스는 주위를 둘러보지 않았다. 유리병을 잡고 있는 손가락에 힘이 빠지고 있었다. 손가락에 꽉 힘을 주고 유리병을 들어 올렸다. 몸이 느리게 움직이는 것 같았다. 영화에서 누군가 로데오 도중 말에서 떨어지는 모습을 슬로 모션으로 보여 주는 것처럼. 영화 속의 그 사람은 땅으로 떨어져도 전혀 아프지 않을 것처럼 공중에 잔잔하게 떠 있었다. 베스가 두 손으로 유리병을 잡고 몸을 돌리는데 유리병 바닥이 둔탁하게 쟁그랑거리며 창틀에 부딪혔다. 허리가 꺾이면서 손에 힘이 풀리고 유리병이 손에서 떨어져 발 앞의 의자 가장자리에 부딪히며 와장창 폭발했다. 초록색 알약 수백 개가 한데 모여 섞인 냄새가 리놀륨 복도 바닥으로 폭포처럼 흘러갔다. 유리 조각이 햇살을 감싸 가짜 다이아몬드처럼 몸을 떨며 바닥으로 퍼지고, 초록색 약은 눈부신 폭포가 되어 디어도르프 원장에게 도르르 굴러갔다. 디어도르프 원장은 베스에게서 서너 발짝 떨어진 곳에 서 있었다. "엘리자베스!"라고 말하고 또 말하면서. 한참이 지난 후에야 알약들이 멈췄다.

디어도르프 원장 뒤에 흰 바지와 흰 티셔츠 차림의 퍼거슨이 있었다. 그 옆에 셸 선생님이 있고, 그들 뒤로 아이들이 무슨 일인가 구경하러 몰려들고 있었다. 몇몇 아이들은 조금 전에 끝난 영화에서 눈을 떼지 못한 채 눈만 깜박이고 있었다. 전부 베스를 쳐다보았다. 아직도 유리병을 든 것처럼 두 손을 벌리고 작은 의자에 올라서 있는 베스를.

퍼거슨이 베스를 갈색 스태프 카*에 태우고 병원으로 데리고 갔다. 밝고 환한 작은 병실에서 그녀는 회색 고무 튜브를 삼켜야 했다. 식은 죽 먹기였다. 전혀 문제 될 게 없었다. 아직도 유리병의 초록 약 더미가 눈앞에 아른거렸다. 몸속에서 이상한 일들이 벌어지고 있었지만 상관없었다. 잠이 들었다가 누군가 팔에 주사를 밀어 넣는 순간 잠깐 깼다. 얼마 동안 병실에 있었는지는 몰랐으나 하룻밤을 보내진 않았다. 퍼거슨이 돌아왔을 때도 계속 저녁이었으니까. 베스는 이제 자리에 앉아 있었다. 멀쩡한 정신으로 차분하게. 병원은 퍼거슨이 졸업한 대학 캠퍼스에 위치했다. 그가 차 안에서 심리학과

* 보통 군대의 고위 장교가 사용하는 차량으로 지프차와 비슷하게 생겼다.

건물을 지나며 이렇게 말했다. "내가 다녔던 학교야."

베스는 고개를 끄덕일 뿐이었다. 대학교에서 OX 시험을 보고 강의실을 나가고 싶을 때 손을 번쩍 들었을 퍼거슨의 모습을 떠올렸다. 베스는 그를 좋아한 적이 한 번도 없었다. 그저 여럿 중 하나라고만 생각했다.

"이런. 디어도르프 원장님이 폭발하시겠네." 퍼거슨이 말했다. 베스는 차창 밖으로 지나가는 나무들을 보았다.

"얼마나 먹었니? 스무 알?"

"못 셌어요."

그가 웃었다. "맘껏 즐겨라. 내일이면 무조건 끊어야 할 테니까."

베스는 메듀엔에 도착해서 바로 침대에 누워 열두 시간 동안 내리 잠을 잤다. 아침 식사 후 퍼거슨이 다시 전처럼 거리를 두며 베스에게 디어도르프 원장실로 가 보라고 전했다. 놀랍게도 베스는 두렵지 않았다. 약발이 차츰 사라져 갔지만 아직 남은 약 기운을 차분하게 느꼈다. 옷을 입다가 기이한 사실을 알게 되었다. 서지 치마 주머니 깊숙이에 병원에서 옷을 갈아입던 그때에 살아남은 신경안정제 스물세 알이 만져졌다. 베스는 칫솔 컵에서 칫솔을 빼고 약을 전부 넣었다.

디어도르프 원장은 한 시간 가까이 베스를 기다리고 있었다. 베스는 신경 쓰지 않고 《내셔널 지오그래픽》 잡지에서 절벽의 구멍에 사는 인도 부족에 관한 기사를 읽었다. 검은 머리에 치아가 상한 유색인들이었다. 사진 어디에나 아이들의 모습이 보였는데, 대개 어른의 품에 바싹 파고들어 있었다. 전부 이상했다. 지금까지 어른이 베스를 저렇게 만진 적은 정말이지 단 한 번도 없었다. 벌을 줄 때만 빼고. 베스는 디어도르프 원장의 가죽끈을 떠올리지 않으려 노력했다. 만약 원장이 가죽끈을 든다 해도 받아들일 수 있을 것 같았다. 왠지 곧 들이닥칠 체벌이 평소보다 훨씬 강도가 셀 것 같았다. 그보다 더 깊숙한 곳에 있는 복잡함을 베스는 잘 알고 있었다. 보육원 사람들이 아이들을 덜 불안하게 하려고, 다루기 쉽게 하려고 약을 먹인 그 복잡함을 누구보다 잘 알고 있었다.

디어도르프 원장은 베스에게 자리에 앉으라고 하지 않았다. 셸 선생님은 원장님의 작고 파란 친츠* 소파에, 론즈데일 선생님은 팔걸이의자에 앉아 있었다. 론즈데일 선생님은 예배를 담당했다. 일요일에 체스를 두러 사라지기 전 예배 시간에 론즈데일 선생님이 설교하는 게 조금씩 들리곤 했다. 설교는 기독교에 관한 것과 춤이나 공산주의가 얼마나 나쁜지

* 꽃무늬가 날염된 광택이 나는 면직물.

에 대한 것 또는 선생님도 구체적으로 알지 못하는 것들에 관한 내용이었다.

"엘리자베스, 지난번 네가 한 일에 대해 이야기를 나누고 있었다." 디어도르프가 말했다. 베스에게 단단히 고정한 눈은 차갑고 위협적이었다.

베스는 말없이 원장을 쳐다보았다. 무슨 일이 벌어질 것만 같았다. 체스처럼. 체스에서도 다음에 어떤 수를 둘지 말하지 않았다.

"너의 행동으로 인해 우리는 모두 크게 충격받았다. 다시는……." 잠시 디어도르프의 양쪽 턱이 강철 끈처럼 튀어나왔다. "메듀엔 역사상 이렇게 개탄스러운 일은 없었다. 다시는 이런 일이 일어나선 안 돼."

셸 선생님이 입을 열었다. "정말 실망스럽구나. 네가……."

"약이 없으면 잠을 잘 수가 없어요." 베스가 말을 끊었다.

적막이 내려앉았다. 아무도 그녀가 말을 할 거라고 예상치 못했다. 디어도르프 원장이 말했다. "네가 그 약을 가지고 있으면 안 되는 이유는 수도 없이 많다." 그런데 원장의 목소리에 무언가 수상한 낌새가 담겨 있었다. 마치 겁먹은 것처럼.

"가장 먼저, 저희들에게 그 약을 줘선 안 됐어요." 베스가 말했다.

"아이들은 내 말에 말대답하지 않는다." 디어도르프가 단호하게 충고했다. 그러고는 자리에서 일어나 책상 위로 몸을 숙여 베스 쪽으로 다가갔다. "한 번 더 그런 식으로 말하면, 후회하게 될 거다."

베스의 목구멍에 숨이 턱 엉켰다. 디어도르프의 몸집이 거대해 보였다. 공포스럽고 강렬한 무언가를 만진 듯 베스는 뒷걸음질 쳤다.

디어도르프 원장이 자리에 앉아 안경을 고쳐 썼다. "너의 도서실과 운동장 특권은 오늘부로 모두 정지되었다. 토요일 영화 상영 시간에도 출석하지 않을 거고 매일 저녁 여덟 시 정각에 잠자리에 들 거다. 알겠니?"

베스가 고개를 끄덕였다.

"대답해라."

"네."

"삼십 분 전에 예배실로 가서 책임지고 의자를 준비해 놓아라. 어떤 식으로든 게으르게 행동하면 론즈데일 선생님이 나에게 보고할 거다. 예배 시간이나 다른 수업 시간에 아이들과 속닥거리면 자동으로 벌점 10점을 받게 될 거야." 디어도르프가 말을 멈췄다. "벌점 10점이 무슨 뜻인지는 알겠지, 엘리자베스?"

베스가 이번에도 고개만 끄덕였다.

"대답."

"네."

"엘리자베스, 론즈데일 선생님이 말하길, 네가 예배 시간에 한참 동안 나가 있는 경우가 자주 있다는구나. 이젠 끝이다. 일요일마다 구십 분 내내 예배실에 남아 있게 될 거야. 일요일의 설교에 대해 요약해 써서 월요일 아침까지 내 책상에 올려 두어라." 디어도르프가 나무 책상 의자에 등을 기대고 두 손을 무릎 위에 포개었다. "그리고 엘리자베스……."

베스가 그녀를 신중하게 바라봤다. "네, 원장님."

디어도르프 원장이 잔인하게 미소 지었다. "더 이상 체스는 없다."

다음 날 아침, 베스는 아침 식사 후 비타민 줄로 갔다. 창문에 새로운 걸쇠가 설치되어 있었다. 이번에는 자물쇠의 위아래 양쪽 끝 구멍 네 개 모두에 나사가 끼워져 있었다.

베스가 창문 앞에 도착하자 퍼거슨이 그녀를 보고 활짝 웃었다. "또 훔치고 싶니?" 그가 물었다.

베스는 고개를 젓고 비타민을 받기 위해 손을 내밀었다. 퍼거슨이 약을 건네며 말했다. "잘 가라, 하먼." 그의 목소리가 상냥하게 들렸다. 전에 비타민을 받을 땐 그가 이런 식으로 말하는 걸 한 번도 들어 본 적이 없었다.

론즈데일 선생님은 그렇게 나쁘지 않았다. 그녀는 오전 아홉 시 삼십 분에 디어도르프 원장에게 베스의 출석을 보고해야 하는 걸 당황스러워하는 것 같았다. 그리고 의자를 어떻게 펴서 세워야 하는지를 초조한 듯 알려 주었고, 처음 두 줄을 놓는 것도 도와주었다. 다루기가 나름 괜찮았다. 그러나 하느님 없는 공산주의와 그것이 미국 전역에 퍼지고 있다는 론즈데일 선생님의 설교는 정말 별로였다. 그날 너무 졸려서 늦게 일어나는 바람에 아침 식사도 거르고 예배실로 갔다. 그러나 보고서를 작성하려면 정신을 집중하고 들어야 했다. 론즈데일 선생님이 굉장히 진지한 말투로 공산주의는 전염병과 같아서 누구든 감염시킬 수 있기 때문에 이에 대비해 우리가 어떻게 신중하게 행동해야 하는지 이야기했다. 공산주의가 정확히 뭔지 베스는 잘 알지 못했다. 약간 사악한 사람들이 따르는 사상 같았다. 어디 다른 나라 사람들이 나치 사상에 빠져 유대인 수백만 명을 고문하는 그런 것과 비슷한 모양이었다.

디어도르프 원장이 알리지 않았다면 샤이벌 아저씨는 베스를 기다렸을 것이다. 베스는 체스를 두러, 아저씨의 킹스 갬빗에 대항하러 지하실에 가고 싶었다. 어쩌면 갠즈 씨가 체스 클럽의 회원을 데려와 그녀와 체스를 두게 했을 수도 있었다. 베스는 잠시나마 행복한 상상을 했다. 가슴이 벅차올랐다. 당장 뛰쳐나가고 싶었다. 눈이 계속 따끔거렸다.

눈을 깜빡이고 머리를 흔들며 계속 론즈데일 선생님의 설명을 들었다. 지금은 몹시 끔찍한 나라인 러시아에 대해 이야기하는 중이었다.

"네가 네 모습을 봤어야 하는데." 졸린이 말했다. "너는 의자 위에서 그냥 둥둥 떠 있고, 원장님은 고래고래 소리를 지르고."

"기분이 묘했어."

"제길, 기분 끝내줬겠지." 졸린이 가까이 다가왔다. "너 진정제 얼마나 먹었어? 대충."

"서른 알."

졸린이 베스를 응시했다. "이야 장난 아니네. 역시."

약 없이 잠드는 건 쉽지 않았지만 불가능하지는 않았다. 베스는 비상용으로 몇 알 남겨 놓고 몇 시간이 지나도 잠들지 못하는 밤이면 시실리안 디펜스를 공부하며 시간을 보내야겠다고 다짐했다. 《모던 체스 오프닝》에는 시실리안에 관련된 내용이 57쪽에 걸쳐 나와 있는데, 거기엔 P-QB4(퀸 측 비숍 앞의 폰 4행)에서 파생된 다양한 라인이 170개나 있었다. 밤마다 머릿속으로 전부 기억해 내고 연습했다. 그 전략을 다 사용해 봤을 때 비로소 모든 변형을 알게 되었고, 마침내 피르츠 디펜스*와 님조비치 디펜스**, 루이 로페즈***를 할 수 있게 되었다. 《모던 체스 오프닝》은 두껍고 글씨도 빽빽했지만 베스에게는 전혀 문제가 되지 않았다.

어느 날, 지리 교실을 나오다가 긴 복도 끝에서 샤이벌 아저씨를 보았다. 그는 끌차에 양동이를 싣고 걸레질을 하는 중이었다. 쉬는 시간이라 다른 아이들은 전부 운동장으로 이어지는 반대편 문 쪽으로 갔다. 베스는 샤이벌에게 다가가 축축하게 젖은 바닥 앞에 섰다. 아저씨가 고개를 들 때까지 잠시 그대로 서 있었다.

"죄송해요." 베스가 말했다. "선생님들이 더는 체스를 두지 못하게 해요."

샤이벌이 이마를 찌푸리더니 고개를 끄덕였다. 그러나 아무 말도 하지 않았다.

"전 지금 벌을 받는 중이에요. 저는……." 베스가 그의 얼굴을 봤다. 무표정이었다. "전 아저씨와 계속 체스를 두고 싶어요."

---

* 흑의 응수를 특징으로 하는 오프닝으로 e4로 행마하는 백의 움직임에 흑이 d6로 응수한다. 1. e4 d6 / 2. d4 Nf6 / 3. Nc3로 움직인다.

** 다소 일반적이지 않은 오프닝이며 1. e4 Nc6로 움직인다.

*** 루이 로페즈는 오래되고 인기 있는 체스 오프닝이며, 1. e4 e5 / 2. Nf3 Nc6 / 3. Bb5로 움직인다.

샤이벌이 무슨 말을 하려는 듯 한동안 베스를 바라봤다. 하지만 복도 바닥으로 고개를 돌리고 육중한 몸을 살짝 구부려 걸레질을 계속했다. 불현듯 베스의 입에서 시큼한 맛이 났다. 그녀는 몸을 돌려 복도를 내려갔다.

졸린은 크리스마스쯤 늘 입양이 있다고 말했다. 베스가 체스를 두지 못하게 된 뒤 그해 12월 초에 두 명이 입양되었다. 둘 다 예쁜 아이들이라고 베스는 생각했다. "둘 다 백인이잖아." 졸린이 크게 말했다.

한동안 침대 두 개가 비어 있었다. 어느 날 아침, 퍼거슨이 아침 식사 시간 전에 여자 다인실로 들어왔다. 여자애들 몇몇이 벨트에 묵직한 열쇠 더미를 달고 서 있는 그를 보고 킥킥 웃었다. 베스가 양말을 신고 있는데 퍼거슨이 다가왔다. 곧 있으면 그녀의 열 번째 생일이었다. 베스는 양말을 마저 신고 그를 올려다봤다.

퍼거슨이 인상을 찌푸렸다. "새로운 자리다, 하먼. 따라와."

베스는 그를 따라 다인실을 가로질러 저쪽 벽으로 갔다. 그곳 창문 아래에 빈 침대가 있었다. 다른 침대보다 약간 크고 주변에 여유 공간도 더 많았다.

"침대 옆 탁자 서랍에 네 물건을 넣어." 퍼거슨이 말했다. 그가 잠시 그녀를 바라봤다. "저쪽보다는 나을 거야."

베스는 놀라움에 우두커니 서 있었다. 다인실에서 가장 좋은 침대였다. 퍼거슨이 클립보드에 메모를 했다. 베스가 손을 뻗어 그의 손목시계 위 검은 털이 박힌 팔에 손끝을 댔다.
“고맙습니다.” 베스가 말했다.

♖ 3장 ♖

"두 달 후면 열세 살 되는 거지, 엘리자베스?" 디어도르프 원장이 물었다.

"네, 원장님." 베스는 디어도르프 책상 앞의 등받이가 꼿꼿한 의자에 앉아 있었다. 조금 전 퍼거슨이 자습실로 들어와 베스를 원장실로 데리고 갔다. 오전 열한 시였다.

지난 삼 년간 원장실에 올 일이 전혀 없었다.

갑자기 소파에 앉은 여자가 쾌활한 척하며 어색하게 말을 꺼냈다. "열두 살이라니, 어쩜 나이도 딱 좋네요!"

여자는 실크 드레스 위에 파란 카디건을 걸치고 있었다. 루주 또는 립스틱을 진하게 바르지 않았다면, 또 말을 할 때마다 입술을 초조하게 움직이지 않았다면, 꽤나 예뻤을 얼굴이었다. 그녀 옆에 앉은 남자는 검은색과 흰색이 섞인 회색빛

트위드 정장 안에 조끼를 입고 있었다.

“엘리자베스는 학업 성적이 우수합니다.” 디어도르프 원장이 계속했다. “특히 읽기와 산수를 가장 잘한답니다.”

“너무 좋네요!” 여자가 말했다. “저는 산수에는 영 취미가 없었거든요.” 그녀가 베스를 바라보며 활짝 웃었다. “내 이름은 휘틀리란다.” 여자가 목소리를 낮춰 은밀하게 속삭였다.

한편 남자는 목을 가다듬을 뿐 아무 말도 하지 않았다. 다른 곳에 있고 싶어 하는 눈치였다.

베스는 여자의 말에 고개를 끄덕였다. 딱히 할 말이 떠오르지 않았다. 왜 나를 여기로 데리고 왔을까?

디어도르프 원장이 베스의 보육원 생활과 교과 성적에 대해 이야기하는 동안 파란 카디건 여자는 완전히 넋이 나가 집중했다. 원장은 초록색 약이나 체스에 대해서는 입도 뻥긋하지 않았다. 그녀의 목소리는 베스에 관한 아득한 칭찬으로 가득할 뿐이었다. 원장이 말을 마치자 한동안 어색한 침묵이 이어졌다. 남자가 다시 한번 목청을 가다듬고 몸에 체중을 실어 불편한 듯 자세를 바꾸더니, 베스의 머리 꼭대기 너머를 바라보듯 그녀 쪽으로 시선을 돌렸다. “사람들이 엘리자베스라고 부르니?” 그의 목구멍에 거품이 끼어 있는 것 같았다. “아니면 베티?”

베스가 그를 보았다. “베스요.” 그녀가 대답했다. “베스라고 불러요.”

그다음 주 내내 베스는 디어도르프 원장실에 갔다는 걸 잊은 채 교과 수업과 독서에 푹 빠져 지냈다. 여자아이용 책 세트를 발견해 자습실에서, 잠들기 전 침대에서, 일요일 오후 등 틈날 때마다 계속 읽었다. 그 책은 엉망진창 대가족의 큰딸이 겪는 모험 이야기였다. 6개월 전 메듀엔 보육원 휴게실에 텔레비전이 설치되었고 매일 저녁 한 시간씩 시청할 수 있었다. 하지만 베스는 텔레비전 프로그램인 「왈가닥 루시」나 「건스모크」보다 엘렌 포브스의 모험 이야기가 더 좋았다. 베스는 혼자 다인실의 침대에 앉아 불이 꺼질 때까지 책을 읽었다. 아무도 그녀를 귀찮게 하지 않았다.

9월 중순의 어느 저녁, 베스가 혼자 책을 읽고 있는데 퍼거슨이 들어왔다. “짐 싸야 하지 않겠니?” 그가 물었다.

베스는 엄지손가락을 읽던 곳에 끼우고 책을 덮었다. “왜요?”

“얘기 못 들었어?”

“무슨 얘기요?”

“너 입양됐어. 아침 먹고 데리러 오실 거야.”

베스는 침대 끝에 걸터앉아서 퍼거슨의 어깨를 따라 넓게 펼쳐진 하얀색 티셔츠를 응시했다.

"졸린." 베스가 그녀를 불렀다. "내 책이 없어."

"어떤 책?" 졸린이 졸린 듯이 물었다. 불이 꺼지기 직전이었다.

"《모던 체스 오프닝》. 빨간 표지 말이야. 여기 탁자 서랍에 넣어 뒀는데."

졸린이 고개를 저었다. "금시초문이네."

몇 주 동안 그 책을 보지 않았지만 분명히 두 번째 서랍 바닥에 넣어 놓았었다. 침대 옆에 놓인 나일론 재질의 작은 여행 가방 안에는 원피스 세 벌이랑 속옷 세트 네 개, 칫솔, 빗, 다이알 비누, 머리핀 그리고 순면 손수건만 챙겨져 있었다. 탁자 서랍은 이제 텅 빈 상태였다. 책을 찾으러 도서실로 갔지만 거기에도 없었다. 찾아볼 만한 곳이 더는 없었다. 지난 삼 년간 머릿속으로만 체스를 뒀지 실제로는 두지 않았다. 그럼에도 《모던 체스 오프닝》은 베스가 아끼는 유일한 물건이었다.

베스가 눈을 가늘게 뜨고 졸린을 바라봤다. "못 봤다 이거지, 그렇지?"

졸린의 얼굴에 순간 화가 스쳤다. "널 일러바친 애나 잘 살펴보셔." 졸린이 받아쳤다. "나는 그런 책은 있어도 필요 없거든." 그녀의 목소리가 부드러워졌다. "너 간다더라."

"응, 그렇긴 하지."

졸린이 웃었다. "뭐야? 가기 싫은 거야?"

"모르겠어."

졸린이 이불을 어깨까지 덮었다. "그냥 가서 '네, 아저씨'나 '네, 부인'이라고 하면 되지. 넌 잘할 거야. 그리고 '이런 기독교 가정에 들어오게 되어서 너무 영광이에요'라고 말해. 그러면 네 방에 텔레비전을 놔 줄지도 모르잖아."

졸린의 말투가 약간 낯설게 느껴졌다. "졸린, 미안해."

"뭐가 미안해?"

"나만 입양돼서."

졸린이 콧방귀를 뀌었다. "아, 뭐래. 난 여기서 잘 먹고 잘 살 거야." 그러고는 베스에게서 시선을 거두고 침대에 웅크렸다. 베스가 졸린 쪽으로 손을 뻗으려는데, 펄스 선생님이 문으로 들어와 이렇게 말했다. "불 끈다, 애들아!" 베스는 마지막으로 자기의 침대로 돌아갔다.

다음 날, 디어도르프 원장은 주차장까지 같이 나와서 휘틀리 씨가 운전석에 타고 휘틀리 부인이 뒷자리에 앉는 동안 차 옆에 서 있었다. "말씀 잘 들어라, 엘리자베스." 디어도르프가 말했다.

베스가 고개를 끄덕였다. 그때 관리 동의 현관 앞에, 그러니까 원장 뒤쪽에 누군가 서 있는 게 보였다. 샤이벌 아저씨였다. 상하가 붙은 작업복 주머니에 손을 낀 채 차를 바라보고 있었다. 베스는 당장 나가서 아저씨에게 가고 싶었지만 디어도르프가 그 앞에 있었기에 뒷좌석에 등을 댔다. 휘틀리 부인이 이야기를 하기 시작했고 휘틀리 씨는 차를 몰았다.

보육원을 빠져나갔을 때 베스는 허리를 돌려 뒤 유리에 대고 샤이벌 아저씨에게 손을 흔들었다. 그러나 그는 반응이 없었다. 아저씨가 그녀를 보았는지 못 보았는지 알 수 없었다.

"그 사람들 얼굴을 봤어야 했는데." 휘틀리 부인이 말했다. 그녀는 그때와 같은 파란 카디건을 입고 있었다. 하지만 이번에는 색이 바랜 회색 원피스 차림이었고 나일론 스타킹은 발목까지 내려와 있었다. "옷장은 물론이고 냉장고까지 다 검사하더라고. 그자들이 냉장고 안의 음식들을 보고 감명받았다는 걸 딱 눈치챘지. 참치 캐서롤 좀 더 먹으렴. 나는 아이가 음식 먹는 모습이 그렇게 보기 좋더라."

베스는 접시에 음식을 조금 더 담았다. 문제는 너무 짜다는 거였다. 그러나 그런 말은 입 밖으로 내지 않았다. 휘틀리 부부 집에서 먹는 첫 식사였으니까. 휘틀리 씨는 덴버로 출장을 가서 몇 주간 집에 오지 않을 거라고 했다. 두꺼운 커튼이 쳐진 식사실 창문 옆 피아노 위에 그의 사진이 있었다. 거실의 텔레비전은 보는 사람이 없는데도 계속 켜져 있었고, 텔레비전에서 목소리가 굵고 진한 남자가 두통약인 애너신의 효능에 대해 열변을 토했다.

휘틀리 씨는 말없이 부인과 베스를 렉싱턴으로 데리고 와서는 곧장 위층으로 올라갔다. 몇 분 뒤 그는 여행용 가방을 들고 내려와 정신없이 휘틀리 부인의 볼에 키스를 한 다음 베스에게 잘 있으라고 고갯짓을 하고 떠났다.

"보육원 사람들이 우리에 대해 전부 알고 싶어 하더라고. 올스톤이 한 달에 얼마나 버는지, 우리 부부에게 왜 아이가 없는지도. 심지어 이런 것까지……." 휘틀리 부인이 강화 유리 접시 위로 몸을 숙이고 속삭였다. "……심지어 내가 정신과 진료를 받은 적이 있는지도 묻더라." 그녀가 다시 등을 기대고 한숨을 내뱉었다. "이게 말이 되니? 말이 된다고 생각해?"

"아니요, 부인." 베스가 조용해진 틈을 타 대답했다. 그러고는 참치를 한 숟가락 듬뿍 담아 먹고 곧바로 물을 마셨다.

"그 사람들 아주 철저하더구나." 부인이 말을 이었다. "뭐, 그래야 한다고 생각하긴 하지." 그녀는 접시에 담긴 음식을 건드리지도 않았다. 집에 도착한 지 두 시간 동안 부인은 의자에서 갑자기 벌떡 일어나 오븐을 확인하거나 벽에 걸린 프랑스 화가 로사 보뇌르의 작품을 바로잡기도 하고 재떨이를 털기도 했다. 또한, 쉬지 않고 떠들어 댔다. 베스는 중간중간 "네, 부인" 또는 "아니요, 부인"이라고 할 뿐이었다. 베스는 아직 자기의 방도 구경하지 못했다. 그녀의 갈색 나일론 가방은 여전히 현관문 주변 잡지가 쌓여 넘쳐흐르는 선반 옆에 놓여 있었다. 오전 열 시 삼십 분에 놓아둔 그대로.

"신은 아시지." 휘틀리 부인은 말을 끊지 않았다. "신은 당신들이 보살펴야 할 사람들에게 세심해야 한다는 걸 알고 계셔. 자라는 아이에 대한 책임을 악당들이 떠맡게 할 순 없으니까."

베스가 포크를 조심스레 내려놓았다. "화장실에 다녀와도 될까요?"

"그럼, 물론이지." 부인이 포크로 거실을 가리켰다. 그녀는 점심시간 내내 포크를 들고 있었다. 먹지도 않으면서……. "소파 왼쪽에 있는 하얀 문이야."

베스는 자리에서 일어나 작은 식사실에 꽉 들어찬 피아노 사이를 비집고 거실로 들어가 커피 테이블이며, 램프 테이블이며, 거대한 로즈우드 텔레비전 등 온갖 잡동사니를 뚫고 갔다. 지금은 텔레비전에서 오후 드라마가 나오고 있었다. 조심스럽게 오리온 사의 장모 카펫 위를 지나 화장실로 들어갔다. 화장실은 아담했고, 온통 로빈스 에그 블루*로 도배되어 있었다. 휘틀리 부인의 카디건과 같은 색이었다. 바닥에 깔린 러그도 푸른색이고, 손님용 수건도, 변기 커버도 푸른색이었다. 심지어 화장지도 푸른색이었다. 베스는 변기 뚜껑을 올려 참치를 전부 토해 내고 물을 내렸다.

---

* 미국 버지니아에 서식하는 새인 로빈이 낳은 알의 색과 같다고 하여 붙여진 이름으로 민트색 빛이 도는 푸른색.

위층 계단 끝에 다다르자 휘틀리 부인이 난간에 엉덩이를 대고 거칠게 호흡했다. 그러더니 카펫이 깔린 복도를 따라 몇 걸음 앞으로 가서 과장된 몸짓으로 방문을 활짝 열었다. “이 방이 네 방이란다.” 집이 아담한 편이어서 방도 작을 거라고 상상했는데 방 안으로 들어선 순간 베스는 숨이 막혔다. 너무 과분했다. 아무것도 안 깔린 바닥은 회색빛이었고 더블 침대 옆에 둥근 분홍색 러그가 있었다. 생전 처음 가져 보는 그녀만의 방이었다. 여행 가방을 들고 서서 주변을 둘러보았다. 옷장도 있고, 오렌지 빛 나무로 만든 책상과 그 위에 분홍색 유리 램프도 보였다. 셔닐* 실로 짠 침대 커버가 큼직한 침대를 감싸고 있었다. “질 좋은 단풍나무 가구를 찾는데 얼마나 힘들었는지 몰라.” 휘틀리 부인이 말을 이었다. “그래도 나름 잘 해냈다고 생각한단다.” 베스는 부인의 말이 거의 들리지 않았다. 그 방은 베스의 방이었다. 두껍게 페인트칠 된 하얀 문을 바라봤다. 손잡이 아래에 열쇠가 꽂혀 있었다. 아무도 들어오지 못하게 문을 잠글 수도 있었다.

휘틀리 부인은 화장실이 복도 어디쯤에 있는지 보여 주고는 짐을 풀라며 베스의 방문을 닫고 자리를 비켜 주었다. 베스는 가방을 내려놓고 방 안을 돌아다니다가 창밖에 길 따

* 주로 고급스런 코트나 드레스에 사용되는 실로 솜털 같은 실과 이것을 씨실로 해서 모충 모양으로 엉키게 하여 짠 직물.

라 늘어선 나무들을 보기 위해 발걸음을 멈췄다. 옷장은 엄마가 쓰던 것보다 더 컸고 침대 옆 탁자 위에는 작은 독서등이 있었다. 정말 아름다운 방이었다. 졸린이 봤으면 좋았을 텐데. 졸린과 함께 방을 돌아다니며 가구들을 구경하고 싶다는 생각이 들자 순간 울컥했다. 베스는 옷장에 옷을 걸었다.

차를 타고 오는 동안 휘틀리 부인은 나이가 좀 있는 아이를 입양하게 되어서 얼마나 기쁜지 모른다고 했다. 그럼 졸린은 왜 안 되는 걸까? 베스는 그런 생각을 하면서도 다른 말은 하지 않았다. 휘틀리 씨의 꽉 다문 단호한 턱과 운전대 위의 하얀 두 손을 보고 나서 휘틀리 부인을 바라봤다. 베스는 깨달았다. 그들은 절대 졸린을 입양하지 않을 거란 걸.

침대에 앉아 생각을 떨쳐 냈다. 침대는 어마어마하게 푹신했고, 신선하고 상쾌한 내음이 솔솔 풍겼다. 허리를 구부려 신발을 벗고 침대에 누워 몸을 쭉 늘리며 팔다리를 편안하게 했다. 행복에 젖은 채 머리를 옆으로 돌리고 굳게 닫힌 문에 눈길을 고정했다. "이 방은 내 방이야. 완전히"라고 혼잣말을 하면서.

그날 밤 베스는 몇 시간 동안 깨어 있었다. 다시 잠들고 싶지 않았다. 창밖에서 가로등 불빛이 스며들었지만 잔잔하고 묵직한 가로등 그림자를 그녀는 무너뜨리고 제압할 수 있었다. "잘 자"라고 인사하기 전에 휘틀리 부인이 베스에게 자신의 방을 보여 주었다. 복도의 맞은편에 있는 부인의 방은 베스의 방과 크기가 정확히 똑같았다. 다만 텔레비전이 있고, 의자에 미끄럼 방지 커버가 씌워져 있고, 침대에 파란색 침대보가 깔려 있는 것만 달랐다. "다락방을 리모델링한 거란다." 휘틀리 부인이 말했다.

베스는 침대에 누워 멀리서 휘틀리 부인이 기침하는 소리를 들었다. 잠시 후에는 부인이 맨발로 복도를 따라 내려가 화장실로 향하는 소리가 들렸다. 그러나 베스는 신경 쓰지 않았다. 어차피 방문을 잠갔으니까. 아무도 문을 열 수 없을뿐더러 얼굴에 불빛을 들이댈 수도 없었다. 휘틀리 부인이 혼자 있는 방에서는 대화 소리도, 말다툼 소리도 들리지 않았다. 오로지 텔레비전에서 나오는 음악과 낮게 깔린 목소리만 들렸다. 졸린이 같이 있었으면 아주 좋았겠지만 그러면 베스는 자기만의 방을 가질 수 없었을 거고, 커다란 침대에 혼자 누울 수 없었을 거다. 침대 한가운데에서 몸을 쭈욱 늘릴 수도, 상쾌한 이불을 가질 수도 없었을 것이다. 그제야 베스는 마음이 고요해졌다.

월요일, 베스는 학교에 갔다. 휘틀리 부인은 집에서 학교까지 1.5킬로미터도 안 되는데 그녀를 택시에 태웠다. 베스는 7학년으로 배정되었다. 학교는 예전에 체스 시합을 했던 다른 동네의 고등학교와 굉장히 비슷했다. 그녀는 자기의 옷차림이 학교와 썩 어울리지 않는다는 걸 알았지만, 그녀를 신경 쓰는 사람은 아무도 없었다. 선생님이 베스를 소개할 때 몇몇 학생들이 간혹 쳐다보기는 했으나 그게 다였다. 베스는 교과서를 받고 배정된 교실로 갔다. 수업 중 선생님의 설명을 들은 후 교과서 들여다봤는데 꽤 쉬워 보였다. 교실 밖 복도에서 시끌벅적한 소음이 들렸고 베스는 약간 움찔했다. 중간중간 다른 애들이 쳐다볼 때마다 그 시선이 의식되긴 했지만, 감당하지 못할 정도는 아니었다. 이 쾌활하고 시끌시끌한 공립학교에서 벌어지는 일들을 잘 헤쳐 나갈 수 있을 것 같았다.

점심시간, 급식실에서 햄샌드위치와 우유 한 팩을 받고 혼자서 먹으려 하는데 다른 여자애가 다가와 맞은편에 앉았다. 둘은 한동안 말을 하지 않았다. 여자애는 베스처럼 얼굴이 희멀겠다.

여자애가 샌드위치를 절반 정도 먹었을 때 베스가 테이블 너머의 그녀를 바라보았다. "학교에 체스 클럽 있어?" 베스가 물었다.

여자애가 움찔하더니 고개를 들었다. "어?"

"학교에 체스 클럽 있냐고. 나 들어가고 싶어서."

"아, 그런 건 아마 없을걸. 주니어 치어리더에 도전해 볼 수는 있겠지만."

베스는 그냥 샌드위치를 마저 먹었다.

"너는 정말 공부를 많이 하는구나." 휘틀리 부인이 말했다. "취미는 없니?" 사실, 베스는 공부를 하고 있던 게 아니라 학교 도서실에서 빌려 온 소설을 읽는 중이었다. 베스가 창가의 팔걸이의자에 앉아 있을 때 휘틀리 부인이 노크를 하고 들어왔다. 그녀는 분홍색 셔닐 욕실 가운에 분홍색 새틴 슬리퍼를 신고 있었다. 방문으로 들어와 베스의 침대에 걸터앉아서 뭔가 다른 생각을 하듯 입가를 씰룩거렸다. 이 집에서 지낸 지 일주일이 지나고 나서야 베스는 부인이 종종 저런 식으로 웃는다는 걸 알아챘다.

"예전에 체스를 두곤 했어요." 베스가 말했다.

휘틀리 부인이 눈을 끔뻑였다. "체스?"

"제가 정말 좋아하거든요."

부인은 머리카락에서 무언가를 떨어뜨리려는 듯 고개를 흔들었다. "오호라, 체스! 귀족들의 게임이지. 아주 좋은 게임이야."

"체스 두세요?"

"오, 이런, 아니!" 휘틀리 부인이 자조 섞인 미소를 지으며 말했다. "난 잘 몰라. 우리 아버지가 하시곤 했지. 아버지는 의사이셨는데, 꽤 고상한 분이셨어. 분명 아버지는 체스를 아주 잘 두셨을 거야."

"아버님과 제가 체스를 둘 수 있을까요?"

"힘들지." 휘틀리 부인이 말했다. "몇 년 전에 돌아가셨거든."

"저와 체스를 둘 사람이 있을까요?"

"체스를 둔다고? 글쎄, 모르겠구나." 부인이 베스를 잠시 빤히 바라보았다. "그런데 그건 주로 남자들이 하는 거 아니니?"

"여자들도 해요."

"정말 멋지구나!" 그러나 휘틀리 부인은 다른 생각에 깊이 빠져 있었다.

휘틀리 부인은 팔리 씨가 방문한다고 해서 이틀 내내 집을 청소했다. 그리고 방문 당일 아침에는 베스에게 세 번이나 머리를 손질하라고 했다.

팔리 씨가 현관문으로 들어오고 뒤이어 풋볼 재킷을 입은 키 큰 남자가 들어왔다. 퍼거슨이었다. 베스는 화들짝 놀랐다. 퍼거슨도 약간 당황한 듯 보였다. "안녕, 하먼." 그가 인사했다. "내가 따라간다고 했어." 그가 거실로 들어와 주머니에 손을 꽂고 섰디.

팔리 씨는 체크리스트가 적힌 양식을 들고 왔다. 그녀는 베스의 식단 상태와 학교생활 그리고 여름에는 무얼 할 계획인지 알고 싶어 했다. 휘틀리 부인이 거의 다 대답했다. 베스는 질문 하나하나에 부인의 대답이 점점 길어지는 걸 느꼈다.
"베스가 얼마나 놀라울 정도로 학교에 잘 적응하는지 모르실 거예요. 선생님들도 베스의 실력에 대단히 감탄하고 계시고……." 부인이 말했다.

베스의 기억에는 휘틀리 부인이 학교 선생님들과 저런 대화를 나눈 적이 없었지만 입 다물고 있었다.

"휘틀리 씨도 뵙고 싶은데요. 곧 집에 오시나요?" 팔리 씨가 물었다.

휘틀리 부인이 그녀를 보고 미소 지었다. "올스톤이 아까 전화해서 일찍 올 수 없다며 너무 죄송하다고 전해 달라고 했어요. 남편이 일이 워낙 많아서요." 부인은 미소를 거두지 않은 채 베스를 바라봤다. "올스톤은 아주 훌륭한 가장이랍니다."

"휘틀리 씨는 베스와 시간을 많이 보내나요?" 팔리 씨가 물었다.

"그럼요, 당연하죠!" 휘틀리 부인이 대답했다. "올스톤은 훌륭한 아버지예요."

충격적이었다. 베스는 고개를 숙이고 두 손을 바라봤다. 졸린도 거짓말을 저렇게 잘하진 못했다. 잠시 동안이나마 자상하고 자애로운 올스톤 휘틀리 씨의 모습을 떠올리려 노력했다. 휘틀리 부인의 말 속에만 존재하는 올스톤 휘틀리 씨를. 그러나 그의 진짜 모습만, 단호하고 조용하고 거리를 두는 휘틀리 씨의 모습만 기억날 뿐이었다.

팔리 씨와 퍼거슨은 한 시간가량 집에 머물렀고 퍼거슨은 거의 말을 하지 않았다. 그들이 자리에서 일어선 그때, 퍼거슨이 손을 내밀었다. 베스는 심장이 떨어지는 줄 알았다. "만나서 반가웠다, 하먼." 그녀는 그의 손을 잡아 악수를 했다. 그가 자기와 함께 이곳에 머물길 바라면서.

며칠 후 휘틀리 부인은 베스를 데리고 시내에 있는 옷 가게에 갔다. 버스가 모퉁이에 도착했을 때, 베스는 버스를 처음 타 보면서도 아무런 망설임 없이 올라탔다. 어느 가을의 토요일이었다. 베스는 메듀엔의 울 치마가 불편해서 어서 빨리 새 옷을 사고 싶었다. 시내까지 몇 블록이나 지나가는지 세어 보았다.

그들은 열일곱 번째 모퉁이에서 내렸다. 휘틀리 부인은 굳이 그럴 필요 없는데도 베스의 손을 잡고 길을 건넜고, 인파가 많은 인도로 그녀를 이끌어 벤 스나이더 백화점의 회전문으로 들어갔다. 오전 열 시였고, 백화점 통로에는 크고 짙은 색 가방이나 쇼핑백을 든 여자들로 넘쳤다. 휘틀리 부인은 전문가다운 안정적인 걸음으로 사람들 사이를 가로질러 갔다. 베스도 따라갔다.

부인은 베스가 입을 만한 옷을 보기 전에 그녀를 데리고 넓은 계단을 내려가 지하로 갔다. 부인은 '불량 회수용 테이블 냅킨'이라고 적힌 팻말이 있는 카운터에서 이십 분이나 시간을 보내면서 수십 개의 냅킨을 뒤적거리다가 파란 냅킨 여섯 세트를 한데 모아 두었다. 부인이 무언가에 사로잡힌 듯 자기가 고른 세트를 모으는 동안 베스는 잠자코 기다렸다. 그러다가 어느 순간 부인은 뭔가 잘못되었다고 판단했는지 냅킨이 정말로 필요한 건 아니라고 했다. 두 사람은 '도서 할인 판매' 팻말이 있는 카운터로 갔다. 휘틀리 부인은 39센트짜리 책들의 제목을 소리 내어 읽고는 몇 권 집어서 훑어보았다. 그러나 사지는 않았다.

마침내 둘은 에스컬레이터를 타고 주 출입구로 갔다. 휘틀리 부인은 향수 판매대에 들러서 한쪽 손목에는 이브닝 인 더 파리 향수를, 다른 한쪽에는 에메로드 향수를 뿌렸다. "다 됐다, 얘야. 이제 4층으로 가자." 드디어 부인이 베스에게 미소를 보이며 말했다. "자, 아가씨는 옷 갈아입을 준비하세요."

3층과 4층 사이에서 고개를 돌려 '도서&게임' 팻말을 보았다. 그 바로 옆 유리 진열장에 체스 세트 세 개가 있었다. "체스예요!" 베스가 휘틀리 부인의 옷소매를 당겼다.

"뭔데 그러니?" 휘틀리 부인이 귀찮은 듯이 툭 내뱉었다.

"저기에 체스 세트 팔아요. 가 봐도 돼요?"

"목소리 좀 낮춰라. 내려가는 길에 들러 보자."

하지만 그들은 들르지 않았다. 휘틀리 부인은 할인 중인 베스의 코트를 고르는 데 시간을 다 써 버렸다. 코트를 입어 보라면서 밑단도 좀 보게 뒤로 돌아 보라고 했다. 심지어 원단을 자연광에 비춰 봐야 한다며 창가로 가지고 가서 살펴 보기까지 했다. 마침내 코트 하나를 골라 결제하고는 엘리베이터를 타고 아래층으로 내려갔다.

"체스 세트는 보러 안 가요?" 베스가 물었다. 그러나 휘틀리 부인은 대답하지 않았다. 베스는 발이 아팠고 땀도 많이 났다. 마분지 상자 안에 있는 코트는 썩 마음에 들지 않았다. 코트는 집안 온 사방에 널린 휘틀리 부인의 로빈스 에그 블루 스웨터와 똑같은 색이었고 베스에게 잘 맞지도 않았다. 그녀는 옷에 대해선 잘 몰랐지만 그 백화점이 싸구려만 판다는 것쯤은 확실히 알 수 있었다.

엘리베이터가 3층에 멈췄을 때 베스는 체스 세트가 떠올랐다. 그러나 엘리베이터 문이 닫혔고 그들은 1층 출입구로 향했다. 휘틀리 부인은 베스의 손을 잡고 길을 건너는 중에 요샌 뭐든지 찾기가 어렵다고 구시렁대며 버스 정류장으로 갔다. 그러고는 버스가 모퉁이를 돌아 다가오자 달관한 듯 이렇게 말했다. "어쨌거나 우리가 온 목적은 이뤘잖니."

다음 주 영어 시간, 선생님이 들어오기 전 베스의 뒤에 앉은 여자애들이 숙덕거렸다. "벤 스나이더 같은 데서 신발을 산 거야, 뭐야?" 그들 중 한 애가 말했다.

"나 같으면 벤 스나이더 같은 데는 죽어도 안 가겠다." 다른 애가 웃으며 비아냥댔다.

베스는 매일 아침 한적한 주택 마당에 심어진 나무들이 그늘을 드리우는 길을 따라 학교까지 걸어갔다. 다른 아이들도 마찬가지였기에 베스는 자신도 그들 중 하나라고 생각했지만 언제나 혼자 걸었다. 가을 학기를 2주 늦게 등록하는 바람에 앞으로 4주 후에 곧바로 중간고사가 시작되었다. 화요일 아침에는 시험이 없어서 원래는 교실에 앉아 있으려고 했지만, 매주 일주일 용돈 중 4분의 1씩 남겨서 모은 40센트와 공책을 들고서 버스를 타고 시내에 갔다. 버스에 올라탄 다음에 잔돈을 미리 준비해 놓았다.

체스 세트는 아직 판매대에 있었다. 그런데 가까이에서 들여다보니 상태가 별로 좋지 않았다. 백 퀸을 들어 봤는데 생각보다 너무 가벼워서 의아했다.

뒤집어 보았다. 플라스틱 재질이었고 속도 텅 비어 있었다. 도로 내려놓았더니 여자 점원이 다가와 물었다. "뭐 찾는 거 있니?"

“《모던 체스 오프닝》 있어요?”

“체스도 있고, 체커(서양장기-옮긴이)도 있고, 주사위 놀이도 있단다. 어린이용 게임이 아주 다양하게 있지.”

“그거 책인데요.” 베스가 말했다. “체스에 관한 책이요.”

“책은 통로 맞은편에 있단다.”

베스는 도서 진열대로 가서 전부 훑어보았다. 체스에 관한 책은 없었다. 물어볼 직원도 없었다. 다시 카운터 점원에게 갔는데 그 점원의 관심을 받으려면 한참을 기다려야 했다. “체스 관련 책을 찾고 있는데요.” 베스가 말했다.

“이쪽에서는 책을 취급하지 않는다.” 점원이 그렇게 말하고 나서 몸을 돌리려는 찰나에 “여기 근처에 서점 있어요?” 라고 베스가 재빨리 물었다.

“모리스 서점에 가 보든지.” 여자 점원은 상자가 쌓인 곳으로 가서 정리를 시작했다.

“어디에 있는데요?”

점원은 대답하지 않았다.

“저기요, 모리스 서점이 어디에 있어요?” 베스가 목소리를 높였다.

점원이 고개를 돌려 몹시 화가 난 듯 베스를 노려보았다. “어퍼 가에 있다.”

“어퍼 가가 어딘데요?”

순간 점원은 당장에라도 소리를 지를 것처럼 베스를 째려보았다. 그러나 곧 얼굴 근육을 이완시키고 말했다. "큰길에서 두 블록 더 가면."

베스는 에스컬레이터를 타고 아래로 내려갔다.

모리스 서점은 드러그스토어 옆 모퉁이에 있었다. 서점 문을 열자 생전 처음 보는 책들로 가득한 커다란 공간이 나왔다. 카운터 뒤에 머리가 벗어진 남자가 의자에 앉아서 담배를 피우며 책을 읽고 있었다. 베스가 그에게 다가가 물었다. "《모던 체스 오프닝》 있어요?"

그가 책에서 눈을 떼고 안경 너머로 그녀를 뚫어지게 응시했다. "보통 책은 아닌데." 그의 목소리는 쾌활했다.

"있어요?"

"아마 있을 게다." 그가 의자에서 일어나 가게 뒤쪽으로 가더니 일 분 후 손에 책을 들고 나타났다. 똑같은 빨간 커버에 똑같이 두꺼웠다. 책을 보자마자 숨이 멎는 것 같았다.

"여기 있다." 그가 책을 내밀었다. 베스는 책을 받고 시실리안 디펜스 부분을 펼쳤다. 레벤피시 변형, 드래건 변형, 나이도르프 변형 등 여러 가지 변형들을 보니 기분이 좋았다. 머릿속에 저장된 마법 주문이나 성인의 이름 같았다.

잠시 후 서점 주인이 베스에게 물었다. "애야, 너 정말 체스를 좀 아는 거니?"

"네."

그가 미소 지었다. "그랜드 마스터들만 볼 수 있는 책인 줄 알았거든."

베스가 어리둥절해했다. "그랜드 마스터가 뭐예요?"

"천재 체스 선수." 그가 말했다. "카파블랑카 같은 선수 말이다. 오래전 선수이기는 하지. 요즘에도 유명한 선수들이 더러 있을 텐데, 이름은 나도 모른단다."

베스는 서점 주인 같은 사람을 만난 적이 없었다. 그는 매우 편안해 보였고, 베스가 어른이 아닌데도 그녀와 허물없이 이야기를 나누었다. 퍼거슨도 서점 주인과 어느 정도 비슷하긴 했지만, 종종 매우 사무적이었다. "이 책 얼마예요?" 베스가 물었다.

"꽤 비싸단다. 5달러 93센트."

그럴 것 같아서 걱정스럽긴 했었다. 버스 요금을 두 번 내고 났더니 10센트밖에 남아 있지 않았다. 결국 주인아저씨에게 책을 내밀고 이렇게 말했다. "감사합니다. 그런데 돈이 없어서요."

"안타깝구나. 카운터에 두고 가렴."

베스가 책을 내려놓았다. "체스에 관련된 다른 책도 있어요?"

"그럼, 물론이지. 게임&스포츠 섹션에 있단다. 가서 구경해 봐라."

가게 안쪽 선반에 이런 책들이 잔뜩 꽂혀 있었다. 《폴 모피와 체스의 황금기》, 《이기기 위한 체스의 함정》, 《체스 실력을 향상하는 방법》, 《체스 전략 향상》. 베스는 《체스의 공격과 역습》이라는 책을 빼서 체스판 기보를 그냥 보는 게 아니라 사진처럼 눈으로 찍어서 머릿속에 저장하며 읽어 나갔다. 손님 서너 명이 가게에 들어왔다 나갔다 하는 동안 베스는 계속 서서 보았다. 아무도 귀찮게 하지 않았다. 게임 하나하나를 살피며 퀸이 자기의 희생을 감수하면서 남성적인 기물들을 제압하는 휘황찬란한 움직임에 감탄했다. 총 60개의 게임이 있었는데 페이지마다 위에 타이틀이 적혀 있었다. '바실리 스마슬로프 - 이오시프 루다코프스키: 모스크바 1945' 또는 '아키바 루빈스타인 - 올드리치 뒤라스: 비엔나 1908' 그 가운데 한 경기에는 백이 서른여섯 번째 수에서 체크 위협을 하며 폰을 퀸으로 승진시켰다.

베스는 책 표지를 보았다. 《모던 체스 오프닝》보다 작았고 '2.95달러' 스티커가 붙어 있었다. 머릿속으로 분류해 가며 책을 훑기 시작했다. 서점의 벽시계가 열 시 삼십 분을 가리켰다. 역사 시험을 보러 학교에 가려면 한 시간 안에 서점을 나서야 했다. 서점 주인은 베스에게 관심을 두지 않고 독서에 매진했다. 그녀는 집중했다. 열한 시 삼십 분쯤 게임 열두 개를 머릿속에 암기했다.

학교로 돌아가는 버스 안에서 베스는 암기한 게임들을 머릿속으로 복기했다. 퀸이 희생하는 것처럼 화려한 건 아니지만 딱 한 칸만 전진하는 폰의 움직임 속에서 그것의 절묘함을 보았다. 목뒤의 솜털이 빳빳하게 일어났다.

역사 시험 시간에 오 분 늦게 도착했다. 그러나 아무도 신경 쓰지 않았다. 어쨌거나 베스는 다른 학생들보다 일찍 시험을 마무리했다. '파울 케레스 - 알프레드 타르노브스키: 헬싱키 1952'는 이십 분 만에 엔드 게임으로 접어들었다. 오프닝은 루이 로페즈였다. 백 비숍을 앞으로 빼내는 전략인데 베스는 그 전략을 통해 흑 킹의 폰을 간접적으로 위협할 수 있다는 걸 알아냈다. 서른다섯 번째 수에서 백이 룩을 빼내 나이트열 7행까지 행마했다. 눈부신 전략이었다. 베스는 하마터면 그 자리에서 소리를 지를 뻔했다.

페어필드 중학교에는 방과 후 한 시간 동안 사교 클럽 모임이 있는데 종종 금요일 종례 시간에 모이곤 했다. 사교 클럽은 애플 파이, 서브 뎁스, 걸스 어라운드 타운 이렇게 세 가지였다. 모두 대학의 여학생 동아리 같은 것이있고, 무슨 서약을 해야 했다. 애플 파이의 여자애들은 8학년 또는 9학년이었다. 대개 밝은색 캐시미어 스웨터에 아가일 무늬 양말과 구두의 끈이 있는 부분만 색이 다른 옥스퍼드 슈즈를 신고 있었다. 대부분은 마당이 넓은 전원주택에 살았고 순수 혈통의 말을 키웠다. 그런 여자애들은 복도에서 절대로 베스에게 눈길을 주지 않았다. 그저 누군가를 향해 미소를 지을 뿐이었다. 그들이 입은 스웨터는 밝은 노랑이나 진한 파랑, 파스텔 초록색이었고 100퍼센트 영국산 버진 울로 만든 양말은 무릎 바로 아래까지 오게 신었다.

가끔 베스가 교실 사이의 여자 화장실에서 거울에 자기 모습을 비춰 볼 때면, 아래로 쭉 뻗은 갈색 머리와 좁은 어깨, 멍청한 갈색 눈과 코 주변에 주근깨가 촘촘히 박힌 둥근 얼굴을 마주할 때면, 입 안에서 케케묵은 신맛이 나곤 했다. 사교 클럽에 가입한 여자애들은 립스틱과 아이섀도를 발랐다. 베스는 화장도 전혀 하지 않았을뿐더러 아직도 이마엔 일자 앞머리가 떡하니 자리 잡고 있었다. 그녀가 클럽에 서약하는 일도, 누군가 그녀더러 서약하라고 하는 일도 벌어지지 않았다.

"이번 주에 이항 정리를 시작할 예정이다. 이항식이 뭔지 아는 사람?"

맥아더 선생님이 물었다.

뒷줄에 앉은 베스가 손을 번쩍 들었다. 손을 든 건 처음이었다.

"뭐지?" 맥아더 선생님이 말했다.

베스는 자리에서 일어났다. 갑자기 어색함이 느껴졌다. "이항식은 두 개의 항을 포함하는 수학식입니다." 지난해에 메듀엔 보육원에서 배웠다. "X+Y가 이항식이에요."

"아주 잘했다." 맥아더 선생님이 칭찬했다.

베스 앞에 있는 마거릿이라는 여자애, 그 애는 윤기가 흐르는 금발에 고급스러워 보이는 보송한 연보라색 캐시미어 스웨터를 입고 있었는데, 베스가 자리에 앉자 베스 쪽으로 금발 머리를 휙 돌리더니 이렇게 속삭였다. "똑똑하네! 재수 없게 똑똑해!"

베스는 늘 복도에 혼자 있었다. 그런 것 말고는 무언가 다른 일이 일어날 가능성이 거의 없었다. 여자애들은 대개 둘 또는 셋씩 짝을 지어 다녔지만 베스는 혼자 걸었다.

어느 날 오후, 도서관에서 나오는 길에 저 아래에서 들리는 키득키득 소리에 깜짝 놀라서 복도 아래를 내려다봤더니 따스한 오후 햇살이 키 큰 흑인 여자애 뒤에서 비추고 있었다. 키가 약간 작은 여자애 둘이 흑인 여자애 옆에서, 분수대 주변에서 깔깔 웃어 대며 흑인 여자애를 올려다보고 있었다. 그들의 모습은 흐릿했다. 뒤에서 비추는 햇살 때문에 베스는 눈을 가늘게 떴다. 키 큰 여자애가 살짝 몸을 돌렸다. 베스는 너무나 익숙한 그녀의 고갯짓에 심장이 멎을 뻔했다. 서둘러 복도 아래로, 그 애들이 있는 쪽으로 몇 걸음 내디뎠다.

그러나 그 애는 졸린이 아니었다. 급하게 발길음을 멈추고 방향을 틀었다. 셋은 분수대를 떠나며 시끌시끌하게 건물의 정문을 열고 나갔다. 베스는 한동안 그 애들의 모습을 지켜보았다.

"브래들리 가게에 가서 담배 좀 사다 주겠니?" 휘틀리 부인이 물었다. "아무래도 감기에 걸린 것 같아."

"네, 부인." 베스가 대답했다. 토요일 오후였다. 베스는 무릎 위에 소설책을 올려놓기만 하고 읽지 않았다. '그랜드 마스터'라고 불리는 누군가와 폴 모피의 게임을 복기하는 중이었다. 모피의 열여덟 번째 수, 그러니까 나이트가 비숍열 5행으로 행마하는 수가 참 기이했다. 괜찮은 공격이긴 하지만 베스는 모피가 퀸 측 룩으로 더 파괴적인 행마를 할 수 있었을 거라고 생각했다.

"담배를 사기엔 좀 어리니까 종이에 써 주마."

"네, 부인."

"체스터필드 세 갑 사 오렴."

"네, 부인."

브래들리 가게에는 휘틀리 부인과 딱 한 번 가 봤다. 부인은 연필로 적은 종이와 1달러 20센트를 주었다. 베스는 카운터에 있는 브래들리 씨에게 종이를 건넸다. 뒤편에 기다란 잡지 선반대가 있었다. 담배를 받아 들고 뒤로 돌아 잡지들을 살피기 시작했다. 케네디 상원 의원의 사진이 《타임》과 《뉴스위크》 표지에 실려 있었다. 그는 대선에 출마했지만 가톨릭 신자여서 당선되지 못할 것 같았다.

여성용 잡지가 줄 맞춰 늘어져 있었다. 표지에 실린 사진은 전부 마거릿이나 수 앤 그리고 애플 파이의 다른 여자애들 얼굴 같았다. 머리칼은 반짝반짝 윤이 나고 입술은 아주 새빨갰다.

가게에서 막 나오려는데 무언가가 베스의 눈을 사로잡았다. 오른쪽 아래 모퉁이에 사진, 선탠, DIY에 관한 잡지가 진열된 곳에 표지가 체스 기물인 게 하나 있었다. 그쪽으로 다가가 선반에서 잡지를 집어 들었다. 표지에 《체스 리뷰》라고 적혀 있었고 가격도 붙어 있었다. 잡지를 펼쳤다. 체스 경기 중인 사람들의 사진과 기보들로 가득했다. '킹스 갬빗, 재고하다'라는 기사도 있고 '모피의 광채'라는 기사도 있었다. 조금 전까지만 해도 모피의 게임을 복기하고 있었는데! 심장이 더욱더 쿵쿵거렸다. 그 페이지를 계속 읽어 내려갔다. 리시아 체스에 관한 기사도 있었다. 그 기사에서는 '토너먼트'란 단어가 반복적으로 나왔다. 아예 '토너먼트 라이프'라는 부분이 따로 있었다. 베스는 체스 토너먼트 같은 게 있는 줄도 몰랐다. 체스는 그냥 심심풀이로 하는 줄로만 알았다. 휘틀리 부인이 융단을 짜 러그를 만들고 그것들을 모아 지그재그 퍼즐 모양으로 합치는 것처럼.

"꼬마 아가씨." 브래들리 씨가 베스를 불렀다. "잡지를 사든지 아니면 도로 내려놓아라."

베스가 화들짝 놀라 고개를 돌렸다. "전 그냥……."

"거기 쓰여 있잖니." 브래들리 씨가 말했다.

베스 앞에 손 글씨로 이렇게 적혀 있었다. '읽고 싶으면 구매하시오.' 베스는 15센트밖에 없었다. 며칠 전 휘틀리 부인이 당분간 용돈 없이 지내야 할 것 같다고 했었다. 용돈은 상당히 적었고 휘틀리 씨는 서부에 발이 묶인 상태였다. 잡지를 도로 내려놓고 가게를 나왔다.

한 블록의 절반 정도 걸었을 때 걸음을 멈추고 다시 돌아갔다. 카운터 위 브래들리 씨의 팔꿈치 아래에 신문 더미가 쌓여 있었다. 베스는 10센트짜리 동전을 내고 신문지 한 부를 샀다. 브래들리 씨는 어떤 여자 손님의 처방 약 값을 계산하느라 바빴다. 베스는 팔 아래에 신문을 끼고 잡지 선반으로 가 그 앞에 섰다.

몇 분 후 브래들리 씨의 목소리가 들렸다. "크기가 세 종류 있습니다." 그가 가게 뒤편으로 가고 여자 손님이 뒤따라 들어갔다.《체스 리뷰》를 한 부 집고 신문 속으로 슬쩍 밀어 넣었다.

베스는 팔 아래에 신문을 낀 채 바깥의 햇살을 받으며 길을 걸었다. 첫 번째 모퉁이를 돌며 신문 사이에서 잡지를 꺼내 치마 허리춤에 꽂고 로빈스 에그 파란색 스웨터로 덮었다. 벤 스나이더에서 구입한 재가공 양모 재질의 파란 스웨터로……. 그러고는 모퉁이의 쓰레기통에 신문을 툭 떨어뜨렸다.

베스는 배 앞에 반 접은 잡지를 단단하게 찔러 넣은 채 집으로 걸어가면서 모피가 룩을 움직이지 않았던 걸 곰곰이 생각했다. 잡지에는 모피가 '체스 역사상 가장 대단한 선수일 것'이라고 적혀 있었다. 룩이 비숍 7행으로 갈 테니까 흑은 나이트로 룩을 잡지 않는 게 나을 터였다. 왜냐하면…… 베스는 블록을 절반쯤 걸어가다가 우뚝 멈춰 섰다. 개가 어딘가를 향해 짖어 댔다. 길 건너편 잘 깎아 놓은 잔디에 어린 남자애 둘이 요란스럽게 술래잡기를 하고 있었다. 몇 초 후 폰이 킹 측 나이트열 5행으로 움직였다. 그러자 남아 있던 룩이 쭉 미끄러져 갔다. 흑이 폰을 먹으면, 비숍은 벌거벗은 상태가 되었을 거고 흑이 그렇게 하지 않으면…….

베스는 눈을 감았다. 흑이 폰을 잡지 않으면, 모피는 체크로 비숍을 희생시키면서 두 수 안에 메이트를 하게 될 터였다. 만일 폰을 잡는다면, 백 폰이 다시 움직이고 비숍이 다른 쪽으로 갔을 것이다. 그러면 흑이 할 수 있는 건 아무것도 없었다. 바로 이거였다. 건너편 남자아이들 중 하나가 울기 시작했다. 흑이 할 수 있는 건 아무것도 없었다. 그 게임은 스물아홉 수도 안 가서 끝났을 것이다. 그러나 폴 모피는 잡지에 실린 대로 수를 두었기 때문에 승리를 위해 서른여섯 번째 수까지 두어야 했다. 그는 룩의 움직임을 예측하지 못했던 것이다. 그러나 베스는 예측했다.

구름 한 점 없는 파란 하늘의 태양이 머리 위에서 빛을 발하고 있었다. 개가 계속 짖었다. 남자아이는 울고 있었다. 베스는 느릿하게 집으로 걸어가면서 경기를 다시 떠올렸다. 몹시 아름다운 다이아몬드처럼 정신이 또렷해졌다.

"벌써 몇 주 전에 올스톤이 돌아왔어야 했는데." 휘틀리 부인은 이야기 중이었다. 그녀가 침대에서 몸을 일으켜 앉았다. 옆에 십자말 퍼즐 잡지가 있었고 서랍 위의 작은 텔레비전은 낮은 볼륨으로 틀어져 있었다. 방금 전 베스가 주방에서 인스턴트커피를 한 잔 타서 가지고 왔다. 휘틀리 부인은 파우더로 얼굴을 뒤덮은 채로 분홍색 가운을 입고 있었다.

"아저씨가 곧 돌아오시나요?" 베스가 물었다. 사실은 휘틀리 부인과 이야기를 나누고 싶지 않았다. 방으로 돌아가서 《체스 리뷰》를 읽고 싶었다.

"불가피하게 붙잡혀 있었다는구나." 휘틀리 부인이 말했다.

베스가 고개를 끄덕였다. “방과 후에 일을 했으면 좋겠어요.”

휘틀리 부인이 잠시 그녀를 지그시 응시했다. “열세 살인데?” 부인이 마침내 말을 하며 휴지를 코에 대 조용하게 풀고 가지런히 접었다. “나는 네가 충분히 준비되어 있다고 생각한단다.”

“돈을 좀 벌고 싶어서요.”

“옷을 사려고 그러는 모양이구나.”

베스는 대꾸하지 않았다.

“네 또래 여자애들 중에 일하는 애들은,” 부인이 말을 이었다. “유색인들뿐이야.” 베스는 ‘유색인들’이라는 부인의 말에 이 문제에 대해서 더는 이야기를 꺼내지 않기로 결심했다.

미국 체스 연합에 가입하려면 6달러가 필요했다. 또 4달러만 더 내면 잡지를 구독할 수 있었다. 그보다 더 관심 가는 게 보였다. ‘토너먼트 라이프’라고 적힌 면에 지역마다 번호가 매겨져 있는데, 오하이오, 일리노이, 테네시, 켄터키는 숫자 1에 속했고, 그 목록 아래에는 ‘켄터키주 챔피언십, 추수감사절 주말, 헨리 클레이 고등학교 강당, 렉싱턴, 금요일, 토요일, 일요일’이라고 적혀 있었다. 그리고 그 밑에 ‘상금: 185달러, 참가비: 5달러 미국 체스 연합 회원만 참가 가능’이라는 문구가 있었다.

체스 연합에 가입하려면 6달러가 필요하고, 토너먼트에 출전하려면 5달러가 있어야 했다. 큰길에서 버스를 타면 헨리 클레이 고등학교 앞을 지나갔다. 잔웰 진입로에서 열 한 블록이나 떨어진 곳이었다. 추수 감사절까지는 앞으로 5주 남았다.

"누구 말로 설명할 수 있는 사람?" 맥아더 선생님이 물었다.

베스가 손을 들었다.

"베스?"

그녀가 자리에서 일어났다. "직각 삼각형에서 빗변의 제곱은 다른 두 변의 제곱의 합과 같습니다." 그러고는 자리에 앉았다.

마거릿이 킥킥 숨죽여 웃으며 간혹 그녀의 손을 잡는 옆자리의 고든 쪽으로 몸을 기울였다. "똑똑이 납셨네!" 마거릿이 간드러진 여자아이 목소리를 흉내 내며 경멸하듯 속삭였다. 고든이 웃었다. 베스는 창밖의 가을 낙엽을 바라보았다.

"돈이 다 어디로 갔는지 모르겠어!" 휘틀리 부인이 불평했다. "이번 달에는 저렴한 물건들만 아주 조금 더 샀을 뿐인데 남은 돈이 모조리 사라져 버렸어. 모조리." 그녀는 꽃무늬 팔걸이의자에 털썩 주저앉아 눈을 크게 뜨고 단두대가 떨어지기를 바라듯 한동안 천장을 응시했다. "전기세 내고, 전화료

내고, 간단한 식료품 산 게 다라고. 일부러 모닝커피에 크림도 올리지 않고 지인들에게 뭐 하나 사 주지도 않아. 영화관도, 교회에서 하는 자선 바자회에도 가지 않는다고. 그런데도 7달러밖에 안 남았어. 적어도 20달러는 있어야 하는데." 그러고는 조금 전 지갑에서 쏟아 낸 꼬깃꼬깃한 1달러 지폐들을 옆 테이블에 내려놓았다. "10월 말까지 이 돈으로 버텨야 해. 포리지*나 닭 목 같은 것만 겨우 살 수 있겠지."

"메듀엔에서 돈 좀 받지 않으셨어요?" 베스가 물었다.

휘틀리 부인은 천장에서 눈을 떼고 그녀를 뚫어지게 바라봤다. "첫해에만." 부인이 차분하게 말했다. "그 후엔 널 키우는 데 돈이 들지 않는 줄 아나 보지."

베스는 사실이 아니란 걸 알았다. 메듀엔에서 받은 돈은 70달러였고, 휘틀리 부인은 베스에게 그만큼을 쓰지 않았다.

"이달 초까지 우리가 그런대로 잘 지내려면 20달러는 더 필요해." 부인이 말을 이었다. "그런데 13달러가 부족하단 말이지." 부인은 잠시 천장 쪽으로 시선을 옮긴 다음, 베스를 바라봤다. "가계부를 쓰는 게 좋겠어."

"인플레이션 때문일 수도 있어요." 베스의 말도 어느 정도는 사실이었다. 그녀는 체스 연합에 가입하기 위해 딱 6달러

* 오트밀에 물이나 우유를 부어 걸쭉하게 죽처럼 끓인 음식.

만 빼갔다.

"그럴 수도 있긴 하다만." 휘틀리 부인이 마음을 진정시키며 말했다.

이제 문제는 토너먼트 참가비 5달러였다. 휘틀리 부인의 생활비 연설이 있었던 그날, 베스는 교실에서 작문 공책 한 장을 뜯어서 켄터키주 마운트 스털링에 있는 메듀엔 보육원 경비인 샤이벌 아저씨에게 편지를 썼다.

샤이벌 아저씨께.

이 동네에서 체스 토너먼트가 있어요. 우승 상금은 100달러가 넘고, 2등은 50달러 이상이에요. 다른 상금도 있어요. 참가하려면 5달러가 있어야 하는데, 돈이 없어요.

아저씨가 저한테 보내 주시면, 제가 우승을 하든 다른 상을 받든 무조건 10달러를 드릴게요.

그럼 안녕히 계세요.

엘리자베스 하먼

다음 날 아침, 휘틀리 부인이 잠을 자는 사이에 베스는 편지 봉투를 들고 거실로 가서 어수선한 책상 서랍에서 우표를 꺼내 봉투에 붙였다. 그리고 학교로 가는 길에 우체통에 집어넣었다.

11월에는 휘틀리 부인의 지갑에서 1달러를 더 꺼냈다. 샤이벌에게 편지를 쓴 지 일주일이 지났지만, 아직 답장이 없었다. 이번에는 이 돈의 일부로 《체스 리뷰》 신간을 구입했다. 베스는 잡지에서 자신의 실력을 향상할 만한 게임들을 몇 개 찾아냈다. 하나는 '베니 와츠'라는 젊은 그랜드 마스터의 게임이었다. 베니 와츠는 미국 챔피언이었다.

휘틀리 부인은 감기에 자주 걸리는 것 같았다. "난 바이러스 취향인가 봐." 그녀가 말했다. "아니면 바이러스가 내 취향이거나." 그러고는 브래들리 가게에 가서 약 좀 받아 오라며 베스에게 처방전을 주었고, 코카콜라도 하나 사 먹으라면서 10센트 동전도 함께 내밀었다.

베스가 가게에 들어서자, 브래들리 씨가 이상한 눈길을 보냈다. 베스는 그에게 처방전을 건넸고, 그는 가게 뒤편으로 들어갔다. 베스는 일부러 잡지 선반 근처에 서 있지 않았다. 한 달 전 《체스 리뷰》를 가져갔을 때, 한 부밖에 없었기 때문에 브래들리 씨가 곧바로 눈치챘을 가능성이 아주 높았다.

브래들리 씨가 라벨이 붙은 플라스틱 용기를 들고 나왔다. 라벨에 글자가 쓰여 있었다. 그는 카운터에 용기를 내려놓고 하얀 종이봉투를 꺼냈다. 베스는 플라스틱 통을 응시했다. 그 안에 들어 있는 약은 길쭉한 모양의 밝은 초록색 알약이었다.

"내 신경안정제일 거야." 휘틀리 부인이 말했다. "맥앤드류가 나한테 신경안정제가 필요하다고 했거든."

"맥앤드류가 누구예요?" 베스가 물었다.

"의사야. 맥앤드류 박사." 휘틀리 부인이 뚜껑을 열어 약 두 알을 입에 넣었다. "물 한 잔만 갖다주겠니?"

"네, 부인." 베스가 말했다. 물을 받으러 화장실로 가는데, 부인이 한숨을 내쉬며 중얼댔다. "대체 왜 반통밖에 안 채워주는 거야?"

11월 호에는 모스크바 초청 토너먼트의 경기 스물두 개가 실려 있었다. 미하일 보토비닉, 티그란 페트로샨, 라예프 같은 선수들의 이름도 나왔다. 마치 동화에 나오는 사람들의 이름 같았다. 잡지에 두 사람이 체스판 위로 몸을 구부리고 있는 사진이 있었는데, 둘 다 검은 머리에 시커먼 정장을 입은 채 얼굴을 찌푸리고 있었다. 그들 뒤에 카메라의 초점이 벗어난 곳에는 관중들이 어마어마하게 많이 앉아 있었다.

페트로샨과 벤코비츠라는 사람이 겨뤘던 준결승전에서 베스는 페트로샨의 나쁜 수를 보았다. 그는 폰으로 공격을 시작했지만 사실 그래선 안 되었다. 미국인 그랜드 마스터가 게임을 리뷰한 기사에서 페트로샨의 폰 공격이 괜찮은 수라고 했다. 하지만 베스는 그보다 더 깊은 곳을 보았다. 어떻게 페트로샨이 저렇게 잘못된 판단을 했을까? 그 미국인은 왜 페트로샨의 약점을 보지 못했을까? 두 사람은 분명 오랜 시간 체스를 연구했을 텐데 말이다. 잡지에 의하면, 그 경기는 다섯 시간 동안이나 이어졌다고 했다.

마거릿은 체육관 사물함의 자물쇠를 걸쇠에 걸어 놓기만 할 뿐 번호를 돌려놓지 않았다. 다른 아이들이 샤워실 칸마다 들어가 있었다. 베스의 눈에 원뿔처럼 튀어나온 마거릿의 풍만한 가슴이 들어왔다. 베스의 가슴은 남자아이의 가슴과 다를 바 없었고, 아래 털도 이제 막 나오기 시작했다. 마거릿은 베스를 무시한 채 콧노래를 흥얼거리며 몸에 비누칠을 했다. 베스가 밖으로 나와 수건으로 몸을 감쌌다. 물기가 뚝뚝 떨어지는데도 탈의실로 돌아갔다. 거기엔 아무도 없었다.

베스는 재빨리 손에서 물기를 닦고 아주 조용히 마거릿의 자물쇠를 빼 수건으로 감쌌다. 머리에 맺힌 물이 손으로 계속 뚝뚝 떨어졌지만 상관없었다. 어차피 남자아이들의 체육관 탈의실에는 온 사방에 물기가 널려 있었으니까. 끼익 소리가 나지 않게 천천히 사물함 문을 열었다. 가슴속에 작은 동물이 사는 것처럼 심장이 쿵쾅댔다.

천연 가죽 재질의 갈색 가방이 있었다. 수건에 손을 다시 한번 닦고 선반에서 가방을 집어 든 채 가만히 귀를 기울였다. 아이들이 샤워장에서 키득대며 요란을 떠는 소리가 들렸다. 그러나 그게 다였다. 베스는 조금 있다가 서둘러 자리를 뜨고 탈의실 문에서 가장 가까운 샤워실 칸막이로 후다닥 들어갈 생각이었다. 아직 아무도 샤워를 끝내선 안 되었다. 마거릿의 가방을 열었다.

색 있는 그림엽서 몇 장과 새로 산 것 같은 립스틱, 거북딱지 무늬의 빗, 고급스런 리넨 손수건이 있었다. 베스는 오른손으로 그 물건들을 한쪽으로 치웠다. 가방 바닥에 놓인 작은 은색 머니 클립 사이에 지폐가 끼워져 있었다. 머니 클립에서 돈을 뺐다. 5달러짜리 두 장이었다. 잠시 머뭇거리다가 두 장 모두, 아니 머니 클립까지 함께 손에 넣었다. 가방을 도로 내려놓고 자물쇠를 걸었다.

베스는 자기의 사물함 문을 닫아 놓기만 했을 뿐 잠그지는 않았다. 자기의 사물함을 열고 머니 클립에 끼워진 5달러 두 장을 대수학 책 사이에 꽂았다. 그러고는 사물함 문을 잠근 후 샤워실로 가서 다른 여자애들이 전부 떠날 때까지 몸을 씻었다.

모두 탈의실을 떠났을 때 베스는 아직 옷을 입는 중이었다. 마거릿은 가방을 열어 보지 않았다. 베스는 휘틀리 부인처럼 숨을 깊게 내쉬었다. 여전히 심장이 요동쳤다. 대수학 책에서 머니 클립을 빼고 마거릿이 사용했던 사물함 아래에 집어넣었다. 지폐를 잘 접어서 신발 안으로 밀어 넣었다. 그런 다음 선반에서 자기의 파란색 투명 가방을 꺼내서 열고 거울이 달린 작은 주머니로 손을 뻗었다. 그 안에서 초록색 약 두 알을 꺼내 입으로 넣고 세면대로 향했다. 그리고 종이컵에 물을 담아 꿀꺽 삼켰다.

그날 저녁은 스파게티와 통조림 미트볼이었고, 디저트는 젤로 푸딩이었다. 베스가 설거지를 하는 동안 휘틀리 부인이 거실에서 텔레비전의 볼륨을 키우다가 느닷없이 이렇게 말했다. "어머, 내 정신 좀 봐."

베스는 계속 스파게티 팬을 문지르고 있었다. 일 분 뒤 휘틀리 부인이 편지 봉투를 들고 나타났다. "너에게 온 거란다." 그렇게 말하고는 오 분짜리 뉴스 프로그램인 「헌틀리-브린클리 리포트」를 보러 돌아갔다.

봉투에는 얼룩이 졌고 주소는 연필로 적혀 있었다. 베스는 손을 닦고 봉투를 열었다. 안에 5달러짜리 한 장이 들어 있었다. 편지는 없었다. 그녀는 돈을 들고 한동안 싱크대 앞에 서 있었다.

초록색 약은 50밀리리터 한 통에 4달러였다. 라벨에 세 번

리필이라고 적혀 있었다. 베스는 4달러를 지불했다. 그러고는 기분 좋게 집으로 걸어가서 처방전을 휘틀리 부인의 책상 뒤로 쓱 밀어 넣었다.

♖ 4장 ♖

체육관 입구에 마련된 접수처에 하얀 셔츠를 입은 남자 둘이 앉아 있었다. 그들 뒤로 초록색과 하얀색 체스판이 올려진 긴 테이블이 줄 맞춰 정렬되어 있었다. 많은 사람들이 그곳에서 이야기를 나누었고 몇몇은 체스를 두는 중이었다. 대부분 청년 또는 남학생들이었다. 여자는 한 명도 없었다. 유색인도 없었다. 접수처 왼쪽에 앉은 남자의 책상 근처에 '참가비 납부' 팻말이 핀으로 고정되어 있었다. 베스는 5달러를 들고 그에게 다가갔다.

"시계 있니?" 남자가 물었다.

"아뇨."

"이 토너먼트에는 시계 공유 시스템이 있거든. 만일 상대도 시계가 없으면, 여기로 와. 이십 분 후에 경기가 시작돼. 레이팅*이 어떻게 돼?"

"레이팅 없는데요."

"전에 토너먼트에 나가 본 적 없어?"

"없어요."

남자가 베스의 돈을 가리켰다. "정말 이 토너먼트에 참가할 생각이니?"

"그럼요."

"여성부는 없어."

베스가 그를 지그시 바라보았다.

"초급부에 넣어 줄게."

"안 돼요. 저는 초보자가 아니에요."

다른 청년들이 둘을 쳐다보았다. "레이팅이 없는 선수는 초급부에 가서 레이팅이 1600 미만인 사람들과 겨루는 거란다." 그가 일러 줬다.

《체스 리뷰》 기사에서 선수들의 레이팅을 주의 깊게 들여다보지는 않았지만 그랜드 마스터의 레이팅이 최소 2200 정도라는 건 알고 있었다. "초급부 상금은 얼마예요?" 베스가 물었다.

"20달러."

---

* 모든 체스 선수들에게는 레이팅이 있는데, 세계 체스 연합이 관리하며 세계 정상급은 대략 2800, 그랜드 마스터는 2550, 일반 아마추어는 1600 정도이다.

"다른 부는요?"

"오픈 우승은 100달러야."

"제가 오픈에 참가하는 건 규칙에 어긋나는 거예요?"

그가 고개를 저었다. "정확히 말하자면 그런 규칙은 없어. 단지……."

"그러면 오픈에 넣어 주세요." 베스가 돈을 내밀었다.

남자는 어깨를 으쓱하더니 작성할 양식을 내밀었다. "레이팅 1800 이상인 사람이 저기 세 명 있어. 아마 벨틱도 올 거야. 주 챔피언이지. 널 뭉개 버릴 거라고."

베스는 볼펜을 들고 이름과 주소를 쓰며 빈칸을 채워 갔다. 레이팅을 적는 칸에 숫자 0을 커다랗게 쓴 후 양식을 제출했다.

경기는 이십 분이나 늦게 시작됐다. 대국 상대를 정하고 게시하는데 시간이 오래 걸렸다. 게시판에 이름을 게시하는 동안 베스는 옆에 있는 남자에게 임의로 결정되는 거냐고 물었다. "절대 아니지." 그가 대답했다. "첫 라운드는 레이팅에 따라 결정되는 거야. 그런 다음엔 승자끼리 겨루고 또 패자끼리 겨루는 거지."

베스의 이름이 마침내 게시되었고 '하먼 - 0 - 흑'이라고 적힌 카드 아래에 '페커 - 0 - 백' 카드가 이어 붙었다. 두 카드는 27번 칸에 있었다. 맨 마지막 번호였다.

베스는 27번 체스판으로 가서 흑 기물 앞에 앉았다. 맨 뒤 테이블의 가장 끝 체스판이었다.

옆 체스판에 앉은 여자는 서른 살 정도 되어 보였다. 잠시 후 여자 두 명이 걸어왔다. 한 명은 이십 대였고, 다른 한 명은 베스의 상대 선수였다. 키가 크고 덩치가 좀 있는 고등학생이었다. 베스는 눈앞에 펼쳐진 긴 테이블들을 훑어보며 막 자리를 잡고 앉거나 이미 게임을 시작한 선수들을 지켜보았다. 대다수는 남자였고 젊었다. 여자는 넷뿐이었는데 구석에 한데 뭉쳐져서 자기들끼리 시합을 했다.

베스의 상대는 약간 어색해하며 자리에 앉아 체스판 가장자리 근처에 체스 시계를 올리고, 베스에게 손을 내밀었다. 체스 시계는 원형 시계 두 개가 나란히 있는 기다란 네모 모양이었다. "아네테 페커라고 해." 그녀가 말했다.

베스는 악수를 하면서 상대의 손이 크고 축축하다고 생각했다. "베스 하먼이에요. 체스 시계는 잘 모르는데."

아네테는 뭔가 설명해 줄 게 있다는 것에 안심하는 듯 보였다. "네 쪽에 있는 시계는 네가 경기를 치른 시간을 알려줘. 선수에게는 각각 구십 분이 할당돼. 수를 둔 다음에 시계 위에 있는 버튼을 누르면 네 시계는 멈추고 상대의 시계가 움직이기 시작해. 각 시계에는 숫자 12에 작은 붉은색 깃발이 있는데 구십 분을 다 쓰면 깃발이 내려가. 그러면 지는 거지."

베스가 고개를 끄덕였다. 시간은 충분할 것 같았다. 지금까지 체스 게임을 하는데 이십 분 이상 걸린 적이 없었기 때문이다. 그리고 각 선수에게 줄이 그어진 종이가 있었는데 그건 수를 기록하는 용도였다.

"이제 내 시계를 움직이게 하면 돼." 아네테가 말했다.

"그런데 왜 여자들끼리만 짝을 지어 놨어요?" 베스가 물었다.

아네테가 눈썹을 올렸다. "흠, 사실 그렇게 하면 안 되는 거지. 그래도 네가 이기면 올려 줄 거야."

베스가 손을 뻗어 시계 버튼을 눌렀다. 아네테의 시계가 째깍째깍 움직이기 시작했다.

아네테는 다소 불안한 듯 킹 앞의 폰을 잡더니 킹열 4행에 내려놓았다. "하, 알다시피 터치 무브*였어."

"그게 뭐예요?"

"움직일 기물이 아니라면 그 기물을 건드려선 안 돼. 만일 기물을 만지면 반드시 어디로든 옮겨야 하고."

"알았어요. 시계 버튼 안 눌러요?"

"어, 미안." 아네테가 버튼을 눌렀다. 베스의 시계가 움직였다. 그녀는 단박에 손을 뻗어 퀸 측 비숍열의 폰을 네 번째 칸에 두었다. 시실리안 디펜스였다. 그러고는 시계의 버튼을

* 체스 규칙으로, 기물에 손을 대면 반드시 그 기물을 움직여야 한다.

누르고 양쪽 팔꿈치를 테이블 모서리에 올렸다. 사진 속의 러시아 선수들처럼.

베스는 여덟 번째 수에 공격을 시작했다. 열 번째 수에 아네테의 비숍을 먹었고, 열일곱 번째 수에 퀸을 잡았다. 아네테는 아직 캐슬링*도 하지 않은 상태였다. 베스가 퀸을 잡았을 때, 아네테가 손을 뻗어 킹을 옆으로 눕히고 "진짜 빠르네"라며 감탄했다. 그녀는 자신의 패배에 안도하는 듯했다. 베스가 시계를 보았다. 아네테는 삼십 분을 썼고, 베스는 고작 칠 분을 썼다. 이 경기에서는 아네테의 다음 수를 기다리는 것이 유일한 문젯거리였다.

다음 라운드는 열한 시가 되어도 시작하지 못할 것 같았다. 베스는 기록표에 아네테와의 경기를 기록하고 자기 이름에 동그라미를 쳤다. 그런 다음 접수처로 가서 '승자'라고 써진 바구니에 종이를 넣었다. 첫 번째 종이였다. 베스가 자리를 뜨려는데 대학생처럼 보이는 젊은 남자가 기록표를 승자 바구니에 넣었다. 베스는 토너먼트에 나온 남자들 대부분이 잘생기지 않았다는 걸 이미 간파하고 있었다. 대개 머리에 기름떡이 졌고 안색도 형편없었다. 뚱뚱하고 초조해 보이는 사

* 체스 규칙 중 하나로 킹과 룩을 한 번에 움직이는 특수한 수이다. 킹이 룩을 향해 2칸 움직이고 이와 동시에 룩이 킹을 넘어 바로 옆 칸으로 이동하여 킹을 보호한다.

람도 더러 있었다. 그러나 그 남자는 키도 크고 체격도 좋고 인상도 부드러웠다. 또 얼굴도 환하고 잘생겼다. 그가 베스 역시 시합을 빨리 치르는 선수라는 걸 인정하듯이 그녀에게 상냥하게 고갯짓했다. 베스도 고개를 살짝 끄덕였다.

경기장을 조용히 돌아다니며 다른 선수들이 게임하는 걸 구경했다. 어느 한 팀의 경기가 끝나자 승자가 기록표를 제출하기 위해 앞쪽으로 올라갔다. 정말이지 흥미로운 포지션이 하나도 없었다. 경기장 앞쪽에 있는 7번 체스판의 흑이 두 가지 콤비네이션으로 룩을 먹을 기회가 있길래 그가 무조건 비숍을 움직일 거라 확신하고 기다렸다. 하지만 그는 그냥 중앙에 있는 폰을 잡았다. 콤비네이션을 보지 못한 거였다.

가장 앞 테이블에는 1번이 아니라 3번 체스판부터 있었다. 체육관 맨 끝의 초급부 테이블에서 보니, 앞쪽 테이블에 줄 맞춰 마주 앉은 선수들이 체스판 위로 목례를 하는 중이었다. 경기가 끝나자 선수들이 의자에서 일어났다. 그런데 체육관 앞쪽에 몰랐던 출입문이 하나 보였다. 문에 '상위권 대국'이라고 적힌 판지가 붙어 있었다. 베스는 그쪽으로 다가갔다.

조금 더 작은 공간이었다. 휘틀리 부인의 거실보다 많이 큰 건 아니었다. 각각 떨어진 테이블에서 경기가 진행 중이었다. 바닥 중앙 테이블 주변에 나무로 된 차단 봉들이 검은 벨벳 벨트로 연결되어 있었다. 구경하는 사람들이 선수들에게 너무 가까이 다가가지 못하게 하려고 설치된 것이었다. 네다섯 명이 조용히 경기를 지켜보았다. 베스의 왼쪽인 1번 체스판에 사람들이 무리 지어 있었다. 키가 크고 잘생긴 그 남자도 그 사이에 있었다.

1번 체스판의 두 선수는 온 정신을 경기에 집중하고 있는 것 같았다. 그들 사이에 놓인 시계는 베스가 봤던 것과 달랐다. 더 크고 더 견고했다. 한 남자는 사진에서 본 러시아 사람처럼 퉁퉁하고 머리가 반쯤 벗어진데다 안색이 어두침침했다. 그리고 짙은 색 정장 차림이었다. 상대는 훨씬 젊었고, 흰 셔츠 위에 회색 스웨터를 받쳐 입었다. 그는 셔츠 소매의 단추를 풀고 체스판에 눈을 고정한 채 소매를 팔꿈치까지 걷어 올렸다.

베스의 뱃속에서 어떤 전율이 일었다. 생생했다. 숨을 참고 체스판 위 기물의 위치를 살폈다. 얼마 지나지 않아 모든 수를 꿰뚫었다. 균형이 잘 잡힌 쉽지 않은 경기였다. 《체스 리뷰》에서 본 챔피언십 경기들처럼. 흑의 시곗바늘이 움직이고 있으니 흑이 수를 둘 차례였다. 베스가 흑 나이트가 비숍열 다섯 번째 칸으로 가면 되겠다고 생각하자마자, 나이 든 남자가 손을 쭉 뻗어 나이트를 비숍열 다섯 번째로 옮겼다.

잘생긴 남자는 이제 벽에 등을 대고 서 있었다. 베스가 그에게 다가가 속삭였다. "저 사람들 누구예요?"

"벨틱과 컬런이야. 벨틱은 주 챔피언이지."

"누가 벨틱이에요?" 베스가 물었다.

키 큰 남자가 손가락을 입에 갖다 댔다. 그러더니 부드럽게 말했다. "벨틱이 젊은 사람."

놀라웠다. 켄터키주 챔피언이 퍼거슨과 비슷한 또래라니. "저 사람은 그랜드 마스터예요?"

"노력 중이야. 지난 몇 년간 마스터였거든."

"아."

"시간이 좀 걸려. 그랜드 마스터와 경기도 해야 하고."

"얼마나 걸리는데요?" 베스가 물었다. 두 사람 앞, 검은색 벨벳 벨트 근처에 있는 남자가 고개를 돌려 화가 난 듯 베스를 노려보았다. 키 큰 남자가 조용히 하자며 손가락을 입술 앞에 대고 머리를 흔들었다. 베스는 다시 벨벳 벨트로 다가가서 경기를 지켜봤다. 다른 사람들이 더 들어왔고 그곳은 점점 더 붐볐다. 그래도 베스는 꿋꿋하게 맨 앞자리를 지켰다.

체스판 한가운데에 어마어마한 긴장감이 감돌았다. 베스는 몇 분 동안 체스판을 꼼꼼히 살피며 자기라면 어떤 수를 두었을지 마음속으로 짐작해 보았다. 그러나 확신할 순 없었다. 컬런의 차례였다. 시간이 정말 더디게 갔다. 그는 꽉 쥔 주먹으로 이마를 받치고 테이블 아래에 무릎을 모은 채 꼼짝하지 않았다. 벨틱은 의자에 등을 기대며 바로 앞에 보이는 컬런의 대머리가 우스운지 하품을 쩍쩍 해 댔다. 베스는 벨틱의 치아가 정말 꼴 보기 싫었다. 치열도 엉망이고 군데군데 충치와 움푹 파인 공간도 있었다. 더군다나 턱 주변은 면도도 말끔히 되지 않았다.

드디어 컬런이 수를 뒀다. 그는 중간에서 나이트를 교환했다. 그 후 속도감 있게 몇 수를 더 두었지만 긴장감은 금세 풀어졌다. 결국 두 선수는 각각 나이트와 비숍을 교환하고 말았다.

컬런의 차례가 되자 그가 벨틱을 올려다보며 이렇게 말했다. "무승부?"

"오, 이런. 어림없는 소리죠." 벨틱이 답했다. 그는 우스꽝스러운 표정을 지으며 한쪽 주먹으로 다른 쪽 손바닥을 치고 룩을 7행으로 옮겼다. 베스는 그의 수가 마음에 들었다. 그리고 벨틱이 기물을 꽉 잡고 들어 올려 약간 우아한 듯 과장된 동작으로 내려놓는 것도 마음에 들었다.

컬런은 다섯 수 뒤에 기권했다. 그는 폰 두 개에 항복했고 남아 있는 비숍은 뒤쪽 랭크(가로줄-옮긴이)에 꼼짝없이 갇혔으며 시간도 거의 다 되어 갔다. 그는 품격 있게 킹을 쓰러뜨리고 손을 뻗어 벨틱과 재빨리 악수를 한 다음 자리에서 일어나 벨벳 벨트와 베스를 지나 문밖으로 나갔다. 벨틱은 꼿꼿하게 서 있었다. 베스의 눈에는 상대의 킹이 쓰러져 있는 그 체스판 위에 그가 위풍당당하게 서 있는 모습이 보이는 것 같았다. 가슴속에서 흥분이 부풀어 올랐고 팔다리에 닭살이 확 돋았다.

베스는 다음 경기에서 키가 작고 머리가 덥수룩한, 쿠크라는 남자와 체스를 두었다. 그의 레이팅은 1520이었다. 13번 체스판의 기록표 맨 위에 이렇게 적혀 있었다. '하먼 - 0 : 쿠크 - 1520'. 이번엔 베스가 백을 할 차례였다. 폰을 퀸열 4행에 두고, 쿠크의 시계를 눌렀다. 그 역시 곧바로 폰을 퀸열 네 번째 칸으로 보냈다. 그는 적잖이 긴장했는지 쉴 새 없이 경기장을 흘긋흘긋 쳐다보며 가만히 앉아 있지를 못했다.

베스도 그의 조바심에 덩달아 더 빠르게 수를 두었다. 오 분 후, 두 사람 모두 기물을 전투에 참가시켰고, 쿠크가 퀸사이드*에서 공격을 시작했다. 베스는 무시하고 나이트를 행마했다. 그가 다급하게 폰을 위로 올렸고, 그녀는 형편없는 이중 공격을 무릅쓰지 않고는 그의 폰을 잡을 수 없다는 사실에 흠칫했다. 베스는 망설였다. 쿠크는 실력이 꽤 좋았다. 레이팅 1500은 제법 의미 있는 숫자였다. 그는 샤이벌 씨나 갠즈 씨보다 더 잘했지만, 자신의 조바심에 휘둘리는 듯했다. 베스는 룩을 비숍의 자리로 이동시켜 점점 다가오는 폰을 막았다.

---

* 체스판에서 퀸이 있는 쪽 절반. 즉, a, b, c, d 세로줄로 이루어진 곳이다.

쿠크는 베스의 수에 놀라움을 감추지 못했다. 그가 퀸 측 비숍을 들어 베스의 킹을 지키고 있는 폰 중 하나를 잡았다. 베스의 얼굴을 살피면서, 그리고 자기의 기물을 희생하면서. 체스판을 가만히 들여다보던 베스는 불쑥 자신이 없어졌다. 저 사람이 뭘 하려는 걸까? 마침내 상대의 수가 보였다. 만일 베스가 비숍을 잡으면, 흑 나이트가 체크를 할 거고 그는 비숍을 밖으로 빼낼 터이다. 그러면 폰으로 베스의 킹을 잡는 수순이었다. 순간 베스는 배가 뒤틀렸다. 이런 놀라움은 전혀 달갑지 않았다. 어떤 수를 두어야 할지 생각하는 데 일 분이 지나갔다. 베스는 비숍을 잡지 않고 킹을 움직였다.

그런데도 쿠크는 나이트를 아래로 내려보냈다. 베스는 반대편에서 폰을 교환하고, 룩이 나갈 수 있도록 파일(세로줄)을 열었다. 쿠크는 복잡한 전술로 계속 베스의 킹을 괴롭혔다.

허풍만 떨지 않는다면 이제는 정말로 위험하지 않아 보였다. 그녀는 룩을 적진으로 빼내서 퀸과 힘을 합쳤다. 베스는 이런 포지션이 마음에 들었다. 대포 두 대가 줄을 맞추고 발사 준비를 하는 듯한 포지션.

세 수 뒤에 드디어 발사가 가능해졌다. 쿠크는 기물을 교묘하게 움직여 킹을 위협할 궁리만 할 뿐 상대의 수는 전혀 파악하지 못했다. 베스가 보기에 그의 행마는 꽤 흥미로웠지만 체스판 전체를 장악하지 못했기 때문에 기물의 견고성이 부족했다. 만일 그녀가 체크메이트만 피해 가며 경기를 했다면, 그는 비숍으로 체크를 한 후 네 수 뒤 처음으로 그녀의 기물을 잡았을 것이다. 그러나 베스는 그렇게 두지 않았다. 세 수 뒤에 그의 목을 조였다. 룩이 화염을 발사하는 것 같은 모습을 보자 얼굴로 피가 몰려드는 기분이었다. 베스는 퀸을 가장 마지막 줄로 보내서 아직은 우두커니 서 있는 흑 룩에게 바쳤다. 쿠크가 어리둥절해하며 그녀를 쳐다보았다. 베스도 그를 보았다. 그는 포지션을 살피고 또 살폈다. 그러다가 결국에는 룩으로 그녀의 퀸을 잡고 말았다.

그녀 내면의 무언가가 소리를 지르고 날뛰었다. 그러나 겉으로는 몸을 뒤로 기대고 비숍을 앞으로 밀어낸 뒤 차분하게 말했다. "체크." 쿠크가 킹을 움직이려다가 움찔했다. 마침내 무슨 일이 벌어지고 있는지 두 눈으로 확인한 것이었다. 그는 퀸을 잃게 될 거고 조금 전 퀸을 잡은 룩마저 내줘야 할 처지였다. 그가 베스를 쳐다봤다. 그녀는 무덤덤하게 앉아 있었다. 그가 체스판으로 시선을 옮기고 몇 분간 고뇌했다. 꼼지락 움직이고 짐짓 흘깃거리면서. 그러더니 다시 베스에게 눈길을 돌리고 말했다. "무승부?"

베스가 고개를 저었다.

쿠크가 또 쏘아봤다. "네가 이겼어. 기권." 그러고는 자리에서 일어나 손을 내밀었다. "이렇게 될 줄은 생각지도 못했어."

놀랍게도 그의 얼굴에 따뜻한 미소가 번졌다.

"고맙습니다." 베스가 그와 악수를 했다.

점심 식사 시간, 베스는 고등학교에서 한 블록 떨어진 곳에 있는 드러그스토어에서 샌드위치와 우유를 샀다. 스탠딩 테이블에서 혼자 먹고 자리를 떠났다.

세 번째 경기 상대는 니트 조끼를 입은 나이 든 남자였다. 그의 이름은 캐플런. 레이팅은 1694였다. 이번엔 베스가 흑을 맡았고, 오프닝은 님조-인디언 디펜스*였다. 그녀는 서른네 수만에 그를 제압했다. 더 빨리 이길 수도 있었지만, 캐플런은 방어 기술이 뛰어났다. 백을 맡은 선수는 원래 공격을 해야 하는데도 말이다. 마침 그가 기권했을 때, 베스는 백 비숍을 잡아 킹 앞을 열려던 참이었다. 적진으로 나가 있는 폰이 두 개 있었다. 캐플런의 얼굴에 당황한 기색이 역력했다. 다른 선수들이 구경을 하려고 주변으로 몰려들었다.

두 사람의 경기는 세 시 삼십 분에 끝났다. 캐플런이 미치도록 느리게 수를 두는 바람에 베스는 대국 중에 몇 번이고 자리를 박차고 일어나 속에서 끓는 에너지를 떨쳐 내야 했다. 베스가 자기 이름에 동그라미가 쳐진 점수 기록표를 접수처에 가져다 놓을 때쯤 다른 게임들은 대부분 끝나 있었

---

* 첫 수에 나이트를 전진시키는 전술로, 1.d4 Nf6로 행마한다.

고 토너먼트는 저녁 식사 시간을 위해 잠시 휴식을 가졌다. 저녁 8시에 한 번 더 경기를 하고 토요일에 또 경기가 세 번 있을 예정이었다. 결승은 일요일 아침 열한 시였다.

베스는 여자 화장실로 가서 세수를 하고 손을 씻었다. 체스 경기를 세 번 하고 나니, 얼굴이 얼마나 꾀죄죄한지 그 모습이 무척 낯설었다. 쨍한 조명 아래에서 거울 속의 자신을 들여다보았다. 늘 봐 오던 얼굴을 살폈다. 매력 없는 둥근 얼굴과 밋밋한 머리색. 그러나 무언가 평소와 달랐다. 볼은 발그레 상기됐고 눈은 전보다 더 생기 넘쳤다. 태어나서 처음으로 거울 속의 모습이 마음에 들었다.

접수처의 두 남자가 책상 옆쪽 벽에 있는 게시판에 알림사항을 붙이고 있었다. 몇몇 선수들이 게시판 주변으로 모였다. 그 잘생긴 남자도 거기에 있었다. 베스는 그쪽으로 다가갔다. 가장 위에 두꺼운 마커펜으로 '무패'라고 적혀 있었고, 그 아래에 네 명이 게시됐다. 맨 아래 줄에 '하먼'이 있었다. 자신의 이름을 확인하자 베스는 숨이 턱 끝까지 차올랐다. 맨 위 줄에는 '벨틱'이 있었다.

"네가 하먼이구나, 그렇지?" 잘생긴 남자였다.

"네."

"계속 잘하길 바란다." 그가 미소를 지었다.

베스를 초급부에 넣으려 했던 접수처 남자가 소리쳐 그녀를 불렀다. "하먼!"

베스가 고개를 돌렸다.

"네 말이 맞았네, 하먼." 그가 말했다.

집으로 돌아왔을 때 휘틀리 부인은 저녁으로 감자 퓌레를 곁들인 냉동식품 포트 로스트*를 먹고 있었다. 텔레비전에 뱃 매스터슨이 나오고 있었는데 소리가 무척 컸다. "네 것은 오븐에 있다." 휘틀리 부인이 말했다. 그녀는 알루미늄 접시가 담긴 쟁반을 무릎 위에 올려놓은 채 친츠 의자에 앉아 있었고, 스타킹은 돌돌 말려 검은색 구두 바로 위까지 내려가 있었다.

텔레비전에서 광고가 나왔다. 베스가 텔레비전을 보며 인스턴트 포트 로스트에서 당근을 빼 먹고 있는데 휘틀리 부인이 "어땠니, 얘야?"라고 물었고, 베스는 "세 경기를 이겼어요"라고 대답했다.

"정말 잘했구나." 부인은 헬리스 엠오(Haley's M.O.)의 약효에 대해 설명하고 있는 나이 든 신사에게서 눈을 떼지 않았다.

그날 저녁, 베스는 6번 체스판에 배정됐고, 상대는 클라인

* 소고기를 구운 다음 냄비에 넣고 약간의 채수 및 와인과 함께 끓이는 음식.

이라는 못생긴 젊은 남자였다. 그의 레이팅은 1794였다. 《체스 리뷰》에 나온 게임들 중에 간혹 그보다 더 낮은 레이팅을 보유한 선수들의 게임도 있었다. 베스가 백을 맡았다. 시실리안을 기대하며 폰을 킹열 4행으로 올렸다. 그녀는 다른 오프닝보다 시실리안에 더 익숙했다. 그러나 클라인은 폰을 킹열 네 번째 줄로 옮긴 다음 킹 측 비숍을 캐슬링 된 킹의 위로 보내 피앙케토*를 했다. 베스는 확신할 수는 없었지만, 저런 게 이레귤러 오프닝**의 일종이라고 생각했다.

경기는 중반으로 갈수록 점점 복잡해졌다. 베스는 어떤 수를 둘지 고민하다가 비숍으로 다시 위협하기로 마음먹었다. 그런데 집게손가락을 비숍에 올리자마자 폰을 퀸열 4행으로 옮기는 게 더 좋겠다는 생각이 번뜩 들었다. 다시 퀸의 폰으로 손을 뻗었다.

"미안한데, 터치 무브야." 클라인이 제지했다.

베스가 그를 쳐다봤다.

"비숍을 옮겨야지." 그가 말했다.

그가 기뻐하는 게 눈에 보였다. 베스가 폰을 행마하면 어떻게 될지 이미 파악한 듯했다.

그녀는 어깨를 으쓱하며 상관없다는 듯 비숍을 옮겼다. 그

---

* 비숍을 긴 대각선 위로 전개시키는 것이다.

** 안 좋은 오프닝으로, 실제 토너먼트에서는 잘 쓰이지 않는다.

러나 속에서는 이전의 체스 경기에서 느껴 보지 못한 어떠한 감정이 부글부글 끓었다. 덜컥 겁이 났다. 비숍을 비숍열 4행으로 옮긴 후 등을 기대고 앉아 무릎을 꽉 움켜쥐었다. 속이 뒤틀렸다. 좀 전에 폰을 옮겼어야 했다.

베스는 클라인이 체스판을 점검하는 모습을 유심히 살폈다. 잠시 후 그의 얼굴에 악의적인 미소가 언뜻 스쳤다. 그가 퀸열 폰을 다섯 번째 칸으로 밀어 올리고 시계 버튼을 재빨리 누르더니 가슴 앞으로 팔을 포갰다.

그는 베스의 비숍을 잡을 속셈이었다. 갑자기 그녀의 두려움이 분노로 대체되었다. 베스는 체스판 쪽으로 몸을 기울여 볼에 손바닥을 댄 채 골똘히 고민했다.

십 분이나 걸렸지만 결국 찾아냈다. 그녀는 수를 두고 뒤로 기대어 앉았다.

클라인은 베스의 계획을 알아차리지 못했는지 바라던 대로 그녀의 비숍을 잡았다. 그녀가 폰을 적진의 끝으로 보내 퀸으로 승진시키자 그는 들릴 듯 말 듯 끙 앓는 소리를 냈다. 하지만 재빠르게 수를 둬서 퀸의 폰을 다시 전진에 배치했다. 그녀는 나이트를 빼내 상대 폰의 발목을 잡았다. 더 중요한 사실은 그 수로 인해 그의 룩을 공격하게 됐다는 것이었다. 그가 룩을 움직였다. 마침내 속이 조금 풀리는 것 같았다. 베스의 시야가 저 건너편의 아주 작은 글씨를 읽는 것처럼 대단히 정확하고 날카로워졌다.

클라인이 짜증 난다는 듯 그녀를 쳐다봤다. 그러고는 체스판을 뚫어지게 바라보더니 룩을 움직였다. 두 수 전에 베스가 클라인이 룩을 옮길 거라고 확신했던 그 칸이었다. 곧바로 그녀는 퀸을 비숍열 5행으로 빼냈다. 캐슬링 된 상대의 킹 바로 위로.

클라인은 여전히 짜증 난 얼굴로 —물론 그 자신에게— 나이트를 올려 방어했다. 베스는 훅 달아오른 얼굴로 퀸을 들어 킹 앞의 폰을 잡고 자신의 퀸을 희생시켰다.

그가 가만히 응시하며 퀸을 잡았다. 체크에서 벗어나는 것 말고는 할 수 있는 일이 없었다.

베스는 비숍으로 또다시 체크를 했다. 클라인은 그녀가 예상한 대로 폰을 그 사이에 내려놓았다. "두 수 안에 메이트돼요." 베스가 차분하게 말했다.

그는 잔뜩 화가 난 얼굴로 그녀를 노려봤다. "무슨 뜻이야?"

베스의 목소리는 여전히 침착했다. "일단 룩이 가서 체크를 할 거고, 그러면 나이트가 체크메이트를 하겠죠."

클라인이 찌릿 쏘아봤다. "내 퀸이……."

"흑 퀸은 핀*에 걸릴 거예요." 베스가 계속했다. "킹이 움직

* 공격을 받았으나 뒤에 있는 더 큰 가치의 기물 때문에 움직이지 못하는 상황이다.

인 다음에요."

클라인이 다시 체스판으로 눈길을 돌리고 포지션을 살폈다. 그러더니 "이런 제길!" 하며 중얼댔다. 그는 킹을 옆으로 눕히지도 않았고 베스와 악수를 하지도 않았다. 의자에서 벌떡 일어나 손을 주머니에 세게 밀어 넣으며 자리를 떠났다.

베스가 연필을 들고 기록표 위 하먼에 동그라미를 쳤다.

밤 열 시, 그녀가 경기장을 떠났을 때 게시판의 무패 목록에는 딱 세 명만 남아 있었다. 하먼은 아직도 맨 아래 줄이었다. 벨틱은 여전히 맨 위 줄이었고.

그날 밤 그녀는 낮에 했던 경기들을 머릿속으로 다시 떠올리며 행복한 시간을 보냈다. 그런데 경기들이 끊임없이 복기되고 또 복기되는 바람에 도무지 잠들 수가 없었다.

몇 시간이 지난 후 파란색 잠옷 차림으로 침대에서 나와 지붕창으로 다가갔다. 블라인드를 올리고 가로등 불빛에 비친 벌거벗은 나무들의 그림자와 그 나무들 너머에 있는 어둠 속의 집들을 쳐다봤다. 길가는 고요했다. 은빛 달이 구름에 살짝 가려져 있고, 공기는 서늘했다.

베스는 메듀엔 예배실에서 신을 믿지 않는 법을 터득했고 기도를 해 본 적도 없었다. 그렇지만 지금은 숨죽여 기도했다. 하느님, 제발 벨틱과 붙게 해 주세요. 그를 체크메이트하게 해 주세요.

책상 서랍 안 양치 컵에 초록색 약이 일곱 알 있고 옷장 선반의 조그마한 상자 안에는 더 많이 있었다. 조금 전에 잠을 좀 청하기 위해 두 알만 먹을까 생각했지만 그만두었다. 지친 몸을 이끌고 다시 침대로 돌아가서 머릿속을 비우며 잠으로 깊이 빠져들었다.

토요일 아침, 베스는 레이팅이 1800 이상인 사람과 대국하기를 바랐다. 접수처의 남자가 1800 이상인 사람이 셋 있다고 했다. 그러나 게시판에 공지된 타운스라는 상대 선수는 레이팅이 1724였고 베스가 흑을 맡아 경기해야 했다. 전날 밤에 치른 경기의 상대 선수보다 레이팅이 낮았다. 베스는 접수처로 가서 이 문제를 항의했다.

"이번 시합은 잠깐 쉬는 거야, 하먼." 하얀 셔츠를 입은 남자가 말했다. "운이 좋았다고 생각해."

"1등이랑 시합하고 싶어요." 베스가 말했다.

"일단 그 전에 레이팅을 먼저 올려야 해."

"어떻게 하면 레이팅을 올리는데요?"

"미국 체스 연합이 주관하는 토너먼트에서 서른 경기를 치른 다음에 넉 달을 기다려. 그러면 레이팅을 올릴 수 있지."

"너무 오래 걸리잖아요."

그가 베스 쪽으로 몸을 기울였다. "너 몇 살이니, 하먼?"

"열세 살이요."

"네가 이 경기장에서 가장 나이가 어려. 그러니까 남들보다 더 레이팅을 기다릴 수 있는 거야."

베스는 화가 났다. "벨틱과 시합하고 싶어요."

접수처에 있는 또 다른 남자가 목소리를 높였다. "네가 다음 세 경기를 전부 이기면, 얘야. 그리고 벨틱도 그렇게 한다면, 그와 겨룰 수 있겠지."

"꼭 이길 거예요." 베스가 다짐했다.

"아니, 절대 그럴 일 없어, 하먼." 첫 번째 남자가 말했다. "일단 사이즈모어, 그리고 골드먼을 이겨야 해. 넌 그 둘을 이길 수 없어."

"뭐? 사이즈모어와 골드먼? 이런." 두 번째 남자가 끼어들었다. "네가 곧 상대할 선수는 레이팅이 낮게 책정되어 있어. 그 선수는 대학 팀에서 우승을 했고 지난달에는 라스베이거스에서 5등을 했지. 등급에 속지 마."

"라스베이거스에는 뭐가 있는데요?" 베스가 물었다.

"US 오픈."

베스는 4번 체스판으로 갔다. 베스가 나타나자 상대 선수가 백 기물 앞에 앉아 미소를 지었다. 상대 선수는 키가 큰 잘생긴 남자였다. 영화배우처럼 생긴 그를 보자 심장이 약간 콩닥거렸다.

"안녕, 하먼." 그가 손을 내밀었다. "우리 서로 스토킹한 것 같네."

베스는 그의 커다란 손을 잡아 어색하게 흔들고 자리에 앉았다. 한동안 침묵이 이어지고 그가 입을 열었다. "버튼 안 누를 거니?"

"아, 죄송해요." 베스는 시계 버튼을 누르려고 손을 뻗다가 하마터면 넘어뜨릴 뻔했지만 다행히 바로 잡았다. "죄송합니다." 그녀가 들리지 않을 정도로 작게 속삭였다. 버튼을 누르자 그의 시계가 움직이기 시작했다. 베스는 시선을 아래로 내려 체스판을 바라보았다. 얼굴이 화끈거렸다.

그는 폰을 킹열 4행에 두었고 베스는 시실리안으로 응수했다. 그는 책에 나온 수로 계속 경기를 이어 갔고 베스는 드래건 변형*을 썼다. 두 사람은 중앙에서 폰을 교환했다. 그녀는 기계적으로 수를 두며 서서히 마음의 평정을 되찾아 갔다. 체스판 너머에 있는 그의 얼굴을 바라봤다. 그는 기물들을 노려보며 주의 깊게 살피고 있었다. 살짝 헝클어진 머리에 뾰로통한 얼굴을 하고 있는 데도 잘생겼다. 넓은 어깨와 깨끗한 피부, 집중하느라 찡그린 그의 눈썹을 보고 있으니 묘한 느

* 시실리안 디펜스의 주요 라인 중 하나이며 다음과 같이 시작된다. 1. e4 c5 / 2. Nf3 d6 / 3. d4 cxd4 / 4. Nxd4 Nf6 / 5. Nc3 g6

낌이 들었다.

그의 퀸이 전진하자 베스는 흠칫 놀랐다. 묵직한 움직임이었다. 한동안 빤히 살펴보다가 어디에도 약점이 없다는 걸 알아챘다. 그녀도 퀸을 앞으로 빼냈다. 그가 나이트를 5행으로 보냈고 그녀도 나이트를 다섯 번째 줄로 옮겼다. 그가 비숍으로 체크했을 때 그녀는 폰으로 방어를 했다. 결국 상대는 비숍을 후퇴시켰다. 그제야 베스는 마음이 가벼워져서 기물을 잡은 손을 날쌔게 움직였다. 두 선수 모두 빠르고 가볍게 수를 두었다. 베스는 위협적이지 않은 방법으로 그의 킹을 체크했고 그는 정교하게 움직이며 폰을 승진시킬 준비를 하고 있었다. 그녀는 간단하게 핀을 걸어 그의 발목을 붙잡고 퀸 측 진영에서 룩으로 상대를 함정에 빠뜨렸다. 그는 함정을 눈치채고 얼굴에 미소를 띠며 핀을 풀었다. 그리고 다음 수에서 폰을 승진시키기 위해 계속 앞으로 나아갔다. 그녀는 퀸 측 진영에서 캐슬링으로 킹을 뒤로 숨기며 한 걸음 물러났다. 얼굴은 진지했지만 느낌은 왠지 여유롭고 즐거웠다. 마치 두 사람이 함께 춤을 추고 있는 것 같았다.

마침내 그를 이길 방법이 눈앞에 펼쳐졌을 때 베스는 조금 슬픈 생각이 들었다. 열아홉 수를 둔 후였고 그와 함께 즐겁게 추던 발레를 그만두는 게 싫었다. 저항하고 싶었다. 그러나 네 수 뒤에 그는 룩을 잃거나 상황이 더 안 좋아질 수밖에 없었다. 그녀는 망설이다가 이 시퀀스의 첫 번째 수를 두었다.

그 뒤 두 수를 더 둘 때까지도 그는 무슨 일이 벌어지고 있는지 눈치채지 못했다. 그러다가 갑자기 이마를 찌푸리고 이렇게 말했다. “이럴 수가, 하먼. 룩이 먹히겠네!” 그녀는 그의 목소리가 너무 좋았다. 그런 식으로 말하는 게 마음에 들었다. 그가 당황해서 고개를 흔들었다. 그런 모습도 마음에 들었다.

대국을 일찍 끝낸 선수들이 두 사람 주변으로 몰려들었고 몇몇은 베스의 전략에 대해 수군거렸다.

타운스는 수를 다섯 번 더 두었다. 결국 그가 킹을 쓰러뜨리고 기권하면서 “이런”이라고 말했을 때 베스는 진심으로 미안했다. 그가 자리에서 일어나 그녀를 내려다보며 미소 짓고 손을 내밀었다. “정말 끝내주는 체스 선수구나, 하먼.” 그가 감탄했다. “몇 살이니?”

“열세 살이요.”

그가 휘익 휘파람 소리를 냈다. “어디 학교 다니니?”

“페어필드 중학교요.”

“그래, 그 학교 알지.”

그는 영화배우보다 더 멋있었다.

한 시간 뒤 베스는 골드먼이 있는 3번 체스판으로 향했다. 정확히 열한 시에 경기장으로 갔다. 베스가 들어서자 사람들이 말을 멈추고 그녀를 쳐다봤다. 누군가 "열세 살밖에 안 됐다니, 말도 안 돼"라고 속삭이는 소리가 들렸다. 즉시 의기양양한 생각이 머릿속을 파고들었다. 훗, 난 여덟 살에도 이렇게 할 수 있었거든요.

골드먼은 엄숙하며 차분하고 느렸다. 그는 키가 작고 뚱뚱했고 방어 훈련을 받은 거친 장군처럼 흑 기물을 움직였다. 처음 한 시간 동안 베스가 시도한 모든 수를 막아 냈다. 그의 기물은 전부 보호를 받고 있었다. 평상시보다 두 배 더 많은 폰들이 기물들을 보호하고 있는 것 같았다.

베스는 한참 동안 그의 응수를 기다렸다. 도무지 가만히 있지를 못했다. 한 번은 비숍을 전진시킨 후 자리를 박차고 일어나 화장실을 가기도 했다. 아랫배가 살살 아프고 약간 어질어질했다. 냉수로 세수를 하고 종이 타월로 물기를 닦았다. 화장실을 막 나서려는데 첫 대국 상대였던 여자가 들어왔다. 페커였다. 페커가 베스를 보고 반가워했다. "위로 쭉쭉 올라가고 있던데, 그렇지?" 그녀가 말했다.

"아직까지는요." 베스가 대답했다. 배가 쿡쿡 쑤셨다.

"골드먼이랑 대국한다고 들었어."

"네. 이제 가 봐야 해요."

"그럼, 그래야지. 그 자식 작살내 버려, 알았지? 아주 뭉개 버려."

베스의 얼굴에 빙그레 미소가 번졌다. "알겠어요."

베스가 자리로 돌아왔을 때, 골드먼이 수를 두었고 곧바로 베스의 시계가 움직이기 시작했다. 그는 칙칙한 빛깔의 정장 차림이었고 반면에 베스는 다시 활기를 되찾았다. 자리에 앉아서 앞에 있는 예순네 개의 칸들을 제외한 모든 생각을 떨쳐 냈다. 일 분 후 언젠가 모피가 그랬던 것처럼 동시에 양쪽 측면을 공격하면, 골드먼이 편안하게 경기를 치르기 어려울 것 같았다. 그래서 폰을 퀸 측 룩열 4행으로 올렸다.

효과가 있었다. 다섯 수 뒤 베스는 그의 킹 앞을 조금 열었고 세 수 뒤에는 상대의 목에 칼을 겨눴다. 그녀는 골드먼을, 구경하는 사람들을, 쿡쿡 쑤시는 아랫배를, 이마에 송골송골 맺히는 땀방울을 전혀 신경 쓰지 않았다. 그저 체스판에만 집중했다. 체스판 표면에 뚜렷하게 새겨진 행과 열의 힘에만. 작지만 완고한 폰과 거대한 퀸, 서서히 드러나는 둘의 차이에 정신을 집중했다. 시곗바늘이 거의 다 가기 직전에 베스가 체크메이트를 했다.

베스는 기록표에 적힌 자기 이름에 동그라미를 치고 골드먼의 레이팅을 다시 확인했다. 1997이었다. 사람들이 박수를 쳤다.

곧장 여자 화장실로 달려갔다. 생리가 터졌다. 처음이었다. 다리 아래로 흐르는 붉은 액체를 본 순간 재앙이 일어난 것 같은 기분이었다. 3번 체스판 의자에 피를 묻힌 건 아닐까? 사람들이 의자의 핏자국을 보고 있는 건 아닐까? 다행히도 면 팬티에 핏방울만 살짝 묻어 있었다. 그녀는 가슴을 쓸어내렸다. 문득 졸린이 떠올랐다. 졸린이 아니었다면 무슨 일이 벌어지고 있는지 전혀 몰랐을 것이다. 졸린 말고는 아무도 그 단어를 얘기해 주지 않았다. 휘틀리 부인마저도. 졸린이 '응급 상황일 때' 해야 할 일을 알려 주었던 게 떠오르자 불쑥 가슴이 뭉클해졌다. 화장지를 길게 풀어 뜯고 직사각형 모양으로 접었다. 아랫배에 통증이 줄어들었다. 생리 중이었는데도 조금 전 레이팅이 1997인 골드먼을 제압했다. 팬티에 접은 휴지를 대고 바짝 치켜올려 치마를 반듯하게 폈다. 그리고 당당하게 경기장으로 돌아갔다.

베스는 전에 사이즈모어를 본 적이 있었다. 키도 작고 못생긴, 줄담배를 줄줄 피워 대는 초췌한 남자였다. 누군가 말하길 사이즈모어가 벨틱 이전의 주 챔피언이라고 했다. 베스는 '상위권 대국' 경기장의 2번 체스판에서 그와 겨루기로 되어 있었다.

사이즈모어는 아직 도착하지 않았다. 그런데 베스 옆 1번 체스판에 앉아 있는 벨틱이 그녀를 바라보고 있었다. 그와 눈이 마주쳤고 베스는 시선을 피했다. 곧 있으면 세 시였다.

작은 경기장의 철제 보호 장치가 감싸고 있는 전구들은 아침에 본 것보다, 큰 경기장의 것보다 더 밝아 보였다. 순간 전구의 불빛이 붉은 선이 칠해진 광택 나는 바닥으로 반사되어 뿜어졌고 베스는 그 빛에 눈이 부셨다.

사이즈모어가 초조한 듯 재빠르게 머리칼을 빗으며 모습을 드러냈다. 가느다란 입술 사이에 담배가 걸려 있었다. 그가 의자를 빼자 긴장이 훅 몰려왔다.

"준비됐나요?" 사이즈모어가 셔츠 주머니에 빗을 밀어 넣으며 거친 목소리로 물었다.

"네." 베스가 시계 버튼을 눌렀다.

그는 폰을 킹열 4행에 두고는 빗을 꺼내 야금야금 깨물기 시작했다. 연필 끝에 달린 지우개를 뜯는 것처럼. 베스는 퀸 측 비숍열 네 번째 칸에 폰을 두었다.

시합의 중반, 사이즈모어는 수를 하나 둘 때마다 매번 머리를 빗었다. 베스를 쳐다보지 않으며 빗으로 가르마를 타고 또 탔고, 가만히 있지 못하고 부산스레 체스판에만 집중했다. 대국은 평탄하게 흘러갔고 양쪽 모두 약점이 없었다. 딱히 응수할 건 없었지만 베스는 나이트와 비숍을 안착시킬 최고의 칸을 찾으려 기다렸다. 몸을 일으켜 기록표에 기물의 움직임을 적고 다시 자리에 앉았다. 잠시 후 구경꾼들이 진입 금지 벨트 가까이로 모여들었다. 가끔씩 구경꾼들 쪽을 힐끔 쳐다봤는데, 벨틱의 경기를 보려는 사람보다 베스를 보려는 사람이 더 많았다. 계속 체스판을 주시하며 길이 뚫리길 기다렸다. 고개를 들었더니 아네테 페커가 뒤쪽에 서 있는 모습이 보였다. 그녀가 지그시 웃었고 베스는 고개를 끄덕이며 화답했다.

체스판 끝에서 사이즈모어가 나이트를 퀸열 5행으로, 즉 나이트를 최상의 자리로 옮겼다. 베스는 이마를 찌푸렸다. 잡을 수 없는 위치였다. 체스판 중앙에 기물들이 빽빽하게 자리를 잡고 있었다. 베스는 순간 기물의 감각을 잃었다. 이따금 아랫배가 콕콕 쑤셨다. 허벅지 사이에서 두툼한 휴지 뭉치가 느껴졌다. 의자를 다시 바로 잡고 눈을 가늘게 떠 체스판을 응시했다. 좋지 않은 상황이었다. 사이즈모어가 서서히 그녀를 옥죄어 왔다. 그의 얼굴을 바라봤다. 그는 빗을 치우고 만족스러운 표정으로 앞에 놓인 기물을 감상하고 있었다. 베스는 테이블로 몸을 숙이고 꽉 쥔 주먹으로 볼을 짓누르며 포지션을 뚫어지게 바라보았다. 몇몇이 숙덕거렸다. 집중에 방해되는 것들을 떨쳐 내려 노력했다. 다시 맞서야 할 순간이었다. 나이트를 왼쪽으로 보내면…… 안 되었다. 백 비숍을 위해 긴 대각선 길을 열어 주면…… 그래, 바로 그거였다. 베스는 폰을 위로 밀고 비숍의 힘을 세 배로 키웠다. 이제 선명해졌다. 의자에 등을 대고 앉아서 숨을 깊게 들이마셨다.

다음 다섯 수를 두는 동안 사이즈모어는 기물들을 전진시켰지만 베스는 그의 한계를 되뇌며 체스판의 왼쪽 구석, 즉 그의 퀸 사이드에 집중했다. 마침내 때가 왔을 때, 상대 기물이 무리 지어 있는 중앙으로 비숍을 보내 그의 나이트 두 칸 앞에 두었다. 그러면 그의 기물 두 개가 베스의 비숍을 잡을 수 있었지만 정말 그렇게 했다가는 그가 곤란한 상황에 빠질 터였다.

베스가 사이즈모어를 바라봤다. 그가 빗을 또 꺼내 머리를 쓰윽 빗었다. 시계는 째깍째깍 움직였다.

다음 수를 두기까지 십오 분이나 걸렸고 그가 둔 수는 충격적이었다. 룩으로 비숍을 잡은 것이었다. 룩을 맨 뒷줄로 옮기다니, 저 사람은 자신이 어리석다는 걸 정말 모르는 걸까? 진짜 못 본 걸까? 베스는 체스판을 다시 들여다보고 포지션을 두 번이나 확인한 다음에 퀸을 행마했다.

사이즈모어는 그다음 수에도 함정을 알아채지 못했고 결국 무너져 갔다. 여섯 수를 둔 후 베스의 퀸 폰이 6행을 지나갈 때도 그는 손에 빗을 쥐고 있었다. 그가 룩을 폰 아래로 가져왔다. 그녀는 비숍으로 룩을 공격했다. 그가 자리에서 일어나 주머니에 빗을 넣고 체스판 쪽으로 손을 뻗어 킹을 옆으로 눕혔다. "졌습니다." 암울한 목소리였다. 곧 박수갈채가 쏟아졌다.

베스는 기록표를 접수처에 제출했다. 그러고는 접수처 남자가 기록표를 확인하고 앞에 있는 목록에 표시를 한 다음 자리에서 일어나 게시판으로 향하는 걸 지켜보고 있었다. 그는 사이즈모어 이름표에서 핀을 빼 초록색 철제 휴지통에 넣었다. 맨 아래에 있는 이름표와 핀을 뽑아 사이즈모어가 있던 자리에 꽂았다. 무패 목록에는 이젠 벨틱과 하먼뿐이었다.

베스가 여자 화장실로 가고 있는데 벨틱이 '상위권 대국' 경기장에서 나와 아주 기쁜 표정으로 성큼성큼 앞을 지나갔다. 손에 기록표를 들고 승자의 바구니로 가는 길이었다. 그는 베스를 못 본 것 같았다.

베스가 '상위권 대국' 경기장의 출입구로 가려는데 타운스가 거기에 서 있었다. 얼굴이 피곤해 보였다. 피로에 찌든 모습만 빼면 그는 미남 영화배우 록 허드슨 같았다. "잘했어, 하먼." 그가 말했다.

"저 때문에 져서 죄송해요." 베스가 말했다.

"그래, 완전 망했지." 그러더니 저쪽 테이블에서 몇몇 사람들에게 둘러싸여 있는 벨틱에게 고갯짓을 하며 말을 이었다. "저 사람은 킬러야, 하먼. 천재 킬러."

베스가 그의 얼굴을 바라보았다.

"좀 쉬셔야 할 것 같아요."

그가 그녀를 내려다보며 미소 지었다. "나한테 필요한 건

네가 가진 재능이야, 하면."

베스가 테이블 앞을 지나가자 벨틱이 그녀 쪽으로 한 걸음 내딛고 이렇게 말했다. "내일 보자."

베스는 저녁 시간 직전에 거실로 들어갔다. 휘틀리 부인의 얼굴에 핏기가 없고 이상했다. 퉁퉁 부은 얼굴로 친츠 재질의 팔걸이의자에 앉아 있었다. 무릎 위에 밝은 색 엽서가 있었다.

"저 생리 시작했어요." 베스가 말했다.

휘틀리 부인이 눈을 끔뻑였다. "잘했구나." 별거 아니라는 듯이.

"생리대나 뭐 그런 게 필요해요."

휘틀리 부인은 순간 당황한 것처럼 보였다. 그러더니 웃으면서 "네 인생의 확실한 이정표가 될 거란다. 내 방으로 올라가서 맨 위 서랍장을 열어 볼래? 거기에서 필요한 거 전부 가져가렴"이라고 했다.

"고맙습니다." 베스가 계단에 올라서려고 하는데,

"그리고 얘야," 휘틀리 부인이 말을 이었다. "내 침대 옆에 있는 초록색 약병 좀 가져다주겠니?"

베스는 위층에서 다시 내려와 초록색 약을 부인에게 건넸다. 부인 옆에 반쯤 비워진 맥주 한 잔이 있었다. 그녀는 약을 두 알 입에 넣고 맥주를 마셨다. "신경안정제를 새로 처방받아야겠어."

"무슨 문제 있어요?" 베스가 물었다.

"내가 아리스토텔레스는 아니지만," 부인이 계속 말했다. "잘못됐다고 볼 수도 있겠구나. 남편이 편지를 보냈어."

"뭐라고 했는데요?"

"남편이 남서부에 완전히 눌러앉을 모양이야. 미국 남서부에."

"오, 이런."

"덴버와 뷰트 사이 어딘가에."

베스가 소파에 앉았다.

"아리스토텔레스는 도덕 철학자였고 나는 그냥 가정주부야. 아니, 가정주부였지."

"남편이 없으면 보육원에서 절 다시 데려가요?"

"직설적이구나." 휘틀리 부인이 맥주를 한 모금 마셨다. "그들을 속이면 되겠지."

"그렇겠네요." 베스가 말했다.

"베스, 넌 참 괜찮은 아이야." 부인이 맥주를 전부 들이켰다. "냉동고에 있는 닭고기 두 개 데워 주겠니? 오븐은 400도로 맞추면 돼."

베스는 오른손에 깨끗한 냅킨 두 장을 쥐고 있었다. "어떻게 하는지 몰라요."

휘틀리 부인이 의자에 구부정하게 앉아 있다가 자리에서 일어났다. "이제 더는 누군가의 아내가 아니지만," 부인이 말을 이었다. "물론 법적으로는 아직 맞지만 엄마가 되는 법을 배울 순 있을 것 같구나. 덴버 근처에 얼씬도 하지 않겠다고 약속하면 작동법을 알려 줄게."

밤새 머리 위의 지붕으로 떨어지는 빗소리와 가끔 덜커덩거리는 지붕 유리창 소리에 베스는 잠에서 깼다. 고요한 바다에서 편안하게 수영하는 꿈을 꾸고 있었다. 다시 잠을 청하려고 베개로 머리를 덮고 한쪽으로 몸을 웅크렸다. 그러나 잠이 통 오지 않았다. 비는 계속 요란하게 내렸고, 꿈속의 쓸쓸한 나른함은 굉장한 집중력과 뚜렷한 지적 능력을 요구하는 체스판으로 대체되었다.

새벽 두 시였다. 결국 잠들지 못했다. 아침 일곱 시에 아래층으로 내려가는데 아직도 비가 내리고 있었다. 주방 창문 밖으로 보이는 뒷마당은 섬이 불쑥 튀어나온 것처럼 보였는데, 그 모습이 마치 죽어 가는 풀들로 뒤덮인 작은 언덕의 습지 같았다. 베스는 계란프라이를 어떻게 하는지 잘 몰라서 삶기로 했다. 냉장고에서 계란 두 알을 꺼내서 팬에 물을 채우고 불을 올렸다. 베스는 벨틱을 상대로 폰을 킹열 4행에 두고 시실리안으로 시작하길 바랐다. 계란을 오 분간 삶고 차가운 물에 담갔다. 벨틱의 얼굴이 보였다. 콧대 높고 영리하고 젊은 그의 얼굴. 그의 눈은 작았고 눈동자는 짙은 색이었다. 어제 베스가 자리를 뜨려는 참에 그가 다가왔을 때 왠지 모르게 그녀를 한 대 칠 것 같다는 느낌을 받았었다.

계란이 완벽하게 삶아졌다. 칼로 계란을 자르고 계란 컵에 담아 소금과 버터를 발라 먹었다. 눈꺼풀 아래가 까슬까슬했다. 결승전은 열한 시에 시작할 예정이었다. 지금은 일곱 시 이십 분. 《모던 체스 오프닝》이 간절했다. 시실리안 변형을 전부 훑어보고 싶었다. 토너먼트에 출전한 몇몇 선수들은 너덜너덜해진 그 책을 팔 아래에 끼고 다녔다.

열 시에 집을 나섰을 때는 다행히 비가 부슬부슬 내렸고 휘틀리 부인은 아직 위층에서 잠을 자는 중이었다. 집에서 나오기 전 화장실로 가서 휘틀리 부인이 준 도톰한 하얀 생리대를 확인했다. 아무 문제없었다. 긴 장화에 푸른색 코트를 입고 벽장에서 부인의 우산을 꺼내 집을 나섰다.

1번 체스판의 기물은 달랐다. 토너먼트의 체스판에 놓인 기물들처럼 속이 빈 플라스틱 재질이 아니라 갠즈 씨의 것과 같이 단단한 원목이었다. 열 시 삼십 분, 텅 빈 경기장의 테이블로 다가가 손을 뻗어 백 킹을 들어 올렸다. 견고한 납처럼 꽤나 묵직했고 아래에는 초록색 펠트 천이 붙어 있었다. 킹을 다시 자리에 내려놓고 진입 금지 벨트를 지나 여자 화장실로 향했다. 세수를 했다. 그날만 세 번째였다. 생리대 위치를 바로 잡고 앞머리를 빗은 후 경기장으로 돌아갔다. 아까보다 더 많은 선수들이 들어와 있었다. 베스는 덜덜 떨리는 손을 들킬까 봐 치마 주머니에 손을 쑤셔 넣었다.

열 한 시, 준비를 마치고 1번 체스판의 백 기물 쪽에 앉아 있었다. 2번 체스판과 3번 체스판은 이미 경기를 시작했다. 사이즈모어는 2번 체스판에 있었다. 다른 선수들은 모르는 얼굴이었다.

십 분이 지났는데도 벨틱은 나타나지 않았다. 흰색 셔츠를 입은 토너먼트 감독이 진입 금지 벨트를 넘어 베스에게 다가왔다. "아직 안 왔니?" 그가 부드러운 목소리로 물었다.

베스가 고개를 끄덕였다.

"일단 먼저 수를 두고 시계 버튼을 누르렴." 감독이 속삭였다. "열 한 시에 바로 했었어야지."

베스는 약이 올랐다. 아무도 그런 얘기를 해 주지 않았다. 폰을 킹열 4행으로 올리고 벨틱의 시계를 움직였다.

벨틱에게 십 분이 주어졌다. 배가 아프고 눈이 욱신거렸다. 저쪽에서 밝은 붉은색 셔츠와 황갈색 코듀로이 바지를 입은 벨틱이 태평하게 걸어왔다. "미안합니다." 그의 목소리는 담담했다. "커피 한 잔 더 하느라." 다른 선수들이 어이없는 표정으로 그를 쳐다봤다. 베스는 아무 말도 하지 않았다.

벨틱은 아직도 서 있었다. 그리고 셔츠 목깃에 있는 단추를 풀더니 손을 내밀었다. "해리 벨틱이야. 이름이 뭐야?" 그가 물었다.

그녀의 이름을 분명 알고 있을 텐데도. "베스 하먼이요." 그녀는 그와 악수만 할 뿐 눈을 마주치지는 않았다.

그가 흑 기물 앞에 앉아 손바닥을 싹싹 비비더니 킹 앞의 폰을 세 번째 칸으로 보냈다. 그러고는 빠릿빠릿하게 시계 버튼을 주먹으로 탁 눌렀다.

프렌치 디펜스*였다. 베스는 한 번도 프렌치 디펜스를 해 본 적이 없었다. 별로 마음에 들지 않았다. 폰을 퀸열 4행에 둘 수밖에 없었다. 그런데 벨틱도 그렇게 두면 어떻게 되는 걸까? 폰을 교환하거나 다른 폰을 앞으로 보내거나 또는 나이트를 빼내야 할까? 베스는 눈을 가늘게 뜨고 고개를 저었다. 수를 둔 후 체스판의 포지션이 어떻게 될지 예측하는 게 어려웠다. 눈을 비비고 다시 자세히 들여다봤다. 그리고 결국 폰을 퀸열 4행으로 올렸다. 시계로 손을 뻗으면서도 그녀는 망설였다. 실수한 건 아닐까? 그러나 이제는 너무 늦었다. 버

* 백 킹열 4행(e4)에 흑 킹열 6행(e6)으로 응수하는 수이다. 보통 e4 e5로 흑과 백이 동시에 중앙을 차지하지만, 프렌치 디펜스는 e6로 킹 사이드에 단단한 폰 라인을 구성한다.

튼을 빠르게 눌렀다. 버튼이 내려가자마자 벨틱이 퀸 앞의 폰을 들어 네 번째 칸으로 보내고 시계 버튼을 쿵 내리쳤다.

평소처럼 명확하게 예측하기가 꽤 힘들었지만 베스는 오프닝에 필요한 감각을 잃지 않았다. 그녀는 나이트를 전진시키고 중앙을 차지하기 위해 잠시 머리를 굴렸다. 한편 벨틱은 빠르게 수를 두며 베스의 폰을 낚아챘고 그녀는 그의 폰을 잡을 수 없다고 생각했다. 베스는 자신이 내준 이점을 떨쳐 버리려고 애쓰며 계속 경기에 임했다. 기물을 들어 맨 아래 줄에서 캐슬링을 했다. 체스판 너머로 벨틱을 바라봤다. 그는 정말 편안해 보였다. 다른 테이블에서 진행되고 있는 게임을 쳐다보기까지 했다. 베스의 뱃속이 빙빙 꼬였다. 그녀는 그 자리에서 절대로 편해질 수가 없었다. 한동안 체스판 중앙에 뒤엉킨 기물들과 폰의 무리에서는 그 어떤 패턴도, 의미도 보이지 않았다.

베스의 시계가 움직이고 있었다. 고개를 비스듬하게 기울이고 시계를 가만히 바라봤다. 이십오 분이 흘렀고 아직도 폰에 발목 잡혀 있었다. 벨틱은 늦게 오는 바람에 시간을 헛되이 낭비했으면서도 전부 합쳐서 이십이 분밖에 사용하지 않았다. 귓가에서 벨소리가 들려오고 경기장의 밝은 빛이 눈을 때렸다. 벨틱이 두 팔을 쭉 펴며 등을 대고 앉아 입이 찢어져라 하품을 했다. 그의 치아 구석에 박힌 시커먼 충치가 적나라하게 드러났다.

베스는 나이트가 안착하기에 퍽 괜찮아 보이는 칸을 발견했고 손을 뻗어 수를 두려다가 멈칫했다. 아주 형편없는 수가 될 것 같았다. 그가 룩열에 퀸을 가져다 놓고 위협을 가하기 전에 어떻게든 그의 퀸을 먼저 손봐야 했다. 공격과 방어를 한 번의 수에 전개해야 했지만 어떻게 해야 할지 알 수가 없었다. 앞에 있는 기물들은 그냥 그 자리에 있을 뿐이었다. 어젯밤에 초록색 약을 먹고 조금이라도 잤어야 했다.

그런데 그때 감각적이고 교묘한 수가 떠올랐다. 베스는 나이트를 킹 주변으로 다시 돌려놓고 벨틱의 퀸으로부터 방어를 했다.

그가 눈썹을 살짝 들썩하더니 체스판 반대쪽에 있는 폰을 잡았다. 순식간에 그의 비숍 앞에 대각선 길이 확 열렸다. 비숍은 조금 전 베스가 쓸데없이 뒤로 보낸 나이트를 노리고 있었다. 이번에는 베스가 또 다른 폰에게 발목 잡혀 있었다. 그의 입가에 교활한 비웃음이 서렸다. 베스는 재빨리 그의 얼굴에서 시선을 뗐다. 두려웠다.

뭐라도 해야 했다. 벨틱이 네다섯 수 안에 그녀의 킹에게 공격을 퍼부을 터였다. 정신을 집중하고 정확하게 예측해야 했다. 그러나 다시 체스판을 들여다보니 기물들이 전부 빽빽하게 서로 맞물려 있었다. 복잡하고 위험했다. 하는 수 없이 다른 방법을 생각해 냈다. 자리에서 일어나 벨트를 넘고 조용한 구경꾼들을 지나쳐 체육관 문밖으로 나간 다음 곧장 여자 화장실로 갔다. 그녀의 체스 시계는 계속 움직이고 있었다. 화장실에는 아무도 없었다. 세면대로 가서 냉수로 세수를 하고 종이 타월에 물을 묻혀 일 분간 목뒤에 대고 있었다. 종이 타월을 휴지통에 버리고 작은 칸으로 들어가 생리대를 확인했다. 괜찮았다. 앉아서 호흡을 가다듬고 마음을 비우려 노력했다. 팔꿈치를 무릎에 대고 머리를 푹 숙였다.

의지력을 발휘하여 1번 체스판을 눈앞에 나타나게 만들었다. 저 앞에 보였다. 한눈에도 까다로운 포지션임을 알 수 있었지만 모리스 서점에서 본 책에서 나온 몇몇 게임들만큼 까다롭지는 않았다. 상상 속에서 그녀의 기물들이 맑고 선명하게 두드러졌다.

그녀는 시간에 구애받지 않고 포지션을 관통하고 이해할 때까지 그 자리에 머물렀다. 그러고는 자리에서 일어나 다시 한번 세수를 한 후 경기장으로 향했다. 드디어 다음 수를 찾아냈다.

'상위권 대국'에 사람이 더 많이 모여 있었다. 시합을 끝낸 뒤 결승전을 보러 몰려든 것이었다. 베스는 그들을 밀치며 벨트를 넘어가 자리에 앉았다. 그녀의 손끝은 단단했고 배 속이나 눈의 느낌도 괜찮았다. 팔을 뻗어 수를 두었다. 그리고 시계 버튼을 단호하게 쿵 내리쳤다.

벨틱은 몇 분간 고민하더니 비숍으로 베스의 나이트를 잡았다. 그녀는 그가 그럴 줄 예상했다. 그녀는 상대의 기물을 잡지 않고 대신 룩을 공격하기 위해 비숍을 행마했다. 그는 룩을 움직인 다음 시계의 버튼을 누르고는 의자에 등을 기대어 숨을 깊게 내쉬었다.

"그래 봤자 소용없어요." 베스가 말했다. "전 퀸이 필요 없거든요."

"해." 벨틱이 말했다.

"일단 먼저 비숍으로 체크를 할 테고……."

"하라고!"

베스는 고개를 끄덕이고 비숍으로 체크했다. 벨틱의 시계가 하염없이 째깍대는 가운데 그는 재빨리 킹을 도망치게 하고 버튼을 눌렀다. 베스는 계획한 대로 수를 두었다. 퀸을 쭉 밀어서 킹 옆으로 보내 희생시켰다. 벨틱이 놀란 얼굴로 그녀를 쳐다보았다. 그녀도 그를 지그시 바라보았다. 그가 어깨를 으쓱하더니 퀸을 잡고 그 퀸의 바닥으로 시계 버튼을 눌렀다.

베스는 맨 아래 줄에서 비숍을 꺼내 중앙까지 침투시켰다. 그리고 이렇게 말했다. "체크. 다음 수에 체크메이트요." 벨틱이 한동안 가만히 보더니 "이런 빌어먹을!"이라고 말하며 자리에서 벌떡 일어났다.

“룩이 메이트하네요.” 베스가 말했다.

“제기랄.” 벨틱이 내뱉었다.

경기장을 가득 메운 사람들이 박수를 치기 시작했다. 벨틱은 아직도 그녀를 노려보고 있었다. 그러나 이내 손을 내밀었고 베스는 그의 악수를 받아들였다.

5장

은행 창구에 도착했을 때 막 영업을 마감하려는 참이었다. 학교를 마치고 가는 거라 버스도 기다려야 했고 큰길에서 환승도 해야 했다. 게다가 이 은행이 두 번째 은행이었다.

베스는 하루 종일 스웨터 아래에 받쳐 입은 블라우스 주머니 속에 고이 접힌 수표를 넣고 다녔다. 앞에 선 남자가 5센트짜리 한 줄을 집어 코트 안으로 밀어 넣을 때는 수표를 손에 들고 있었다. 드디어 베스의 차례였다. 차가운 대리석에 손을 올리고 수표를 내밀었다. 은행 직원의 얼굴을 보려고 까치발을 하고 서 있었다. "계좌를 만들고 싶어요." 베스가 말했다.

직원이 수표를 빤히 바라보았다. "몇 살이죠, 아가씨?"

"열세 살이요."

"미안해요. 부모님이나 후견인이 있어야 해요."

베스는 수표를 다시 블라우스 주머니에 넣고 은행에서 나왔다.

집에 돌아오니 휘틀리 부인의 의자 옆 작은 테이블에 다 마신 팹스트 블루리본 맥주가 네 병이나 있었다. 텔레비전은 꺼진 상태였다. 베스는 현관에서 석간을 들고 들어왔다. 거실로 들어가면서 신문을 펼쳤다.

"학교는 어땠니?" 휘틀리 부인의 목소리가 몽롱하고 아득했다.

"괜찮았어요." 베스가 소파 옆에 있는 초록색 플라스틱 받침대에 신문을 올려놓았다. 1면 아래쪽에 자신의 얼굴이 나와 있었다. 놀라움이 감춰지지 않았다. 위쪽에는 1950년대 소련의 공산당 서기장을 맡았던 니키타 후르쇼프의 얼굴이, 아래에는 '체스 신동이 토너먼트를 집어삼키다'라는 헤드라인과 함께 카메라를 노려보는 베스의 사진이 있었다. 사진 아래에는 작고 굵은 글씨로 이렇게 적혀 있었다. '열두 살 소녀, 체스 전문가들을 놀라게 하다.' 트로피와 수표를 받기 전에 그녀의 사진을 찍던 그 남자가 기억났다. 베스는 분명 그에게 열세 살이라고 말했었다.

그녀는 허리를 구부린 채 신문을 읽어 내려갔다.

켄터키주 체스계가 한 소녀로 인해 이번 주말 깜짝 놀랐다. 이 지역에 사는 한 소녀가 쟁쟁한 선수들을 꺾고 켄터키주 챔피언십에서 우승을 차지했다. 엘리자베스 하먼은 페어필드 중학교에 다닌다. 하먼 양에게 주 챔피언 자리를 내어준 해리 벨틱에 따르면 '하먼 양은 어느 여성 선수와도 비교할 수 없는 뛰어난 실력'을 보여 줬다고 한다.

베스는 얼굴을 찡그렸다. 사진이 마음에 들지 않았다. 주근깨와 작은 코가 두드러지게 나왔다.

"은행 계좌를 개설하고 싶어요." 베스가 말했다.

"은행 계좌?"

"같이 가 주셔야 해요."

"그렇지만, 얘야." 휘틀리 부인이 주저했다. "뭐로 은행 계좌를 만들려고 그러니?"

베스가 블라우스 주머니에서 수표를 꺼내 부인에게 건넸다. 휘틀리 부인이 자리에서 일어나 사해 문서를 받아 들듯 수표를 손에 쥐었다. 그녀는 잠시 가만히 있다가 금액을 읽었다. 목소리가 부드러웠다. "100달러."

"부모님이나 후견인이 필요하대요. 은행에서."

"100달러라니……." 부인이 겨우 말을 이었다. "네가 딴 거니?"

“네, 수표에 우승이라고 적혀 있어요.”

“그렇네. 체스로 돈을 벌 거라고는 전혀 생각지도 못했어.”

“상금이 더 큰 대회도 있어요.”

“세상에!” 휘틀리 부인은 아직도 수표에서 눈을 떼지 못하고 있었다.

“내일 학교 끝나면 같이 은행에 가 주세요.”

“물론이지.” 부인이 흔쾌히 말했다.

다음 날, 두 사람이 은행에 다녀와 거실로 들어가는데 《체스 리뷰》 한 부가 소파 옆 간이 테이블에 올려져 있었다. 휘틀리 부인이 코트를 벗어 벽장에 걸고 잡지를 들었다. “네가 학교에 있는 동안 한번 쭉 훑어봤어. 12월 둘째 주에 신시내티에서 규모가 큰 토너먼트가 열리더구나. 우승 상금이 무려 500달러야.”

베스는 한참 동안 부인을 지켜보았다. “저 학교 가야 하잖아요. 그리고 신시내티는 여기서 꽤 멀고요.”

“그레이하운드 버스를 타면 두 시간밖에 안 걸려. 내 마음대로 전화해서 알아봤지.”

“학교는요?” 베스가 물었다.

“병결 사유서 쓰지 뭐. 단핵증*으로.”

---

* 성인과 청소년들이 걸리는 바이러스 감염 질환으로, 인후통, 열, 오한, 무력감과 피곤함 등의 증세가 나타난다.

"단핵증이요?"

"전염성 단핵증. 《레이디스 홈 저널》에서 봤는데 네 나이대 아이들에게 꽤 흔하다더라."

베스는 놀란 얼굴을 애써 감추며 계속 부인을 바라봤다. 부인의 정직하지 않은 모습은 어느 쪽으로 보나 자신과 잘 맞는 듯했다. 베스가 물었다. "그러면 어디서 머물러요?"

"깁슨 호텔에서. 더블 룸이 일박에 22달러야. 그레이하운드 버스표는 한 사람에 11달러 80센트일 테고, 당연히 식비도 좀 들겠지. 전부 계산해 봤단다. 네가 2등이나 3등만 해도 돈이 남아."

베스는 현금 20달러와 수표 열 장 묶음을 투명 지갑에 넣었다. "체스 책을 좀 사야 해요."

"아무렴 그래야지." 휘틀리 부인이 미소 지었다. "네가 23달러 60센트를 주면 내일 버스표를 사마."

모리스 서점에서 《모던 체스 오프닝》과 엔드 게임 책을 사고 퍼셀 백화점으로 가기 위해 길을 건넜다. 학교 여자애들이 퍼셀 백화점이 벤 스나이더보다 낫다고 하는 얘기를 들었다. 백화점 4층에서 원하는 걸 찾아냈다. 갠즈 씨가 가지고 있던 것과 거의 똑같은 원목 체스 세트, 즉 손으로 깎은 나이트와 크고 튼튼한 폰, 몸통이 두껍고 견고한 룩이 들어 있는 체스 세트였다. 한참을 고민하다가 원목 세트를 살 뻔했지만, 결국엔 초록색과 베이지색 칸으로 이루어진 접이식 리넨 체스판을 선택했다. 접이식이 더 휴대하기 좋을 테니.

집으로 돌아와 책상을 치우고 체스판을 쫙 펼쳐 기물을 세팅했다. 새로 산 체스 도서들을 한쪽에 쌓아 두고 반대쪽에는 킹 모양의 커다란 은 트로피를 세워 두었다. 스탠드를 켜고 의자에 앉아 기물들의 곡선을 따라 흐르는 불빛을 그저 바라보고만 있었다. 꽤 오랫동안 그 자리에 앉아서 마음을 차분히 가라앉혔다. 그러고는《모던 체스 오프닝》을 집어 들어 처음부터 다시 읽기 시작했다.

깁슨 호텔 같은 곳은 처음이었다. 규모도 크고 북적거렸으며 로비에는 밝은 샹들리에가 걸려 있고 바닥에 두꺼운 레드 카펫도 깔려 있었다. 사방에 꽃들이 전시되어 있고 회전문도 세 개나 있었다. 유니폼을 입은 도어맨이 회전문 옆에 서서 시선을 압도하는 중이었다. 베스와 휘틀리 부인은 새로 산 짐 가방을 들고 버스 정류장에서 호텔 프런트로 걸어갔다. 휘틀리 부인은 가방을 들어 주려는 도어맨의 손길을 거절하고는 호텔 직원들이 두 사람에게 던지는 시선에 개의치 않으며 프런트 데스크에 짐 가방을 올리고 체크인을 했다.

방으로 들어오고 나서야 베스는 긴장이 풀렸다. 두 개의 커다란 창 너머로 퇴근 시간이라 꽉 막힌 폴스가가 한눈에 들어왔다. 밖은 제법 쌀쌀했다. 반면 안은 두툼한 카펫이 깔려서 포근했고 큼직하고 깔끔한 화장실에는 보송보송한 붉은색 수건과 한쪽 벽면을 다 덮은 거대한 거울이 있었다. 서랍장 위에 컬러텔레비전이 설치되어 있고 각각의 침대에는 밝은 붉은색 침대보가 깔렸다.

휘틀리 부인은 서랍장을 열었다 닫아 보고 텔레비전도 켰다 꺼 보았다. 침대보의 주름을 펴며 방 안을 꼼꼼하게 살폈다. "음, 호텔에 쾌적한 방으로 달라고 했거든. 잘 신경 써 준 것 같네." 부인이 침대 옆에 있는 등받이가 길쭉하고 고풍스러운 빅토리안 의자에 앉았다. 마치 평생을 깁슨 호텔에 산 사람처럼.

토너먼트는 1층과 2층 사이에 있는 라운지의 태프트 룸에서 열렸다. 베스가 해야 할 일은 엘리베이터를 타고 아래로 내려가는 것뿐이었다. 휘틀러 부인은 저 길 아래에 있는 작은 식당에서 아침으로 베이컨과 계란을 먹고 나서 가십 주간지인 《신시내티 인콰이어》와 체스터필트 한 갑을 챙기고 침대로 다시 올라갔다. 그동안 베스는 토너먼트 경기장으로 내려가 참가 접수를 했다. 그녀는 아직도 레이팅이 없었다. 그러나 이번엔 접수처 남자들이 그녀를 알아보았다. 그들은 베스를 초보자 쪽에 넣지 않았다. 하루에 두 경기씩 있었고 시간 제한은 120/40이었다. 즉, 두 시간 동안 마흔 수를 둘 수 있다는 뜻이었다.

서명을 하는데 토너먼트가 진행될 태프트 룸의 열린 양문 밖으로 굵은 목소리가 새어 나왔다. 고개를 돌렸더니 커다란 연회장 한쪽에 빈 테이블이 기다랗게 줄지어 있고 남자들 몇몇이 그 주변을 돌아다니고 있었다.

연회장 안에 검은 부츠를 신은 어떤 낯선 남자가 커피 테이블의 소파에 구부정하게 앉아 있었다. "…그리고 룩은 7행으로 가지." 그는 이야기를 하는 중이었다. "룩이 거기로 가면 바로 눈에 딱 거슬려. 눈엣가시지. 상대가 이걸 한 번 보고 바로 돈을 냈다, 이 말이야." 그가 소파에 머리를 기대고 낮고 굵은 목소리로 크게 웃었다. "20달러를 말이야. 허허."

아직 이른 시간이라 연회장에 열두어 명밖에 없긴 했지만 길게 줄 맞춰진 테이블에서 체스판을 들여다보고 있는 사람은 하나도 없었다. 모두들 그 남자의 이야기만 듣고 있었다. 그는 한 스물다섯쯤 되어 보였고 해적 같은 느낌을 풍겼다. 해진 청바지에 검은색 터틀넥을 입고 검은색 양모 모자를 짙은 눈썹 바로 위까지 덮어 쓰고 있었다. 숱 많은 콧수염은 당장 면도가 필요해 보였다. 햇볕에 그을린 손등에는 굵힌 자국도 더러 있었다. "카로-칸 디펜스*." 그가 껄껄 웃으며 말했

* 체스 오프닝 중 하나로 백이 킹 앞의 폰을 4행으로 행마하면 흑이 폰을 퀸 측 비숍열 6행에 두는 것이다.

다. "이게 다 말아먹지."

"카로-칸이 뭐가 문젠데?" 밝은 황토색 스웨터를 입은 말쑥한 청년이 물었다.

"전부 폰뿐이고 희망이 없잖아." 그가 바닥으로 다리를 내리고 기물을 세팅했다. 커피 테이블 위에는 꾀죄죄한 초록, 베이지색 체스판과 닳고 닳은 원목 기물이 올려진 상태였다. 흑 킹의 머리는 떨어진 적이 있는지 끈적끈적한 접착테이프로 고정되어 있었다. 베스는 이제 그의 바로 옆에 있었다. 연회장에 여자는 베스뿐이었다. 그는 체스판으로 손을 내밀어 의외로 섬세한 손길로 백 킹 앞의 폰을 들고 킹열 4행에 내려놓았다. 그러고는 흑 퀸 측 비숍열의 폰을 세 번째 칸으로 옮겼다. 그다음 백 퀸의 폰을 4행에 두고 흑도 똑같이 움직였다. 그가 고개를 들더니 면밀하게 그의 수를 살피는 주위 사람들을 바라보았다.

"이게 카로-칸이야. 봤지?"

베스는 그 수가 친숙했지만 직접 보는 건 처음이었다. 그녀는 그가 백 퀸의 나이트를 움직일 거라 예상했고 그는 그렇게 했다. 그리고 흑 폰으로 백 폰을 잡고 백 나이트로 그 흑 폰을 다시 잡았다. 그는 흑 킹의 나이트를 비숍 세 번째 칸으로 올리고 남은 백 나이트를 전진 배치했다. 베스는 그 수가 기억났다. 지금 보니까 길들여진 것 같기도 했다. 자기도 모르는 새에 입 밖으로 말을 내뱉었다. "나 같으면 나이트를 잡을 텐데." 그녀가 조용하게 중얼댔다.

그가 눈썹을 치뜨며 베스를 바라봤다. "네가 켄터키주의 그 애 아니야? 해리 벨틱을 자빠뜨린?"

"네. 맞아요." 베스가 대답했다. "나이트를 잡으면 상대 폰이 더블이 돼요."

"좋은 수네. 전부 폰뿐이고 희망이 없어. 흑이 어떻게 이기는지 보여 주지." 그가 나이트를 체스판 중앙에서 빼내고 흑 폰을 킹열 네 번째에 두었다. 그러고는 가벼운 손재간으로 체스판 위의 조각들을 움직이면서 가끔씩 숨어 있는 함정을 언급했다. 체스판 양쪽은 푸가*처럼 균형 잡혀 있었다. 마치 텔레비전 속의 타임랩스처럼 흙에서 웅크리고 있던 초록 줄기가 서서히 키가 커지고 부풀어 오르면서 모란이나 장미로 만개하는 장면을 보는 것 같았다.

다른 사람들이 연회장 안으로 들어와 구경을 했다. 베스는 검은 모자를 쓴 남자의 대담함과 명료함, 빈틈없는 모습이 흥미로웠다. 그간 겪어 보지 못한 감정이었다. 그는 죽은 파리를 들어 올리듯 손끝으로 가뿐히 기물을 잡아 중앙에서 교환했다. 부드러운 목소리로 기물의 필요성과 약점, 위험과

---

* 음악에서 하나의 성부가 주제를 나타내면 다른 성부가 그것을 모방하면서 좇아가는 악곡 형식.

강점을 언급하면서. 그가 룩을 맨 아래 줄의 원래 자리로 옮기려고 몸을 쭉 폈을 때 베스는 그의 허리에 칼이 달린 걸 보고 깜짝 놀랐다. 가죽과 철제 재질의 손잡이가 허리 벨트 밖으로 튀어나와 있었다. 그는 생김새가 보물섬에 나온 사람과 닮아서 칼이 전혀 어울리지 않았다. 그런데 그때 그가 수를 그만두고 이렇게 말했다. "이제 잘 봐라." 그러더니 흑 룩을 킹열 다섯째 칸으로 올리고 무언의 팡파르를 울렸다. 그가 가슴 앞에 팔짱을 꼈다. "여기에서 백이 뭘 할 수 있을까?" 그가 주위를 둘러보며 물었다.

베스는 곰곰이 생각했다. 백은 위험천만했다. 한 남자가 목소리를 냈다. "퀸이 폰을 잡아야 하나?"

모자 쓴 남자가 싱긋 미소를 띠며 고개를 저었다. "룩을 킹열 8행으로 보내서 체크. 퀸을 무너뜨려야지."

어디선가 저런 수를 본 적이 있었다. 백은 이미 끝난 것 같았다. 베스가 무슨 말을 하려는데 그가 먼저 목소리를 높였다. "미제스 대 레셰프스키의 경기네. 1930년대에 했던."

모자 쓴 남자가 고개를 들어 그를 바라보았다. "맞아. 1935년 마게이트에서."

"백이 룩을 퀸열 1행에 뒀지." 모자 쓴 남자 옆에 있는 남자가 말했다.

"그래." 모자 쓴 남자가 맞장구쳤다. "뭐 별다른 수 있었겠어?" 그렇게 말하고는 계속 수를 두었다. 백이 패하는 것은 이제 분명해졌다. 몇 번의 교환이 빠르게 이뤄졌고 엔드 게임은 오히려 천천히 진행되는 듯했다. 그런데 흑이 과감하게 상대의 진영을 넘어서 폰을 희생시키더니 갑자기 폰의 위상이 퀸으로 확실하게 바뀌었고 흑은 두 수 만에 백보다 먼저 퀸을 제압했다. 아주 휘황찬란한 경기였다. 베스가 책에서 배운 것들 중 몇 안 되는 최고의 게임처럼.

남자가 자리에서 일어나 모자를 벗고 몸을 쭉 폈다. 그러고는 잠시 베스를 내려다보았다. "어이, 꼬마야. 레셰프스키가 이런 경기를 한 게 네 나이쯤이었어. 너보다 더 어렸을 때."

방으로 돌아와 보니 휘틀리 부인이 아직도 가십지인 《내셔널 인콰이어》를 읽고 있었다. 그녀가 독서용 안경 너머로 베스를 바라봤다. "벌써 끝났니?"

"네."

"어떻게 됐어?"

"제가 이겼어요."

휘틀리 부인이 온화하게 웃었다. "넌 정말 보물이구나."

휘틀리 부인은 쉴리토 백화점의 세일 광고를 보았다. 쉴리토 백화점은 깁슨 호텔에서 몇 블록 떨어진 곳에 있었다. 다음 경기까지 네 시간이 남아 있어서 두 사람은 희끗희끗 내리는 싸락눈을 뚫고 백화점으로 향했다. 휘틀리 부인은 백화점 지하를 뒤지고 다니다가 베스가 이렇게 말하자 행동을 멈추었다. "스웨터 좀 봤으면 좋겠어요."

"어떤 스웨터 말이니?"

"캐시미어요."

휘틀리 부인이 눈썹을 올렸다. "캐시미어? 우리가 그거 살 돈이 있을까?"

"그럼요."

베스는 세일 중인 24달러짜리 연한 회색 스웨터를 찾아냈다. 마음에 쏙 들었다.

전신 거울 속의 자신을 보며 마거릿처럼 애플 파이 클럽의 회원이 된 모습을 상상했다. 하지만 얼굴은 바꿀 수 없었다. 축 처진 갈색 머리에 주근깨가 박힌 둥근 얼굴. 베스의 얼굴이었다. 어깨를 으쓱하고는 여행자 수표로 스웨터를 결제했다. 조금 전 쉴리토 백화점으로 가는 길에 고급스러운 신발을 파는 아담한 가게 앞을 지나갔는데 신발 가게의 쇼윈도에 새들 옥스퍼드가 진열되어 있었다. 베스는 부인을 멈춰 세우고 가게 안으로 들어가 그 신발을 구매했다. 신발과 함께 아가일 무늬 양말도 샀다. 태그에 '울 100%. Made in England(영국산)"라고 적혀 있었다. 얼굴을 때리는 작은 눈 알갱이와 바람을 뚫고 호텔로 돌아가는 길 내내 고개를 숙이고 새 신발과 무릎까지 올려 신은 양말을 보았다. 종아리를 짱짱하게 감싸는 따스한 양말의 느낌이 좋았다. 밝은 갈색과 흰색이 섞인 신발 위에 신은 세련되고 값비싼 양말이 정말 마음에 들었다. 베스는 계속 아래만 바라보았다.

그날 오후, 레이팅이 1910인 중년의 오하이오주 출신과 대국을 했다. 그녀는 시실리안으로 대적했고 한 시간 반 후에 상대를 기권하게 만들었다. 그 어느 때보다 마음이 맑고 차분했다. 지난 몇 주 동안 러시아의 그랜드 마스터, 볼레스라브스키의 책에 나오는 전략 중 일부를 익혔는데 이번 경기에서 제대로 적용시켰다.

베스가 기록표를 제출할 때 사이즈모어가 접수처 근처에 서 있었다. 지난 토너먼트에서 익힌 얼굴들이 더러 보였고 그들과 마주치니 새삼 반가웠다. 그러나 정말 보고 싶은 선수는 딱 한 명뿐이었다. 바로 타운스. 여러 번 주위를 두리번거렸지만 타운스는 보이지 않았다.

그날 저녁, 베스가 기물을 세팅하고 직전의 두 경기를 복기하며 자신의 약점을 찾는 동안 휘틀리 부인은 연회장 뒤편에서 시트콤 「비버리 힐빌리즈」와 「더 딕 밴 다이크 쇼」를 시청했다. 그녀의 경기에는 약점이 전혀 없었다. 그래서 미국의 유명한 그랜드 마스터인 루벤 파인의 엔드 게임 책을 꺼내 연구하기 시작했다. 체스에서 엔드 게임은 그 나름의 느낌이 있었다. 경기가 마지막으로 치달으면서 완전히 다른 경기가 되는 것 같았다. 일단 체스판의 양쪽 끝 아무 곳에 폰을 하나만 내려놓아도 퀸으로 승진되어 버렸으니까. 놀랍도록 미묘하고 절묘했다. 그러나 그녀가 너무나 좋아하는 이런 폭력성 짙은 공격을 펼칠 기회는 좀처럼 주어지지 않았다.

루벤 파인의 책은 지루했다. 결국 책을 덮고 침대로 갔다. 잠옷 주머니에 작은 초록색 약이 두 알 있었고 불이 꺼진 뒤 슬쩍 삼켰다. 불면의 위험을 감수하고 싶지 않았다.

둘째 날은 첫째 날만큼 수월했다. 심지어 실력이 더 좋은 선수랑 붙었는데도. 약 기운을 털어 버리고 정신을 맑게 하는 데 시간이 조금 걸리긴 했지만 머릿속에서 체스를 두기 시작했을 때쯤에는 선명해졌다. 자신감 있게 수를 두며 침착하게 기물을 들었다 놓기를 반복했다.

토너먼트가 열리는 이번 연회장에는 '상위권 대국'이 따로 있지 않았다. 1번 체스판의 의미는 그냥 '첫 번째 테이블의 첫 번째 체스판'이라는 뜻이었다. 두 번째 경기는 6번 체스판에서 진행되었고 베스가 마스터인 상대의 룩을 잡은 뒤 기권하게 만들었을 때 모두들 주변에 몰려들어 구경을 했다. 박수갈채가 터져 나왔고 그녀가 고개를 들었다. 앨마 휘틀리 부인이 연회장 뒤편에서 환하게 미소 짓고 있었다.

1번 체스판에서 베스는 루돌프라는 마스터와 결승전을 치렀다. 게임의 중반에 이르러서야 그는 간신히 중앙에서 기물을 교환하기 시작했고, 베스는 자신이 룩과 나이트, 폰 셋만 가지고 경기를 엔드 게임으로 몰아가고 있다는 걸 깨닫고 흠칫 놀랐다. 베스의 나이트 자리에 있는 루돌프의 비숍만 빼면 그 역시 마찬가지였다. 그의 비숍이 분명한 우위에 있었기 때문에 베스는 그의 비숍이 거슬렸다. 결국 그녀는 비숍에 핀을 걸고 나이트와 비숍을 교환하고 한 시간 반 동안 온 정신을 집중하여 세심하게 수를 두었다. 루돌프가 블런더*를 할 때까지. 베스는 폰으로 체크를 하고 룩을 교환한 다음 폰 하나를 들어 킹을 보호하게 만들었다. 루돌프는 분을 삭이지 못하고 기권했다.

박수가 쏟아졌다. 테이블 주변의 관중들을 둘러보았다. 뒤쪽에 파란 치마를 입은 휘틀리 부인이 열정적으로 손뼉을 부딪치고 있었다.

휘틀리 부인은 묵직한 트로피를 들고 베스는 블라우스 주머니에 상금을 넣은 채 방으로 돌아갔다. 부인은 텔레비전 위에 놓인 호텔 메모지에 벌써 다 적어 놓았다. 깁슨 호텔 숙

* 체스에서 블런더는 가장 나쁜 실수를 비롯해 확실하게 지는 수를 의미한다.

박비 66달러 + 세금 3달러 30센트. 버스 요금 23달러 60센트. 팁 포함 식사비. "오늘 저녁 축하 만찬으로 12달러, 내일 아침으로 간단하게 2달러를 쓸 거야. 그러면 총지출이 172달러 30센트야."

"그래도 300달러가 남네요." 베스가 말했다.

한동안 침묵이 이어졌다. 베스는 전부 다 이해했는데도 메모지를 계속 바라보고 있었다. 휘틀리 부인에게 돈을 좀 나눠 줘야 하나 고민하는 중이었다. 별로 그러고 싶진 않았다. 혼자 힘으로 탄 상금이었으니까.

휘틀리 부인이 침묵을 깼다. "나한테 십 퍼센트만 주는 건 어떨까?" 부인이 상냥하게 물었다. "매니저 수수료라고 생각하고."

"32달러 77센트를 드릴게요."

"메듀엔 보육원 원장이 네가 산수를 기가 막히게 한다고 했었지." 베스가 고개를 끄덕였다. "그래, 좋아." 부인이 말했다.

두 사람은 이탈리안 레스토랑에서 송아지로 요리한 음식을 먹었다. 휘틀리 부인은 카라페*에 담긴 레드 와인을 주문

* 물이나 포도주를 담아내는 유리병으로 입구가 넓은 물병.

하고서 식사 내내 체스터필드를 피웠다. 베스는 차갑고 하얀 버터와 빵이 가장 맛있었다. 그리고 그녀가 앉은 곳에서 멀리 떨어지지 않은 바 위에 있는 오렌지가 달린 작은 나무도 마음에 들었다.

휘틀리 부인은 와인을 다 마신 후 냅킨으로 입 주변을 닦고 마지막 담배를 꺼냈다. "얘, 베스, 연말 연휴에 휴스턴에서 토너먼트가 있더구나. 26일에 시작이야. 크리스마스에는 다들 크리스마스 푸딩*이나 먹을 테니까 그날 출발하기 수월할 것 같아."

"저도 봤어요." 베스는 《체스 리뷰》에서 그 토너먼트 광고를 봤었는데 무척 가고 싶었다. 하지만 휴스턴은 상금 600달러를 타러 가기엔 멀어도 너무 멀었다.

"휴스턴까지 비행기를 타면 돼." 휘틀리 부인이 명료하게 말했다. "따스한 햇살 아래에서 겨울 휴가를 보내면 어떨까 싶은데."

베스도 스푸모니**를 다 먹었다. "네." 그렇게 말하며 아이스크림을 내려다봤다. "그렇게 해요, 엄마."

비행기에서 맞이하는 크리스마스 저녁 식사는 전자레인지

* 크리스마스 저녁에 먹는 푸딩이며, 플럼 푸딩이라고도 한다.

** 이탈리아식 아이스크림으로, 설탕 친 과일이나 호두 등을 넣어 먹는다.

에 돌린 칠면조였다. 휘틀리 부인에게는 샴페인이 무료로 제공되었고 베스에게는 오렌지주스 캔이 주어졌다. 그녀가 맞은 크리스마스 중에 최고였다. 비행기는 하얀 눈으로 덮인 켄터키주 상공을 날아가다가 비행이 끝날 무렵에는 멕시코만 위를 빙빙 돌았다. 두 사람은 따스한 공기와 햇살 속으로 착륙했다. 공항에서 차를 몰고 나와 어느 공사장을 지나는데 철제 대들보가 쌓인 곳 근처에 키가 큰 노란색 크레인과 불도저들이 작동을 멈춘 채 있었다. 누군가 그중 하나에 크리스마스 리스를 걸어 놓았다.

렉싱턴을 떠나기 일주일 전 우편함에 《체스 리뷰》 신간이 배달되었다. 잡지를 펼쳐 보니 뒷부분에 베스와 벨틱의 사진이 조그맣게 있고 이런 헤드라인이 실렸다. '여중생이 마스터에게서 켄터키주 챔피언십을 빼앗다.' 아래에 둘이 치른 경기와 그에 대한 해설이 짤막하게 적혀 있었다.

구경꾼들은 그녀가 어린 나이에 마스터에 버금가는 전략에 통달한 것에 놀라움을 감추지 못했다. 그녀는 본인 나이보다 두 배나 많은 선수들의 기량을 보여 주었다.

베스는 휘틀리 부인에게 보여 주기 전에 두 번이나 더 기사를 읽었다. 부인은 기뻐서 어찌할 줄을 몰라 했다. 그녀는 전에도 렉싱턴 지역 신문의 기사를 큰 소리로 읽고는 "정말 대단해!"라며 감탄했었다. 이번에는 속으로 읽더니 "이젠 국가적으로 인정받았네"라고 속삭였다.

휘틀리 부인은 잡지를 들고 비행기에 올라타서 앞으로 몇 달간 베스가 참가할 다른 토너먼트 일정에 표시를 하며 비행 시간의 일부를 보냈다. 경기는 한 달에 한 번씩 있었다. 부인은 병결 사유서에 쓸 병명이 소진될까 봐 걱정했다. 결석 이유를 더 써야 할 때면 신뢰성을 언급하곤 했다. 베스는 그냥 솔직하게 말하면 왜 안 되는 건지 의문이었다. 남자애들은 농구나 축구 경기 때문에 학교에 빠지는 걸 허용하면서 여학생에게는 통하지 않았다. 하지만 베스는 현명했기에 그런 말쯤은 삼킬 줄 알았다. 휘틀리 부인은 누군가와 한통속이 되어 속이는 상황을 몹시 즐기는 것 같았다.

베스는 휴스턴에서도 손쉽게 우승을 거머쥐었다. 휘틀리 부인의 말대로 그녀는 감을 아주 제대로 잡았다. 세 번째 대국에서 무승부를 끌어냈긴 했지만 결승전에서는 화려한 콤비네이션으로 초보자 같은 마흔네 살의 남서부 챔피언을 단숨에 제압했다. 베스와 휘틀리 부인은 따스한 햇살 아래에 이틀 더 머물면서 휴스턴 미술관과 동물원에도 다녀왔다. 다음 날 신문에 베스의 토너먼트 사진이 실렸고 기사에는 그녀를 수재라고 칭했다. 베스는 내심 뿌듯했다. 부인은 "이제부터 스크랩북을 만들어야겠네"라며 신문을 세 부나 샀다.

1월에 휘틀리 부인은 학교에 전화해서 단핵증 재발로 베스가 찰스턴에 갔다고 전했다. 2월에는 애틀랜타로 갔는데 그때는 감기라고 했다. 3월에 마이애미에 갔을 땐 독감이라고 둘러댔다. 휘틀리 부인은 교장실 비서에게 이야기할 때도 있었고 여학생 담당 주임 선생님에게 말할 때도 있었다. 아무도 이유를 묻지 않았다. 학생들 중 일부가 타 지역 신문을 통해 베스에 대해 아는 듯했다. 그런데 선생님들은 의외로 아무 말도 하지 않았다. 중간에 토너먼트가 없을 때면 베스는 저녁에 세 시간씩 체스 연습에 열중했다. 애틀랜타에서 한 게임을 졌는데도 불구하고 우승을 했고 다른 두 도시에서는 무패 행진을 이어 갔다. 베스는 휘틀리 부인과 비행기를 타는 것이 좋았다. 가끔 비행기에서 마티니가 나오면 부인은 매우 기뻐했다. 둘은 키득대며 이야기를 나누었다. 부인은 비행기 승무원들의 잘 다려진 재킷과 심하게 떡칠한 화장을 비웃으며 우스운 이야기를 많이 해 주었고 렉싱턴의 이웃들이 얼마나 멍청한지 아냐며 흉을 보기도 했다. 부인은 쾌활하고 격의 없는 즐거운 사람이었다. 덕분에 베스는 오랜 시간 웃을 수 있었다. 비행기 창밖의 구름을 내려다보는 그 순간이 메듀엔에서 초록색 알약을 받아 한 번에 다섯, 여섯 알씩 먹었을 때보다 더 편안했다.

베스는 호텔과 레스토랑, 토너먼트에서 이겼을 때 느껴지는 쾌감을 좋아하는 사람으로 성장해 갔다. 경기를 하나씩 하나씩 치르며 승리를 할 때마다 그녀의 체스판 주변에 구경꾼들이 늘어 갔다. 이제 토너먼트에 온 사람들이 그녀를 알아봤다. 언제나 가장 어린 선수였고 가끔은 유일한 여자였다. 시간이 지날수록 학교에 가는 게 점점 더 지루해졌다. 몇몇 학생들은 고등학교에 진학한 후 대학에 갈 거라고 이야기했고 몇몇은 바로 직업을 갖길 바랐다. 베스가 아는 여자애들은 간호사가 되고 싶어 했다. 베스는 그런 대화에 한 번도 낀 적이 없었다. 이미 자신이 되고 싶은 걸 알고 있었으니까. 그런데도 체스 토너먼트에서 일군 명성이나 여행에 대해 입도 뻥긋하지 않았다.

3월, 베스와 휘틀리 부인이 마이애미에서 돌아왔을 때 체스 연합에서 편지가 한 통 왔다. 봉투 안의 새 회원 카드에는 그녀의 레이팅 1881이 새겨져 있었다. 레이팅에 그녀의 진정한 실력이 반영될 때까지는 시간이 조금 걸린다고 했다. 마침내 레이팅이 있는 선수가 되었다는 게 베스는 만족스러웠다. 머지않아 숫자를 훌쩍 올릴 계획이었다. 다음은 레이팅 2200에 도달하는 마스터가 될 차례였다. 레이팅 2000이 넘으면 전문가라고 불리지만 별 의미는 없었다. 그녀가 원하는 단 한 가지는 세계적인 그랜드 마스터였다. 그건 그럴 만한 가치가 있는 것이었다.

두 사람은 여름에 체스 경기를 하러 뉴욕의 헨리 허드슨 호텔로 갔다. 맛에 대한 그들의 취향은 시간이 갈수록 고급 음식으로 발전해 갔다. 비록 집에서는 대개 인스턴트식품으로 때우곤 했지만 뉴욕에서는 도시를 가로지르는 버스를 타고 프랑스 레스토랑 르 비스트로나 카페 아르젠투일로 가서 식사를 했다. 뉴욕에 가기 전 휘틀리 부인은 렉싱턴의 주유소에 딸린 작은 상점에서 휴대용 여행 책자를 샀고 자그마한 지도에서 별점이 세 개 또는 네 개인 곳을 찾아냈다. 정말 말도 안 되게 비쌌는데도 둘 다 돈 얘기는 일절 하지 않았다. 베스는 훈제 송어 정도는 그런대로 먹었지만 되도록 생선 요리는 먹지 않았다. 메듀엔에서 금요일마다 먹었던 생선 요리가 떠올랐기 때문이었다. 다음 해에는 학교에서 꼭 불어를 들어야겠다고 결심했다.

도시 이동 중에 문제가 하나 발생했다. 밤에 숙면을 취하기 위해 휘틀리 부인에게 처방된 약을 먹으면 간혹 아침에 눈을 뜨고 머리가 맑아질 때까지 한 시간가량 기다려야 했다. 다행히 토너먼트 경기는 오전 9시 전에 시작하는 법이 없어서 무슨 일이 있어도 이른 시각에 일어나 룸서비스로 커피를 몇 잔 받아먹었다. 휘틀리 부인은 약 먹는 걸 전혀 눈치채지 못했고 베스가 커피를 그렇게 마셔 대는대도 그 어떤 걱정도 내비치지 않았다. 그저 베스를 어른처럼 대할 뿐이었다. 어쩔 때는 베스가 더 나이가 많은 사람 같기도 했다.

베스는 뉴욕이 정말 좋았다. 버스를 타고 다니는 것도 좋고 덜거덕거리며 흔들리는 뉴욕의 지하철 IRT(Interborough Rapid Transit)를 타는 것도 좋고 틈날 때 윈도우 쇼핑을 하는 것도 좋았다. 길거리에서 유대인 언어나 스페인어를 듣는 것도 재미있었다. 도시의 위험성이나 제멋대로 차를 모는 택시 운전사들의 오만함, 과하게 빛을 발하는 타임 스퀘어의 난잡스러운 번득거림 따위에는 전혀 신경 쓰지 않았다. 뉴욕의 마지막 날 밤, 베스와 부인은 라디오 시티 뮤직홀로 가서 뮤지컬 「웨스트사이드 스토리」와 「더 로케츠」를 관람했다. 동굴같이 둥그런 공연장 안, 높은 곳에 벨벳 천으로 덮인 의자에 앉아 있으니 온몸에 전율이 일었다.

베스는 잡지 《라이프》에서 영화배우 로이드 놀런처럼 생긴, 줄담배를 뻐끔뻐끔 피우는 기자가 오길 내심 기대했지만 현관문으로 들어오는 사람은 잿빛 머리색에 어두운색 치마를 입은 키 작은 여자였다. 그 옆의 남자는 카메라를 들고 있었다. 그녀는 자신을 진 발케라고 소개했다. 휘틀리 부인보다 나이가 들어 보였고 재빠르게 거실을 한번 둘러보며 책꽂이의 책들을 휙 훑더니 벽에 걸린 그림들을 유심히 보았다. 그러고는 이것저것 질문했다. 쾌활하고 직설적인 성격이었다. "나는 체스를 둘 줄 모르는데도 정말 인상 깊었단다." 그녀가 싱긋 웃었다. "다들 너더러 진짜가 나타났다고 하던데."

베스가 살짝 당황했다.

"기분이 어때? 남자들 사이에서 혼자만 여자인 거."

"별로 신경 안 써요."

"두렵거나 하지는 않고?" 두 사람은 얼굴을 마주 보고 앉아 있었다. 발케 기자가 베스를 골똘히 쳐다봤다.

베스가 고개를 저었다. 사진사가 소파로 다가오더니 초점 거리를 조절하기 시작했다.

"내가 어렸을 때는," 기자가 말했다. "경쟁 같은 건 절대 할 수 없었어. 인형하고만 놀 수 있었지."

사진사가 뒤로 물러나서 카메라로 베스를 자세히 살폈다. 때마침 갠즈 씨가 선물로 준 인형이 생각났다. "체스는 항상 경쟁만 하는 경기는 아니에요." 베스가 말했다.

"그래도 이기려고 하잖아."

베스는 체스가 때때로 얼마나 아름다운지에 대해 이야기하고 싶었지만 발케 기자의 날카롭고 호기심에 가득 찬 얼굴을 보니 무슨 말을 해야 좋을지 판단이 서지 않았다.

"남자 친구 있니?"

"아니요. 저 열네 살이에요." 사진사가 찰칵찰칵 사진을 찍었다.

발케 기자가 담배에 불을 붙였다. 그러더니 몸을 앞으로 기울여 휘틀리 부인의 재떨이에 담뱃재를 털었다. "남자에 관심 있니?" 기자가 물었다.

베스는 인터뷰가 점점 불편했다. 체스 배우는 법 또는 토너먼트에서 모피나 카파블랑카 같은 선수들을 이긴 것에 대해 이야기하고 싶었다. 그녀는 저 기자가 정말 마음에 들지 않았다. 게다가 질문도 형편없었다. "전 체스에만 관심이 있어요."

발케 기자가 환하게 웃었다. "그럼 말해 보렴. 네가 몇 살에, 어떻게 체스를 배웠는지."

베스가 말하자 발케 기자가 메모를 했다. 하지만 곧 자신의 대답에 기자가 별 관심이 없다는 걸 느꼈다. 이런저런 이야기를 하면서 할 말이 점점 없어지고 있다고 생각했다.

다음 주, 학교 수학 시간에 베스는 어떤 남자애가 《라이프》지를 옆의 여자애에게 건네는 걸 보았다. 둘은 고개를 돌리고 베스를 처음 본 것처럼 바라봤다. 수업이 끝나자 전에 한 번도 말을 걸어 본 적 없던 그 남자애가 그녀를 멈춰 세우고 잡지에 사인을 해 줄 수 있느냐고 물었다. 의외였다. 남자애에게 잡지를 받아서 들여다보니 한 페이지 전체에 체스판 앞에 앉아 심각한 표정을 짓고 있는 베스의 사진이 있었다. 그리고 그 옆에 메듀엔 보육원 본관 건물 사진도 있었다. 맨 위 헤드라인에 이렇게 적혀 있었다. '모차르트 소녀가 체스계를 놀라게 하다.' 베스는 빈 책상에 잡지를 올려놓고 남자애의 볼펜으로 사인을 했다.

집에 도착했더니 휘틀리 부인이 무릎 위에 잡지를 올려 두고 있었다. 그녀가 큰 소리로 읽어 내려갔다.

"어떤 이에게는 체스가 한낱 취미일지 몰라도 어떤 이에게는 강박을 넘어 중독의 대상이다. 때때로 타고난 재능을 가진 이가 나타나기도 한다. 또한 어느 날 갑자기 어린 소년이 나타나 세계에서 가장 어려운 경기를 해내며 아이답지 않은 능숙함으로 우리를 깜짝 놀라게 하기도 한다. 그런데 소년이 아니라 소녀라면, 그러니까 잘 웃지 않는, 갈색 머리에 짙은 푸른색 원피스를 입은 갈색 눈의 소녀라면 어떨까?

이런 일은 전에 없었다. 그러나 최근에 일어났다. 켄터키주 렉싱턴에서, 그리고 신시내티에서. 찰스톤과 애틀랜타, 마이애미, 얼마 전 뉴욕에서도. 켄터키주 렉싱턴의 페어필드 중학교에 다니는 열네 살짜리 소녀가 강렬하고 초롱초롱한 눈빛으로 남성이 지배하는 국내 최고의 체스 토너먼트를 누비고 다닌다. 소녀는 조용하고 예의가 바르다. 그러면서도 살기가 느껴질 정도로…… 정말 대단해!" 휘틀리 부인이 감탄했다. "계속 읽어도 될까?"

"보육원에 대해서도 썼던데요." 베스도 잡지를 한 부 사 왔다. "대국 얘기는 하나뿐이에요. 제가 여자란 얘기만 잔뜩 있던걸요."

"그래, 여자는 여자니까."

"그건 중요한 게 아니잖아요. 제가 인터뷰 때 한 말을 절반도 싣지 않았어요. 샤이벌 아저씨 얘기도 뺐고요. 제가 시실리안 오프닝을 어떻게 경기에 활용했는지도 전혀 안 썼어요."

"베스, 그래도 덕분에 네가 유명 인사가 되는 거란다!"

베스가 생각에 잠겨 부인을 바라보았다. "네, 뭐 그렇겠죠. 여자니까요." 그리고 툭 내뱉었다.

다음 날 마거릿이 복도에서 베스를 멈춰 세웠다. 마거릿은 진한 베이지색 코트를 입었고 금발 머리는 어깨에 딱 닿아 있었다. 일 년 전 베스가 마거릿의 지갑에서 10달러를 훔쳤을 때보다 더 예뻐진 것 같았다. "애플 파이 회원들이 널 초대하고 싶어 해." 마거릿이 정중히 부탁했다. "금요일 저녁에 우리 집에서 신입 환영회가 있어."

애플 파이 모임이라니……. 정말 이상했다. 베스는 초대에 응하고 주소를 물어봤다. 마거릿과 이야기를 나눠 본 건 그때가 처음이었다.

그날 오후 한 시간 동안이나 옷을 고르다가 퍼셀 백화점에서 산 원피스를 입기로 결정했다. 그 원피스는 백화점 매장에서 가장 비싼 라인에 속했고 깔끔한 하얀 목깃이 있는 짙은 남색 원피스였다. 그날 저녁 휘틀리 부인에게 옷을 보여주며 애플 파이 모임에 갈 거라고 하자 부인은 정말 기뻐했다. "사교 모임에 나가는 좀 사는 집 아가씨 같구나!" 원피스를 입은 베스의 모습에 부인이 감탄했다.

마거릿 집 거실은 하얀색 목조로 아름답게 가꿔져 있었고, 벽에 걸린 유화들은 대개 말 그림이었다. 3월이라 저녁에도 날씨가 제법 온화했는데도 하얀 벽난로 선반 아래에 커다란 불꽃이 타닥타닥 타고 있었다. 베스가 새 원피스 차림으로 도착했을 때 여자아이들 열넷이 하얀 소파와 색색의 윙백 체어에 둘러앉아 있었다. 대부분 스웨터와 치마를 입고 있었다. "《라이프》에 페어필드 중학교 학생이 나오다니! 나 진짜 너무 놀랐잖아!" 어떤 여자애가 호들갑을 떨었다. 하지만 베스가 토너먼트에 대한 이야기를 시작하자 여자애들은 토너먼트의 남자들에 관해 물으며 베스의 말을 막았다. "잘생겼어? 그 남자들 중에 데이트한 사람 있어?"라고 말하며. 베스가 "그럴 시간이 별로 없어"라고 했더니 그들은 바로 화제를 돌려 버렸다.

여자애들은 우아하고 세련된 웃음소리를 한순간에 깔깔대는 웃음으로 바꿔 가며 한 시간이 넘도록 남자와 연애, 옷 이야기를 떠들어 댔다. 그동안 베스는 코카콜라가 담긴 크리스털 잔을 들고 소파 끝에 걸터앉아 그들 대화에 끼지도 못하고 어떤 말을 해야 할지 딱히 떠올리지도 못하며 어색하게 있었다. 어느덧 아홉 시가 되었다. 마거릿이 커다란 텔레비전을 켰다. 「무비 오브 더 위크*」가 방송될 때까지 가끔 킥킥대는 소리만 들릴 뿐 모두들 입을 다물었다.

베스는 광고가 나오는 동안에도 여자애들이 수다를 떨며 키득대는 데에 끼지 않고 열한 시까지 앉아 있었다. 그날 저녁의 무미건조함과 하찮음에 그녀는 충격을 받았다. 애플 파이는 소위 잘나가는 애들만 들어갈 수 있는 모임이었고, 베스가 렉싱턴으로 와서 처음 학교에 갔을 때도 굉장히 중요한 클럽처럼 보였다. 그런데 교양 넘치는 그들이 교양 있는 파티에서 한다는 것이 고작 잘생긴 배우 찰스 브론슨이 나오는 TV영화를 보는 거라니. 이 무미건조한 모임의 유일한 쉼표는 펠리카라는 여자애가 "저 사람, 생긴 것처럼 그것도 큰지 진짜 궁금하다"라고 했을 때뿐이었다. 베스는 그 말을

* 1969년부터 1975년까지 미국 ABC 방송국에서 방영된 TV영화.

듣고 킥킥 웃었다. 그게 처음이자 마지막이었다.

열한 시에 베스가 자리를 뜨려 하는데 아무도 더 있으라고 권하지 않았고 아무도 모임에 들어오라고 하지 않았다. 베스는 안도하며 택시를 타고 집으로 갔다. 집에 도착한 뒤 방 안에서 한 시간 동안 루첸코가 쓴 러시아 책을 영어로 번역한 《체스의 미들 게임》을 읽으며 남은 밤을 보냈다.

학교 전체가 베스를 알게 되었다. 다음 토너먼트 때는 병을 핑계로 삼을 필요가 없었다. 휘틀리 부인이 교장에게 잘 이야기를 했고 베스는 수업에서 면제되었다. 아무도 베스의 거짓 병결 사유서에 대해 들먹이지 않았다. 학교 신문에 베스에 대한 기사가 올라왔고 복도를 다니면 다른 아이들이 아는 체했다. 토너먼트는 캔자스시티에서 열렸고 그녀가 우승을 하자 토너먼트 감독이 베스와 휘틀리 부인을 스테이크하우스로 데리고 가 저녁을 대접했다. 그는 베스더러 참가해주어서 영광이라며 찬사를 아끼지 않았다. 차분하고 진지한 그 젊은 남자는 두 사람을 정중히 대했다.

"US 오픈에 나가고 싶어요." 베스가 디저트와 커피를 앞에 두고 말했다.

"당연하지. 너 정도면 반드시 우승할 거야." 감독이 거들었다.

"해외에 나갈 수도 있을까요?" 휘틀리 부인이 물었다. "예를 들면, 유럽이라든가 이런 데 말이에요."

"그럼요. 물론이죠." 젊은 남자가 미소 지었다. 그의 이름은 노빌이었다. 두꺼운 안경을 쓴 그는 연거푸 냉수만 마셨다. "일단 네게 인지도가 생기면 여기저기에서 널 초청할 거야."

"오픈에서 우승하면 인지도가 생길까요?"

"말이라고. 베니 와츠는 국제 대회에서 우승한 뒤로 맨날 유럽으로 불려 다녀."

"상금이 얼마나 되죠?" 휘틀리 부인이 담배에 불을 붙였다.

"꽤 될 겁니다."

"러시아는 어때요?" 베스가 물었다.

노빌이 한동안 베스를 응시했다. 마치 사회 통념에 어긋난 제안이라도 한 것처럼. "러시아는 죽음이야." 마침내 그가 입을 열었다. "미국을 밥으로 알거든."

"지금은 안 그렇겠죠……." 휘틀리 부인이 끼어들었다.

"지금도 그렇습니다. 제가 알기로는 지난 이십 년간 러시아랑 붙어서 이길 가망이 있는 선수는 없었어요. 발레와 같아요. 러시아에서는 돈 주고 체스를 시키니까요." 베스는 《체스 리뷰》의 사진들을 떠올렸다. 굳은 얼굴로 체스판을 보던 남자들의 사진. 짙은 색 정장을 입은 보르고프와 탈, 그리고 라예프와 샤프킨이 서로를 노려보고 있던 사진. 러시아의 체스는 미국의 체스와 달랐다. 베스가 물었다. "US 오픈은 어떻게 나갈 수 있어요?"

"참가비만 내면 된단다. 다른 토너먼트와 같아. 경쟁이 더 심한 것만 빼면 말이야."

베스는 US 오픈에 참가비를 보냈지만 그해에 출전하지 못했다. 휘틀리 부인에게 바이러스가 침투하는 바람에 2주나 침대에서 지내야 했고 얼마 전에 이제 겨우 열다섯 번째 생일을 보낸 베스는 혼자 가기가 꺼려졌다. 있는 힘을 다해 감정을 숨기고 있긴 했지만 베스는 앨마 휘틀리가 계속 몸이 안 좋을까 봐 무서웠고 혼자서 로스엔젤레스에 가야 할까 봐 두려웠다. 오픈은 US 챔피언십만큼 중요하지는 않았으나 이제는 상금만 따지며 대회를 선택할 게 아니라 다른 대회에도 출전할 필요가 있었다. 《체스 리뷰》 기사나 어깨너머로 들은 대화를 통해 알게 되었는데, 미국에는 챔피언십이나 메리웨더 초청 경기 같은 토너먼트들이 있었다. 이제 베스도 그런 대회에 참가해서 세계적인 체스 대회에 나가야 할 때였다. 가끔 베스는 자신이 꿈꾸는 모습을 상상했다. 전문적이고 멋진, 세계적인 체스 선수. 혼자 힘으로 당당하게 비행기 일등석을 타고 이동하는 키 크고 잘 차려입은 준비된 여성. 백인 버전의 졸린처럼. 이따금 졸린에게 엽서나 편지를 써야겠다고 다짐하곤 했지만 한 번도 써 본 적이 없었다. 그 대신 거울 속에서 그녀가 꿈꾸는 아름답고 균형 잡힌 여자의 모습을 찾으며 자신을 이리저리 살펴보았다.

열여섯 살이 되자 베스는 키도 더 커지고 생김새도 더 성숙해졌다. 눈이 조금 더 예뻐 보이는 방식으로 머리를 자르는 법을 배워서 그렇게 해 봤지만 여전히 고등학생 같았다. 이제는 6주마다 토너먼트에 나갔다. 일리노이주나 테네시주, 간혹 뉴욕에서도 대국을 두었다. 그때까지도 베스와 휘틀리 부인은 경기 참가 비용 및 부대 비용을 다 치러도 수익이 충분히 남는 경기들만 선택해 돌아다녔다. 은행 계좌의 잔고가 점점 불어 가자 베스는 상당히 기뻤지만 어딘가 모르게 경력이 정체기를 맞은 듯했다. 그리고 이제는 신동이라는 소리를 듣기엔 나이가 꽤 들어 있었다.

♖ 6장 ♖

US 오픈이 라스베이거스에서 열리는데도 매리포사 호텔에 있는 사람들은 별 관심이 없어서 모르는 것 같았다. 화사한 더블 니트와 셔츠를 입은 선수들이 메인 홀의 카지노 크랩스 테이블이나 룰렛, 블랙잭 테이블 앞에 있었다. 그들은 고요함 속에서 각자의 일을 계속했다. 카지노 반대편에는 호텔 커피숍이 있었는데 토너먼트 전날 베스는 카지노의 슈터들이 클레이 칩을 달그락대며 만지는 소리와 펠트 천 위를 도르르 굴러가는 주사위 소리를 지나 커피숍으로 향했다. 바 의자에 미끄러지듯 앉아 뒤를 돌아보니 대부분 자리가 비어 있었다. 그런데 어떤 잘생긴 청년이 혼자 앉아 커피 잔 쪽으로 몸을 숙이고 있었다. 타운스였다. 렉싱턴에서 만났던 그 남자.

베스가 자리에서 일어나 그에게 다가갔다. "안녕하세요."

그녀가 아는 체했다.

그가 고개를 들고 눈을 끔뻑였다. 처음에는 베스를 알아보지 못했다. "하먼! 아니, 이게 웬일이야!"

"앉아도 돼요?"

"그럼, 물론이지. 널 알아봤어야 했는데. 네 이름이 명단에 있었거든."

"명단이요?"

"토너먼트 참가 선수 명단. 나는 경기에 참가하지 않아. 《체스 리뷰》에서 취재하라고 여기로 보내서 온 거야." 그가 베스를 바라봤다. "너를 취재해도 되겠다. 《헤럴드-리더》에."

"렉싱턴 신문이요?"

"그래 맞아. 정말 많이 컸구나, 하먼. 《라이프》에 실린 것도 봤어." 그가 베스를 자세히 살펴보았다. "와, 너 정말 예뻐졌다."

베스는 당황해서 무슨 말을 해야 할지 몰랐다. 라스베이거스의 모든 것이 낯설었다. 커피숍 테이블마다 유리로 된 램프가 하나씩 놓여 있었는데 램프 안의 보라색 액체가 밝은 분홍빛 그림자 아래에서 빙글빙글 돌며 거품을 냈다. 베스에게 메뉴판을 건넨 종업원은 검은색 미니스커트에 망사 스타킹 차림이었고 얼굴은 꼭 지리 선생님 같았다. 어두운색 스웨터 아래에 줄무늬 셔츠를 받쳐 입은 타운스가 셔츠의 첫 번째 단추를 푼 채 멋진 얼굴로 온화하게 미소 지었다. 베스는 매리포사 스페셜을 주문했다. 핫케이크에 스크램블드에그와 칠리 페퍼. 그리고 무한 리필되는 커피.

"일요 신문 한 면의 절반 정도는 쓸 수 있어." 타운스가 이야기했다.

핫케이크와 스크램블드에그가 나왔고 베스는 음식을 먹으며 커피 두 잔을 마셨다.

"내 방에 카메라가 있거든." 타운스가 주저했다. "체스판도 있고. 한 판 둘래?"

베스가 어깨를 으쓱했다. "좋아요. 올라가요."

"좋아!" 그가 환하게 웃었다.

호텔 방 창문의 커튼은 열려 있고 창밖으로 주차장이 보였다. 커다란 침대는 정돈되어 있지 않았다.

방이 꽉 차 보였다. 체스판 세 개가 세팅되어 있었는데 하나는 창가 테이블에, 하나는 작업 책상에, 나머지 하나는 화장실 세면대 옆에 있었다. 타운스는 베스더러 창가 테이블에 앉으라고 하고는 그녀가 체스판을 만지작거리며 기물을 옮기는 사이에 그녀의 사진을 찍느라 필름 한 통을 다 썼다. 타운스가 베스 주위를 돌며 사진을 찍을 때 그의 쪽을 보면 안 되었다. 쉽지 않았다. 그가 그녀에게 가까이 다가와 얼굴에 작은 노출계를 들이밀었을 때, 그녀는 그의 몸에서 뿜어져 나오는 따스함에 숨을 참아야 했다. 심장이 요동치기 시작했다.

룩을 옮기려고 손을 뻗었더니 손가락이 덜덜 떨렸다.

그가 마지막 숏을 찍고 필름을 되감았다. "하나는 건졌겠지." 침대 옆 탁자 위에 카메라를 올려놓으며 말했다. "자, 한 판 두자."

베스가 그를 바라봤다. "아직 이름도 몰라요. 성 말고요."

"다들 타운스라고 불러. 그래서 널 하먼이라고 하는지도 모르지. 엘리자베스 대신에."

베스가 체스판을 세팅했다. "베스예요."

"난 하먼이 더 좋아."

"스키틀즈로 하죠." 베스가 제안했다. "먼저 백으로 하세요."

스키틀즈는 수를 빠르게 두는 체스여서 복잡하게 골머리를 쓸 시간이 없었다. 그가 작업 책상에서 체스 시계를 가져와 경기 시간을 오 분으로 맞췄다. "너한테는 삼 분만 줄 거다." 그가 말했다.

"시작해요." 베스가 그를 보지 않고 말했다. 그가 가까이 다가와서 자신을 만져 주길 바랐다. 팔에 손을 대거나 볼을 어루만져 줬으면 했다. 그는 정말 멋졌고 미소도 편안했다. 그러나 타운스는 그녀를 그렇게 대할 수 없었다. 언젠가 졸린이 이런 말을 한 적이 있었다. "다들 그런 생각을 해. 다 똑같지." 게다가 단둘이 방에 있었다. 킹사이즈 침대가 있는 방에. 심지어 라스베이거스에서.

타운스가 체스판 옆에 시계를 놓았을 때 베스는 둘의 시간이 똑같이 오 분인 걸 보았다. 그녀는 그와 체스를 두고 싶지 않았다. 그와 사랑을 나누고 싶었다. 베스가 시계 버튼을 탕 누르자 그의 시계가 움직였다. 그가 폰을 킹열 4행에 두고 시계 버튼을 눌렀다. 베스는 잠시 숨을 고르고 제대로 체스를 두기 시작했다.

호텔 방으로 돌아갔더니 휘틀리 부인이 침대에 앉아 슬픔에 잠긴 채 담배를 피우고 있었다. "어디에 있었니, 얘야?" 부인이 물었다. 그녀의 목소리는 차분했다. 휘틀리 씨에 대해 이야기를 할 때처럼 어딘가 긴장된 목소리였다.

"체스 두고 왔어요." 베스가 말했다. "연습하느라고요."

텔레비전 위에 《체스 리뷰》가 한 부 놓여 있었다. 잡지를 들고 발행인란을 펼쳤다. 편집자 중에 타운스라는 이름은 없었다. 그러나 아래쪽 기자라고 적힌 곳, 이름 세 개가 있는 곳 세 번째 줄에 D.L. 타운스가 있었다. 그때까지도 베스는 그의 정확한 이름을 알 수 없었다.

잠시 후 휘틀리 부인이 말했다. "맥주 캔 하나만 줄래? 서랍장 위에 있는 거."

베스가 자리에서 일어났다. 룸서비스용 갈색 쟁반 위에 팹스트 맥주 다섯 캔과 반쯤 먹다 남은 감자칩 봉지가 있었다.

"너도 마실래?" 부인이 물었다.

베스는 맥주 캔 두 개를 집었다. 차가운 금속 같았다. "네." 베스는 두 캔을 건네고 화장실에 가서 깨끗한 유리컵을 갖고 왔다.

베스가 유리컵을 내밀자 부인이 말했다. "맥주 마셔 본 적 없지?"

"저 열여섯 살이에요."

"흠……." 휘틀리 부인이 이마를 찡그렸다. 캔을 딸 때 퐁 소리가 났다. 부인이 베스의 유리잔 테두리에 하얀 거품이 봉긋이 올라가게끔 익숙하게 맥주를 따랐다. "여기." 약을 주듯 덤덤하게 건넸다.

베스가 맥주를 한 모금 마셨다. 처음 마셔 봤는데 평소에 예상했던 맥주 맛보다 훨씬 맛있었다. 얼굴을 찌푸리지 않으려 애쓰면서 거의 절반을 마셨다. 휘틀리 부인이 침대에 앉은 채로 손을 뻗어 남은 맥주를 유리컵에 부었다. 베스가 한 모금을 꿀꺽 마셨다. 맥주가 목구멍을 살짝 할퀴고 지나갔지만 배 속은 차츰 따뜻해져 갔다. 얼굴이 화르륵 붉어졌다. 부끄러운 것처럼. 결국 한 컵을 다 마셨다. "세상에," 휘틀리 부인이 놀라워했다. "그렇게 빨리 마시면 안 돼."

"한 잔 더 마시고 싶어요." 베스는 타운스를 떠올렸다. 체스를 둔 후 자리에서 일어났을 때 봤던 그의 표정을. 그는 그녀의 손을 잡고 웃었다. 아주 잠깐 손을 잡은 것뿐인데도 베스의 볼은 맥주를 마신 것처럼 달아올랐었다. 그와 스피드 체스를 일곱 번 두었는데 베스가 전부 이기고 말았다. 지금 손에 꽉 붙들려 있는 유리컵을 아주 세게 문으로 던져서 박살 내고 싶었다. 그러나 자리에서 일어나 맥주 캔을 더 가지러 갔다. 맥주 캔 구멍에 손가락을 끼고 뚜껑을 땄다.

"너 진짜 그러면 안 되는데……." 휘틀리 부인이 말렸다. 베스가 컵을 채웠다. "음……. 정 네가 그래야겠다면, 나도 하나 더 주렴. 탈이나 나지 않았으면 좋겠구나."

문틀에 어깨를 쿵 부딪치며 급히 화장실로 들어가 제시간에 겨우 변기에 도착했다. 그러고는 전부 게워 냈다. 코가 지독하게 따끔거렸다. 다 토해 내고 한동안 변기 옆에 서 있는데 갑자기 눈물이 쏟아졌다. 우는 동안에도 맥주 세 캔이 눈에 들어왔다. 의미가 있는 발견이었다. 그 발견은 여덟 살 때 초록색 약을 모아 놨다가 한 번에 왕창 먹던 자신을 발견한 것만큼 의미 있었다. 약은 배 속에서 긴장이 풀어지고 황홀함이 일어날 때까지 오래 기다려야 하지만 맥주는 그런 기다림 없이도 똑같은 기분을 느끼게 해 주었다.

"더 이상은 안 된다." 베스가 화장실에서 돌아오자 휘틀리 부인이 충고했다. "열여덟 살이 되기 전엔 안 돼."

연회장은 일흔 명의 체스 선수를 위해 준비를 갖췄고 베스의 첫 번째 게임은 9번 체스판이었다. 상대는 오클라호마에서 온 키가 작은 남자였다. 그녀는 스물네 수만에 꿈을 꾸듯 그를 이겼다. 그날 오후에는 4번 체스판에서 대국을 두었고 뉴욕에서 온 무표정한 젊은 남자의 방어를 무자비하게 뚫어 버렸다. 그는 폴 모피가 그랬던 것처럼 킹스 갬빗으로 경기하며 비숍을 희생시켰다.

베니 와츠는 이십 대였지만 겉모습은 베스보다 어려 보였고 키도 그렇게 크지 않았다. 베스는 토너먼트에서 오며 가며 그를 봤었다. 그는 1번 체스판에서 시작해서 그 자리를 계속 지켰다. 사람들은 그가 모피 이후 최고의 미국 체스 선수라고 했다. 한번은 베스가 코카콜라 자판기 앞에서 그의 근처에 서 있던 적도 있었는데, 서로 말을 걸지는 않았다. 베니 와츠는 껄껄 웃으며 다른 남자 선수와 이야기를 나누고 있었다. 그들은 세미-슬라브 디펜스*의 미덕에 대해 열띠게 토론하는 중이었다. 베스도 며칠 전에 세미-슬라브에 대해 공부를 했기에 할 말이 많았지만 조용히 입을 다물고 코카콜라를 마시며 자리를 떠났다. 두 사람이 대화하는 걸 들으니 왠지 모르게 기분이 나빴다. 어디선가 많이 느껴 본 익숙한

---

* 체스 오프닝 퀸스 갬빗의 변형으로 1. d4 d5 / 2. c4 c6 / 3. Nf3 Nf6 / 4. Nc3 e6 움직인다.

기분이었다. 체스가 남자들의 전유물이라는 생각이 들었고 자신이 아웃사이더 같았다. 이런 기분은 정말 불쾌했다.

하얀 셔츠를 입은 와츠는 목의 단추를 풀고 소매를 말아 올리고 있었다. 그의 표정은 밝으면서도 무언가를 감춘 듯 은밀했다. 볏짚 색깔인 그의 머리는 허클베리 핀*처럼 전형적인 미국인의 머리색이었으나 눈빛은 어딘가 모르게 믿음직스러운 구석이 없었다. 그 역시 베스처럼 신동이었고 게다가 챔피언까지 했다는 사실이 베스를 불편하게 했다. 얼마 전 와츠의 책에서 봤던, 보르스트만을 상대로 무승부를 한 '코펜하겐: 1948' 캡션이 달린 경기가 떠올랐다. 즉, 그 당시 베니가 여덟 살이었다는 뜻이었다. 베스가 지하실에서 샤이벌 아저씨와 체스를 처음 두었을 때와 같은 나이였다. 책 중반에는 그가 열세 살이었을 때의 사진이 있었다. 유니폼을 입은 해군 사관 학교 학생들이 체스판이 올려진 긴 테이블에 앉아 있고, 베니가 장엄하게 서서 그들을 마주하고 있는 사진이었다. 그는 스물세 명으로 이루어진 아나폴리스 해군 사관 학교의 체스 팀을 상대로 단 한 게임도 지지 않았다.

베스가 빈 콜라병을 들고 돌아갔을 때도 그는 자판기 앞에 서 있었다. 그가 그녀를 바라봤다. "안녕." 그가 상냥하게

---

* 1885년 출간된 마크 트웨인의 소설 《허클베리 핀의 모험》의 주인공인 소년.

말을 걸었다. “네가 베스 하먼이지?”

베스가 병을 쓰레기통에 넣었다. “네.”

“《라이프》에 실린 기사 봤어. 거기에 나온 경기가 꽤나 흥미롭던데.” 베스가 벨틱과 겨뤄서 이긴 게임이었다.

“고마워요.” 베스가 말했다.

“나는 베니 와츠야.”

“알아요.”

“그때 캐슬링은 하지 말았어야지.” 그가 피식 웃었다.

베스가 그를 가만히 쳐다보았다. “룩을 아웃시켜야 했거든요.”

“킹의 폰을 잃을 수도 있었어.”

베스는 그가 무슨 얘기를 하는 건지 정확히 이해하지 못했다. 기억하기로 그 경기는 잘 치러졌고 몇 번이고 머릿속으로 복기해 봤지만 잘못된 점을 찾지 못했었다. 《라이프》에서만 그 게임을 보고 약점을 찾아낸다는 게 가능한 걸까? 아니면 그냥 으스대는 걸까? 베스는 우두커니 서서 캐슬링 후의 포지션을 떠올려 보았다. 그녀가 보기에 킹의 폰은 아무 문제없었다.

“전 그렇게 생각하지 않는데요.”

“벨틱이 비숍을 B-5(b열 5행)에 두고 네가 핀을 무너뜨렸어야지.”

“잠깐만요.”

"안 돼. 이제 가 봐야 해. 아직 안 끝난 게임이 있어서. 판을 다시 정렬하고 잘 생각해 봐. 문제는 퀸 측 나이트야."

베스는 돌연 화가 났다. "판을 다시 정렬하고 잘 생각해 보기 싫은데요?"

"와우, 이런!" 그가 자리를 떠났다.

베니가 가고 난 후 그녀는 자판기 옆에 서서 몇 분간 그 게임을 곰곰이 생각해 봤다. 뭔가가 보였다. 근처에 빈 체스판이 있었다. 그쪽으로 가서 벨틱을 상대로 캐슬링을 하기 전의 포지션을 정확하게 세팅했다. 배가 뒤틀리는 느낌이 들었다. 정말로 벨틱이 핀을 걸 수 있는 상황이었고 그러면 베스의 퀸 측 나이트는 위협을 받을 게 뻔했다. 그녀는 핀을 무너뜨리고 빌어먹을 나이트로 포크가 되지 않도록 막았어야 했다. 그러고 난 다음 벨틱이 룩으로 위협을 하면, 그렇다, 베스의 폰이 위험했다. 아주 결정적인 수가 될 뻔했다. 그러나 가장 심각한 건 베스가 못 보고 지나쳤다는 것이다. 반면 베니 와츠는 《라이프》만 보고도 잘 알지도 못하는 선수의 속마음을 정확히 꿰뚫고 집어냈다. 베스는 체스판 앞에 계속 서 있었다. 입술을 깨물고 손을 뻗어 킹을 쓰러뜨렸다. 7학년 때 모피의 경기에서 실수를 찾아내고 나서 혼자 굉장히 뿌듯해한 적이 있었다. 그런데 이제는 자기가 당한 거나 마찬가지였다. 베스는 짜증이 났다. 정말 짜증 나고 싫었다.

그녀가 1번 체스판의 백 기물 앞에 앉아 있는데 와츠가 들어왔다. 그는 그녀와 악수를 하면서 낮은 목소리로 말했다.
"너, 나이트를 나이트열 5행으로. 맞지?"
"네, 맞아요." 베스가 이를 꽉 물고 말했다. 불꽃이 타다닥 튀었다. 그녀는 퀸 폰을 퀸열 4행으로 옮겼다.
베스는 베니 와츠를 상대로 퀸스 갬빗을 했다. 그러나 경기 중반에 그것이 실수였다는 걸 깨달았고 크게 충격받았다. 퀸스 갬빗은 복잡한 포지션을 이루게 만들었고, 그건 마치 비잔틴 체스라고도 불리는 원형 체스* 같았다. 양쪽에 여섯 기물이 상대를 위협하고 있었다. 베스는 불안했다. 기물로 손을 뻗었다 거두었다를 반복하다가 손끝이 기물에 닿기 전 다시 손을 접었다. 자신을 믿을 수 없었다. 베니 와츠에게는 보이는 것이 그녀에겐 보이지 않는 것 같았다. 그는 신중을 기하며 차분하게 기물을 들어 올려 살포시 자리에 내려놓았고 간혹 수를 두며 미소를 띠기도 했다. 그의 수는 전부 돌처럼 견고했다. 베스의 최고 강점은 빠른 공격이었는데 그 어디에서도 공격할 방법을 찾을 수 없었다. 열여섯 번째 수에 이르렀을 때, 그녀는 오프닝으로 퀸스 갬빗을 했다는 것에 분노가 치밀었다.

* 각각 16개의 사각형과 4개의 고리로 구성된 원형 보드에 기물을 두고 하는 체스.

적어도 마흔 명이 유독 크기가 큰 원목 테이블 주변에 모여 있었다. 그들 뒤, 갈색 벨벳 커튼에 '하먼 & 와츠'라고 붙여져 있었다. 분노와 두려움의 밑바닥에 깔린 끔찍한 공포가 그녀가 베니보다 약하다는 걸 깨닫게 했다. 베니 와츠는 그녀보다 체스를 더 잘 알았고 더 잘 두었다. 이렇게 억압받고 통제된 듯한 기분은 처음이었다. 예전에 디어도르프 원장 앞에 불려 갔던 이후 지금처럼 구속당하는 느낌을 받은 적이 없었다. 잠시 테이블 주변의 구경꾼들을 돌아보며 휘틀리 부인을 찾았다. 하지만 부인은 없었다. 다시 체스판으로 시선을 돌리고 베니를 슬쩍 쳐다봤다. 그가 그녀를 보고 싱긋 웃었다. 머리가 깨질 듯 복잡한 체스 포지션 말고 마실 것을 줄 것처럼. 테이블에 팔꿈치를 올리고 주먹 쥔 손을 볼에 댄 채 다시 집중하기 시작했다.

잠시 후 단순한 생각이 떠올랐다. 나는 베니 와츠와 경기를 하는 게 아니다. 나는 체스를 두고 있는 거다. 그를 다시 바라봤다. 그의 눈이 체스판을 주시하고 있었다. 내가 수를 두기 전까지 그는 움직일 수 없다. 그는 한 번에 기물 하나만 움직일 수 있다. 베스는 다시 체스판으로 시선을 돌리고 중앙에 배치된 기물들이 교환되면, 폰이 어디에 놓이게 될지 상상하면서 교환의 이점을 염두에 두었다. 만일 베스가 비숍으로 킹 측 나이트를 잡으면, 그가 퀸 폰으로 또 가져갈 터였다. 좋지 않은 수였다. 아니면 나이트를 전진시켜 교환을 강요할 수도 있고. 이 수가 더 괜찮아 보였다. 눈을 깜빡이며 긴장을 풀고 베니보다 우위를 차지하기 위해 머릿속에서 폰들의 포지션을 재정비하고 또 정렬했다. 아무것도 잡히는 게 없었지만 눈앞에 예순네 개의 칸이 나타났다. 그리고 상상 속에서만 존재하는 들쭉날쭉한 흑과 백 폰의 윤곽선도 그려졌다. 그 윤곽선은 베스가 수를 둘 때마다 자라는, 게임이라는 나무의 가지를 따라 그려졌고 가지의 변형에 맞춰 계속 흐르고 움직였다. 나뭇가지 하나가 눈에 띄었다. 베스는 몇 번 수를 두며 그 나뭇가지에서 뻗어 나온 가능성을 따라갔다. 머릿속에서 그린 전체 포지션을 유지하면서. 원하는 것을 찾을 때까지.

베스는 한숨을 내쉬며 허리를 꼿꼿하게 폈다. 얼굴에서 주먹을 뗐더니 볼이 욱신거리고 어깨가 결렸다. 체스 시계를 확인했다. 40분이 지나갔다. 와츠가 하품을 했다. 베스는 손을 뻗어 나이트를 전진 배치했다. 첫 번째 교환을 하려는 셈이었다. 전혀 위험해 보이지 않았다. 그러고는 시계 버튼을 쿵 눌렀다.

와츠가 삼십 초간 체스판을 유심히 보더니 교환을 했다. 불쑥 베스의 배 속에 공포가 몰아쳤다. 그가 계획을 눈치챈 걸까? 이렇게 빨리? 그녀는 그런 생각을 떨쳐 내려 애쓰며 기물 하나를 잡았다. 계획한 대로 그도 기물을 잡았다. 그녀도 상대 기물을 잡았다. 와츠는 또 기물을 잡으려 손을 뻗다가 주저했다. '잡아!' 베스가 속으로 명령했다. 그러나 그는 손을 뒤로 뺐다. 만약 그가 그녀의 계획을 꿰뚫고 있다면 도망갈 시간은 충분했다. 베스는 입술을 깨물었다. 그가 체스판을 꼼꼼히 살폈다. 그녀의 계획을 읽은 것 같았다. 시계의 째깍 소리가 크게 들렸다. 심장이 과하게 쿵쿵거렸다. 와츠에게 들릴까 봐 두려웠다. 와츠가 그녀의 긴장을 알아챌까 봐 두려웠다. 그리고…….

하지만 그는 그렇게 하지 않았다. 그는 베스가 계획한 그대로 교환을 했다. 그녀는 그의 얼굴에 드리워진 불신의 그림자를 엿보았다. 와츠가 시계 버튼을 누르자 그의 시계가 멈추고 베스의 시계가 움직였다.

베스는 폰을 룩열 5행으로 보냈다. 그 즉시 와츠의 몸이 뻣뻣해졌다. 아주 미세했지만 베스에게는 보였다. 그가 포지션을 가만히 살펴보았다. 그가 자기의 기물이 더블 폰*에 막힐 거란 걸 못 보고 넘어갈 리 없었다. 이 분에서 삼 분 정도가 흐른 후, 그가 어깨를 들썩이더니 베스의 원래 계획대로 제대로 수를 두었다. 흑 폰이 더블이 되었다. 가슴속의 불안과 분노가 사라져 갔다. 이제 승리가 목전에 있었다. 그의 약점을

* 이중 폰이라고도 하며, 폰 두 개가 한 파일(세로줄)에 나란히 위치하는 것이다. 거의 모든 체스 선수들이 자신의 폰이 '더블 폰'이 되는 것을 무척 싫어한다.

뭉개 버릴 시간이었다. 기분이 너무 좋았다. 베스는 공격하는 걸 좋아했다.

베니가 한동안 무표정한 얼굴로 베스를 바라보았다. 그러더니 손을 뻗어 퀸을 들었다. 놀라운 일이 펼쳐졌다. 그가 침착하게 중앙에 있는 그녀의 폰을 잡았다. 보호만 하고 있던 폰을. 그 폰은 거의 게임 내내 퀸을 방어하고 있었다. 그는 퀸을 희생시키려 했다. 베스는 기가 막혔다.

이제 모든 게 다 보였다. 배 속이 심하게 뒤틀렸다. 어떻게 못 보고 지나칠 수 있었을까? 폰이 먹히니까 룩과 비숍의 협공을 당해 낼 수가 없었다. 비숍이 열린 대각선에 있었기 때문이었다. 나이트를 후퇴시키고 룩 하나를 움직여서 방어를 한다 해도 오래 지속될 수 없었다. 순진해 보이는 흑 나이트가 백 킹의 탈출을 막을 게 뻔했다. 정말 끔찍했다. 베스가 다른 상대들에게 했던 짓이었다. 폴 모피가 했던 전략이었는데 그녀는 상대의 폰을 더블 폰으로 만드는 것에만 집중하다가 다 놓쳐 버렸다.

베스는 퀸을 잡을 필요가 없다고 생각했다. 퀸을 잡지 않으면 무슨 일이 벌어지게 될까? 그녀는 폰을 잃게 되고 그의 퀸이 그 자리에, 체스판에 중앙에 안착할 것이다. 더 최악은 그의 퀸이 조금씩 조금씩 백의 킹 측 룩열을 장악하며 캐슬링 된 그녀의 킹을 위협하는 것이었다. 들여다보면 볼수록 상황이 더 안 좋았다. 완전히 방심하고 있었다. 테이블에 팔꿈치를 대고 포지션을 응시했다. 베니 와츠를 멈춰 세울 역공이 필요했다.

그러나 그런 수는 없었다. 베스는 시간의 절반을 체스판을 살피는 데 썼다. 하지만 베니의 수가 자신보다 훨씬 탄탄하다는 것만 알아냈을 뿐이었다.

베니가 성급하게 공격해 오면 교환으로 빠져나갈까 생각했다. 그러나 이내 룩을 움직일 만한 수를 찾아냈고 그렇게 했다. 만일 그가 퀸을 위로 넘기면 교환할 기회가 생길 것 같았다.

그러나 베니는 그렇게 하지 않았다. 그는 또 다른 비숍을 전개했다. 베스는 룩을 2행으로 보냈다. 그러자 베니가 퀸을 휙 들어 올려 세 수 안에 메이트를 해 버렸다. 그녀는 나이트를 구석으로 후퇴시키는 수밖에 없었다. 그는 계속 그녀를 몰아세웠고 너무나 실망스럽게도 경기를 패할 것이 점점 더 뚜렷해져 갔다. 그가 비숍으로 킹 측 비숍의 폰을 잡으며 퀸을 희생했을 때 게임은 끝났다. 베스는 게임이 끝났다는 걸 알았다. 할 수 있는 게 아무것도 없었다. 비명을 지르고 싶었지만 킹을 옆으로 눕히고 자리에서 일어났다. 두 다리와 등이 뻣뻣하고 아팠다. 속이 뒤틀렸다. 사실 베스는 무승부만 해도 됐었다. 그러나 그럴 수도 없는 처지였다. 베니는 이번 토너먼트에서 이미 두 번이나 무승부를 한 반면 베스는 완벽한 점수로 결승을 치른 것이었기에 무승부만 해도 우승은 따 놓은 당상이었다. 하지만 전부 물 건너갔다.

"접전이었어." 베니가 손을 내밀었다. 베스는 의지를 끌어모아 악수를 했다. 사람들이 박수를 보냈다. 베스에게 하는 박수가 아니라 베니 와츠에게 하는 박수였다.

저녁이 되어도 베스는 그 기분에서 벗어나지 못했지만 그래도 제법 괜찮아졌다. 휘틀리 부인은 그녀를 위로하려고 애썼다. 상금은 베스와 베니가 나눠 가질 예정이었고, 둘은 공동 챔피언일 테니 각자 작은 트로피도 받을 예정이었다. "그런 일은 얼마든지 일어나지." 휘틀리 부인이 말했다. "문의해봤더니 오픈 챔피언십에서는 종종 그렇게 나누는 경우도 있다더구나."

"그의 수를 읽지 못했어요." 베스는 그의 퀸이 그녀의 폰을 잡던 장면을 떠올렸다. 아픈 이에 혀를 갖다 대는 기분이었다.

"다 잘할 수는 없는 거란다, 얘야." 휘틀리 부인이 말했다. "누구도 그렇게는 못 해."

베스가 부인을 바라봤다. "체스에 대해 잘 모르시잖아요."

"지는 게 어떤 기분인지는 알지."

"네, 그러시겠죠." 베스가 악에 받쳐 대꾸했다. "당연히 그러시겠죠."

그 순간 부인은 깊은 생각에 잠겨 베스를 뚫어지게 바라보았다. "이젠 너도 알겠구나." 부인이 부드럽게 말했다.

렉싱턴에서 가끔 길을 걷다 보면 사람들이 어깨너머로 베스를 흘긋 쳐다보곤 했다. 그녀는 켄터키주 렉싱턴의 텔레비전 방송국인 WLEX의 「모닝 쇼」에 출연했었다. 머리에 헤어스프레이를 잔뜩 뿌린 채 끝이 뾰족한 뿔테 안경을 낀 진행자가 베스에게 브리지 게임*을 하는 거냐고 물었고 베스는 아니라고 대답했다. 이어서 그녀는 체스 US 오픈 챔피언이 되고 싶었냐고 물었다. 베스는 공동 챔피언이라고 말했다. 그녀는 감독 의자에 앉아 얼굴로 내리쬐는 환한 조명을 받고 있었다. 체스에 대한 이야기를 하고 싶었지만 진행자의 태도와 그릇된 관심사가 이를 어렵게 했다. 급기야 체스가 시간을 낭비하는 게임이라는 말을 어떻게 생각하느냐는 진행자의 질문에 베스는 다른 의자에 앉은 여자를 보며 이렇게 말했다. "농구보다는 아니죠." 베스가 더 이야기를 하려는데 프로그램이 끝났다. 베스는 방송에 육 분 정도 나왔다.

타운스는 《헤럴드-리더》의 일요 신문에 베스의 기사를 썼

* 네 명의 사람이 한 테이블에 앉아 마주 보는 두 사람이 팀이 되어 플레이하는 카드 게임으로, 카드 모양과 숫자에 따라 경우의 수를 계산하며 진행되는 두뇌 게임.

다. 한 페이지 분량의 기사에는 라스베이거스의 호텔방 창가에서 찍은 사진들 중 하나가 실려 있었다. 오른손에 흰색 퀸을 들고 찍은, 표정이 또렷하고 진지한 데다 지적으로 보이는 그 사진 속 스스로가 마음에 들었다. 휘틀리 부인은 스크랩북에 수집하려고 신문을 다섯 부나 구매했다.

베스는 이제 고등학생이 되었고 학교에 체스 클럽도 있었다. 그러나 들어가지 않았다. 체스 클럽의 남자애들은 체스 마스터가 복도를 지나가는 걸 달가워하지 않았고 그녀가 지나갈 때면 난감한 경외심 같은 게 깃든 눈으로 뚫어지게 쳐다보았다. 한번은 12학년 남학생이 그녀를 멈춰 세우더니 언젠가 체스 클럽에서 다면기*를 한 적이 있는지 소심하게 물었다. 베스는 예전에 동시에 학생 서른 명 정도와 대국을 둔 적이 있었던 것 같았다. 메듀엔 근처에 있는 고등학교였던 것과 당시 그녀를 응시하던 그 눈빛들이 기억났다. "미안. 시간이 없어서." 베스가 시큰둥하게 말했다. 남학생은 매력도 없고 기이하게 생겼다. 그래서 그와 대화를 하는 게 매력도 없고 기이하게 느껴졌다.

베스는 학교 과제를 하는 데 하루에 딱 한 시간만 쓰고도 A를 받았다. 과제는 그녀에겐 아무 의미가 없었다. 대신 체

---

* 실력이 상당히 높은 선수가 자신보다 실력이 낮은 선수 여러 명을 상대로 동시에 대국을 벌이는 것.

스 연구에는 대여섯 시간씩 썼는데 그것이야말로 인생에서 가장 중요한 것이었다. 베스는 특별 학생으로 대학의 러시아어 강의에 등록하고 일주일에 하루씩 강의를 들었다. 그것이 그녀가 주의를 기울이는 유일한 학교 공부였다.

♖ 7장 ♖

베스가 숨을 내쉬었다 들이마시며 입 안에 연기를 머금었다. 별거 아니었다. 오른쪽에 있는 젊은 남자에게 마리화나 담배를 건네자 그가 말했다. "고마워." 그는 같은 수업을 듣는 아일린과 도널드 덕에 대해 이야기를 나누고 있었다. 그들은 큰길에서 조금 떨어진 아일린과 바바라의 집에 있었다. 저녁반 수업이 끝난 후 아일린이 베스를 파티에 초대했다.

"분명 멜 블랭크(미국의 성우-옮긴이)일 거야." 아일린이 말하는 중이었다. "전부 멜 블랭크야." 베스는 긴장이 풀어지길 바라며 계속 입에 연기를 물고 있었다. 대학생들과 함께 바닥에 앉아서 삼십 분째 한 마디도 하지 않았다.

"블랭크는 실베스터(루니 툰에 나오는 만화 캐릭터-옮긴이)를 연기했지. 도널드 덕은 하지 않았어." 젊은 남자가 마무리를 지었다. 그가 베스에게 얼굴을 돌렸다. "나는 팀이야. 너 체스 선수지?"

"맞아요." 베스가 마리화나 연기를 내뿜었다.

"US 여자 챔피언이잖아."

"US 오픈 공동 챔피언이요." 베스가 정정했다.

"오, 미안. 대박이었겠네." 그는 빨간 머리에 마른 체형이었다. 수업 중 다 같이 러시아 문장을 낭독할 때 강의실 중간쯤에 앉은 그의 부드러운 목소리를 마음에 담아 두고 있었다.

"체스해요?" 베스는 목소리에 담긴 어색함이 싫었다. 겉도는 느낌이었다. 지금쯤 집으로 가거나 휘틀리 부인에게 전화해야 했다.

그가 고개를 저었다. "골머리 아프잖아. 맥주 마실래?"

일 년 전 라스베이거스 이후로는 맥주를 마시지 않았다. "네." 그러고는 바닥에서 일어나려 움찔거렸다.

"갖다줄게." 그가 함께 앉아 있는 카펫에서 몸을 일으켰다. 곧 맥주 두 캔을 가져와 하나를 베스에게 건넸다. 그녀는 쭉 들이켰다. 처음 한 시간 동안은 음악 소리가 너무 커서 대화가 불가능했지만 마지막 곡이 끝났을 때는 아무도 음악을 재생시키지 않았다. 베스는 벽에 붙어 디스크를 계속 돌리고 있는 하이파이 오디오*와 앰프의 작고 빨간 불을 보았다. 그

* 저음부와 고음부가 균형 있게 들리는 오디오.

러나 아무도 눈치채지 않기를, 더는 노래를 틀지 않기를 바랐다.

팀이 숨을 몰아쉬며 베스 옆에 편하게 앉았다. "모노폴리는 진짜 많이 했어."

"그건 해 본 적 없어요."

"자본주의의 노예가 될 뿐이야. 물론 지금도 돈을 왕창 버는 꿈을 꾸긴 하지."

베스가 웃었다. 마리화나가 다시 그녀에게로 돌아왔고 손끝으로 담배를 잡고서 팀에게 건네기 전에 해야 할 일을 했다. "러시아어 수업을 왜 들어요?" 그녀가 물었다. "자본주의의 노예라면서요." 그리고 맥주를 한 모금 마셨다.

"네 몸매가 죽이니까." 그가 담배를 받아 들고 길게 빨아들였다. "얘들아, 우리 좀 더 피우자." 그가 모인 사람 전부에게 통보했다. 그러고는 고개를 돌려 베스를 바라봤다. "실은 도스토옙스키 소설을 원문으로 읽고 싶어서."

베스가 맥주를 다 마셨다. 누군가 마리화나 담배를 더 만들어 나눠 주기 시작했다. 방 안에는 열두 명이 있었다. 전부 저녁반 수업의 첫 시험을 치렀고 베스는 시험이 끝난 후 파티에 초대된 거였다. 맥주와 마리화나 그리고 뭔가 잘 통하는 듯한 팀과의 대화로 베스는 기분이 좋아졌다. 다시 받은 담배를 길게 쭈욱 빨고 또 빨았다. 누군가 음악을 틀었다. 음악 소리가 아까보다 훨씬 좋게 들렸다. 이제는 시끄럽게 느껴지지 않았다.

갑자기 베스가 자리에서 일어났다. "집에 전화해야 해요."

"침실에 있어. 주방을 지나가면 돼."

베스는 주방에서 맥주를 한 캔 더 땄다. 쭈욱 들이켜고 침실 문을 열고 들어가 전등 스위치를 찾으려 벽을 더듬었다. 그러나 도통 찾을 수가 없었다. 프라이팬 옆의 가스레인지에 성냥 한 갑이 있었다. 성냥을 들고 침실로 갔지만 여전히 스위치를 찾을 수 없었다. 그런데 서랍장 위에 모양이 제각각인 양초들이 모여 있었다. 양초 하나에 불을 붙이고 성냥을 흔들어 불을 껐다. 잠시 양초를 바라봤다. 아래쪽에 반들반들한 고환 한 쌍이 달린 보라색 페니스 모양이었다. 초의 심지가 귀두 밖으로 튀어나와 있고 귀두는 거의 녹아서 흘러내린 상태였다. 베스는 왠지 모르게 충격을 받았다.

전화기는 너저분한 침대 옆 테이블에 놓여 있었다. 양초를 들고 침대에 걸터앉아 전화번호를 눌렀다.

휘틀리 부인의 목소리는 처음엔 약간 흐릿했다. 텔레비전이나 맥주에 정신이 팔렸던 것 같았다. "먼저 주무세요." 베스가 말했다. "저 열쇠 있어요."

"대학생들하고 파티하고 있다는 거니?" 부인이 물었다. "그 대학교 학생들이고?"

"네."

"그래, 뭔지 잘 보고 피워라."

기묘한 느낌이 목뒤를 지나 어깨로 퍼져 갔다. 당장 집으로 뛰쳐 가서 휘틀리 부인을 와락 껴안고 싶었다. 그러나 이렇게 말할 뿐이었다. "알겠어요."

"내일 아침에 보자."

베스는 침대 끝에 걸터앉아 거실에서 들려오는 음악을 들으며 맥주를 전부 마셨다. 이렇게 음악을 들어 본 적도 별로 없었고 학교에서 열리는 그 흔한 댄스파티에 가 본 적도 없었다. 애플 파이의 모임을 빼면 생애 첫 파티였다. 거실에서 들리던 음악이 끝이 났다. 얼마 뒤 팀이 침대 위 베스 옆에 앉았다. 마치 그녀가 옆에 앉아 달라고 부탁한 것처럼 아주 자연스럽게. "맥주 한 잔 더 해." 그가 권했다.

베스는 맥주를 받아 들고 마셨다. 그녀는 자신의 움직임이 천천히 그리고 분명하게 느껴졌다. "아니, 이런!" 팀이 놀란 척했다. "저기 저 불타는 보라색은 뭐야?"

"직접 알려 주지 그래요?"

팀이 베스의 몸속으로 밀고 들어왔을 때, 그녀는 당황해서 한동안 어찌할 바를 몰랐다. 잘은 모르겠지만 그의 물건은 크기가 어마어마한 것 같았고 마치 치과 의자에 누운 것처럼 속수무책인 기분이 들었다. 하지만 그 난감함은 오래가지 않았다. 그는 조심스럽게 행동했고 불쾌할 정도로 아프지도 않았다. 베스는 그의 등을 팔로 감싸고 두꺼운 스웨터의 거친 촉감을 느꼈다. 그가 위아래로 움직이기 시작하더니 그녀의 블라우스 아래에 있는 가슴을 꽉 움켜잡았다. "그건 하지 마요." 그녀가 그렇게 말하자 그가 "원한다면"이라고 하며 계속 위아래로 움직였다. 이제 그의 페니스가 잘 느껴지지 않았고 나름 괜찮았다. 베스는 열일곱이니까 이제는 할 때가 되었다고 생각했다. 그는 콘돔을 끼고 있었다. 가장 좋았던 건 콘돔을 끼고 우스갯소리를 하는 그를 보는 것이었다. 그와 한 짓은 정말로 괜찮았고 책이나 영화에서 봤던 것과는 전혀 달랐다. 제길, 그가 타운스였다면 얼마나 좋았을까.

그 후 베스는 침대에서 잠이 들었다. 연인처럼 그와 껴안지도 않고 방금 사랑을 나눈 남자에게 손끝도 대지 않은 채로. 그저 옷을 입은 상태로 팔다리를 쫙 벌려 누웠다. 베스는 팀이 양초를 끄고 조용히 방문을 닫고 나가는 소리를 들었다.

잠에서 깼을 때 전자 알람 시계가 아침 열 시가 다 된 시각을 알리고 있었다. 침실 창문의 블라인드 테두리를 따라 햇살이 스며들었다. 공기가 퀴퀴했다. 울 재질의 치마 때문에 다리가 꺼끌꺼끌한 느낌이었고 스웨터의 목 부분이 목구멍을 끈적끈적하게 짓눌렀다. 허기가 하늘을 찔렀다. 베스는 잠시 침대 끝에 앉아서 눈만 끔뻑였다. 몸을 일으켜 주방 문을 열었다. 빈 병과 맥주 캔이 사방에 널려 있었다. 지독한 연기가 자욱했고 더러운 냄새가 진동했다. 냉장고에 미키 마우스 모양 자석에 메모지가 붙어 있었다. '다들 신시내티에 영화 보러 갔어. 있고 싶은 만큼 있어도 돼.'

화장실은 거실에서 떨어져 있었다. 샤워를 마친 후 수건으로 물기를 닦아 머리를 감싸고는 주방으로 가서 냉장고를 열었다. 계란이 몇 알 있고 버드와이저 맥주 두 캔과 피클도 조금 있었다. 냉장고 문 선반에 놓인 작은 투명 비닐봉지를 집어 들었다. 안에 단단하게 말려 있는 마리화나 담배가 하나 있었다. 담배를 꺼내서 입에 물고 성냥으로 불을 붙이고 깊게 빨아 마셨다. 그러고는 계란 네 알을 꺼내 삶았다. 살면서 이렇게 배고픈 적은 없었다. 집을 깨끗이 치우고 체스를 두듯 착착 정리 정돈을 했다. 커다란 봉지 네 개를 가져와 빈 병과 담배꽁초를 모두 담고 베란다 뒤편에 쌓아 놓았다. 쓰레기 더미에서 술이 반쯤 남은 리플과 따지 않은 맥주 네 캔을 발견했다. 맥주 캔을 따고 청소기로 거실 카펫을 청소했다.

침실 의자에 청바지가 널려 있었다. 청소를 끝내고 청바지로 갈아입었는데 아주 딱 맞았다. 서랍장에서 하얀 티셔츠를 꺼내 입었다. 그리고 남은 맥주를 다 마시고 또 한 캔을 땄다. 누군가 변기 뒤에 립스틱을 두고 갔다. 화장실로 가서 거울에 비친 자신의 모습을 가만히 들여다보며 조심스레 입술을 빨갛게 칠했다. 립스틱을 발라 본 건 처음이었다. 기분이 정말 예술이었다.

휘틀리 부인이 걱정스러운 목소리로 들릴 듯 말 듯하게 말했다. "전화라도 했어야지."

"죄송해요. 주무실 것 같아서요."

"그런 건 상관없는데……."

"어쨌든 전 괜찮아요. 영화 보러 신시내티에 갈 거예요. 오늘 밤에도 집에 못 갈 것 같아요."

수화기 너머로 침묵이 이어졌다.

"월요일에 학교 끝나고 집으로 갈게요."

마침내 휘틀리 부인이 입을 열었다. "남자랑 같이 있니?"

"어젯밤에는요."

"오," 부인의 목소리가 점점 멀어져 갔다. "베스……."

베스가 웃었다. "아유, 저 괜찮다니까요."

"음……." 부인의 목소리는 여전히 심각했다. 그러더니 이내 한층 밝아졌다. "그래, 괜찮다니 다행이구나. 다만……."

베스가 미소 지었다. "피임했어요."

정오에는 냄비에 남은 계란을 넣고 하이파이 오디오를 켰다. 전에는 음악을 제대로 들어 본 적이 없었다. 이제야 제대로 듣는 중이었다. 계란이 익길 기다리며 몇 발짝씩 살랑살랑 움직여 거실 한가운데서 춤을 췄다. 그녀는 자신을 병들게 하고 싶지 않았지만 한 시간 만에 맥주 한 캔과 와인 한 병을 마시고 끊임없이 음식을 먹어 댔다. 전날 밤에는 남자와 자 봤으니까 이제는 술에 취하는 법을 배울 차례였다. 그녀는 혼자였다. 혼자가 좋았다. 인생에서 중요한 모든 것을 그녀는 혼자서 배워 왔다.

오후 네 시, 그 집에서 한 블록 떨어져 있는 래리스 주류 소매점으로 가서 리플 다섯 병을 샀다. 점원이 봉투에 술을 담고 있을 때 베스가 물었다. "리플 같은 와인 있어요? 달지 않은 거요."

"이 소다팝 와인들이 다 똑같은 겁니다." 점원이 설명했다.

"버건디는요?" 휘틀리 부인은 외식할 때 종종 버건디를 주문하곤 했다.

"갤로랑 이탈리안 스위스 콜로니, 폴 마송…… 이런 것들이 있습니다."

"폴 마송 두 병 주세요."

그날 밤 열한 시, 이제는 술에 취해도 차근차근 옷을 벗을 수 있었다. 아까 발견한 잠옷을 입고, 벗은 옷을 의자에 쌓아 둔 다음 침대로 가 기절하듯 쓰러져 잠들었다.

아침이 밝았는데도 아무도 돌아오지 않았다. 스크램블드

에그를 만들어 식빵 두 장을 토스트 해서 먹고 와인 한 잔을 마셨다. 또다시 화창한 날이었다. 거실에서 비발디의 '사계' 디스크를 발견했다. 오디오에 넣고 본격적으로 와인을 마시기 시작했다.

월요일 아침, 베스는 택시를 타고 헨리 클레이 고등학교로 갔다. 첫 번째 수업이 시작하기 십 분 전에 도착했다. 텅 빈 집을 깨끗하게 정리하고 나왔다. 집주인은 아직 신시내티에서 오지 않았다. 스웨터와 치마가 꼬깃꼬깃했지만 그래도 아가일 양말은 빨아 신었다. 일요일 밤에 버건디를 두 병이나 마시는 바람에 열 시간을 통으로 잤다. 택시 안에서 뒤통수가 깨질 듯 아프고 손이 살짝 떨렸다. 그러나 창밖으로 보이는 5월의 아침은 너무나 아름다웠고 나무에 핀 초록 어린잎들은 여리고 풋풋했다. 택시비를 내고 차에서 내릴 때쯤엔 몸이 가벼워진 듯했고 따스한 봄기운이 느껴졌다. 이제야 고등학교를 졸업하고 난 후 모든 에너지를 체스에 쏟을 준비가 다 된 것 같았다. 계좌에는 3,000달러가 있었다. 그녀는 더 이상 처녀가 아니었다. 그리고 술을 마시는 법도 익혀 놨다.

학교를 마치고 집에 들어가자 어색한 정적이 베스를 맞이했다. 파란색 홈드레스를 입은 휘틀리 부인이 주방 바닥을 걸레질하고 있었다. 베스는 소파에 앉아 루벤 파인의 엔드 게임 책을 집었다. 베스가 싫어하는 책이었다. 싱크대 옆에 팹스트가 한 캔 있었지만 마시고 싶진 않았다. 앞으로 한동안은 술을 마시지 않는 게 좋을 것 같았다. 충분히 마셨으니까.

휘틀리 부인이 청소를 마친 후 냉장고에 대걸레를 기대어 놓고 거실로 왔다. "왔구나." 부인은 목소리에 감정을 드러내지 않았다.

베스가 그녀를 바라봤다. "잘 지내다 왔어요."

휘틀리 부인은 어떤 태도를 취해야 할지 선뜻 결정하지 못하는 듯했다. 그러다 결국에는 옅은 미소를 지었다. 놀랍게도 여자아이 같은 수줍은 미소였다. "음, 체스가 인생의 전부는 아니니까."

베스는 6월에 고등학교를 졸업했고 휘틀리 부인은 그녀에게 부로바* 손목시계를 선물했다. 시계 케이스 뒤편에 '엄마의 사랑을 가득 담아'라고 적혀 있었다. 베스는 너무 마음에 들었지만 그보다 '레이팅 2243'이라는 체스 연합의 공식 우편을 받아서 더 기뻤다. 학교 파티에서 몇몇 졸업생들이 베스에게 슬쩍 술을 권했으나 거절했고, 과일 펀치나 마시다가 일찍 집으로 돌아갔다. 2주 후 멕시코시티에서 열리는 첫 국제

* 미국 뉴욕에 위치한 시계 제조사. 부로바 시계는 독보적인 정확성으로 세계적인 명성을 자랑한다.

대회에서 경기를 하려면 공부를 해야 했다. 연이어 US 챔피언십이 있을 예정이었고 여름이 끝날 즈음에는 파리의 레미-발롱에 초청되어 파리에서 경기를 치를 계획이었다. 점점 일이 많아지고 있었다.

♖ 8장 ♖

비행기가 국경을 넘은 지 한 시간이 지났다. 베스는 폰 구조 분석에 푹 빠져 계속 책을 들여다봤고 휘틀리 부인은 세르베자 코로나 맥주를 벌써 세 병째 마시고 있었다. "베스," 부인이 입을 열었다. "사실 고백할 게 있는데……."

베스가 마지못해 책을 내려놓았다.

휘틀리 부인은 어딘가 초조해 보였다. "펜팔이 뭔지 아니?"

"누군가와 편지를 교환하는 거잖아요."

"그래 맞아! 고등학교에 다닐 때, 스페인어 선생님이 영어를 배우는 멕시코 남학생들 명단을 주셨어. 그들 중 한 명을 골라서 직접 편지를 썼지." 부인이 수줍은 듯 피식 웃었다. "그의 이름은 마누엘이었어. 오랫동안 편지를 주고받았지. 올스톤과 결혼하고 나서도. 우리는 사진도 교환했단다." 부인이 지갑을 열어 뒤적이다가 꼬깃꼬깃한 스냅 사진을 꺼내 베스에게 건넸다. 의외로 얼굴이 얄팍하고 하얬으며 가느다란 콧수염이 있었다. 휘틀리 부인이 주저하며 말했다. "마누엘이 공항에 마중 나오기로 했어."

베스가 이의를 제기할 이유가 없었다. 멕시코 친구도 생기고 나름 괜찮을 것 같았다. 하지만 부인의 태도 때문에 그러고 싶은 마음이 사라졌다. "전에 만나 본 적 있어요?"

"아니, 전혀." 부인이 몸을 기울여 베스의 팔뚝을 꽉 잡았다. "솔직히 엄청나게 떨려."

베스는 부인이 살짝 취했다는 걸 눈치챘다. "그래서 빨리 멕시코로 가고 싶어 했던 거죠?"

휘틀리 부인이 의자에 등을 기대고 파란색 카디건 소매를 바르게 폈다. "그런 거 같아." 부인이 말했다.

"그렇고말고." 휘틀리 부인이 스페인어로 이야기했다. "게다가 옷도 정말 잘 입고 날 위해 문도 열어 주고 환상적인 저녁 식사도 주문해 줬어." 부인은 팬티스타킹을 열심히 끌어올려 넓적한 엉덩이를 단단하게 덮었다.

두 사람, 휘틀리 부인과 마누엘 코르도바 이 세라노, 이 둘은 분명 잤을 것이다. 베스는 더는 상상하고 싶지 않았다. 부인은 새벽 세 시쯤에 호텔로 돌아왔고 전날은 새벽 두 시 반에 왔다. 그녀가 방을 더듬거리며 옷을 벗고 숨을 몰아쉬는 동안 베스는 자는 척을 하며 고약한 향수와 진 냄새가 마구 뒤엉킨 악취를 맡았다.

"일단 여기는 고도가 높아." 휘틀리 부인이 말했다. "2240미터니까." 그녀는 황동 재질의 작은 화장대 의자에 앉아 몸을 앞으로 숙이고 한쪽 팔꿈치를 올린 채 볼 터치를 바르는 중이었다. "높은 고도 때문에 사람이 아주 들뜨게 되는 거지. 뭐 여기 문화 때문인 것 같기도 해." 그러더니 말을 멈추고 베스에게 몸을 돌렸다. "멕시코에는 청교도 윤리 따위가 전혀 없잖아. 전부 라틴가톨릭이고 다들 현재를 살아가지." 휘틀리 부인은 요새 한참 알란 와츠* 책을 읽고 있었다. "나가기 전에 마르가리타 딱 한 잔만 했으면 좋겠는데. 주문 좀 해 주겠니?"

렉싱턴에 있을 때 휘틀리 부인의 목소리는 마치 어린 시절 내면의 외로움 속에 파묻힌 것처럼 가끔 기운이 없고 아득했지만 여기 멕시코에서는 어느 정도 아득하기는 해도 말투 자체가 과하게 명랑했다. 마치 말로 형용할 수 없는 즐거움을 만끽하는 듯이. 베스는 그게 불편했다. 순간 룸서비스가 멕시코 화폐 단위인 페소로 계산해도 얼마나 비싼지 아냐고 한

* 영국의 철학자로 서양인들을 위해 불교와 도교, 힌두교를 해석하고 대중화한 인물.

소리 하고 싶었지만 참았다. 전화기를 들고 6번을 눌렀다. 직원이 영어로 응답했다. 713호로 마르가리타 한 잔과 코카콜라 큰 거 한 병을 갖다 달라고 했다.

"폴클로리코(멕시코의 전통 춤-옮긴이) 배우러 너도 오렴." 부인이 말했다. "의상을 입어 보는 것만 해도 입장료가 아깝지 않아."

"내일 토너먼트 시작이에요. 엔드 게임 연구해야 해요."

휘틀리 부인이 침대에 걸터앉아 자신의 발을 뿌듯하게 바라보았다. "얘야, 베스." 그리고 꿈꾸듯 말을 이어 갔다. "차라리 네 자신을 연구해 보는 게 어떻겠니? 체스가 전부는 아니야."

"제가 아는 전부예요."

부인이 한숨을 푹 내쉬었다. "내 경험에 의하면 내가 알고 있는 게 늘 중요한 건 아니더구나."

"그럼 뭐가 중요한데요?"

"삶을 사는 것과 성장하는 것." 휘틀리 부인이 단호하게 말했다. "네 삶을 살아 보렴."

'추잡스러운 멕시코 세일즈맨이랑요?'라고 베스는 되묻고 싶었다. 그러나 침묵했다. 그녀는 그 질투심이 싫었다.

"베스," 부인이 굉장히 그럴듯한 목소리로 말을 이었다. "너 예술 궁전은 물론이고 차풀테펙 공원에도 안 가 봤잖니.

거기에 있는 동물원이 정말 멋져. 너는 식사도 이 방에 콕 박혀서 하고 종일 체스 책에만 코를 박고 있잖아. 경기 전에 하루쯤은 긴장을 풀고 체스 이외에 다른 걸 좀 생각해 보는 게 어떠니?"

베스는 그녀를 한 대 치고 싶었다. 그곳에 가면 하루 종일 마누엘과 함께 다니며 끝없이 떠들어 대는 그의 이야기를 들어야 할 것이다. 그는 휘틀리 부인 옆에 바짝 붙어 서서 열렬하게 웃으며 그녀의 어깨와 등을 하염없이 어루만지곤 했다.

"엄마, 내일 열 시에 브라질 챔피언인 옥타비오 마렝코를 상대로 경기를 해야 해요. 심지어 흑으로요. 그러니까 상대가 첫수를 둔다고요. 그 사람은 서른넷인데 벌써 세계적인 그랜드 마스터예요. 제가 지면 이번 여행의 경비가, 이 모험의 경비가 우리 돈에서 나가요. 또 이기면 오후에 마렝코보다 훨씬 더 잘하는 사람과 겨뤄야 할 테고요. 그러니까 엔드 게임을 연구해야죠."

"너는 사람들이 말하는 소위 직관력이 있는 선수 아니니?" 휘틀리 부인은 베스와 체스에 관한 이야기를 나눈 적이 한 번도 없었다.

"네, 그런 소리를 듣긴 하죠. 가끔 수가 그냥 보일 때도 있으니까요."

"내가 보니까, 네가 수를 빨리 둘 때 사람들이 유독 크게 박수를 치더라. 그럴 때면 네가 짓는 특유의 표정이 있지."

베스는 흠칫했다. "엄마 말이 맞는 것 같긴 하네요."

"직관은 책에서 나오지 않아. 네가 마누엘이 싫어서 그런 거잖니."

"마누엘은 괜찮아요. 어차피 저를 보러 오는 게 아니니까요."

"그게 문제가 아니야. 너에게는 휴식이 필요해. 너만큼 타고난 선수는 이 세상에 없어. 체스를 잘 두려면 어떤 능력이 있어야 하는지 나는 전혀 모르지만, 휴식만이 그 능력을 향상할 수 있다는 건 확실해."

베스는 아무 말도 하지 않았다. 지난 며칠간 극도로 짜증이 난 상태였다. 멕시코시티는 물론이고 이 거대한 콘크리트 호텔도, 여기저기 금이 가 있는 타일도, 물이 질질 새는 수도꼭지도 다 싫었다. 호텔 음식도 마음에 들지 않았지만 레스토랑에서 혼자 밥을 먹고 싶지 않았다. 휘틀리 부인은 매일 점심과 저녁을 마누엘과 밖에서 먹었다. 그녀가 원할 때면 언제든 초록색 닷지*를 몰고 달려오는 마누엘과 함께.

"같이 점심 먹을래?" 부인이 물었다. "점심 먹고 데려다줄게. 그때 연구하면 되잖아."

베스가 대답을 하려는데 누가 문을 두드렸다. 휘틀리 부인

* 미국 크라이슬러 산하의 브랜드 닷지에서 생산하는 차.

의 룸서비스, 마르가리타였다. 부인이 생각에 잠긴 채 몇 모금 홀짝이며 창밖의 햇살을 바라보는 동안 베스는 영수증에 서명을 했다. "요즘 몸이 정말 안 좋아." 부인이 눈을 가늘게 뜨고 말했다.

베스가 그녀를 차갑게 바라보았다. 부인의 안색은 창백했고 몸도 많이 불어 있었다. 부인은 한 손으로는 술잔의 대를 잡고 다른 한 손은 두툼한 허리에 올렸다. 베스의 깊은 곳 어딘가에서 왠지 그녀가 안쓰럽다는 생각이 들었고 그러자 마음이 조금 풀렸다. "점심은 안 먹을래요. 대신 동물원에 내려 주세요. 올 때는 택시 타고 올게요."

휘틀리 부인은 베스의 말을 듣지 않는 것 같았다. 잠시 뒤 조금 전 그대로 손에 술잔을 들고 베스에게 몸을 돌리더니 모호하게 웃으며 말했다. "정말 괜찮을 거야."

베스는 갈라파고스 거북을 한참 동안 바라보았다. 덩치 큰 녀석들이 꾸물꾸물 끊임없이 움직였다. 사육사가 축축해 보이는 상추와 과숙 토마토가 뒤섞인 먹이를 우리에 던져 넣자 다섯 마리가 무리를 지어 서로 밀치며 먹이를 우적우적 씹고 짓밟았다. 거북의 발이 코끼리의 발처럼 지저분해졌고 어리석고 순진한 얼굴은 눈앞에 벌어진 광경이나 음식을 넘어 다른 무언가에 집중하고 있었다.

울타리 앞에 서 있는데 노점상이 시원한 맥주가 담긴 카트를 끌고 다가왔다. 베스는 아무 생각 없이 "세르베자 코로나 주세요"라며 5페소를 내밀었다. 노점상은 맥주병 뚜껑을 따고 아즈텍 문명의 독수리 로고가 그려진 종이컵에 맥주를 부었다. "감사합니다." 베스가 말했다. 고등학생 때 이후로 처음 마시는 맥주였다. 뜨거운 멕시코의 태양 아래에서 마시니 맛이 예술이었다. 단숨에 꿀꺽꿀꺽 다 마셔 버렸다. 잠시 후 빨간 꽃들이 원을 이루고 있는 곳 근처에 또 다른 노점상이 보였다. 맥주를 한 병 더 샀다. 그러면 안 된다는 걸 그녀도 알고 있었다. 내일은 토너먼트가 시작되는 날이었으니까. 독한 술은 필요하지 않았다. 신경안정제도 필요 없었다. 벌써 몇 달째 초록색 약을 먹지 않았지만 맥주는 마셨다. 오후 세 시였고 태양이 뜨겁게 내리쬐었다. 동물원에는 여자들이 정말 많았는데 대부분 어두운색 레보소*에 검은 눈동자를 가진 작은 아이들을 들쳐 메고 있었다. 몇몇 남자들이 베스에게 의미심장한 눈빛을 보냈지만 전부 무시했다. 그랬더니 아무도 그녀에게 말을 걸려 하지 않았다. 멕시코 사람들은 자유분방하고 흥이 많다는 말과 다르게 그곳은 꽤 조용했다. 동물원 관람객이 아니라 미술관 관람객 같았다. 온 사방이

---

* 스페인이나 멕시코, 과테말라 등 중남미 지역의 여자들이 착용하는 긴 스카프 또는 숄.

꽃이었다.

베스는 맥주를 다 마시고 한 병을 더 사서 계속 걸었다. 기분이 점점 고조되었다. 나무와 꽃 들을 지나 숙면 중인 침팬지들을 구경했다. 모퉁이 주변에서 고릴라 가족과 눈이 마주쳤다. 우리 안에 몸집이 거대한 수컷과 새끼 고릴라가 시커먼 몸통을 바에 기댄 채 서로 머리를 맞대고 잠들어 있었다. 우리 가운데에는 암컷이 사색에 잠긴 듯 커다란 트럭 타이어에 등을 기대고 앉아 한곳을 노려보며 손끝을 뜯어 먹고 있었다. 우리 밖의 아스팔트 바닥 위에서 엄마, 아빠, 아이로 이루어진 가족이 고릴라 가족을 주의 깊게 구경하고 있었다. 멕시코 사람이 아니었다. 가족 중 아빠로 보이는 그 남자가 베스의 시선을 사로잡았다. 그리고 그가 누군지 바로 알아챘다.

키가 작고 육중한, 고릴라와 별반 다를 바 없는 그는 눈 위의 뼈가 툭 튀어나와 있고 눈썹이 짙으며 어두운색 머리칼이 거칠고 표정도 무뚝뚝했다. 베스는 긴장하여 맥주가 담긴 종이컵을 꽉 움켜쥐었다. 얼굴이 확 달아올랐다. 그 남자는 바실리 보르고프, 세계적인 체스 챔피언이었다. 그 단호한 러시아인의 얼굴과 권위적인 눈빛을 못 알아볼 리가 없었다. 《체스 리뷰》 표지에서 여러 번 본 적이 있는데, 한 번은 서 옷과 똑같은 검은색 정장에 눈에 띄는 초록과 금색 넥타이를 매고 있었다.

베스는 꼬박 일 분을 뚫어지게 쳐다봤다. 이번 토너먼트에 보르고프가 출전하는지 몰랐다. 시합을 할 체스판 번호를 미리 우편으로 받았는데 그녀는 9번 체스판에 배정되어 있었다. 보르고프는 1번 체스판일 터였다. 갑자기 목덜미에 한기가 서렸다. 고개를 숙여 손에 들린 맥주를 바라봤다. 앞으로 토너먼트가 끝날 때까지 맥주를 마시지 않을 거니까 이게 마지막이라고 스스로 다짐하며 종이컵을 입에 대고 전부 들이켰다. 그 러시아 남자를 다시 돌아본 순간 두려움이 엄습했다. 그가 나를 알아봤을까? 그는 그녀가 맥주 마시는 걸 분명 보지 못했을 것이다. 그는 고릴라가 폰을 움직이기를 기다리는 것처럼 우리 안만 보고 있었으니까. 반면 고릴라는 구경꾼들을 전부 무시하고 자기만의 생각에 잠겼다. 베스는 고릴라가 부러웠다.

그날은 더 이상 맥주를 마시지 않고 일찍 잠자리에 들었다. 그러나 한밤중 휘틀리 부인이 도착하는 소리에 잠에서 깼다. 부인은 어둑어둑한 방에서 옷을 벗으며 재차 콜록콜록댔다. "불 켜고 하세요." 베스가 말했다. "저 깼어요."

"미안." 휘틀리 부인이 기침 때문에 숨을 헐떡였다. "아무래도 또 바이러스가 들어왔나 봐." 그러고는 화장실 불을 켜고 문을 살짝 닫았다. 베스는 탁자에 놓인 조그마한 일본식 시계를 바라보았다. 4시 10분이었다. 바스락, 옷 갈아입는 소리.

억눌린 기침 소리……. 정말 짜증 났다. 첫 대국은 여섯 시간 후에 열릴 예정이었다. 화가 난 그녀는 신경을 곤두세운 채 침대에 누워 휘틀리 부인이 조용해지기를 기다렸다.

마렝코는 피부가 까무잡잡하고 키가 작았으며 카나리아처럼 샛노란 셔츠를 입고 있었다. 그도 영어를 거의 하지 못했고 베스도 포르투갈어를 하지 못했기에 두 사람은 대국 시작 전에 대화를 나눌 수 없었다. 어차피 말할 기분이 아니기는 했다. 눈이 따끔거리고 온몸이 찌뿌둥했다. 멕시코행 비행기에서 내린 후부터 기분이 별로 좋지 않았다. 마치 한 번도 걸려 본 적 없는 질병에 걸릴 것처럼 전날 밤에 한숨도 못 잤다. 휘틀리 부인이 수면 중에도 끊임없이 기침을 하고 웅얼거리며 쉰 목소리를 내는 동안 베스는 전부 모른 체하며 긴장을 풀고 잠이 들기 위해 무진 애를 썼다. 하필 초록색 약도 없었다. 세 알 남긴 했지만 켄터키에 있었다. 여덟 살, 메듀엔 보육원 복도 문 옆에서 잠들고자 애썼던 때처럼, 베스는 팔을 곧게 뻗어 몸에 꼭 붙이고 똑바로 누웠다. 지금은 멕시코 호텔의 연회장에, 체스판들이 쫙 깔린 긴 테이블 앞 원목 의자에 앉아 있었다. 짜증이 나고 살짝 어지러웠다. 마렝코가 폰을 킹열 4행으로 보냈다. 베스의 시계가 움직였다. 그녀는 어깨를 들썩이고 퀸 측 비숍 폰을 네 번째 칸으로 올렸다. 경기를 시작하기 전까지 그녀를 안정감 있게 잡아 준 전형적인 시실리안 전략을 굳게 믿으면서. 마렝코가 체스의 정설을 받아들이며 킹 측 나이트를 움직였다. 베스는 퀸의 폰을 네 번째 칸으로 보냈다. 그가 폰을 교환했다. 그녀는 지친 몸에 매달린 정신을 잡아 눈앞에 펼쳐진 광경으로 옮기며 안정을 되찾아 갔다.

열한 시 삼십 분에 그녀는 폰 두 개로 그를 제압했고 열두 시가 지나자마자 그는 기권했다. 두 사람은 엔드 게임 근처에도 가지 않았다. 마렝코가 자리에서 일어나 손을 내밀었을 때, 체스판에는 잡히지 않은 기물이 허다했다.

메인 연회장 복도 건너편에 상위권 체스판 세 개를 위한 방이 따로 마련되었다. 베스는 그날 아침 경기에 오 분 늦는 바람에 복도를 내달리며 잠시 흘끗했을 뿐, 방 안을 들여다보지는 못했다. 그런 그녀가 이제 카펫이 깔린 연회장을 가로질러 그 방으로 걸음을 옮겼다. 연회장에는 필리핀과 서독, 아이슬란드, 노르웨이, 칠레 출신 선수들이 체스판에 몸을 기울인 채 줄지어 앉아 있었고, 거의 젊은 남자들뿐이었다. 여자 선수도 두 명 있었는데, 22번 체스판에 있는 여자는 멕시코 정부 관계자의 조카였고 다른 한 명은 부에노스아이레스에서 온 열정 넘치는 젊은 주부였다. 그 주부는 17번 체스판에서 경기를 했다. 베스는 굳이 발걸음을 멈춰서 그들의 포지션을 보려 하지 않았다.

몇몇 사람들이 상위권 대국이 열리는 작은 방 밖의 복도에 서 있었다. 베스는 그들을 지나 출입문으로 들어가서 저 앞에 있는 1번 체스판을 보았다. 체스판 앞에는 그때와 같은 짙은 색 정장을 입은, 그때처럼 엄숙하고 날카로운 눈빛을 쏘고 있는 바실리 보르고프가 냉담한 얼굴로 앉아 있었다. 베스와 보르고프 사이로 구경꾼들이 정중히 침묵을 지키고 서 있고 선수의 자리는 약간 높이가 있는 나무로 된 단상 위에 마련되었다. 그래서 보르고프가 잘 보였다. 그의 뒤쪽 벽에는 마분지로 된 기물이 전시용 체스판에 붙어 있었는데 마침 베스가 들어왔을 때 멕시코 선수가 백 나이트 하나를 움직여 새로운 포지션을 구성했다. 그녀는 잠시 그 체스판을 연구했다. 매우 빡빡한 경기였지만 보르고프가 우세해 보였다.

베스는 보르고프를 쳐다봤다가 재빨리 고개를 돌렸다. 경기에 집중하고 있는 그의 얼굴은 놀라울 정도로 흔들림이 없었다. 그곳을 빠져나와 복도를 천천히 걸었다.

휘틀리 부인은 침대에 누워 있기만 할 뿐 자지는 않았다. 그녀가 이불을 턱까지 끌어 올리고 눈을 깜빡이며 베스를 바라보았다. "왔니?"

"점심을 먹으면 어떨까 싶어요. 내일까지는 경기가 없어요."

“벌써 점심이라니…… 세상에. 경기는 어떻게 됐어?”

“상대가 서른한 번째 수를 두고 기권했어요.”

“정말 대단해.” 휘틀리 부인이 조심스레 침대에서 몸을 일으켜 앉았다. “몸이 좀 안 좋긴 한데 배 속에 뭐라도 넣어야 할 것 같구나. 어제저녁에 마누엘하고 카브리토*를 먹었거든. 그것 때문에 이런 모양이야.” 부인의 안색이 매우 창백했다. 그녀가 천천히 침대 밖으로 나와 화장실로 터덜터덜 걸어갔다. “샌드위치나 덜 자극적인 타코 정도밖에 못 먹겠어.”

이번 토너먼트는 다른 어느 때보다 경쟁이 더 심했고, 그 경쟁은 지속적이며 전문적이었다. 그러나 베스에게는 큰 영향을 미치지 않았다. 일단 밤잠을 설치고도 첫 경기를 이긴 걸 보면 알 수 있었다. 모든 게 순조롭게 흘러갔고 경기는 스페인어와 영어로 중계되었다. 관중들은 전부 숨죽이고 있었다. 다음 날 오스트리아 출신의 디드리히를 상대로 퀸스 갬빗 디클라인드**를 했다. 디드리히는 반소매를 입은, 얼굴이 하얗고 미적 감각이 돋보이는 젊은 남자였다. 그녀는 게임 중반 체스판의 중앙에서 가차 없는 압박을 가하며 그를 기권하게 만들고 경기 내내 거의 폰으로만 게임을 이끌면서 중앙

---

* 태어난 지 약 3개월 된 새끼 염소를 통째로 꼬챙이에 끼워 아주 천천히 굽는 멕시코의 바비큐 요리.

** 백이 폰 하나를 희생하려는 퀸스 갬빗 전략을 흑이 거절하는 것이다.

을 장악했다. 계란이 부서지는 것처럼 그의 포지션을 깨부쉈을 때는 손끝에서 흘러나오는 정교함에 그녀도 움찔했다. 디드리히는 블런더도 없었고 실수라고 할 만한 수도 없었지만 베스가 워낙 정확하게 수를 두고 자로 잰 듯 제어했기 때문에 그의 포지션은 스물세 번째 수에서 희망을 잃고 말았다.

휘틀리 부인이 마누엘과 함께하는 저녁 식사 자리에 베스를 초대했다. 그러나 베스는 응하지 않았다. 저녁 일곱 시에 쇼핑을 마치고 돌아왔을 때 그녀는 휘틀리 부인이 당연히 방에 없을 거라 생각했다. 보통 멕시코에서는 밤 열 시에 저녁을 먹긴 하지만 그래도 부인이 있을 줄은 정말 몰랐다.

부인은 외출복을 입은 채 베개에 머리를 받치고 침대에 비스듬히 누워 있었다. 침대 옆 탁자에 절반 정도 남은 술이 놓여 있었다. 휘틀리 부인은 사십 대 중반이지만 핼쑥한 얼굴과 이마에 잡힌 주름 때문에 훨씬 나이 들어 보였다. "왔니, 얘야." 부인의 목소리가 희미했다.

"어디 아프세요?"

"몸이 좀 안 좋아."

"의사 부를까요?"

부인이 다시 입을 열기 전까지 의사라는 단어가 두 사람 사이에 둥둥 떠 있는 것 같았다. "심각한 거 아니야. 그냥 쉬면 돼."

베스는 고개를 끄덕이고 욕실로 가 샤워를 했다. 휘틀리 부인의 모습과 행동이 신경 쓰였다. 다 씻고 밖으로 나갔더니 부인이 침대 밖으로 나와 이불을 정리하고 있었다. 꽤 생기 있어 보였다. 부인이 씁쓸하게 웃었다. "마누엘은 이제 안 와."

베스가 어리둥절해하며 그녀를 바라보았다.

"오악사카에 일이 있대."

베스는 잠시 멈칫했다. "얼마 동안요?"

휘틀리 부인이 한숨을 내쉬었다. "우리가 떠나기 전엔 안 와."

"오, 이런. 안됐네요."

"뭐, 오악사카에 가 보진 않았지만 덴버와 비슷하겠지."

베스는 그녀를 빤히 바라보다가 웃었다. "오늘 저녁은 같이 먹을 수 있겠네요. 엄마가 잘 아는 곳으로 같이 가요."

"물론이지." 휘틀리 부인은 그렇게 대답하고는 슬픈 미소를 지었다. "그래도 그동안 즐거웠어. 유머 감각이 정말 좋은 사람이었거든."

"잘됐네요. 휘틀리 씨는 그렇게 재밌는 사람이 아니었잖아요."

"세상에. 올스톤처럼 재미라는 걸 눈곱만큼도 모르는 사람은 없을 거야. 엘리너 루스벨트*만 빼고 말이야."

---

* 미국의 32대 대통령인 루스벨트의 부인.

이번 토너먼트는 모든 선수가 하루에 한 게임만 치르고 엿새간 진행될 예정이었다. 베스는 처음 두 경기를 굉장히 쉽게 치렀지만 세 번째 게임에서는 충격을 받았다.

오 분 일찍 도착해서 자리에 앉아 있을 때 상대 선수가 경기장으로 들어왔고, 그의 모습이 무척 뜻밖이었다. 그는 열두 살 정도밖에 안 돼 보였다. 연회장 주변에서 그가 대국을 두는 걸 본 적이 있었지만 별 관심을 두지 않고 그냥 지나갔다. 이렇게 어릴 거라고는 생각지도 못했다. 그는 곱슬곱슬한 까만 머리에 클래식한 하얀 셔츠를 입고 있었다. 얼마나 세심하게 다림질을 했는지 빳빳하게 주름 잡힌 소매가 그의 가느다란 팔을 감싸고 있었다. 기분이 이상하면서 불편했다. 체스 신동은 자기인데 이 남자애가 빼앗은 것 같았다. 그리고 그는 재수 없게 진지해 보였다.

베스가 손을 내밀었다. "베스 하먼이라고 해."

그가 자리에서 일어나 묵례를 하고 그녀의 손을 꽉 잡아 한 번만 흔들었다. "조르지 페트로비치 기레브입니다." 그가 말했다. 그러고는 수줍게, 조심스레 미소 지었다. "영광입니다."

베스의 얼굴이 붉어졌다. "고마워." 둘은 자리에 앉았고 그가 시계 버튼을 눌렀다. 그녀는 폰을 퀸열 4행으로 보냈다. 불안에 떠는 이 아이를 상대로 첫수를 두게 되어 기뻤다.

경기는 퀸스 갬빗 어셉티드*로 진행되었다. 그는 비숍의 폰을 행마했고 두 사람은 기물을 중앙으로 전진시켰다. 그러나 미들 게임에 접어들자 경기는 그 어느 때보다 더 복잡해졌고 베스는 그가 굉장히 정교하게 방어한다는 걸 알아챘다. 그는 빠르게, 아니 미친 듯이 빠르게 수를 두었다. 자신이 다음에 어떤 수를 둘지 정확히 파악하고 있는 듯했다. 베스가 몇 번이고 압박을 가해도 흐트러지지 않았다. 한 시간이 지나고 또 한 시간이 지나 서른 번째 수에 다다랐다. 그런데도 체스판엔 기물이 빽빽했다. 그녀는 그가 수를 두는 모습을 물끄러미 바라봤다. 가느다랗고 짧은 팔이 우스꽝스러운 셔츠 밖으로 튀어나와 있었다. 저 아이가 싫었다. 로봇 같았다. '재수 없는 새끼'라고 속으로 생각했다. 베스가 어린 시절 어른들과 시합을 두었을 때 그들도 어린 자신을 그렇게 욕했을 거란 생각이 퍼뜩 들었다.

오후가 되자 대부분의 경기가 끝났다. 두 사람은 서른네 번째 수를 둘 차례였다. 베스는 빨리 경기를 끝내 버리고 휘틀리 부인에게 가고 싶었다. 부인이 걱정되었다. 지칠 줄 모르고 빠르게 체스를 두는 밝은 갈색 눈의 소년을 상대하고 있으니 너무 지쳐서 폭삭 늙어 버린 기분이었다. 자칫 작은

* 백이 오프닝으로 퀸스 갬빗 전략을 쓰는 걸 흑이 받아들이는 것이다.

실수라도 했다가는 그가 목에 칼을 겨눌 터였다. 시계를 보았다. 이십오 분이 남았다. 깃발이 떨어지기 전에 속도를 내서 마흔 번째 수를 두어야 했다. 시계를 보지 않았더라면 그가 그녀를 시간의 압박 속으로 밀어 넣었을 것이다. 이런 건 그녀가 다른 사람들에게 하던 짓이었다. 베스는 불안했다. 지금껏 한 번도 시간에 쫓긴 적이 없었다.

그 뒤 몇 수를 더 두고 나서 베스는 중앙에서 교환을 해야 하나 고민했다. 나이트와 비숍을 서로 교환하고 조금 더 있다가 룩을 교환할까 생각했다. 단순히 보면 괜찮은 수 같았지만 문제는 까딱하면 엔드 게임으로 들어갈 수도 있다는 거였다. 엔드 게임은 최대한 피하고 싶었다. 그가 그녀보다 사십오 분이나 더 있는 걸 확인하고 나니 불안감이 파도처럼 일었다. 꽉 막힌 정체를 뚫어야만 했다. 베스는 나이트를 들고 그의 킹 측 비숍을 먹었다. 그는 그녀를 쳐다보지도 않고 곧장 응수했다. 그가 베스의 퀸을 잡았다. 둘은 미리 결정해놓은 것처럼 계속 수를 두었고 교환을 다 하고 나니 체스판 군데군데가 뻥 뚫렸다. 두 선수는 각각 룩과 나이트, 폰 네 개와 킹을 가지고 있었다. 베스가 맨 아래 줄에서 킹을 빼내자 그도 그렇게 했다. 이번 단계에서는 공격자 역할을 맡은 킹의 힘이 확연히 두드러졌다. 더는 숨어 있을 필요가 없었다. 이제 남은 건 폰 하나를 8행으로 보내 승진시키는 것뿐이었다. 둘은 결국 엔드 게임에 진입했다.

베스가 숨을 몰아쉬며 머리를 맑게 하려 고개를 흔들었다. 그리고 포지션에 집중하기 시작했다. 계획적으로 움직이는 게 중요했다.

"어드전* 하는 게 어때요?" 기레브였다. 속삭임에 가까웠다. 베스는 핼쑥하고 진지한 그의 얼굴을 봤다가 다시 시계로 고개를 돌렸다. 둘의 깃발이 모두 떨어져 있었다. 이런 적은 처음이었다. 도무지 믿을 수가 없어서 바보처럼 가만히 앉아만 있었다. "다음 수를 봉인하시죠." 기레브가 제안했다. 갑자기 그가 초조해 보였다. 기레브는 토너먼트 감독에게 손짓을 했다.

감독 한 명이 사뿐사뿐 다가왔다. 두꺼운 안경을 쓴 중년의 남자였다. "하먼 씨의 다음 수를 봉해 주세요." 기레브가 말했다.

감독이 시계를 바라봤다. "봉투를 가지고 오겠습니다."

베스는 체스판을 다시 쳐다봤다. 다음에 둘 수가 아주 분명했다. 이미 결정한 대로 룩의 폰을 전진해서 4행에 놓아야 했다. 감독이 봉투를 내밀고 조심스럽게 몇 발짝 뒤로 물러났다. 기레브가 자리에서 일어나 공손하게 돌아섰다. 베스는

* 체스 경기가 너무 길어져 잠시 경기를 중단하고 다른 시간에 다시 하는 것이다.

기록표에 'P-QR4(폰을 퀸 측 룩열 4행으로)'라고 적고 반으로 접어 봉투에 집어넣은 다음 감독에게 건넸다.

뻣뻣해진 몸으로 자리에서 일어나 주변을 둘러보았다. 선수들 네댓 명이, 몇몇은 앉아서 나머지는 서서 각자의 체스판에서 포지션을 보고 있었다. 진행 중인 경기는 하나도 없었다. 어떤 이들은 체스판 위로 머리를 맞대고 끝난 게임을 분석하는 중이었다.

기레브가 테이블로 다시 왔다. 굉장히 심각한 표정으로.
"뭐 물어봐도 될까요?"

"어."

"제가 듣기로는 미국에서는 차 안에서 영화를 본다던데. 진짜예요?"

"드라이브 인? 드라이브 인 극장 말하는 거니?"

"네. 엘비스 프레슬리 영화를 차에서 볼 수 있다면서요. 데비 레이놀즈랑 엘리자베스 테일러 영화도요. 그게 가능해요?"

"그럼, 물론이지."

기레브가 베스를 바라보았다. 별안간 그의 심각한 표정이 부서지더니 환한 미소로 바뀌었다. "우와, 최고예요. 진짜." 그가 말했다.

휘틀리 부인은 밤새 곤히 잠을 잤고 베스가 일어났을 때도 아직 자고 있었다. 베스는 기분이 상쾌하고 정신이 맑았다. 어제는 기레브와의 경기에서 어드전 했던 걸 걱정하며 겨우 잠이 들었지만 아침이 밝으니 괜찮아졌다. 폰의 움직임은 충분히 강했다. 베스는 맨발로 소파에서 내려와 지난밤 잠을 잤던 침대로, 휘틀리 부인이 누워 있는 그 침대로 가서 손으로 그녀의 이마를 짚어 봤다. 차가웠다. 베스는 그녀의 볼에 가볍게 입을 맞추고 욕실로 가서 샤워를 했다. 아침을 먹으러 나갈 때까지도 휘틀리 부인은 계속 자고 있었다.

아침 경기는 이십 대 초반의 멕시코 남자와 치렀다. 베스가 흑을 맡았고 시실리안으로 경기를 이어 나갔으며 열아홉 번째 수에서 그의 허를 찌르고 점차 약화시켰다. 베스는 정신이 아주 맑았기 때문에 계속 공격을 몰아치면서 상대의 혼을 쏙 빼놓았고 그는 간신히 응수만 했다. 결국 그녀는 폰 두 개를 교환하는 대가로 비숍을 잡았고 흑 킹의 앞을 열어 나이트로 체크했다. 베스가 퀸을 전진시키자 그가 자리에서 일어나 냉담하게 웃으며 말했다. "됐어요. 이제 됐어요." 그가 머리를 세차게 흔들었다. "기권할게요."

그 순간 베스는 미치도록 경기를 마무리 짓고 싶었다. 체스판을 가로질러서 그의 킹을 체크메이트하고 싶었다. "정말…… 대단한 경기였어요." 그가 말했다. "사람을 무력하게 만드시네요." 그가 살짝 고개를 숙이고는 몸을 틀어 테이블을 떠났다.

그날 오후, 기레브와의 경기를 하면서 베스는 어느새 자신의 수가 놀랍도록 빠르고 강력해졌다는 걸 느꼈다. 기레브는 하늘색 셔츠를 입었는데 셔츠 밖으로 나온 가느다란 팔이 연 날개처럼 축 늘어져 있었다. 토너먼트 감독이 봉투를 열어 전날 봉해 놓은 폰의 수를 확인하는 동안 체스판 앞에 있던 베스는 조바심이 났다. 초조함에 자리를 박차고 일어나 사람이 거의 없는 연회장을 서성이며 기레브의 응수를 기다렸다. 연회장에는 또 다른 어드전 경기 두 개가 진행되는 중이었고 마무리 단계에 진입해 있었다. 베스는 몇 번이고 그가 있는 쪽으로 몸을 틀어 구부정하게 앉은 채 작은 주먹으로 희멀건 볼을 짓누르는 모습과 불빛 아래에서 빛을 발하는 듯한 하늘색 셔츠를 보았다. 그녀는 그가 싫었다. 그의 진지함과 젊음이 싫었다. 그를 박살 내고 싶었다.

연회장의 중간쯤에서 시계 버튼이 딸깍거리는 소리가 들렸다. 서둘러 테이블로 돌아가서 자리에 앉지도 않고 선 채로 포지션을 지그시 바라보았다. 예상대로 그는 룩을 퀸 측 비숍열에 놓았다. 그에 대한 대비책은 이미 준비해 놓았다. 폰을 다시 올리고 뒤로 돌아 연회장 한가운데로 갔다. 어느 테이블에 물병과 종이컵이 몇 개 올려져 있었다. 컵에 물을 따랐다. 그런데 자기도 모르게 손이 덜덜 떨려 깜짝 놀랐다. 다시 체스판으로 돌아갔을 때쯤 기레브가 수를 두었고 베스는 곧바로 응수했다. 킹의 방어에 폰을 버리면서까지 룩을 이용하는 대신에 킹을 전진시켰다. 몇 년 전 신시내티에서 만난 해적같이 생긴 남자가 그랬던 것처럼 손끝으로 기물을 가볍게 들어 올려 킹을 퀸열 4행에 내려놓고 다시 뒤로 돌아 앞으로 걸어갔다.

베스는 한 번도 앉지 않고 계속 그렇게 경기를 했다. 그리고 사십오 분 만에 그를 제압했다. 정말 간단했다. 솔직히 너무 쉬웠다. 제때 룩을 교환하면 그것이 신의 한 수가 될 것이었다. 그 교환으로 인해 그의 킹은 다시 위험한 칸으로 가게 될 거고, 그녀의 폰은 무조건 퀸으로 승진할 터였다. 그러나 그는 그걸 기다리지 않고 룩의 체크와 그 뒤에 이어지는 교환 이후에 곧바로 기권했다. 뭔가 할 말이 있는 듯 그가 그녀에게 한 발짝 다가섰다. 하지만 그 자리에 멈춰서 그녀의 얼굴만 바라보았다. 그 순간 베스는 불과 몇 년 전에 어린아이였던 자신의 모습과 당시 체스에서 졌을 때 몹시 고통스러웠던 감정이 떠올랐고, 이내 마음이 한결 부드러워졌다.

베스가 손을 내밀자 그가 악수를 하며 웃었다. "나도 드라이브 인에 가 본 적 없어."

그가 고개를 저었다. "수를 그렇게 두는 게 아니었어요. 룩

말이에요."

"그래." 그녀가 말했다. 그리고 "체스를 처음 둔 게 몇 살 때니?"라고 물었다.

"네 살이요. 일곱 살에 지역 챔피언이 되었어요. 언젠가 세계 챔피언이 되고 싶어요."

"언제?"

"삼 년 안에요."

"삼 년 후면 열여섯이네."

그가 세차게 고개를 끄덕였다.

"우승하면, 뭘 할 건데?"

그는 당황한 듯했다. "무슨 말씀인지?"

"네가 열여섯에 세계 챔피언이 되면, 남은 인생 동안 뭘 하고 싶냐고."

여전히 어리둥절한 얼굴이었다. "무슨 뜻인지 모르겠어요."

휘틀리 부인은 일찍 잠들었고 다음 날 아침엔 얼굴이 좀 나아 보였다. 그녀는 베스보다 먼저 일어났고 두 사람은 아침 식사를 하러 카마라 데 토레로스로 내려갔다. 휘틀리 부인은 스페인 오믈렛과 커피 두 잔을 시켜서 전부 다 먹었다. 베스는 안심했다.

접수처 옆 게시판에 선수 명단이 있었다. 지난 며칠간 선수 명단을 보지 않았다. 연회장 안으로 들어가려는데 마침 경기 시작까지 십 분 정도 남았길래 그 자리에 서서 점수를 확인했다. 레이팅 순서대로 이름이 적혀 있었고 보르고프가 2715로 맨 위에 자리했다. 하먼은 2370으로 열일곱 번째였다. 이름 옆에 그려진 네모 칸에 모든 라운드의 스코어가 기재되어 있었다. 0은 패, 1/2은 무승부, 1은 승을 의미했다. 전체적으로 1/2이 굉장히 많았다. 딱 세 사람의 이름 옆에만 1이 쭉 나열되어 있었다. 보르고프와 하먼이 그 셋 중 둘이었다.

오른쪽으로 몇 발짝 떨어진 곳에 대국 상대가 적힌 게시물이 있었다. 맨 위에는 '보르고프 - 란트', 그 아래는 '하먼 - 솔로몬'이었다. 베스와 보르고프, 두 사람 모두 오늘 경기를 이기면 내일 있을 결승을 각자 따로 치를 필요가 없었다. 그녀는 그와 대국을 하고 싶은 건지 아닌지 확신이 서지 않았다. 기레브와의 대국에서도 불안감을 감추지 못했었고, 휘틀리 부인의 안색이 분명 나아지긴 했지만 왠지 모르게 걱정이 되기도 했다. 부인의 새하얀 피부와 불그스레한 볼, 억지로 짓는 미소가 마음에 걸렸다. 선수들이 각자의 체스판을 찾아가 시계를 세팅하고 시합 준비를 하는 소리가 웅성웅성 들렸다. 불안감을 떨쳐 내고 4번 체스판을 찾아가 솔로몬을 기다렸다. 1번 체스판은 다른 경기가 열리는 곳보다 자그마한 방

안에 있었다.

솔로몬은 결코 쉬운 상대가 아니었고, 그를 기권시키는 데 네 시간이나 걸렸다. 베스는 시합 내내 단 1점도 잃지 않았다. 백을 맡은 선수는 딱 오프닝에서만, 그것도 아주 약간만 유리할 뿐이었다. 솔로몬은 아무 말도 하지 않았지만, 베스는 경기가 끝난 후 그가 발을 쿵쿵 구르며 걷는 모습을 보고 여자한테 져서 몹시 분노했다는 걸 느낄 수 있었다. 전에도 자주 있었던 일이었다. 보통 베스는 상대의 그런 행동에 화가 치밀었으나 지금은 상관없었다. 그것 말고도 신경 쓸 게 너무도 많았으니까.

솔로몬이 자리를 뜨고 나서 베스는 보르고프가 대국을 뒀던, 이곳보다 조금 작은 방 안을 들여다봤다. 그러나 아무도 없었다. 승자의 포지션, 즉 보르고프의 포지션이 아직도 벽에 걸린 커다란 체스판에 전시되어 있었고 그 체스판은 베스가 솔로몬을 이긴 것만큼이나 무자비했다.

베스는 연회장에서 게시판을 바라보았다. 내일 경기의 대국 상대가 벌써 게시됐다. 놀라운 일이었다. 가까이 다가가 자세히 보았다. 심장이 쪼그라들었다. 맨 위 줄에 있는 결승 경기에 검은색 글씨로 '보르고프 - 하먼'이라고 적혀 있었다. 숨을 참고 눈을 끔뻑이며 읽고 또 읽었다.

베스는 멕시코시티에 올 때 책을 세 권 들고 왔다. 그녀와 휘틀리 부인은 방에서 저녁을 먹었고 식사를 마친 후에 베스는 《그랜드 마스터 경기들》을 집어 들었다. 그 책 속에 보르고프의 경기가 다섯 개 실려 있었다. 책을 펼쳐서 그의 첫 번째 경기를 보며 체스판과 기물을 가지고 처음부터 끝까지 직접 게임을 하며 검토했다. 원래는 그렇게 하는 경우가 거의 없고 그녀의 능력에 의존하여 머릿속으로 게임을 상상하며 연구했다. 그런데 보르고프의 경기는 바로 눈앞에서, 가능한 뚜렷하게 보고 싶었다. 그녀가 그의 약점을 찾아가며 체스를 두는 동안 휘틀리 부인은 침대에 누워 책을 읽었다. 그의 약점을 찾을 수가 없었다. 가능성이 무한한 듯 보이는 포지션에서 다시 체스를 두며 하나하나 점검했다. 여러 가지 콤비네이션이 머릿속에서 튀어나왔다. 인생의 모든 것에 관심을 꺼버리고 체스판을 뚫어지게 노려보았다. 가끔씩 휘틀리 부인이 내는 소리와 방 안 공기의 긴장감만이 잠시나마 그 순간에서 벗어나게 했다. 그럴 때면 근육의 수축으로 인한 고통과 뱃속을 찌르는 두려움이 깃든 가느다란 칼날을 느끼며 멍하니 주변을 응시했다.

끝이 보이지 않는 체스에 정신이 아찔할 뿐만 아니라 두렵기까지 한 이런 기분은 지난 몇 년간 서너 번 찾아왔었다. 자정 즈음 휘틀리 부인은 옆에 책을 두고 조용히 잠들었다. 베스는 켄터키 퍼셀 백화점에서 산 체스판을 앞에 두고서 몇 시간째 초록색 팔걸이의자에 앉아 부인의 잔잔한 코골이도 듣지 않고 콧구멍으로 스며드는 멕시코 호텔의 이상한 냄새도 맡지 않으며 어쩐지 벼랑 끝에 매달린 것만 같은 기분을 느끼고 있었다. 이 우아하고 치명적인 게임에 적합한 괴상한 정신 상태만이 지탱할 수 있는 깊은 수렁에서 아슬아슬하게 균형을 잡고 있었다. 체스판, 그곳은 온 천지에 위험이 만연했다. 사람이 쉴 수도 없게끔.

베스는 새벽 네 시가 넘도록 잠들지 못했고 물에 빠져 죽는 꿈을 꾸었다.

연회장에 서너 명이 모여 있었다. 베스는 정장 차림에 넥타이를 맨 마렝코를 알아봤다. 그가 그녀에게 손짓했고 그녀는 간신히 미소를 지어 보냈다. 그녀에게 졌던 선수를 보는 것마저도 섬뜩했다. 초조했다. 얼마나 조마조마한지 그녀도 알았다. 그런데 어떻게 해야 좋을지는 도무지 알 수가 없었다.

아침 일곱 시에 샤워를 했다. 그러나 샤워를 해도 잠과 함께 깨어난 긴장감은 수그러들지 않았다. 손님이 거의 없는 커피숍에서 모닝커피를 겨우 다 마신 다음 세수를 하고 자기 자신에게 집중하려 신중히 노력했다. 연회장 레드 카펫을 걸어가다가 또다시 여자 화장실로 향했다. 또 세수를 했다. 종이 타월로 조심스럽게 물기를 닦고 머리를 빗고 커다란 거울

속 자신을 가만히 바라보았다. 모든 움직임이 억압되어 있었고 믿을 수 없을 정도로 쇠약해 보였다. 값비싼 블라우스와 치마가 어딘가 어색해서 어울리지 않았다. 두려움은 치통만큼이나 날카로웠다.

복도를 따라 걷다가 그를 보았다. 그는 처음 보는 남자 둘과 꼿꼿하게 서 있었다. 그들은 전부 어두운색 정장 차림이었고 서로 머리를 맞대고 비밀스럽게 속닥거렸다. 베스는 눈을 아래로 깔고 그들을 지나 경기가 열리는 방으로 들어갔다. 남자 몇몇이 카메라를 들고 기다리고 있었다. 기자들이었다. 1번 체스판의 흑 기물 앞에 미끄러지듯 살포시 앉았다. 잠시 체스판을 노려보다가 "삼 분 후 경기가 시작됩니다"라는 토너먼트 감독의 목소리를 듣고 고개를 들었다.

보르고프가 경기장 안으로 들어와 베스 쪽으로 다가왔다. 그의 정장은 그와 잘 어울렸다. 바짓단이 반들반들한 검은 구두 위에 가지런히 닿아 있었다. 베스가 체스판으로 시선을 돌렸다. 당황스럽고 불편한 기분이 들었다. 보르고프가 자리에 앉았다. 감독의 목소리가 적당한 거리에 떨어져 있는 것처럼 희미하게 들렸다. "상대의 시계를 작동시키세요." 베스는 손을 뻗어 버튼을 누르고 고개를 들었다. 그는 흔들림 없는 자세로 앉아 음침한 기운을 발산하며 체스판에 시선을 박았다. 그가 짤막한 손가락을 뻗어 킹의 폰을 들고 4행에 놓는 모습을 보면서 베스는 마치 꿈속에 있는 듯했다. 폰이 킹열 4행으로 갔다.

베스는 한동안 폰을 뚫어지게 바라봤다. 그는 언제나 시실리안으로 오프닝을 해 왔다. 백의 오프닝 중 가장 일반적인 것이었지만 망설여졌다. 어느 신문 기사에서 보르고프를 '시실리안의 대가'라고 칭했기 때문이었다. 그녀는 충동적으로 폰을 킹열 네 번째에 두었고 보르고프가 두 사람 모두에게 생소한 체스판에서, 그리고 그의 우수한 지식이 그에게 이점이 되지 않을 체스판에서 경기하기를 바랐다. 그가 킹 측 나이트를 비숍열 3행으로 빼냈고 그녀는 폰을 보호하기 위해 퀸 측 나이트를 비숍열 세 번째 칸으로 꺼냈다. 그러자 그는 망설임 없이 비숍을 나이트열 5행으로 훅 밀어 올렸다. 베스의 심장이 쿵 떨어졌다. 루이 로페즈였다. 그동안 제법 많이 해 본 오프닝이었지만 이번에는 위협적이었다. 철저하게 분석된 시실리안처럼 복잡했고 책에서 암기한 것을 제외하고도 제대로 익히지 못한 라인이 수십 가지가 넘었다.

누군가 카메라 플래시를 번쩍이며 사진을 찍자 감독이 불쑥 나서서 선수들을 방해하지 말라며 속삭이듯 화를 냈다. 베스는 폰을 룩열 세 번째 칸으로 옮겨 비숍을 공격했다. 보르고프가 비숍을 룩열 4행으로 돌려보냈다. 그녀는 집중을 유지하며 남은 나이트를 전진 배치했고, 보르고프는 캐슬링을 했다. 전부 익숙한 포지션이었지만 한 시도 안심할 수 없었다. 이제는 오픈 변형을 해야 할지, 클로즈드 변형을 해야 할지 결정할 차례였다. 그녀는 보르고프의 얼굴을 흘긋 쳐다보고는 다시 시선을 거둬 체스판을 바라봤다. 베스는 나이트로 폰을 잡으며 오픈 변형을 시작했다. 예상한 대로 그는 폰을 퀸열 4행에 두었다. 그가 룩을 움직일 것을 대비하여 그녀는 폰을 퀸 측 나이트열 네 번째로 옮겨야만 했다. 머리 위의 샹들리에가 너무 밝았다. 남은 경기를 반드시 치러야 한다는 생각에 절망감이 들었다. 어느 책에서 본 적이 있는 이미 결과를 아는 게임, 즉 어떻게 패하는지 보기 위해 치러야만 하는 그런 게임처럼 자신의 패배가 당연하다는 위협과 상대를 속이려는 수로 이루어진 설정 속에 갇힌 느낌이 들어 절망스러웠다.

베스는 머리를 흔들며 정신을 차리려 했다. 경기가 그렇게까지 진행된 상황은 아니었다. 두 사람은 진부하고 낡아 빠진 고전적인 수를 두고 있었고, 백의 유일한 이점은 언제나 그렇듯 첫수를 둔다는 것뿐이었다. 누군가 말하길 컴퓨터가 언젠가 정말 다른 컴퓨터와 체스를 두게 된다면, 첫수 때문에 백을 맡은 컴퓨터가 매번 이길 것이라고 주장했다. 틱택

토* 게임처럼. 그러나 그런 일은 없었다. 베스는 완벽한 기계와 대국을 두는 것이 아니었다.

보르고프가 비숍을 나이트열 3행으로 보내며 뒤로 물러났다. 베스는 퀸열 네 번째로 폰을 옮겼고 그가 폰을 잡았다. 그녀는 비숍을 킹열 세 번째로 빼냈다. 메듀엔 보육원에서 수업 시간에 《모던 체스 오프닝》을 보며 외운 라인이라 아주 익숙했다. 그러나 경기는 이제 결과를 예측할 수 없는 단계로 접어들어 갔다. 전혀 예상치 못한 수가 들이닥칠 가능성이 있었다. 그의 얼굴을 올려다보았는데, 그가 잔잔하고 무덤덤한 표정으로 퀸을 집어 킹 앞자리에, 킹열 2행에 두었다. 그녀는 눈을 끔뻑이고만 있었다. 그가 무슨 짓을 한 걸까? 흑 킹열 다섯 번째 칸에 있는 나이트를 쫓는 걸까? 그는 폰에 핀을 걸고 손쉽게 룩으로 나이트를 보호할 수도 있었다. 그의 수는 어딘가 의심스러웠다. 베스는 속이 다시 팽팽하게 긴장되었고 머리가 어질어질했다.

가슴 앞에 팔짱을 끼고 포지션을 연구하기 시작했다. 시선 모퉁이에 젊은 남자가 마분지로 만든 큼직한 백 퀸을 전시용 체스판의 킹열 2행으로 옮기는 모습이 보였다. 경기장 안을 둘러보았다. 열두어 명이 서서 경기를 보고 있었다. 다시

---

* 빙고 게임처럼 가로, 세로, 대각선 방향으로 한 줄을 먼저 자기의 색상이나 모양으로 채우면 이기는 게임.

체스판을 바라봤다. 그의 비숍을 없애야 했다. 나이트를 룩열 네 번째 칸으로 보내는 게 괜찮아 보였다. 나이트를 비숍열 4행으로 옮기거나 비숍을 킹열 두 번째 칸으로 행마할 수도 있었지만, 그건 너무 복잡했다. 그녀는 한동안 여러 가능성들을 고민하다가 그런 수는 두지 않기로 했다. 보르고프를 상대로 그렇게 복잡하게 경기를 치를 자신이 없기 때문이었다. 나이트를 룩열에 두면 나이트의 움직임 범위가 절반으로 줄어들게 되는데도 그대로 단행했다. 비숍을 반드시 제거해야 했다. 비숍은 그녀에게 결코 도움이 되는 기물이 아니었다.

보르고프가 망설임 없이 손을 뻗어 나이트를 퀸열 4행에 두었다. 베스는 가만히 지켜보기만 했다. 그가 룩을 행마할 줄 알았다. 그의 수에는 여전히 아무런 위협이 보이지 않는 듯했다. 그녀의 퀸 측 비숍의 폰을 네 번째 칸으로 밀어 올리는 것이 나쁘지 않아 보였다. 그러면 보르고프의 나이트가 그녀의 비숍을 잡고 그녀가 나이트로 그의 비숍을 제거해 나이트에 가해지는 또 다른 성가신 압박을 차단할 수 있을 터였다. 너무 멀리에 있는 나이트, 킹열 다섯 번째 칸에 올라가 있는 그 나이트는 마음 편히 싸울 공간도 충분치 않았다. 보르고프를 상대하는 데 있어서 나이트를 잃는 것은 치명적이었다. 그녀는 잠시 두 손가락으로 퀸 측 비숍의 폰을 들고 있다가 놓으려던 자리에 내려놓았다. 그러고는 의자에 등을 기대 약간 멀찍이 앉아서 숨을 깊게 들이마셨다. 포지션이 퍽 괜찮아 보였다.

보르고프는 이번에도 한 치의 망설임 없이 나이트로 비숍을 잡았고 베스가 다시 폰으로 나이트를 잡았다. 그녀가 생각한 대로 그는 퀸 측 비숍의 폰을 3행으로 보내며 골칫거리 비숍이 숨을 공간을 마련했다. 베스는 안도하며 나이트로 비숍을 잡았다. 상대의 비숍을 제거함과 동시에 룩열에 틀어박혀 있던 곤란한 처지의 나이트를 빼냈다. 보르고프는 여전히 막힘없이 수를 두었고 폰으로 나이트를 제거했다. 그의 시선이 그녀의 눈에 닿아 번뜩이더니 다시 체스판의 포지션으로 돌아갔다.

베스는 초조하게 아래를 내려다보았다. 몇 수 전까지만 해도 괜찮았는데 지금은 그렇지 않았다. 문제는 킹열 다섯 번째에 있는 나이트였다. 그가 퀸을 나이트열 4행으로 행마해 그녀의 킹 폰을 잡고 체크를 위협할 가능성이 있었다. 만일 그녀가 방어를 한다면 그가 킹 측 비숍의 폰으로 나이트를 공격할 터였다. 그렇게 되면 갈 곳이 없었다. 보르고프의 퀸은 폰을 잡기 위해 그 자리에 있는 것이었다. 베스의 퀸 사이드에는 골칫거리가 하나 더 있었다. 그가 그녀의 퀸 사이드에서 룩으로 폰을 잡을 수도 있었다. 그는 그녀의 룩에게 자신의 룩을 내어 주고 폰을 전진 배치해서 더 나은 포지션을 만들려고 할 것이다. 그건 절대 안 되는 일이었다. 그러면 폰 두 개가 앞으로 나서는 상황이었다. 그녀는 퀸을 나이트열 세 번째 칸에 두어야 했다. 퀸을 퀸열 두 번째 칸에 두는 건 그녀의 나이트를 공격할 가능성이 있는 빌어먹을 비숍의 폰 때문에 좋지 않은 수였다. 베스는 이런 방어적인 경기를 좋아하지 않았다. 수를 두기 전에 한참을 연구했다. 엄청난 위협을 가할 만한 수를 찾아내려 노력하면서. 하지만 그런 건 없었다. 하는 수 없이 퀸을 움직여 나이트를 지킬 수밖에 없었다. 얼굴이 벌겋게 달아올랐다. 다시 한번 포지션을 살폈다. 역시 아무것도 없었다. 결국 퀸을 나이트열 세 번째 칸으로 보내 놓고 애써 보르고프를 쳐다보지 않았다.

보르고프는 지체 없이 비숍을 꺼내서 킹열 3행으로 보내 킹을 보호했다. 왜 진즉 그걸 보지 못했을까? 충분히 오랫동안 연구했는데 말이다. 이제 그녀가 계획한 대로 폰을 올리면 퀸을 잃게 될 처지였다. 어떻게 그걸 놓칠 수 있었을까? 베스는 퀸으로 새로운 포지션을 이뤄 또 다른 체크를 찾아낼 계획이었는데, 그가 너무나 당연한 수로 즉시 쳐 냈다. 그를 흘긋 바라보았다. 깔끔하게 면도된 차분한 러시아인 얼굴의 묵직한 턱 아래에 넥타이가 정교하게 매어져 있었다. 베스는 그 섬뜩함에 근육이 얼어붙는 것 같았다.

그녀는 흐트러짐 없이 자리에 앉은 채로 이십 분 동안 온 정신을 끌어모아 체스판에 집중했다. 머릿속에서 열두 번 연속으로 여러 수들을 펼쳤더니 속이 얹히는 것 같았다. 도무지 나이트를 구할 길이 없었다. 결국 비숍을 킹열 두 번째로 보냈고 보르고프는 예상대로 퀸을 나이트열 4행에 두었다. 그는 킹 측 비숍열 폰을 올려서 또다시 나이트를 제거하려고 위협했다. 이제 베스의 선택지는 킹을 퀸열 두 번째에 두거나 캐슬링을 하는 것뿐이었다. 두 수 모두 나이트를 잃게 되는 상황이었다. 베스는 캐슬링을 했다.

보르고프는 곧바로 비숍의 폰을 행마해 그녀의 나이트를 공격했다. 베스는 비명을 지르고 싶었다. 그의 수는 하나같이 너무 뻔하고 상상력도 없고 획일적이었다. 그녀는 뻣뻣하게 굳어 폰을 퀸열 다섯 번째로 옮기며 그의 비숍을 공격했다. 그리고 움직일 수밖에 없는 그의 비숍이 룩열 6행으로 전진했고 체크메이트를 위협했다. 그녀는 룩을 위로 행마해 보호해야 했다. 그가 퀸으로 나이트를 잡을 터였고 만일 그녀가 비숍을 잡으면 그의 퀸이 구석에 몰린 룩을 제거해 공격을 개시할 거고, 그렇게 되면 전부 산산조각 흩어질 처지였다. 결국 그녀는 나이트를 아래로 내렸다. 상대는 흠잡을 데 없이 새하얀 셔츠를 입은 세계 챔피언, 정갈하게 넥타이를 맨 세계 챔피언, 그 어떤 약점이나 틈이 허용되지 않는 칙칙하고 냉담한 얼굴의 러시아 세계 챔피언이었다.

베스는 자신의 손이 흑 킹으로 뻗어 나가 기물의 머리를 잡고 체스판 위로 쓰러뜨리는 모습을 보고 있었다.

잠시 그 자리에 앉아 박수 소리를 들었다. 그러고는 아무하고도 눈을 마주치지 않은 채 그 방을 떠났다.

9장

"데킬라 선라이즈 한 잔 주세요." 베스가 말했다. 바에 있는 시계가 열두 시 삼십 분을 가리켰고 저쪽 끝 테이블에서 미국인 여자 넷이 점심을 먹고 있었다. 그녀는 아침을 먹지 않았는데도 점심 생각이 없었다.

"네, 그러죠." 바텐더가 말했다.

시상식은 두 시 반에 열렸다. 베스는 바에 앉아 데킬라를 쭉 들이켰다. 4등 아니면 5등을 했을 것이다. 그랜드 마스터와 무승부를 낸 두 명이 5.5점을 받아 베스보다 우위에 있을 터였다. 보르고프는 6점을 얻었고 베스의 점수는 5점이었다. 데킬라 선라이즈를 세 잔 더 마시고 삶은 달걀 두 개를 먹은 뒤 맥주로 바꿨다. 멕시코 맥주인 도스 에퀴스를 마셨다. 뱃속의 고통을 떨쳐 내고 분노와 수치심을 흐릿하게 지우려 맥주를 네 병이나 들이켰다. 모든 고통과 슬픔이 서서히 사라졌지만 보르고프의 음침하고 진지한 얼굴이 계속 떠올랐고 대국 중에 느꼈던 절망 또한 고스란히 느껴졌다. 그녀는 초보처럼, 안절부절못하는 주눅 든 멍청이처럼 경기를 했다.

술을 잔뜩 마셨는데도 어지럽지 않았다. 주문을 할 때도 또박또박 말했다. 보호막 같은 게 주변을 둘러싼 것처럼 모든 게 멀게 느껴졌다. 맥주잔을 들고 칵테일 라운지 맨 끝에 있는 테이블로 가서 앉았다. 그녀는 취하지 않았다.

세 시가 되자 토너먼트 선수 두 명이 들어와서 조용히 이야기를 나누었다. 베스는 자리에서 일어나 곧장 호텔 방으로 향했다.

휘틀리 부인은 침대에 누워 있었다. 두통이 있는 듯 손을 이마에 얹고 손가락을 머리카락 속에 넣고 있었다. 베스가 침대로 다가갔다. 부인의 상태가 좋지 않아 보였다. 손을 뻗어 그녀의 팔을 잡아 보았다. 휘틀리 부인이…… 죽어 있었다.

아무것도 느껴지지 않았다. 오 분이 지난 후에야 부인의 차디찬 팔을 내려놓고 간신히 전화기를 들었다.

호텔 지배인은 어떻게 처리해야 하는지 정확하게 알았다. 남자 둘이 들것을 들고 오고 지배인이 지시를 하는 동안 베스는 팔걸이의자에 앉아 룸서비스로 받은 카페 콘 레체*를

* 진한 커피와 데친 우유를 거의 동일한 양으로 혼합한 스페인 커피.

마셨다. 지배인의 목소리가 들렸지만 일부러 쳐다보지 않았다. 그저 창문에만 시선을 박았다. 얼마 후 고개를 돌려 보니 회색 옷을 입은 중년 여자가 청진기로 휘틀리 부인을 살피고 있었다. 부인은 침대에 누워 있고 그 아래에 들것이 놓여 있었다. 초록색 유니폼을 입은 남자 둘이 난처한 얼굴로 침대 끄트머리에 서 있었다. 여자가 청진기를 빼고 지배인에게 고개를 끄덕이더니 베스에게 다가와 경직된 얼굴로 말했다.
"유감입니다."

베스는 그녀 쪽으로 고개를 돌렸다. "이유가 뭐예요?"

"간염일 확률이 커요. 내일 정확히 알게 될 겁니다."

"저기요, 내일이요……." 베스가 물었다. "안정제 좀 줄 수 있나요?"

"진정제가 있기는 한데……."

"진정제 말고요." 베스가 말을 잘랐다. "리브륨* 처방전 써 주실 수 있어요?" 의사가 그녀를 가만히 바라보다가 어깨를 으쓱했다. "멕시코에서는 처방전 없이 리브륨을 살 수 있어요. 그보다는 불안을 완화시켜 주는 메프로바메이트를 드셔 보세요. 호텔에 약국이 있어요."

---

* 정신억제제의 강한 정온제에 속한다. 메프로바메이트와 유사하며 그보다 강한 작용을 나타내고 각종 정신신경증에 나타나는 불안이나 흥분을 억제한다.

휘틀리 부인의 휴대용 여행 가이드 책 앞부분에 있는 지도를 보면서 콜로라도주의 덴버와 몬태나주의 뷰트 사이에 있는 도시의 이름을 써 내려갔다. 지배인이 베스에게 전화 연결이나 서류 서명, 권한 행사 등 도움이 필요한 건 무엇이든 호텔 직원이 도와줄 거라고 전했다. 십 분 후 그들은 휘틀리 부인을 데리고 갔고 베스는 호텔 직원에게 전화해 도시 목록을 전부 읽어 주고 그의 이름도 알려 주었다. 직원은 다시 전화하겠다고 했다. 그녀는 룸서비스로 코카콜라 그란데 사이즈와 커피를 주문했다. 그리고 서둘러 옷을 벗어 샤워를 했다. 욕실에도 전화기가 있었지만 전화가 오지 않았다. 여전히 아무 느낌이 없었다.

베스는 깨끗한 청바지와 하얀 티셔츠를 입었다. 침대 옆 작은 테이블에 휘틀리 부인의 체스터필드 담뱃갑이 구겨져 있었다. 부인이 손으로 구긴 것이었다. 그 옆 재떨이에는 담뱃재가 가득했다. 부인이 마지막으로 피우다 만 담배 한 개비가 끝에 매달린 기다란 재를 떨구지 못한 채 차갑게 식어 재떨이 가장자리에 걸려 있었다. 잠시 담배를 가만히 바라봤다. 그러고는 욕실로 가 머리를 말렸다.

코카콜라와 커피가 담긴 유리병을 가져온 소년은 베스가 영수증에 서명을 하려 하자 매우 공손하게 손을 저었다. 전화벨이 울렸다. 지배인이었다. “덴버에서 전화가 왔습니다.”

수화기 너머로 찰칵 소리가 몇 번 울리더니 남자 목소리가 들렸다. 예상외로 크고 선명한 목소리였다. "올스톤 휘틀리입니다."

"베스예요, 휘틀리 아저씨."

침묵이 이어졌다. "베스?"

"아저씨 딸이요. 엘리자베스 하먼."

"너 멕시코에 있니? 멕시코에서 전화하는 거야?"

"휘틀리 부인 일이에요." 베스는 재떨이에 걸쳐 있는 담배를 바라보았다. 담배는 한 번도 피워 본 적이 없었다.

"앨마는 어떻게 지내? 같이 있는 거야? 멕시코에?" 그의 관심이 억지스럽게 들렸다. 메듀엔에서 봤던 그의 모습이 눈에 선했다. 어디 다른 곳에 있고 싶어 했던 그의 모습. 올스톤 휘틀리에 대해 할 말이라고는, 언제나 그가 원하는 어느 다른 곳에서 연락을 끊고 살고 싶어 한다는 것뿐이었다.

"돌아가셨어요. 오늘 아침에요."

반대편 수화기 끝에서 정적이 흘렀다. 결국 베스가 적막을 깼다. "휘틀리 부인은……."

"네가 처리해 줄 수 있겠니? 당장 멕시코로 갈 수 없어서 말이다."

"내일 부검을 할 거고요, 돌아갈 비행기표가 두 장…… 아니, 그러니까 제 말은, 제가 타고 갈 비행기표 한 장이 필요해요…….” 베스의 목소리가 갑자기 방향을 잃고 약해졌다. 커피 잔을 들어 커피를 마셨다. “어디에 묻어야 할지도 모르겠어요.”

놀랍게도 휘틀리 씨의 목소리 톤이 한층 또렷해졌다. “렉싱턴주에 더긴 브라더스라고 있다. 거기에 전화해라. 앨마의 결혼 전 성인 벤슨으로 가족 장지가 있어.”

“집은 어떻게 해요?”

“얘야,” 그의 목소리가 한층 높아졌다. “이 문제에 대해선 신경 쓰고 싶지 않다. 여기 덴버에도 문제가 많아. 앨마를 켄터키로 데리고 가서 묻어. 집은 네가 갖고 그 집 담보 대출이나 갚아라. 돈 필요하니?”

“모르겠어요. 얼마나 들지 모르겠어요.”

“네가 잘한다고 들었다. 신동이라는 이야기도 들었고. 거기에 뭐 청구하거나 빌릴 수 있을까?”

“호텔 지배인한테 얘기해 볼게요.”

“그래, 그렇게 해 봐라. 지금 당장은 돈이 묶여 있어. 그래도 집이랑 지분은 네 소유가 되잖니. 세컨드 내셔널 은행에 전화해서 얼리크 씨를 찾아. 철자는 E-r-l-i-c-h야. 전화해서 내가 너에게 집을 주려 한다고 말해라. 그자가 나한테 연락할 거다.”

또다시 정적이 흘렀다. 베스가 있는 힘을 다해 강하게 말했다. “왜 돌아가셨는지 궁금하지 않으세요?”

"뭔데?"

"간염인 것 같아요. 내일 정확히 알 수 있대요."

"그래." 휘틀리 씨가 내뱉었다. "앨마가 자주 아팠지."

지배인과 의사가 모든 일을 도맡았다. 심지어 휘틀리 부인의 비행기표 환불까지. 베스는 몇몇 공식 서류와 호텔 측엔 책임이 없다는 내용에 서명을 하고 공인 문서들만 작성하면 되었다. 그중 하나는 미국 세관-유해 이송이라는 문서였다. 지배인이 렉싱턴의 더긴 브라더스와 연락을 취했다. 다음 날, 부지배인이 베스를 공항에 태워다 주었다. 그 뒤를 영구차가 멕시코시티의 거리와 고속도로를 가로지르며 차분하게 따라갔다. 베스는 트랜스월드 항공사 대기실 창밖으로 금속 재질의 관을 딱 한 번 보았다. 영구차가 보잉 707 문 앞까지 다가갔고 남자들 네댓 명이 밝은 햇살 아래에서 관을 내린 다음 지게차에 올렸다. 관이 화물칸 높이까지 올라가자 지이잉대는 엔진 소리가 유리창 너머로 희미하게 들렸다. 햇볕 속에서 관이 잠깐 흔들렸다. 그 순간 베스의 눈앞에 관이 바닥으로 떨어지고 방부 처리된 중년 여성의 시체가 펄펄 끓는 아스팔트 바닥으로 쏟아져 나오는 끔찍한 장면이 퍼뜩 떠올랐다. 하지만 그런 일은 벌어지지 않았다. 관은 손쉽게 화물칸으로 옮겨졌다.

비행기에서 베스는 승무원이 권하는 음료를 사양했다. 승무원이 통로를 따라 돌아갔을 때 가방을 열고 새로 구입한 초록색 약이 든 병을 꺼냈다. 전날 여러 가지 서류에 서명을 한 다음 세 시간 동안 이 약국 저 약국을 돌아다니며 일인 구매 제한량에 딱 맞춰 백 알씩 샀다.

장례식은 간단하고 짧았다. 장례식이 시작되기 삼십 분 전 베스는 초록색 약을 네 알 삼켰다. 목사가 하는 말을 귓전으로 흘리며 멍한 상태로 혼자 교회에 앉아 있었다. 제단에 꽃들이 있었는데 목사가 말을 마치자마자 장례식장에 있던 남자 둘이 자리에서 일어나 꽃을 옮기는 걸 보고 조금 의아했다. 교회 안에 여섯 명이 더 있었지만 아는 사람은 없었다. 장례식이 끝나고 어떤 나이 든 여자가 그녀를 안아 주며 말했다. "가여운 것."

그날 오후 짐을 다 풀고 커피를 마시러 아래층으로 내려갔다. 물이 끓는 동안 세수를 하기 위해 아래층에 있는 작은 화장실로 갔다. 갑자기 온통 파란색인 화장실에 둘러싸였다. 문득 휘틀리 부인의 파란색 화장실 러그와 파란색 수건, 파란색 비누가 떠오르며 가슴속에서 뜨거운 무언가가 폭발하고 얼굴이 눈물로 뒤덮였다. 선반에서 수건을 꺼내 얼굴을 파묻고 중얼거렸다. "하, 세상에. 이럴 수가." 그러고는 세면대에 몸을 기댄 채 한참을 울었다.

전화벨이 울렸을 때도 베스는 눈물을 훔치고 있었다. 남자 목소리였다. "베스 하먼?"

"네."

"해리 벨틱이야. 주 토너먼트에서 만났던."

"응, 기억나."

"그래. 보르고프한테 졌다는 얘기 들었어. 위로해 주고 싶어서."

베스는 속을 두툼하게 채워 넣은 소파에 수건을 놓으면서 휘틀리 부인이 반쯤 피우다 만 담뱃갑이 소파 팔걸이에 놓여 있는 걸 보았다. "고마워." 담뱃갑을 들어 세게 움켜쥐었다.

"뭐였어? 백이었어?"

"흑."

"그래." 잠시 아무 말이 없었다. "너 무슨 문제 있어?"

"아니."

"그래도 좀 낫네."

"뭐가?"

"질 거면 흑이 낫지."

"그렇긴 하지."

"뭐로 경기했어? 시실리안?"

베스는 담뱃갑을 소파 팔걸이에 살포시 내려놓았다. "루이

로페즈. 내가 자초했어."

"그게 실수였네." 벨틱이 말했다. "저기, 내가 이번 여름 동안 렉싱턴에 있을 거야. 훈련을 좀 받아 보는 게 어때?"

"훈련?"

"나도 알아. 네가 나보다 더 잘하는 거. 그래도 러시아인이랑 경기를 하려면 도움을 받아야 해."

"지금 어딘데?"

"파닉스 호텔 앞이야. 아파트는 구해 놨어. 목요일에 들어갈 거야."

베스는 주변을 돌아보았다. 휘틀리 부인의 흔적이 여기저기 널려 있었다. 간이 테이블에 여성 잡지가 올려져 있고 창가엔 연한 파란색 커튼이 걸려 있고 큼직한 세라믹 전등의 노란 갓은 셀로판지로 싸여 있었다. 그녀는 숨을 깊게 들이마시고 조용히 내뱉었다. "지금 와."

이십 분 후 해리는 자동차 펜더에 붉은색과 검은색의 불꽃이 그려져 있고 헤드라이트가 깨진 1955년식 쉐보레를 타고 와 벽돌 무늬가 있는 도보 경계석 끝에 멈춰 섰다. 베스는 창밖으로 그를 지켜보고 있다가 차에서 내리는 걸 보고 현관 앞으로 나갔다. 그가 그녀에게 손을 흔들며 트렁크로 갔다. 그는 밝은 붉은색 셔츠에 회색 코듀로이 바지, 셔츠와 잘 어울리는 운동화를 신고 있었다. 무언가 암울한 기억이 빠르게 스쳤다. 그의 삐뚤빼뚤한 치아와 지독한 경기 방식이 떠오르자 순간 경직되었다.

그는 트렁크로 몸을 숙여 꽤 묵직해 보이는 종이박스를 꺼내고 눈앞에 있는 머리칼을 치우며 그녀 쪽으로 걸어왔다. 종이상자에는 빨간 글씨로 하인즈 토마토케첩이라고 써져 있었다. 뚜껑이 열린 종이상자 안은 책으로 가득했다.

해리는 거실 러그에 상자를 내려놓고 아무렇지 않게 커피 테이블에서 휘틀리 부인의 잡지를 들더니 잡지 선반으로 툭 밀어 넣었다. 그러고는 상자에서 책을 한 권씩 꺼내 제목을 줄줄 낭독하며 테이블 위에 쌓아 올렸다. “A.L. 다인코프의 《미들 게임 전략》. J.R. 카파블랑카의 《나의 체스 인생》. 포르노의 《알레힌의 대국 1938년-1945년》. 마이어의 《룩과 폰의 엔딩》.”

몇 권은 전에 읽었던 책이었고 서너 권은 집에 있는 책이었다. 대부분이 처음 보는 것들이었지만 너무 두꺼워서 보기만 해도 지루했다. 배워야 할 것들이 수도 없이 많다는 건 베스도 잘 알고 있었다. 그러나 카파블랑카는 전혀 공부를 하지 않고 직관과 타고난 재능만으로 체스를 두었다. 반면 실력이 더 낮은 보골류보프나 그륀펠트 같은 선수들은 지나치게 세세한 것에 얽매이는 사람처럼 모든 라인을 암기했다. 베스는 어떤 선수들이 경기가 끝난 후에 세상을 등진 채 불편한 의자에 꼼짝없이 앉아 변형 오프닝이나 미들 게임 전략 또는 엔드 게임 이론을 연구하는 걸 본 적이 있었다. 끝도 없었다. 벨틱이 두꺼운 책을 세심하게 한 권씩 치우는 모습을 보고 있자니 벌써부터 피곤하고 현기증이 났다. 텔레비전을 흘긋 바라봤다. 텔레비전이나 보며 영원히 체스를 잊고 싶은 마음이 조금 들었다.

"여름에 읽을 책들이야." 벨틱이 말했다.

베스가 머리를 세차게 흔들었다. "나도 공부를 하긴 해. 그렇지만 그때그때 상황을 보고 하려는 것뿐이야."

그가 하도 들여다봐서 표지가 닳은 《샤크마트니 리포트*》 세 부를 손에 들고 그녀를 바라보며 이마를 찌푸렸다. "모피처럼? 아니면 카파블랑카나?"

베스는 당황스러웠다. "응."

그가 단호하게 고개를 끄덕이고 커피 테이블 옆 바닥에 책 더미를 내려놓았다. "카파블랑카라면 보르고프를 이겼을 거야."

"전부는 아닐걸."

"손에 꼽히는 게임에서는 전부일걸." 벨틱이 받아쳤다.

베스는 그의 얼굴을 가만히 살폈다. 지금의 벨틱은 기억 속의 벨틱보다 젊어 보였다. 이제는 그녀가 더 나이 들어 보

---

* 러시아에서 출간되는 체스 잡지.

이는 것 같았다. 그는 자기주장이 강하고 단호한 청년이 되어 있었다. 그의 모든 것이 단호하고 완고했다. "날 프리마돈나*라고 생각하지?"

그가 살며시 미소를 내비쳤다. "우리는 전부 프리마 돈나야. 체스잖아."

그날 저녁 베스가 즉석 냉동식품을 오븐에 넣은 후, 두 사람은 엔드 게임 포지션으로 세팅된 체스 세트 두 개를 준비했다. 벨틱의 세트는 초록색과 흰색의 체스판과 플라스틱 재질의 묵직한 기물으로 이루어져 있고 베스의 것은 원목 체스판, 그리고 로즈우드와 단풍나무 재질의 기물로 된 것이었다. 두 세트는 이름 있는 선수들이 일반적으로 사용하는 스턴튼 스타일이었다. 양쪽 킹의 크기가 대략 10센티미터였다. 그녀는 벨틱을 점심이나 저녁 식사에 초대한 게 아니었다. 굳이 그럴 필요성을 느끼지 않았었다. 그래서 벨틱이 먹을거리를 사러 몇 블록 떨어진 곳에 있는 슈퍼로 갔고 그동안 베스는 자리에 앉아 행마 가능한 룩의 움직임을 곰곰이 살피며 이론을 바탕으로 한 게임에서 지지 않으려 노력했다. 그녀가 음식을 준비하는 동안 벨틱은 몸을 건강하게 유지하고 잠을 충분히 자야 하는 것에 대한 연설을 줄줄이 늘어놓았다. 그

* 오페라에서 제1여가수나 주역을 맡은 여가수.

는 저녁으로 먹을 냉동식품을 2인분 사 왔다.

"넓게 봐야 해." 벨틱이 말했다. "네가 한 가지에만 갇혀 있으면 —예를 들어 킹 측 나이트열 폰처럼— 그러면 끝이야. 이것 봐 봐……." 베스가 주방 식탁에 있는 그의 체스판으로 고개를 돌렸다. 그는 한 손에는 커피 한 잔을 들고 다른 손은 턱에 대고서 인상을 쓰며 체스판을 바라보고 있었다.

"뭘 보라고?" 베스의 말에 짜증이 섞여 있었다.

그가 손을 뻗어 백 룩을 들고 체스판을 쭉 가로지른 다음 오른쪽 하단의 모퉁이인 킹 측 룩열 첫 번째 칸으로 보냈다. "자, 이제 그 사람의 룩의 폰이 핀을 걸렸어."

"그래서 뭐?"

"이제 그가 킹을 움직이거나 아니면 나중에 발이 묶이겠지."

"그건 나도 알아." 그녀의 목소리가 조금 부드러워졌다. "그렇지만 나는……."

"여기에 있는 퀸 사이드 폰들을 봐 봐." 벨틱이 반대편에 줄 지어 있는 백 폰을 가리켰다. 베스가 식탁으로 다가가 더 자세히 들여다봤다. "여기에 둘 수도 있겠네." 그녀가 흑 룩을 두 칸 위로 올렸다.

그가 그녀를 올려다봤다. "해 봐."

"알았어." 베스가 기물 앞에 앉았다.

여섯 번째 수에 벨틱은 퀸 측 비숍열 폰을 7행으로 보냈고

이로써 폰이 퀸으로 승진하는 건 당연한 일이 되었다. 당시 보르고프는 그걸 막기 위해 룩을 희생시켰을 것이다. 벨틱 말이 맞았다. 룩이 체스판을 가로질러 왔을 때 킹을 움직였어야 했다. "네 말이 맞네. 직접 알아낸 거야?"

"알레힌의 책 어디선가 본 거야." 벨틱이 대답했다.

자정이 지나고 나서야 벨틱은 호텔로 돌아갔고 베스는 몇 시간 동안 미들 게임 책을 읽었다. 체스판에 실제로 포지션을 세팅하지는 않고 머릿속으로 그려 가며 읽어 내려갔다. 딱 한 가지가 그녀를 괴롭혔으나 연연하지 않았다. 사실 지금은 여덟 살이나 아홉 살 때처럼 머릿속으로 체스 기물을 쉽게 그려 내지 못했다. 아예 안 되는 건 아니었지만 더 노력해야 했다. 가끔은 폰이나 비숍이 어느 자리에 있었는지 불분명해서 이미 진행한 수의 궤적을 다시 따라가며 정확히 알아내곤 했다. 밤에 하얀 티셔츠와 청바지 차림으로 휘틀리 부인이 텔레비전을 시청하던 낡은 팔걸이의자에 앉아 오로지 상상과 책만 이용하여 체스를 두었다. 휘틀리 부인을 보고 싶은 마음에 간혹 눈을 끔뻑이며 주위를 둘러보기도 했다. 의자 옆에 검은색 구두를 내려놓고 스타킹을 아래로 돌돌 말아 내린 채 앉아 있있던 휘틀리 부인을.

벨틱은 책을 여섯 권 더 들고 다음 날 아침 아홉 시에 다시 왔다. 두 사람은 커피를 마시고 주방 조리대에서 체스를 몇

판 두었다. 한 판에 오 분 정도 걸리는 가벼운 게임이었다. 단연 베스가 모두 이겼고 다섯 번째 게임을 마쳤을 때 벨틱이 그녀를 바라보며 고개를 저었다. "하먼, 정말 대단해. 그렇지만 이번에도 역시 직관적이고 즉흥적이었어."

베스가 그를 응시했다. "그게 뭐 어쨌다고? 방금 다섯 판이나 이겼거든."

그가 커피 테이블 너머로 쌀쌀맞은 그녀를 지그시 바라보며 커피를 한 모금 마셨다. "나는 마스터야." 그가 말을 이었다. "내 평생 이보다 더 체스를 잘 둔 적은 없어. 나는 네가 파리에서 겨룰 상대가 아니란 말이야."

"조금만 더 연습하면 보르고프를 이길 수 있어."

"훨씬 더 많이 연습해야 보르고프를 이길 수 있겠지. 몇 년은 더 연습해야 한다고. 대체 그 사람을 어떻게 생각하는 건데? 나 같은 전 켄터키주 챔피언밖에 안 되는 줄 아는가 보지?"

"그 사람은 세계 챔피언이지. 하지만……."

"그 입 좀 다물라고!" 벨틱이 버럭 화를 냈다. "보르고프는 열 살 때 우리 둘을 전부 이겼을 거야. 그 사람의 경력을 알기는 해?"

베스가 그를 뚫어지게 바라봤다. "아니, 몰라."

벨틱이 자리에서 일어나 거실로 쿵쿵 걸어갔다. 그녀의 체스판 옆에 있는 책 더미에서 초록색 표지의 책을 빼내더니 주방으로 들고 와 앞으로 내밀었다. 《바실리 보르고프: 나의 체스 인생》. "오늘 밤에 읽어. 1962년 레닌그라드주에서 있었던 대국을 잘 봐. 거기에서 룩-폰 엔딩으로 어떻게 경기를 했는지 주의 깊게 보라고. 루첸코 그리고 스파스키와는 어떻게 시합했는지도 보고." 그가 거의 빈 커피 잔을 들어 올렸다. "뭔가를 배우게 될 테니까."

6월의 첫째 주였고 주방의 창밖으로 모과나무가 밝은 산호처럼 눈부시게 빛나고 있었다. 휘틀리 부인의 진달래는 꽃을 피우기 시작했고 잔디는 손질이 필요할 만큼 자랐다. 새들도 있었다. 켄터키의 아름다운 봄날이었다.

밤에 벨틱이 가고 나면 가끔씩 베스는 뒷마당으로 나가서 볼에 닿는 온기를 느끼고 가슴 깊이 호흡하며 깨끗하고 따스한 공기를 마셨다. 하지만 그 외의 시간에는 바깥 세계를 거들떠보지도 않았다. 그녀는 새로운 방식으로 체스에 얽매여 있었다. 멕시코에서 산 신경안정제 약병을 뜯지도 않은 채 침대 옆 탁자에 놓아두었다. 냉장고 안의 맥주 캔도 그대로였다. 오 분 간 뒷마당에 서 있다가 집 안으로 들어가서 벨틱이 준 체스 책들을 몇 시간 동안 읽었다. 그러고는 지친 몸을 이끌고 위층으로 올라가 잠에 깊이 빠져들었다.

목요일 오후에 벨틱이 말했다. "내일 아파트로 들어가려고.

호텔비가 너무 비싸."

둘은 베노니 디펜스*로 미들 게임을 하는 중이었다. 베스는 벨틱이 가르쳐 준 대로 여덟 번째 수에 폰을 킹열 5행으로 행마했다. 그가 알려 준 이 수는 미케나스라는 선수의 책에서 본 것이었다. 그녀가 포지션에서 눈을 뗐다. "어딘데? 아파트 말야."

"뉴 서클 로드. 자주 오진 못할 거야."

"여기서 그렇게 멀진 않아."

"그렇긴 하지. 이제 수업도 들어야 해서. 아르바이트도 구해야 하고."

"우리 집에 들어와도 돼." 베스가 제안했다. "공짜로."

벨틱이 잠시 동안 그녀를 바라보더니 미소를 지었다. 그의 치아가 나름 괜찮아 보였다. "네가 그런 말을 할 거라고는 상상도 못 했는데." 그가 말했다.

어렸을 때 이후로 이토록 체스에 몰두한 적이 없었다. 벨틱은 일주일에 오전 수업이 두 번, 오후 수업이 세 번 있었고 베스는 그의 책을 보며 시간을 보냈다. 마음속으로 게임을 하나씩 하나씩 해 나가며 새로운 변형을 배우고 참신한 방어

---

* 1. d4 Nf6 / 2. c4 c5 / 3. d5로 움직이는 오프닝.

와 공격 기술을 보기도 하였으며 때로는 기물의 휘황찬란한 움직임이나 포지션의 미묘함에 감탄하여 입술을 깨물었다. 또 어떤 때는 끝없이 이어지는 응수에 맞서는 응수, 위협에 맞서는 위협, 그리고 복잡하고 또 복잡한 체스에서 이뤄지는 절망적인 죽음에 넌더리가 났다. 언젠가 이미 죽은 단백질로부터 눈이나 손 모양을 생성할 수 있는 유전자 암호, DNA에 대한 이야기를 들어 본 적이 있었다. DNA에는 호흡기와 소화기 시스템의 전체적인 지침뿐만 아니라 유아기의 손을 움켜쥐는 방식에 대한 내용도 담겨 있다고 했다. 체스도 똑같았다. 포지션의 기하학적인 구조는 읽히고 또 읽히지만 고갈될 가능성은 없었다. 하나의 층을 깊이 들여다보면 그 아래에 다른 층이 있고 그 아래에 또 다른 층이 있었다.

복잡하다고들 하는 섹스는 신선할 정도로 단순했다. 적어도 베스 하먼과 해리 벨틱에게는. 그가 집에 들어온 지 두 번째 되던 날 밤에 둘은 잠자리를 가졌다. 섹스는 십 분간 이어졌고 급히 숨을 들이마시다가 끝이 났다. 그는 절제되어 있었고 베스는 오르가슴을 느끼지 않았다. 잠자리를 마친 뒤 그는 베스가 전에 쓰던 방으로 돌아갔고 그녀는 사랑과 연관된 이미지가 아니라 원목 체스판 위의 원목 기물을 떠올리며 편안하게 잠이 들었다. 다음 날 아침, 그녀는 아침 식사를 하며 그와 체스를 두었다. 손끝에서 콤비네이션들이 생성되어 마치 만개하는 꽃처럼 아름답게 체스판 위로 퍼져 나갔다. 그녀는 빠르게 진행되는 시합에서 그를 네 번이나 이겼다. 매번 그가 백을 맡았는데도. 그리고 그녀는 체스판을 자세히 들여다보지 않았는데도.

벨틱이 필리도르 이야기를 하며 설거지를 했다. 필리도르는 그의 우상 중 한 사람이자 프랑스 작곡가였는데 아주 예전에 파리와 런던에서 눈가리개를 하고 체스를 둔 적이 있었다.

"언젠가 옛날 선수들에 대한 책을 읽은 적이 있어. 다들 좀 이상하던데." 베스가 말했다. "난 그게 정말 체스일 거라고 생각하지 않아."

"말도 안 되는 소리." 벨틱이 발끈했다. "벤트 라르센도 필리도르 디펜스*로 경기를 해."

"너무 제한적이잖아. 킹 측 비숍이 갇히게 되니까."

"견고한 거지. 내가 필리도르에 대해 하고 싶은 이야기는 디드로가 그에게 편지를 썼다는 거야. 디드로 알아?"

"프랑스혁명?"

"그래. 필리도르는 눈을 가리고 체스를 두며 뇌를 너무 혹사시킨 거지. 너는 뭐 18세기 사람들은 다 그랬을 거라고 생각하겠지만. 어쨌든 디드로가 그 사람에게 편지를 썼어. '자

* 체스 오프닝 중 하나이며, 1. e4 e5 / 2. Nf3 d6로 움직인다.

만심에 눈이 멀어 미쳐 가는 위험을 무릅쓰는 건 멍청한 짓이다'라고. 엉덩이가 배기도록 체스판을 분석하고 있을 때면 가끔 그 말이 생각나." 그가 조용히 그녀를 바라보았다. "어젯밤에 좋았어."

베스는 그를 생각해서라도 어젯밤 일에 관한 이야기를 해야 한다는 걸 알았지만 감정이 뒤죽박죽 섞였다. "콜타노프스키도 매번 눈을 가리고 체스를 두지 않았나?" 그녀가 말을 돌렸다. "그 사람은 미치지 않았잖아."

"그래, 나도 알아. 미친 사람은 모피였지. 슈타이니츠하고. 모피는 사람들이 자기의 신발을 훔치려 한다고 생각했으니까."

"모피는 신발이 비숍인 줄 알았나 보네."

"그런가 보지. 체스나 두자."

셋째 주 마지막 날, 베스는 벨틱의 《샤크마트니 리포트》 네 부와 다른 체스 경기 책들을 전부 읽었다. 그가 오전 내내 공학 수업이 있던 어느 날, 수업을 마치고 나서 두 사람은 함께 포지션을 공부했다. 그녀는 특히 나이트의 움직임이 왜 보기보다 더 강한지 보여 주고 싶었다.

"여기 봐 봐." 베스가 기물들을 빠르게 움직이기 시작했다. "나이트가 잡으면 이 폰이 위로 가지. 폰이 안 움직이면 비숍이 발이 묶여. 폰을 움직이면 이렇게 다른 폰이 잡히고. 쿵."

그녀가 폰을 잡았다.

"그럼 다른 비숍은? 이쪽으로?"

"이런, 진짜 돌겠네." 그녀가 한숨을 쉬었다. "폰이 움직이고 나이트가 교환되면 체크야. 안 보여?"

갑자기 얼어붙은 벨틱이 그녀를 쏘아보았다. "모르겠어. 그렇게 빨리는 못 보겠다고."

그녀가 다시 그를 바라보았다. "볼 수 있을 줄 알았는데." 차분하게 말했다.

"넌 내가 감당하기엔 너무 강해."

베스는 그의 화 아래에 짓눌린 상처를 보았다. 그녀가 목소리를 누그러뜨렸다. "나도 가끔은 놓쳐."

그가 고개를 저었다. "아니. 더 이상은 아닌 것 같다."

토요일, 베스는 나이트를 하나만 갖고 벨틱과 체스를 두었다. 그는 무심한 척하려 했지만 그녀의 눈엔 그가 싫어하는 기색이 다분해 보였다. 그들에겐 진짜 게임을 해 보는 것 말고는 다른 방법이 없었다. 베스는 나이트가 하나뿐이었고 흑을 맡았는데도 처음 두 판을 이겼고 그나마 세 번째에는 비겼다.

그날 밤 벨틱은 베스의 침대에 오지 않았다. 다음 날도 그랬다. 베스는 어차피 별 의미 없는 섹스가 그립지는 않았지만 다른 무언가가 그리웠다. 두 번째 날 밤, 어렵사리 잠에 들었다가 새벽 두 시에 불쑥 깼다. 냉장고로 가서 휘틀리 부인의 캔 맥주를 꺼냈다. 그러고는 체스판 앞에 앉아 맥주를 홀짝이며 하릴없이 기물을 움직였다. 오프닝을 퀸스 갬빗으로 해서 몇 판 둬 보았다. 알레힌 - 예이츠, 타르라쉬 - 폰 쉐베, 라스커 - 타르라쉬의 경기들을. 첫 번째 경기는 몇 년 전에 모리스 서점에서 외운 것이었다. 나머지 두 게임은 벨틱과 첫째 주에 분석했던 것들이었다. 마지막 시합의 열다섯 번째 수에 폰이 퀸 측 룩열 4행으로 가는 아름다운 수가 있었는데, 폰의 움직임 중에 이토록 사랑스러운 움직임은 처음이었다. 한동안 그 포지션을 체스판에 그대로 두고 그저 바라보기만 하며 맥주를 두 캔 마셨다. 따뜻한 밤이었다. 주방 창이 열려 있었다. 나방이 모기장을 두드리고 저 멀리 어디선가 개 짖는 소리가 들렸다. 베스는 휘틀리 부인의 셔닐 실로 짠 분홍색 가운을 입고 휘틀리 부인의 맥주를 마시며 안정감과 편안함을 느꼈다. 혼자여서 좋았다. 냉장고에 맥주가 세 캔 더 있었다. 전부 다 마셨다. 그리고 침대로 올라가 다음 날 아침 아홉 시까지 푹 잤다.

월요일 아침 식사 중에 벨틱이 말했다. “저기, 내가 아는 건 전부 가르쳐 줘어.”

베스는 무슨 말을 하려다가 입을 다물었다.

"이제 공부를 좀 하려고. 난 전기 공학자가 될 거거든. 체스광이 아니라."

"그래." 그녀가 말했다. "너한테 많이 배웠어."

한동안 그들은 아무 말도 하지 않았다. 그녀는 계란을 다 먹고 접시를 싱크대로 가지고 갔다. "아파트로 들어갈 거야." 그가 말했다. "대학교랑 가까워."

"그래." 그녀는 싱크대에서 고개를 돌리지 않았다.

벨틱은 정오쯤 떠났다. 베스는 냉동실에서 점심으로 먹을 인스턴트 음식을 꺼냈다. 그러나 오븐에 데우지 않았다. 혼자라는 생각에 속이 뒤틀렸고 어디 갈 데도 없었다. 보고 싶은 영화도, 전화 통화를 할 사람도 없었다. 읽고 싶은 책도 없었다. 계단으로 올라가 자기의 침실과 휘틀리 부인의 침실에 들어갔다. 휘틀리 부인의 드레스가 아직도 옷장에 걸려 있고 반쯤 남은 신경안정제 약병이 너저분한 침대 옆 탁자에 올려져 있었다. 불안감이 떨쳐지지 않았다. 휘틀리 부인은 죽었고 시신은 외곽의 묘지에 묻혔다. 그리고 벨틱은 체스판과 책들을 들고 떠나 버렸다. 잘 있으라는 인사도 없이. 사실 그때 같이 있어 달라고 소리치고 싶었는데 그가 계단을 내려가 차로 갈 때까지 아무 말도 하지 않았다. 탁자에 있는 약병을 흔들어 초록색 약 세 알을 손 위에 올렸다. 그리고 한 알 더 꺼냈다. 혼자인 건 정말이지 지긋지긋했다. 물 없이 네 알을 삼켰다. 어렸을 때 그랬던 것처럼.

오후에 대형 슈퍼인 크로거에 가서 스테이크와 커다란 구운 감자를 샀다. 계산을 하러 가기 전에 와인&비어 쪽으로 카트를 밀고 가서 버건디 다섯 병을 집어 들었다. 그날 밤 텔레비전을 보며 술을 진탕 마셨다. 텔레비전만 겨우 끌 수 있을 정도로 취해 그대로 소파에서 잠들었다.

이따금 밤중에 잠에서 깨면 방이 빙글빙글 도는 것 같을 때가 있었다. 그럴 때면 전부 게워 내야 했고, 다시 계단을 올라가 침대에 누우면 잠이 완전히 달아나 정신이 말똥말똥해졌다. 속에서 타들어 가는 듯한 자극이 몰려왔고 어두컴컴한 방에서 불을 찾아 헤매듯 눈을 크게 떴다. 목덜미에 강한 통증이 몰아쳤다. 팔을 뻗어 약병을 잡고 신경안정제를 먹었다. 그리고 다시 잠에 들었다.

다음 날 아침 참담한 두통을 느끼면서도 다시 체스 경력을 쌓아 가겠다는 각오를 다지며 잠에서 깨어났다. 휘틀리 부인은 죽었다. 벨틱은 떠났다. US 챔피언십은 3주 후에 열릴 예정이었다. 멕시코로 가기 전에 이미 초청된 경기였고 우승을 하려면 베니 와츠를 이겨야 했다. 부엌에서 커피가 끓는 동안 어젯밤에 마시고 남은 버건디를 쏟아 버리고 빈 병을 쓰레기통으로 던졌다. 그리고 챔피언십 초청이 오기 전날 모리스 서점에서 주문한 책 두 권을 찾았다. 한 권은 지난 US 챔피언십의 경기가 기록된 책이었고, 다른 하나는 《베니 와츠: 나의 최고의 체스 경기 50》이었다. 책 표지에 허클베리 핀같이 생긴 그의 얼굴이 클로즈업되어 있었다. 그의 얼굴을 보고 있자니 지난번 패한 게임에서 그의 폰을 더블 폰으로 만들려 했던 멍청한 시도가 떠올라 아찔했다. 그녀는 커피를 마시고 책을 펼치며 숙취에서 벗어났다.

여섯 경기를 분석하고 나니 정오가 되었고 슬슬 배가 고팠다. 두 블록만 지나면 작은 레스토랑이 있었는데 양파를 넣고 조리한 간 요리를 파는, 카운터에 카드 모양의 담배 라이터가 진열된 곳이었다. 책을 들고 레스토랑으로 가서 햄버거와 감자볶음을 먹으며 두 경기 더 연구했다. 너무 달고 찐득해서 먹기가 꺼려지는 레몬 커스터드 크림이 나왔을 때는 문득 휘틀리 부인이 몹시 보고 싶었고, 신시내티와 휴스턴 같은 곳에서 함께 나눠 먹던 프랑스식 디저트가 그리웠다. 그러나 이내 머리를 흔들어 추억을 떨쳐 내고 마지막으로 커피를 한 잔 더 시킨 후 분석하던 게임을 마무리했다. 킹스 인디언 디펜스*를 오프닝으로 하고 나서 흑 비숍을 체스판의 오른쪽 위 구석으로 보내(피앙케토) 긴 대각선을 내려다보며 상대를

* 1. d4 Nf6 / 2. c4 g6로 움직이는 오프닝.

덮칠 기회를 엿보게 했던 게임이었다. 비숍이 구석으로 간 뒤에 흑은 킹 사이드에서, 백은 퀸 사이드에서 움직였다. 굉장히 고상한 방식이었다. 베니는 흑을 맡고도 손쉽게 이겼다.

베스는 현금을 내고 자리를 떠났다. 새벽 한 시까지 책에 있는 모든 경기를 연구했다. 다 마치고 난 뒤 베니 와츠의 대단함과 전에는 몰랐던 그의 정밀한 체스에 대해 더 자세히 알게 되었다. 멕시코에서 산 약을 두 알 더 먹은 뒤 침대로 갔고 곧바로 잠이 들었다. 그리고 다음 날 아침 아홉 시 반에 기분 좋게 잠에서 깼다. 계란이 삶아지는 동안 오전에 공부할 책을 한 권 골랐다. 폴 모피의 《체스의 황금기》였다. 오래된 책이었고 어떻게 보면 구식이기도 했다. 책 속의 기보들은 희끄무레하고 어수선했으며 흑 기물과 백 기물을 구분하기도 어려웠다. 그러나 폴 모피라는 이름만으로도 내면에서 전율이 일었다. 뉴올리언스의 괴짜 영재이자 점잖은 변호사, 그리고 고등법원 판사의 아들이었던 그는 젊은 시절 체스로 전 세계를 황홀하게 했고 어느 순간 돌연 체스에서 손을 뗐는데, 그 후 편집증에 걸려 나락으로 떨어지면서 일찍 죽음을 맞이했다. 모피는 킹스 갬빗을 할 때 자유분방하게 나이트와 비숍을 희생시키고 아찔한 속도로 흑 킹을 위협하곤 했다. 그 이전에도, 이후에도 모피 같은 선수는 없었다. 그의 책을 열고 경기 목록을 보자 등줄기가 쭈뼛하게 섰다. 모피 - 로웬

탈, 모피 - 하르비츠, 모피 - 안데르센. 그 옆에 1850년대 날짜가 적혀 있었다. 모피는 파리에서 경기를 치르기 전날 밤새 카페에서 술을 마시고 낯선 이들과 이야기를 나눴는데도 다음 날 상어처럼 날쌔게, 아주 예의 바르게, 그리고 말쑥하게 차려입고 미소를 지으며 숙녀의 손처럼 푸른 정맥이 도드라진 작은 손으로 큼직한 기물들을 움직이며 유럽 마스터를 연달아 깨부쉈다. 어떤 이는 그를 체스의 자랑이자 슬픔이라고 했다. 모피와 카파블랑카가 동시대에 서로 겨뤄 봤다면 얼마나 좋았을까! 베스는 1857년에 있었던 모피와 폴센이라는 선수의 경기를 살펴보았다. US 챔피언십은 3주 후에 열릴 예정이었다. 이제 여성이 우승할 때가 다가왔다. 베스가 우승을 거머쥘 시간이었다.

♖ 10장 ♖

경기장 안으로 들어서자 빛바랜 청바지에 데님 셔츠를 입고 앉아 있는 삐쩍 마른 젊은 남자가 보였다. 그의 금발 머리는 어깨에 닿기 직전이었다. 그가 자리에서 일어나 "안녕, 베스"라고 하지 않았다면 그녀는 베니 와츠를 못 알아봤을 것이다. 몇 달 전 《체스 리뷰》의 표지에 실렸을 때도 머리가 긴 편이긴 했는데 저 정도로 길지는 않았었다. 홀쭉한 그의 얼굴은 창백하고 무덤덤했다. 베니는 여전히 차분했다.

"안녕." 베스가 인사했다.

"보르고프와의 대국 봤어." 베니가 미소 지었다. "완전 끔찍했겠던데."

그녀가 수상쩍은 눈으로 그를 바라봤지만 그의 얼굴은 환하고 호의적이었다. 이제는 그녀를 이긴 그가 싫지 않았다.

싫은 선수는 딱 한 명, 러시아에 있는 그 남자뿐이었다.

"바보가 된 기분이었지."

"나도 알지, 그 기분." 그가 머리를 흔들었다. "감당도 안 되고 탈탈 털리고……. 멍청이가 된 기분이지."

베스가 그를 뚫어지게 쳐다봤다. 체스 선수들은 보통 자신의 굴욕에 대해 쉽게 이야기하지 않을뿐더러 약점도 인정하지 않는 편이었다. 그녀가 뭐라고 말하려는데 토너먼트 감독이 큰 소리로 외쳤다. "오 분 후 경기가 시작됩니다." 그녀는 베니에게 억지웃음을 보이며 고개를 까딱 숙이고 테이블을 찾아갔다.

체스판을 가운데에 두고 마주한 얼굴은 토너먼트가 열렸던 호텔 연회장이나 《체스 리뷰》에서 본 얼굴이 아니었다. 라스베이거스에서 타운스가 사진을 찍어 준 이후 육 개월간 《체스 리뷰》의 표지를 장식했었다. 반면 오하이오의 작은 마을의 대학 캠퍼스에 와 있는 이 선수들 절반은 겨우 한 번이나 두 번 정도 표지에 실렸을 뿐이었다. 베스와 첫 경기를 치르는 마스터 필립 르네는 중년의 남자였고 《체스 리뷰》 신간 표지에 나온 적이 있었다. 선수들은 전부 열넷이었고 대부분 그랜드 마스터였다. 베스만 유일한 여자였다.

선수들은 한쪽 벽 끝에 진한 초록색 칠판이 있고 천장에 오목한 형광등이 달린 강의실에서 경기를 했다. 파란 벽을 따라 커다랗고 각진 창문이 쭉 있고 그 창문들 밖으로 드넓은 캠퍼스와 나무, 그리고 수풀이 보였다. 강의실 끝에 접이식 의자가 다섯 줄로 진열됐고 바깥 복도엔 '1회 입장료: 4달러'라는 팻말이 있었다. 베스가 첫 경기를 할 때는 스물다섯 명이 구경하고 있었다. 일곱 개의 게임 테이블에 각각 전시용 체스판이 걸려 있었는데, 감독 두 명이 조용히 테이블 사이를 지나다니면서 선수들이 수를 두고 나면 전시용 체스판의 말을 움직여 실제 체스판과 똑같게 만들었다. 관중석이 나무로 된 단상에 있어서 관중들도 체스판을 볼 수 있었다.

하지만 모든 게 이류였다. 심지어 경기가 열리는 대학교도 이류 대학이었다. 국내에서 레이팅이 아주 높은 최고의 선수들을 이런 단출한 강의실에 모이게 하다니, 꼭 고등학교 토너먼트 같았다. 골프나 테니스 같았으면 베니 와츠와 베스는 기자들에게 둘러싸여 이런 싸구려 형광등 불빛 아래가 아닌, 플라스틱 체스판에 플라스틱 기물이 아닌, 더 좋은 환경에서 경기를 했을 거고 별다른 일거리 없는 점잖은 중년들 몇몇이 관중석에 앉아 구경했을 것이다.

필립 르네는 매우 진지하게 경기에 임했지만 베스는 경기를 그만두고 싶은 심정이었다. 정말로 그렇게 하지는 않았지만. 그가 폰을 킹열 4행으로 보냈을 때 그녀는 퀸 측 비숍열 폰을 올리고 시실리안 디펜스를 시작했다. 이제 그녀는 미들 게임에서 로솔리모-님조비치 공격의 한복판에 있었고 열한 번째 수에서 폰을 퀸열 세 번째로 옮기며 백과 동등해졌다. 벨틱과 검토했던 수였는데 그가 괜찮을 거라고 했던 대로 효과가 좋았다.

열네 번째 수에서 그녀는 그를 도망 다니게 만들었고 스무 번째 수에서 경기의 승패를 결정지었다. 그는 스물여섯 번째 수에서 기권했다. 베스는 주변을 둘러보며 다른 경기들을 보았다. 모두 아직 진행 중이어서 기분이 더욱 좋았다. 정말로 미국 챔피언이 될 것 같았다. 베니 와츠만 이길 수 있다면.

베스는 기숙사 복도 끝에 있는 화장실 딸린 작은 방에 머물렀다. 가구들은 검소한 편이었지만 다른 사람이 지냈던 흔적이 전혀 보이지 않아서 마음에 들었다. 처음 며칠은 학생 식당에서 혼자 식사를 하고 저녁이면 방에 들어가 책상이나 침대에서 체스 공부를 했다. 짐 가방에 체스 책을 가득 담아 들고 와서 책들을 책상 뒤쪽에 깔끔하게 정돈했다. 혹시 몰라서 신경안정제도 챙겨 왔다. 그러나 첫째 주에는 뚜껑을 열지 않았다. 하루에 한 경기씩 대체로 평이하게 흘러갔고 간혹 서너 시간 동안 경기를 하면 녹초가 되었지만 결코 패하지는 않았다. 시간이 갈수록 다른 선수들은 그녀를 더욱더 우러러 보았다. 그녀는 자신이 대단하고 능력 있는 선수로 느껴졌고 만족스러웠다.

베니 와츠 역시 베스와 같았다. 매일 밤 대학 도서관에서 그날의 경기들이 종이에 복사되었고 선수들과 관중은 그 복사본을 받았다. 베스는 아침저녁으로 경기들을 전부 훑어보며 몇 개는 체스판에 직접 두었지만 대개는 머릿속으로 끝냈다. 베니의 경기와 실제 뒀던 수를 복기하는 데 늘 애를 먹으면서도 신중하게 그의 경기 방식을 연구했다. 경기가 라운드로빈*방식으로 진행되는 토너먼트에서는 선수들 모두가 다른 선수를 한 번씩 만나야 했기에 베스는 열한 번째 경기에서 베니와 맞붙게 되었다.

아직 경기가 열세 번 남았고 대회는 2주간 진행됐다. 첫 번째 일요일엔 경기가 없었다. 베스는 늦잠을 자고 일어나 오랫동안 샤워를 하고 캠퍼스를 한참 걸어 다녔다. 손질된 잔디와 느릅나무들, 가끔씩 보이는 꽃밭, 정말 고요하고 평온했다. 평화로운 중서부 지역의 일요일 아침이었다. 하지만 경쟁과 시합이 그리웠다. 시내에 맥주를 마실 만한 곳이 수두룩하다는 소리를 들어서 한번 다녀올까, 하는 생각이 잠깐 들었지만 관두기로 했다. 더는 뇌세포를 무너뜨리고 싶지 않았다. 시계를 들여다봤다. 열한 시였다. 학생 식당이 있는 학

---

* 스포츠 경기에서 각 팀이 다른 팀과 모두 최소 한 번씩 경기를 치르면서 전반적인 승패 기록에 따라 마지막 순위를 결정하는 경기 방식.

생회관 건물로 향했다. 커피를 좀 마시고 싶었다.

1층에 나무판자가 깔린 쾌적한 라운지가 있었다. 그녀가 들어서자 저 멀리 베니 와츠가 체스판과 체스 시계가 있는 테이블 앞 베이지색 코듀로이 소파에 앉아 있는 모습이 보였다. 주변에 다른 선수 둘이 서 있고 그는 그들을 향해 웃으며 앞에 놓인 체스판의 무언가에 대해 설명하고 있었다.

베스가 식당으로 내려가려는 그때 베니의 목소리가 들렸다. "이리 좀 와 봐." 베스는 망설이다가 그쪽으로 갔다. 그녀는 두 선수를 단번에 알아보았다. 그들 중 한 명은 베스가 이틀 전에 퀸스 갬빗으로 제압한 선수였다.

"이거 봐, 베스." 베니가 체스판을 가리키며 말했다. "백이 움직일 차례야. 어떻게 할래?"

그녀는 가만히 바라보았다. "로페즈?"

"그렇지."

커피만 한 잔 마시려고 온 거라서 베스는 살짝 귀찮았다. 포지션이 정교해서 꽤 집중해서 봐야 했다. 다른 선수들은 아무 말도 하지 않았다. 결국 그녀는 자신에게 무엇이 요구되는 건지 눈치챘고, 말없이 허리를 숙여서 킹열 3행에 있는 나이트를 들어 퀸열 5행에 놓았다.

"봤지!" 베니가 껄껄 웃으며 다른 선수들에게 말했다.

"네가 맞을 수도 있네 뭐." 한 선수가 말했다.

"내 말이 맞아. 베스도 나랑 똑같은 생각을 한 거야. 폰을 움직이는 건 너무 약하지."

"폰은 상대가 비숍을 둬야 움직일 만해." 베스는 기분이 조금 나아졌다.

"정확해!" 베니였다. 그는 청바지에 펑퍼짐한 하얀 셔츠 같은 걸 입고 있었다. "스키틀즈(스피드 체스-옮긴이) 어때, 베스?"

"커피 마시러 가는 길이었어." 그녀가 말했다.

"바네스가 커피 갖다 줄 거야. 맞지, 바네스?" 키가 크고 순해 보이는 청년이 동의의 뜻으로 고개를 끄덕였다. "설탕이랑 크림은?"

"좋아."

베니가 바지 주머니에서 1달러짜리 지폐를 꺼냈다. 그가 바네스에게 내밀었다. "나는 사과주스. 플라스틱 컵에 든 거 말고 유리컵에."

베니가 체스판 옆에 시계를 두었다. 손바닥에 폰 두 개를 숨겼다. 베스가 건드린 손에 백 폰이 있었다. 베니가 기물을 세팅하며 물었다. "내기할래?"

"내기?"

"한 게임당 5달러 걸고."

"아직 커피도 못 받았거든."

"여기 왔네." 바네스가 유리컵에 든 사과주스와 스티로폼

컵 하나를 들고 서둘러 오고 있었다.

"그래. 5달러."

"커피 좀 마셔." 베니가 말했다. "내가 시계 버튼 누를 테니까."

베스는 바네스에게 커피를 받아 한 모금 길게 마시고 반쯤 남은 커피 컵을 테이블에 내려놓았다. "시작해." 그녀가 베니에게 말했다. 기분이 정말 좋았다. 바깥의 봄날 아침도 나름 괜찮았지만 그녀는 이게 훨씬 더 좋았다.

베니는 시간을 삼 분만 쓰고 그녀를 이겼다. 베스도 잘 두긴 했지만 그는 그녀가 어떤 공격을 하든 매번 전부 꿰뚫어 보고 곧바로 수를 두며 영리하게 경기를 했다. 베스가 주머니에서 지갑을 꺼내 5달러짜리를 그에게 건넸고 다시 체스판을 세팅했다. 이번엔 흑을 맡을 차례였다. 주변에 다른 선수 넷이 구경하고 있었다.

그녀는 폰을 킹열 네 번째 칸으로 행마한 그의 수에 시실리안으로 대적하려고 했으나 그가 폰 갬빗으로 억제시키고 그녀를 이레귤러 오프닝에 빠지게 했다. 그는 미치도록 빨랐다. 그녀는 게임 중반에 파일(세로줄)이 열린 곳에 더블 폰을 만들어 그를 곤경에 빠뜨렸지만 그는 무시하고 중앙 아래에서 공격을 이어 갔다. 그는 킹을 노출시키며 그녀가 룩으로 두 번이나 체크하게 만들었다. 그러나 그녀가 체크메이트를 하려고 나이트를 빼냈을 때 그는 자유분방하게 기물을 움직이다가 어느새 그녀의 킹과 퀸 앞에 불쑥 나타나더니 결국엔 체크메이트 그물을 쳤다. 그가 죽음의 수를 두기 전에 그녀는 기권했다. 이번에 그녀는 10달러짜리를 내밀었고 그가 5달러를 거슬러 주었다. 베스의 지갑에 60달러가 남아 있었다. 방에는 더 많이 있었고.

정오가 되자 마흔 명, 아니 그보다 많은 사람들이 구경하고 있었다. 토너먼트에 참가한 선수들 대부분과 정기적으로 체스 토너먼트를 보러 오는 관중이나 대학생들, 교수 같아 보이는 남자들 무리가 다 함께 관람 중이었다. 베스와 베니는 말 한마디 없이 경기를 계속했다. 세 번째 게임에서 그녀는 멋진 선방으로 깃발이 떨어지기 직전에 승리했지만, 네 번째는 졌고 다섯 번째는 비겼다. 아주 대단한 포지션들이 더러 있었는데 분석할 시간이 없었다. 황홀하면서도 절망적이었다. 이렇게 연속으로 패한 적은 처음이었다. 비록 오 분짜리였고 진지한 경기도 아니었지만 조용한 굴욕감에 정신이 아찔했다. 이런 느낌은 생소했다. 그녀는 정교하게 게임을 이끌었고 모든 공격에 알맞게 대처했으며 자신의 위협에 강한 힘을 불어넣으며 멋지게 경기를 했지만, 그런 건 아무것도 아니었다. 그에게는 그녀가 알지 못하는 어떤 노하우가 있는 것 같았다. 베니는 연달아 그녀를 꺾었다. 정말 속수무책이었다. 고요한 분노가 가슴속에서 커지고 있었다.

결국 베스는 하나 남은 5달러를 냈다. 오후 다섯 시 반이었다. 빈 컵이 체스판 옆으로 줄지어 있었다. 그만하려고 자리에서 일어나자 사람들이 박수를 쳤고 베니가 악수를 권했다. 그를 한 대 후려치고 싶었지만 잠자코 있었다. 관중들 사이에서 드문드문 박수 소리가 들렸다.

베스가 나가려는데 첫 대국을 뒀던 필립 르네가 그녀를 멈춰 세웠다. "너무 마음 쓰지 마. 베니보다 스피드 체스를 잘하는 사람은 이 세상에 없어. 진짜 별 의미 없는 거야."

베스는 무뚝뚝하게 고개를 끄덕이며 고맙다고 말했다. 밖으로 나가 늦은 오후의 햇살을 받으니 바보가 된 느낌이 들었다. 그날 밤엔 계속 방에 머물면서 신경안정제를 먹었다. 네 알만.

아침이 되자 피로는 풀렸지만 바보 같은 기분은 여전했다. 전에 베스가 약을 먹고 깊은 잠에서 깨어났을 때 휘틀리 부인이 고개를 삐딱하게 하고 베스의 얼굴을 묘사한 적이 있었다. 하지만 이제 더는 예전에 베니에게 패배한 후 느꼈던 굴욕감이 남아 있지 않았다. 탁자 서랍에서 약병을 꺼내고 뚜껑을 단단하게 돌렸다. 더 이상은 먹지 않을 생각이었다. 토너먼트가 끝날 때까지는. 갑자기 베니와 맞붙게 될 목요일이 생각나자 긴장감이 들었다. 그래도 서랍 속에 약을 집어넣고 옷을 입었다. 진한 커피 세 잔과 함께 이른 아침을 먹었다. 그러고는 가벼운 발걸음으로 캠퍼스의 광장을 거닐며 베니 와츠의 책에서 본 게임 중 하나를 복기했다. “진짜 대단하네. 그렇다고 못 이길 건 없지”라며 혼자 중얼거렸다. 어쨌거나 앞으로 사흘은 그와 붙을 일이 없었다.

한 시에 시작된 경기들이 오후 네다섯 시까지 이어졌다. 잠시 중단된 경기들도 다음 날 아침 또는 저녁에 마무리되었다. 낮 열두 시, 베스는 정신이 말똥말똥했다. 오후 한 시가 되었을 때는 그녀와 경기를 치를 블랙 파우더 티셔츠를 입은, 과묵하고 키 큰 캘리포니아 출신을 상대할 준비가 되어 있었다. 그는 흑인들 특유의 곱슬머리를 세워서 둥그렇게 만든 아프로 헤어스타일을 하고 있었지만 모두가 그렇듯 그 역시 백인이었다. 그녀는 나이트 두 개를 이용한 그의 잉글리시 오프닝*에 자신의 나이트 둘도 합세시키며 응수했고 평상시와는 다르게 상대를 엔드 게임으로 끌어 들였다. 성공적이었다. 폰을 잘 활용하여 수를 둔 것이 만족스러웠다. 그가 기권할 때, 폰 하나는 여섯 번째 줄에 있었고 다른 하나는 일곱 번째 줄에 있었다. 예상보다 쉬웠다. 벨틱과 연습했던 엔드 게임이 효과가 있었다.

그날 저녁, 베스가 학생 식당에서 디저트를 먹고 있는데 베

* 백이 첫 수에서 킹 측 비숍의 폰을 4행으로 보내는 것이다.

니 와츠가 왔다. "베스." 그가 말을 건넸다. "너 아니면 나야."

베스가 라이스 푸딩에서 고개를 들었다. "나 기죽이는 거야?"

베니가 웃었다. "아니, 그렇게 안 해도 널 이길 수 있지."

그녀는 아무 대꾸도 하지 않고 마저 먹었다.

"저기, 어제 일은 미안해. 일부러 몰아치려던 건 아니었어."

그녀가 커피를 한 모금 마셨다. "아니야?"

"그냥 해 보고 싶었을 뿐이야."

"그리고 돈도." 베스가 말했다. 그게 핵심이 아니란 걸 알면서.

"여기서 네가 최고야. 네 게임들을 연구해 봤어. 네 공격은 알레힌과 비슷해."

"어제 제대로 망신당했는데 뭘."

"그건 안 쳐. 스피드 체스였고 그건 너보다 내가 잘해. 뉴욕에서 엄청 했거든."

"라스베이거스에서도 날 이겼으면서."

"그게 언제 적 얘기야. 그리고 네가 내 더블 폰에 너무 집착해서 그랬지. 다시는 빠져나오지 못했을 거야."

그가 저녁 식사와 우유를 먹는 동안 그녀는 조용히 커피를 마셨다. 그가 식사를 마쳤을 때 그녀가 물었다. "혼자 있을 때 머릿속으로 체스를 두고 그래? 그러니까 처음부터 끝까지.”

그가 싱긋 웃었다. “다들 그러지 않아?”

베스는 학생회관 라운지에 앉아 모처럼 텔레비전을 봤다. 베니가 없는데도 다른 선수들이 모여 있었다. 그 후 방으로 올라갔는데 외로웠다. 휘틀리 부인이 죽은 이후 첫 토너먼트여서 그런지 그녀가 무척 그리웠다. 책상에 진열되어 있는 책 더미에서 엔드 게임 책을 들고 공부를 시작했다. 베니의 말이 맞았다. 그렇게 말해 줘서 오히려 고마웠다. 이제는 그의 긴 머리가 눈에 익었다. 그런 식으로 약간 긴 머리를 그녀는 좋아했다. 베니의 머리 스타일이 정말 멋져 보였다.

베스는 화요일에도, 수요일에도 이겼다. 수요일, 그녀가 경기를 마쳤을 때 베니는 아직 대국 중이었고, 그의 테이블로 가 잠시 구경을 했다. 곧 그가 우위를 차지했다는 것과 승리할 거란 게 눈에 보였다. 그가 고개를 들어 그녀를 바라보며 웃었다. 그러더니 입 모양으로 이렇게 말했다. “내일 봐.”

캠퍼스 구석에 어린이 놀이터가 있었다. 베스는 달빛을 받으며 그쪽으로 걸어가 그네에 앉았다. 그 순간 간절히 마시고 싶었던 것은, 두말할 필요도 없이, 레드 와인이었다. 약간의 치즈를 곁들인 레드 와인. 그리고 초록색 약 몇 알을 먹고 침대에 쓰러지고 싶었다. 그러나 그럴 수 없었다. 내일 아침 깨끗한 정신으로 오후 한 시에 있을 베니 와츠와의 대국을 준비해야 했다. 딱 한 알만 먹고 잠을 청하는 것쯤은 괜찮을 것 같았다. 아니면 두 알이나. 그냥 두 알을 먹어야겠다고 결심했다. 혼자 그네에 앉아 쇠사슬 그넷줄이 삐걱거리는 소리를 들으며 앞뒤로 흔들어 타다가 벌떡 일어나 기숙사로 힘차게 걸어갔다. 약을 두 알 먹었는데도 잠들기까지 한 시간이 넘게 걸렸다.

어딘가 모르게 공손한 토너먼트 감독의 태도와 베스를 바라보는 다른 선수들의 눈빛이 이번 경기에 이 대회의 모든 관심이 집중되어 있다는 걸 보여 주었다. 무승부 없이 여기까지 올라온 선수는 베스와 베니뿐이었다. 라운드 로빈 방식으로 진행되는 대회에서는 체스판에 번호가 주어지지 않았다. 둘은 교실 문쪽의 세 번째 테이블에서 경기를 시작했다. 구석진 곳에 있는데도 그 테이블은 관심을 한 몸에 받았다. 좌석은 이미 구경꾼들로 채워졌고 지금은 또 십여 명이 서서 경기를 보려 했다. 그녀가 자리에 앉자 웅성거림이 잦아들었다. 베니는 그녀보다 일 분 늦게 들어왔다. 그가 들어와 자리에 앉는 동안 사람들이 수군거렸다. 베스가 군중을 둘러보는데 마음속에 있던 어떤 생각이 문득 떠올랐고 그 생각이 단단하게 다져져 뿌리를 내렸다. 그 둘이 미국 최고의 선수라는 생각이.

베니는 색 바랜 데님 셔츠에 은색 펜던트가 달린 체인을 걸고 소매는 일꾼처럼 돌돌 말아 올렸다. 웃음기 없는 그의 얼굴은 스물넷보다 훨씬 나이 들어 보였다. 그가 군중을 향해 간결한 시선을 던지고는 베스 쪽으로 희미하게 고개를 끄덕였다. 감독이 게임을 시작한다는 신호를 보내자 체스판을 뚫어지게 바라보았다. 그가 백이었다. 베스가 시계 버튼을 눌렀다.

베니는 킹 폰을 4행에 두었고 베스는 망설임 없이 퀸 측 비숍열 네 번째 칸에 폰을 두어 응수했다. 시실리안이었다. 그는 킹 측 나이트를 꺼냈고 그녀는 킹열 세 번째에 폰을 놓았다. 베니를 상대로 잘 알려지지 않은 오프닝을 해 봤자 아무 소용없을 것이다. 그가 그녀보다 오프닝을 더 많이 알았으니까. 베스가 그보다 먼저 공격을 개시하면 미들 게임에서 그를 잡아 둘 공간이 생길 것 같았다. 그러려면 일단 그와 동등한 입장이 되어야 했다.

멕시코시티에서 보르고프를 상대할 때 처음 느꼈던 감정의 소용돌이가 몰아쳤다. 어른을 앞서려 애쓰는 아이가 된 기분. 두 번째 수를 두고 체스판 너머로 베니를 바라봤는데 그의 표정이 꽤 심각해 보였고, 베스는 왠지 그와 경기를 치를 준비가 되지 않은 기분이 들었다. 그런데 가만히 생각해 보니 딱히 그렇지도 않았다. 멕시코시티에서 보르고프에게

참패를 당하기 전에는 그래도 그간 일련의 프로 선수들을 제압해 왔고, 당시의 토너먼트에서도 그랜드 마스터를 연이어 이겼다. 심지어 여덟 살에 메듀엔 보육원에서 경비 아저씨와 체스를 둘 때에도 놀라울 만큼 능숙하게 굉장한 확신으로 체스를 두었기에 아직 마음의 준비가 되지 않았다는 생각이 크게 들지는 않았다. 그럼에도 지금은, 어딘가 터무니없고 미숙한 기분이었다.

베니는 몇 분 동안 고민을 하더니 낯선 수를 두었다. 퀸 폰을 움직이는 대신 퀸 측 비숍의 폰을 4행으로 올렸다. 그의 폰이 베스의 퀸 측 비숍 폰을 마주 보는 자리에 아무런 도움 없이 서 있었다. 그녀는 한동안 그 폰을 바라보며 그의 꿍꿍이를 알아내려 했다. 그가 마로치 바인드*를 시작하려는 것 같았지만 정상적인 시퀀스를 따를 것처럼 보이진 않았다. 새로운 오프닝이었다. 이 경기를 위해 특별히 준비한 듯했다. 그녀는 베니의 책을 보며 그의 모든 경기를 훑어보기만 했을 뿐 오늘의 대국을 위해 특별히 준비한 게 전혀 없다는 사실에 번뜩 당혹감이 몰려왔다. 체스를 대할 때 늘 그랬던 것처럼 직관과 공격으로만 맞설 준비가 되어 있었다.

계속 들여다보고 있으니 베니의 수에 불길한 기운도 보이

* 비숍 앞의 폰과 킹 앞의 폰을 움직이는 오프닝.

지 않았고 대처하지 못할 것도 없어 보였다. 크게 신경 쓸 필요 없을 것 같았다. 그의 오프닝을 거절할 수 있었다. 그녀가 나이트를 퀸 측 비숍 세 번째 칸으로 보내면 그가 수를 낭비하게 될 것이었다. 어쩌면 그가 빠르게 우위를 차지하려고 낚은 것일 수도 있었다. 스피드 체스 때처럼. 그녀가 대수롭지 않게 나이트를 전진시켰다. "알게 뭐니?"라고 말하는 휘틀리 부인의 목소리가 들리는 듯했다.

베니는 폰을 퀸열 4행에 두었다. 베스가 그 폰을 잡고 그가 나이트로 그녀의 폰을 또 잡았다. 그녀는 다른 나이트를 꺼내며 그도 그렇게 하기를 기다렸다. 그러면 핀을 걸어 그의 나이트를 잡고 더블 폰을 만들 수 있었다. 그가 퀸 측 비숍 폰을 움직이는 건 대가가 컸고 별 이점도 없었다. 그건 확실했다.

그러나 베니는 나이트를 전진시키지 않았다. 대신에 베스의 나이트를 잡았다. 확실히 그는 더블 폰을 원치 않았다. 그녀는 나이트를 잡기 전에 깊은 생각에 빠졌다. 정말 믿을 수 없었다. 그가 벌써 방어전에 들어갔다니. 조금 전만 해도 그녀는 자신이 아마추어 같았고 세 번째 수에서 베니 와츠가 정신을 어지럽힌다고 생각했는데, 오히려 그가 스스로를 곤경에 빠트렸다.

베스가 나이트 폰으로 베니의 나이트를 잡아서 중앙으로

전개시키는 건 의심의 여지가 없는 일이었다. 만일 나이트 폰이 아니라 퀸 폰으로 잡는다면 그가 두 퀸을 교환했을 테니까. 그러면 그녀는 캐슬링을 할 수 없게 되고, 그것은 그녀가 무척 좋아하는 퀸의 재빠른 공격을 부정하는 것과 마찬가지였다. 그녀는 나이트 폰으로 손을 뻗었다가 다시 거두었다. 베니가 퀸열을 열었다는 것이 어쩐지 충격적이었지만 너무나 매력적이었다. 가만히 분석을 시작했다. 점점 시야가 뚜렷해졌다. 퀸을 빨리 교환하면 캐슬링은 무용지물이었다. 엔드 게임에서 했던 그대로 킹을 앞으로 빼낼 수도 있는 상황이었다. 맞은편에 앉은 그를 다시 바라봤다. 그는 당연히 기물을 잡아야 할 차례인데 왜 이렇게 오래 걸리나, 의아해하는 눈치였다. 어딘가 모르게 그가 작아 보였다. '알게 뭐야?'라고 또 생각하며 퀸 폰으로 나이트를 잡고 그녀의 퀸을 노출시켰다.

베니는 주저하지 않았다. 그의 퀸으로 베스의 퀸을 잡고 날쌔게 시계 버튼을 눌렀다. 심지어 "체크"라고 하지도 않았다. 그녀는 당연히 킹으로 퀸을 잡았고 그는 킹 폰을 지키기 위해 비숍 폰을 전진시켰다. 단순한 방어 수였지만 그의 움직임에 그녀의 마음속 무언가가 기쁨에 어쩔 줄 몰라 했다. 빨리 퀸을 잃게 되어 벌거벗겨진 기분이 들긴 했지만 퀸이 없어도 강력하고 단단한 느낌이었다. 그녀는 이미 주도권을 가졌고 본인 역시 잘 알고 있었다. 폰을 킹열 네 번째 칸으로 밀었다. 이 단계에서는 그리 확실한 움직임은 아니었다. 그러나 건실함이 그녀를 따뜻하게 감쌌다. 이로 인해 퀸 측 비숍의 대각선 길이 활짝 열렸고 그녀의 폰이 그의 킹 폰을 4행에 붙들어 놨다. 그녀는 체스판에서 눈을 떼고 주변을 둘러보았다. 다른 경기들도 한참 진행 중이었다. 군중들은 조용히 경기를 지켜보았다. 서 있는 사람이 더 늘어났다. 그들은 베스와 베니의 경기가 보이는 곳에 서서 구경을 했다. 감독이 와서 테이블 앞에 있는 전시용 체스판에 수를 두었다. 킹 폰을 킹열 네 번째 칸으로 보냈다. 구경하는 사람들이 체스판을 보기 시작했다. 베스는 교실의 맞은편 창밖을 내다봤다. 아름다운 날이었다. 나뭇가지에 싱싱한 나뭇잎들이 달려 있고 파란 하늘은 흠잡을 데 없이 새파랬다. 긴장이 풀리고 마음이 부풀어 환해지는 기분이었다. 꼭 그를 이기고 싶었다. 아주 철저하게 그를 이길 작정이었다.

열아홉 번째 수에서 발견한 연속된 수는 아름답고 절묘하며 경이로웠다. 그 여섯 수들은 마치 바로 눈앞의 스크린에 나타난 것처럼 선명하게 베스의 부푼 마음속으로 뛰어들었다. 스크린에서 룩과 비숍, 나이트가 베니의 킹 사이드 구석에서 춤을 추고 있었다. 그러나 아직 체크메이트가 나온 것도 아니고 기물이 우위에 있는 것도 아니었다. 스물다섯 번째 수에 그녀의 나이트가 퀸열 다섯 번째로 갔고 베니는 방어 말고는 할 수 있는 게 없었기에 하는 수 없이 폰을 올렸다. 그녀는 룩과 나이트로 룩과 나이트를 교환하고 킹을 퀸 열 세 번째 칸으로 이동시켰다. 두 선수의 기물 숫자는 같았지만 중요한 건 앞으로 수를 몇 번 두느냐였다. 그가 폰을 8행으로 보내 퀸으로 승진시키려면 수를 열두 번 더 두어야 했고 그녀는 열 수 뒤에 폰을 승진시킬 수 있었다.

베스가 킹을 잡기 전 베니는 킹을 몇 번씩 빼내며 희망을 잃은 채 폰을 잡으려 시도했고 킹을 움직이는 그의 팔마저도 무기력해져 있었다. 그녀가 퀸 측 비숍 폰을 잡았을 때 그는 손을 내밀어 킹을 옆으로 눕혔다. 주변이 고요했다. 곧 차분한 박수 소리가 들렸다. 그녀는 서른 수 만에 그를 이겼다.

베스와 베니가 교실을 나서는데 그가 말했다. "네가 퀸을 교환하게 할 줄은 꿈에도 몰랐어."

"나도 마찬가지야."

♖ 11장 ♖

토요일 저녁 시상식이 끝난 후 베니는 베스를 데리고 시내에 있는 바에 갔다. 둘은 뒷자리에 앉았고 베스는 처음 시킨 맥주를 단숨에 벌컥 마시고 곧바로 한 잔 더 주문했다. 두 잔 모두 맛이 좋았다. "천천히 마셔." 그가 말했다. "천천히." 베니는 아직 첫 잔도 다 마시지 않았다.

"그래, 그래야지." 베스가 속도를 낮추었다. 이미 충분히 붕 떠 있는 기분이었다. 무패였고 무승부도 없었다. 대국 상대 중 두 선수가 미들 게임에서 무승부를 제안했지만 거절했었다.

"점수가 완벽해." 베니였다.

"기분 좋네." 승리 때문이기도 했고 맥주 때문이기도 했다. 베스가 그의 얼굴을 자세히 뜯어봤다. "패배를 받아들이는 네 모습 참 대단해."

"그런 척하는 거야. 속에서는 부글부글 끓어."

"안 그래 보여."

"그 빌어먹을 비숍 폰을 옮기는 게 아니었어."

두 사람은 한동안 아무 말 없이 앉아 있었다. 베니가 생각에 잠겨 맥주를 한 모금 들이켜고 물었다. "보르고프는 어쩔 생각이야?"

"파리에서? 나 여권도 없어."

"모스크바에서 말이야."

"무슨 말이야?"

"켄터키에는 우편배달이 안 되나 보지?"

"당연히 되지."

"모스크바 초청 경기. US 우승자는 거기에 초청된다고."

"맥주 하나 더 해야겠다." 베스가 말을 돌렸다.

"진짜 몰랐어?" 베니는 충격받은 듯했다.

"맥주 좀 더 시키고 올게."

"갔다 와."

베스는 바로 가서 맥주 한 병을 주문했다. 모스크바 초청 경기에 대해 들어 보긴 했지만 자세히는 몰랐다. 바텐더가 맥주를 가져왔고 그녀는 하나 더 달라고 했다. 테이블로 돌아가자 베니가 말했다. "너무 많이 마신다."

"그럴 수도." 베스는 맥주 거품이 가라앉기를 기다렸다가

꿀꺽 마셨다. “모스크바에 어떻게 가는데?”

“나 때는 체스 연합에서 비행기표를 사 주고 어디 교회 단체에서 나머지 비용을 댔지.”

“대타도 있었어?”

“바네스.”

“바네스?” 그녀가 그를 응시했다.

“러시아에 혼자 있는 건 꽤나 힘들어.” 베니가 인상을 찌푸렸다. “이렇게 술을 마시면 안 된다고. 너 그러다간 스물한 살에 술독에 빠질걸.”

베스가 맥주잔을 내려놓았다. “모스크바에 또 누가 나가는데?”

“다른 나라 선수 넷이랑 러시아 선수 넷.”

그 뜻은 루첸코와 보르고프가 나온다는 소리였다. 샤프킨도 나올 가능성이 있었다. 베스는 더 생각하고 싶지 않았다. 조용히 그를 바라보았다. “베니, 네 머리 스타일 마음에 들어.”

베니가 그녀를 쳐다봤다. “그래, 뭐.” 그가 말했다. “러시아는?”

베스가 맥주를 또 마셨다. 그녀는 그의 머리와 파란 눈이 좋았다. 전에는 한 번도 이성적으로 느낀 적이 없었는데 지금은 남자로 보였다. “러시아 선수 네 명이라…….” 그녀가 말을 이었다. “러시아 선수가 너무 많네.”

"다들 죽이려 들 거다." 그가 맥주잔을 들어 전부 마셨다. 그게 한 병째였다. "베스," 그가 그녀를 불렀다. "너는 그래도 러시아 놈들과 붙어 볼 만한 유일한 미국 선수야."

"멕시코시티에서 보르고프한테 대박 깨졌는데 뭐……."

"언제 파리로 가?" 베니가 물었다.

"5주 뒤에."

"그러면 주변을 좀 정리하고 공부를 하지 그래? 트레이너를 구해 봐."

"네가 해 줄래?"

베니가 잠시 생각에 잠겼다. "뉴욕으로 올 수 있어?"

"글쎄."

"우리 집 거실에서 지내다가 파리로 가면 되겠네."

그의 말에 베스는 화들짝 놀랐다. "나 켄터키 집에 정리할 게 좀 있어서."

"집 걱정 따위는 좀 집어치워."

"나…… 나는 아직 준비가……."

"언제 되는데? 내년? 십 년 후에?"

"모르겠어."

베니가 몸을 앞으로 숙여 천천히 말했다. "안 하면 너 술로 네 재능을 다 잃게 될걸."

그가 말을 멈췄다. "그리고 섹스는……."

베스가 그를 올려다봤다.

“꿈도 꾸지 말고.” 베니가 말했다.

“봄이지.” 베니가 입을 열었다. “봄이 최고지. 두말할 것도 없이 최고.”

“어째서?” 베스가 물었다. 두 사람은 먼지투성이의 작은 승용차를 타고 자갈이 울퉁불퉁한 길을 따라 잿빛 아스팔트가 깔린 펜실베이니아의 유료 도로 구간으로 들어서고 있었다.

“저기 어디쯤이겠네. 저 언덕 위에. 저기도 뉴욕이야.”

“오하이오도 괜찮았어.” 베스가 말했다. 그러나 그녀는 이런 논쟁이 싫었고 날씨에도 별 관심이 없었다. 베스는 렉싱턴에 있는 집을 제대로 정리하지도 못했고 변호사와 전화 통화도 할 수 없었으며 뉴욕에서 어떤 일이 벌어질지 예측할 수도 없었다. 그녀가 이런 불확실성 때문에 불안한 얼굴을 하고 있는데도 천하태평한 베니와 이따금 그의 얼굴에 퍼지는 어떤 화창한 공백이 그녀는 싫었다. 그는 시상식 중에도, 그녀가 인터뷰를 하고 사인을 하는 동안에도, 토너먼트 관계자에게 감사 인사를 한 뒤 체스의 중요성에 대해 이야기하려고 뉴욕주 북부에서 온 미국 체스 연합 사람들에게 고마움을 전하는 동안에도 그런 표정이었다. 지금도 그는 아무 생각이 없어 보였다. 그녀는 눈을 돌려 도로를 내다보았다.

잠시 뒤 그가 말을 꺼냈다. "러시아에 갈 때 나도 같이 가고 싶은데."

놀라웠다. 두 사람은 차에 탄 뒤로 러시아나 체스에 대해 입도 뻥긋하지 않고 있었다. "내 대타로?"

"뭐라도. 경비는 못 내고."

"내가 대라 이거야?"

"어디서 후원이 좀 들어오겠지. 네가 잡지 인터뷰를 하는 동안 요한센과 이야기를 나누었어. 체스 연합에서 선수 대타의 비용을 내주지 않는다고 하더라고."

"일단 파리만 생각 중이야." 베스가 말했다. "모스크바는 아직 결정 안 했어."

"가게 될 거야."

"앞으로 너랑 며칠을 같이 지내게 될지도 모르는데 뭐. 나 여권도 없어."

"뉴욕에서 만들면 돼."

베스는 무슨 말을 하려다 삼켰다. 그녀가 베니를 바라보았다. 이제 그 공백이 그의 얼굴에서 사라졌고 그녀는 그에게서 따스함을 느꼈다. 지금까지 두 명의 남자에게 사랑이란 감정을 느꼈는데, 아직 그들과 육체적인 사랑을 나누지는 않았다. 만일 베니와 침대로 가면 그 이상의 뭔가가 더 있을 것 같았다. 자정 즈음 그의 아파트에 단둘이 있으면 뭔 일이 벌어질 것이다. 베니가 집에서는 다르게 느낄지도 모르는 일이었다.

"체스 두자." 베니가 말했다. "내가 백 할게. 폰을 킹열 4행으로."

베스가 어깨를 으쓱했다. "폰을 퀸 측 비숍열 네 번째로."

"엔(N)," 그가 나이트(Knight)의 철자를 사용했다. "킹 측 비숍열 3행."

"폰을 퀸열 세 번째로." 그녀는 이 게임을 즐길 수 있을지 확신이 서지 않았다. 내면의 체스판을 다른 누군가와 공유한 건 처음이라 그녀만의 오프닝이 베니의 수 때문에 방해를 받는 느낌이 들었다.

"폰을 퀸열 4행." 베니의 차례였다.

"폰이 폰을 잡아."

"나이트가 잡아."

"나이트. 킹 측 비숍열 세 번째로." 쉬웠다. 저 앞에 난 길을 바라보면서 동시에 상상의 체스판을 눈앞에 나타나게 해 어려움 없이 기물을 움직였다.

"나이트를 퀸 측 비숍열 3행." 베니였다.

"폰을 킹 측 나이트열 세 번째로."

"폰을 비숍열 4행으로."

"폰을 비숍열 네 번째로."

"레벤피시네." 베니가 냉담하게 툭 내뱉었다. "나 이거 싫어하는데."

"나이트 움직여."

갑자기 그가 얼음처럼 차가운 목소리로 말했다. "이래라저래라 하지 마." 베스는 뭐에 찔린 것처럼 뒤로 물러났다.

둘은 적막 속에 차를 타고 달렸다. 베스는 점점 다가오는 도로의 경계선이 둘을 갈라놓는 걸 보고 있었다. 터널에 들어갔을 때 베니가 말했다. "네 말이 맞네. 나이트를 흑 비숍열 세 번째 칸에. 거기에 둘게."

베스는 약간 망설이다가 입을 열었다. "좋아, 그럼 내가 나이트를 잡지."

"폰이 폰을 잡아." 베니가 말했다.

"폰을 킹열 다섯 번째에."

"폰이 다시 잡아." 베니 차례였다. "샤르츠가 이런 걸 보고 뭐라고 그랬는지 알아? 주석에?"

"난 주석 안 읽어." 베스가 말했다.

"이제부터 읽어 봐."

"샤르츠 안 좋아해."

"나도 안 좋아해. 그래도 읽어는 봤어. 다음 수는 뭐야?"

"퀸이 퀸을 잡아. 체크." 그녀의 목소리가 뚱했다.

"킹이 잡아." 베니가 차바퀴에 힘을 풀었다. 펜실베이니아를 지나가는 중이었다. 베스는 스물두 번째 수에 그가 기권하도록 강요했고 왠지 모르게 기분이 좀 나아졌다. 그녀는 늘 시실리안을 좋아했다.

베니의 아파트로 들어가는 초입에 쓰레기봉투가 한가득이었고 머리 위에서 비추는 불은 먼지가 잔뜩 낀 전구 하나에서 간신히 새어 나왔다. 복도에 하얀 타일이 깔려 있었는데 자정의 버스정류장 화장실처럼 암담했다. 집 현관문에 자물쇠가 세 개 있었고, 붉은색으로 칠해진 문에는 도통 이해할 수 없는 'Bezbo(베즈보)' 같은 말들이 검은색 스프레이로 써져 있었다.

집 내부는 작고 어수선했다. 거실 온 사방에 책들이 쌓여 있었다. 베니가 불을 켰는데 그래도 조명은 나름 괜찮았다. 한쪽에 주방이 있고 그 옆에 침실로 이어지는 문이 있었다. 거실에는 잔디 느낌의 러그만 있고 소파와 의자는 없었다. 그냥 러그 옆에 있는 시커먼 쿠션 위에 전등을 들고 앉아야 했다.

화장실은 무척 화장실다웠다. 바닥에 검정과 흰색 타일이 깔려 있고 온수가 나오는 수도꼭지는 깨져 있었다. 욕조가 있어서 검은색 비닐 커튼을 치면 샤워가 가능했다. 베스는 손을 씻은 다음 세수를 하고 거실로 돌아갔다. 베니는 침실로 가서 짐을 풀었다. 그녀의 가방은 아직 거실 책장 옆에 있었다. 녹초가 된 채 그쪽으로 터덜터덜 가서 책을 훑었다. 전부 체스에 관한 책이었다. 다섯 개의 선반에 놓인 책 모두. 몇몇은 러시아어와 독일어 책이었는데 그것마저도 체스에 관련된 것이었다. 빽빽하고 자그마한 러그를 지나쳐 맞은편에 다른 책장으로 갔다. 그 책장은 벽돌 위에 판자를 올려 만든 것이었다. 여기엔 체스 책이 더 많았다. 선반 하나 전체가 1950년대 출간된 러시아 체스 잡지 《샤크마트니 리포트》로 채워져 있었다.

"벽장에 공간이 좀 있어." 베니가 방 안에서 소리쳤다. "필요하면 거기에 옷 걸어."

"알았어." 베스가 대답했다. 유료 고속도로를 타고 오면서 그녀는 여기에 도착하면 그와 사랑을 나눌지도 모른다고 생각했다. 그러나 지금은 그냥 잠이나 자고 싶었다. 그런데 어디에서 자야 하는 걸까? "나 소파에서 자는 거 아니었어?" 베스가 물었다.

베니가 침실 문 밖으로 나왔다. "난 분명히 거실이라고 했어." 그러고는 다시 방으로 들어가 커다란 무언가와 펌프 같은 걸 가지고 나왔다. 바닥 한가운데에 그것을 뒤집어 놓더니 발로 펌프를 밟기 시작했다. 얼마 후 크게 부풀어 올라 에어 매트리스가 되었다. “이불 가져올게.” 베니가 방에서 이불을 가지고 왔다.

“내가 할게.” 베스가 그에게 이불을 받았다. 매트리스가 썩 편해 보이진 않았지만 초록색 약이 어디에 있는지 알았으니 괜찮았다. 그가 잠들고 나면 약을 먹을 수 있을 터였다. 필요하다면 말이다. 이 집엔 술도 없어 보였다. 베니가 그렇다고 한 건 아니었지만 딱 봐도 알 수 있었다.

짐 가방에서 약을 찾는 걸 깜빡 잊고 베니보다 먼저 잠들었던 모양이다. 요란하게 빵빵대는 경적 소리에 눈을 떴다. 구급차나 소방차 같았다. 몸을 일으켜 앉으려는데 뜻대로 되지 않았다. 그 침대는 가장자리가 제대로 잡혀 있지 않아서 다리를 걸치고 앉기가 어려웠다. 잠옷 바람으로 우뚝 일어나 주위를 둘러보았다. 베니가 싱크대 앞에 등을 지고 서 있었다. 여기가 어디인지 모르는 건 아니었지만 낮에 보니 또 다른 느낌이었다. 사이렌 소리가 서서히 옅어지고 뉴욕의 북적북적한 차량들 소리로 바뀌었다. 블라인드를 하나 올려 보니 베니만큼 가까이에 커다란 화물용 트럭이 있었고 그 건너편에 택시 여러 대가 지나가는 모습이 보였다. 개 짖는 소리가 띄엄띄엄 들렸다.

베니가 몸을 틀고 그녀에게 다가와 큰 종이컵을 건넸다.

컵에 초크 풀 오 넛츠(Chock Full O’ Nuts)라고 적혀 있었다.

뭔가 좀 어색했다. 지금껏 아침에 그녀에게 뭔가를 준 사람은 없었다. 휘틀리 부인도 그런 적이 없었다. 부인은 베스가 아침을 먹기 전에 일어난 적이 없었으니까. 플라스틱 뚜껑을 열고 커피를 마셨다. "고마워."

"방에 가서 옷 갈아입어." 베니가 말했다.

"일단 샤워 좀 해야 해."

"좋을 대로."

베니는 접이식 테이블을 펼치고 초록색과 베이지색으로 이뤄진 체스판을 올렸다. 베스가 거실로 나왔을 때 그는 기물을 진열하는 중이었다. "자, 이걸로 시작하자." 그가 고무줄로 돌돌 말린 팸플릿과 잡지를 건넸다. 가장 위에 놓인 싸구려 종이로 제작한 작은 팸플릿 표지에 '헤이스팅스 크리스마스 체스 대회 - 팔레이즈 홀, 화이트 록 가든'이라고 적혀 있고 그 밑에 '경기들의 기록'이 인쇄되어 있었다. 팸플릿을 펼쳐 보니 빼곡한 글씨들이 번져서 희미하게 보였다. 한 페이지에 체스 경기가 두 개씩 소개되었고 그 위에 진한 글씨로 '루체코 - 울만' 그리고 '보르고프 - 펜로즈'라는 캡션이 달려 있었다. 베니가 《그랜드 마스터 체스》라고만 적힌 팸플릿도 내밀었다. 헤이스팅스 소책자와 굉장히 비슷하게 생긴 책이었다. 잡지 중 세 권은 독일 잡지였고 한 권은 러시아에서 온 잡지였다.

“헤이스팅스 경기를 해 볼 거야.” 베니가 말했다. 그러고는 방으로 가서 원목 의자를 두 개 들고 나와 창문 앞에 있는 접이식 테이블 맞은편에 하나씩 놓았다. 밖에는 아직 화물차가 주차되어 있고 거리를 가득 메운 차들은 여전히 엉금엉금 기어가고 있었다. “네가 백을 맡아. 내가 흑 할게.”

“나 아직 아침도 안 먹었는데…….”

“냉장고에 계란 있어. 보르고프 경기 먼저 시작한다.”

“전부 다?”

“너 파리에 가면 그 사람도 거기에 있거든.”

베스가 손에 들린 잡지를 보다가 다시 테이블 너머의 창문을 바라보고 시계를 확인했다. 여덟 시 십 분이었다. “계란 먼저 먹고.” 그녀가 말했다.

두 사람은 점심으로 델리에서 샌드위치를 사 와 체스판을 앞에 두고 먹었다. 저녁은 1번가에서 중국 음식을 포장해 와 먹었다. 베니는 오프닝 내내 베스가 수를 빨리 두지 못하게 막았다. 그녀의 수가 조금이라도 모호하면 경기를 멈추고 왜 그렇게 했는지 물었다. 일반적인 것을 제외하고 전부 분석하게 했다. 가끔 기물을 움직이려는 그녀의 손을 낚아채 물리적으로 중단시키고 질문을 마구 해 댔다. “왜 나이트를 전진하지 않지?” 또는 “뒤쳐진 폰은 어떻게 할 건데?” 같은 질문.

그는 철저하고 열정적이었으며 결코 고삐를 늦추지 않았다. 지난 몇 년간 베스도 이런 질문들의 존재를 인식하고 있었으나 그런 식의 엄격함으로 자신을 몰아세운 적은 없었다. 그녀가 마음속으로 루첸코나 메킹 또는 체르니아크가 보르고프를 상대로 급작스런 공격력을 발사하길 바라며 눈앞에 전개된 포지션이 내재한 공격의 가능성을 마음껏 휘두르려던 찰나, 베니가 방어 수에 대해 물으며 밝은 칸과 어두운 칸을 개방한 이유 그리고 룩으로 파일(세로줄)을 차지하려는 이유가 뭐냐며 이의를 제기했다. 베스는 가끔 극도로 짜증이 났지만 그럼에도 불구하고 그의 질문에 담긴 정당성을 엿보기도 했다. 《체스 리뷰》를 처음 발견한 후로 지금까지 머릿속으로만 그랜드 마스터의 경기를 복기했을 뿐 제대로 된 훈련을 받은 적은 없었다. 그녀는 승리의 기쁨을 맛보기 위해, 희생 또는 강제 체크메이트로 인한 짜릿한 흥분을 느끼기 위해 잡지에 인쇄된 게임들을 연습해 왔다. 특히 프레드 레인펠트가 쓴 퀸의 희생과 멜로드라마가 수두룩한 체스 경기 책처럼 한 편의 드라마 같은 경기들이 꼼꼼하게 인쇄된 것들을 말이다. 베스는 토너먼트 경험을 통해 경기 상대가 알아서 퀸의 희생에 말려들거나 나이트나 룩의 깜짝 체크메이트에 속아 넘어가지 않는다는 걸 배웠다. 그러나 지금도 여전히 이런 식의 스릴을 매우 좋아했다. 그래서 모피의 일상적인 게임이나 패배한 게임에 빠진 게 아니라, 모피라는 사람에게 푹 빠진 것이었다. 모피 역시 다른 선수들과 마찬가지로 경기에서 진 적이 있었다. 하지만 베스는 제아무리 그랜드 마스터의 경기라고 해도 평범한 체스는 지루하게 느꼈다. 루벤 파인의 엔드 게임 분석이나, 루벤 파인의 오류를 지적하는《체스 리뷰》의 역분석처럼 따분하고 평범한 체스는 지긋지긋했다. 어쨌든 그녀는 베니가 지금 하는 이런 짓거리를 단 한 번도 해본 적이 없었다.

베스가 하고 있는 경기들은 세계적인 선수들이 장인 정신으로 둔 진지한 체스 경기들이었고 모든 수에 잠재된 정신적인 에너지 양은 입이 떡 벌어질 정도로 엄청났다. 그러나 그에 비해 경기의 결과가 어처구니없을 정도로 따분하고 결정적이지 않을 때도 꽤 자주 있었다. 하지만 백 폰 하나의 움직임에 대단한 생각의 힘이 담겨 있을 수도 있었다. 말하자면, 여섯 수 안에 드러날 원거리 위협과 같은 야심 찬 포부랄까. 그와 반대로 흑이 백의 위협을 예측하고 그것을 상쇄시킬 만한 수를 찾아내서 백의 눈부신 광채가 단칼에 중단될 수도 있었다. 절망적이고 실망스러운 결말이고 지루한 결말이었지만, 베니가 베스를 멈추게 한 뒤 무슨 일이 일어나고 있는지 보라고 했기 때문에 그 속에 감춰진 매혹적인 부분을 느낄 수 있었다. 둘은 정말 필요할 때만 집 밖으로 나가며 엿새 동안 계속 연습했다. 어느 수요일 밤에 영화를 보러 나가긴 했다. 그의 집엔 텔레비전이나 라디오가 없었다. 오로지 먹고 자는 공간, 체스를 두기 위한 공간이었다. 둘은 그랜드 마스터의 무승부 경기도 빼놓지 않으며 헤이스팅스 소책자와 러시아 잡지를 싹 훑었다.

화요일에 베스는 켄터키에 있는 변호사와의 전화 통화에서 집 관련 문제는 다 괜찮은 건지 물었다. 그녀는 베니가 다니는 케미컬 뱅크의 한 지점에 가서 계좌를 개설하고 오하이오에서 받은 우승 상금을 입금했다. 정확하게 입금되는 데까지 닷새 정도 걸릴 예정이었다. 그때까지는 여행자 수표로 충분히 비용을 댈 수 있었다.

두 사람은 첫 주 동안 놀라울 만큼 대화를 나누지 않았다. 성적인 어떤 일도 벌어지지 않았다. 베스는 성적인 부분도 염두에 두고 있었지만 체스를 두느라 정신없이 바빴다. 가끔 자정에 공부가 끝나면 그녀는 바닥에 있는 베개에 앉아 있거나 2번가 혹은 3번가를 걷거나 델리에 가서 아이스크림 또는 허쉬 초콜릿을 사 오곤 했다. 술집은 한 번도 가지 않았고 밖에 오래 머물지도 않았다. 뉴욕의 밤이 음산하고 위험해 보여서 그런 것도 있었지만 딱히 그 때문만은 아니었다. 밖에 나갔다가 다시 아파트로 돌아와서 몸을 눕힐 매트리스에 바람을 넣을 생각을 하니 기운이 쭉 빠졌다.

베니와 함께 있는데도 가끔 혼자 있는 것 같은 기분이었다. 그는 몇 시간을 내리 철저하게 개인적으로 행동하기도 했다. 베스 내면의 무언가도 그에 반응했고 마찬가지로 그와 전혀 소통하지 않고 체스만 두며 개인적이고 차갑게 변했다.

간혹 변화가 생길 때도 있었다. 한번은 그녀가 두 러시아 선수의 특히 더 복잡한 포지션을 연구하고 있을 때—그 포지션은 결국 무승부로 끝났다— 뭔가가 눈에 탁 걸려들었고 차근차근 따라가다가 "베니, 이것 좀 봐 봐!"라고 외치며 기물을 움직이기도 했다. "그자가 하나를 놓쳤어. 흑이 나이트로 이걸 갖고……." 눈앞에 흑이 이길 수 있는 방법이 나타났다. 베니가 활짝 웃으며 그녀가 앉아 있는 곳으로 다가가 어깨를 두르며 포옹했다.

대부분의 시간 동안 체스는 그들 사이의 유일한 언어였다. 어느 날 오후, 두 사람이 서너 시간을 들여 엔드 게임을 분석하는 도중에 그녀가 지친 목소리로 물었다. "가끔은 지루하지 않아?"

그가 멍한 눈으로 그녀를 바라봤다. "이거 아니면 뭐 할 건데?"

노크 소리가 들렸을 때 둘은 룩과 폰 엔딩을 하는 중이었다. 베니가 자리에서 일어나 문을 열자 세 명이 서 있었고 한 명은 여자였다. 베스는 그중 한 남자를 몇 달 전《체스 리뷰》에서 봤다는 걸 인지했고 다른 한 명은 어디서 봤는지 결국 찾아내지 못했지만 낯익은 얼굴이었다. 여자는 굉장히 매력적이었다. 스물다섯쯤 되어 보이는 그녀는 검은 머리에 피부색이 희었고 회색 미니스커트 위에 어깨 장식이 있는 군복 무늬 셔츠를 입고 있었다.

"여기는 베스 하먼이야." 베니가 소개했다. "힐튼 웩슬러, 그랜드 마스터인 아서 레베르토프, 그리고 제니 베인스야."

"새로운 챔피언이네." 레베르토프가 베스에게 살짝 목례를 하며 인사했다. 그는 삼십 대인데 벌써 머리가 벗어지고 있었다.

"안녕." 베스가 테이블에서 일어났다.

"축하해!" 웩슬러였다. "베니가 겸손을 좀 배울 필요가 있지."

"난 이미 겸손 최강자거든." 베니가 말했다.

여자가 베스에게 손을 내밀었다. "만나서 반가워."

베니의 작은 거실이 사람들로 꽉 차니 느낌이 이상했다. 왠지 그와 함께 반평생을 이 집에서 체스를 연구해 온 기분이 들어서 다른 누군가와 함께 있다는 것이 아주 별나게 느껴졌다. 뉴욕에 머문 지 이제 고작 아흐레째 되는 날이었다. 뭘 어떻게 해야 할지 감을 잡지 못하고 베스는 다시 체스판 앞에 앉았다. 웩슬러가 다가와 맞은편에 섰다. "문제 풀이하는 거야?"

“아니.” 어렸을 적에 몇 번 해 보긴 했지만 크게 관심을 두는 편은 아니었다. 백이 두 수 안에 체크메이트를 하는 거였는데 포지션이 자연스러워 보이지 않았다. 휘틀리 부인이 말한 것처럼, 해 봐야 별거 아니었다.

“내가 한번 해 볼게.” 웩슬러가 말했다. 그의 목소리는 친근하고 편안했다. “이거 흐트러뜨려도 돼?”

“응, 해 봐.”

“힐튼.” 제니가 그들에게 다가오며 말했다. “베스는 체스 문제나 푸는 괴짜가 아니야. 미국 챔피언이라고.”

“괜찮아.” 베스가 말했다. 제니가 그렇게 말해 줘서 내심 기분이 좋았다.

웩슬러가 체스판에 기물을 놓았는데 포지션이 이상했다. 퀸 두 개는 구석에 있고 룩 네 개가 전부 같은 파일(세로줄)에 놓였으며 킹은 거의 중앙에 배치되었다. 현실에서 볼 수 없는 게임이었다. 그가 준비를 마치고 가슴 앞으로 팔짱을 꼈다. “내가 제일 좋아하는 문제야. 세 수 안에 백이 이겨야 해.”

베스는 귀찮은 듯이 체스판을 쳐다봤다. 이런 문제나 푼다는 게 어리석게 느껴졌다. 절대 실제 게임에서 나올 리가 없는 수였다. 폰을 승진시키고 나이드로 체크하고 킹을 구석으로 보냈다. 그런데 퀸으로 승진시키고 나자 답보 상태가 되었다. 폰을 나이트로 승진시키고 그다음 체크를 하는 건 어떨까……. 나름 괜찮았다. 첫 번째 체크 이후에 킹이 움직이지 않는다면 어쩌지……. 베스는 잠시 등을 기대고 어떻게 하면 좋을지 살폈다. 마치 수학 문제 같았다. 그녀는 늘 수학을 잘했다. 고개를 들어 웩슬러를 보았다. "폰을 퀸열 7행으로."

그는 놀란 눈치였다. "이럴 수가. 진짜 빠르네."

제니가 미소 지었다. "그것 봐, 힐튼."

베니는 조용히 지켜보고 있었다. "다면기 하자." 불쑥 베스에게 제안했다. "우리 전부랑."

"난 빼." 제니였다. "난 규칙도 몰라."

"체스판하고 기물이 그만큼 있어?" 베스가 물었다.

"벽장 선반에." 베니가 방으로 가서 종이 상자를 들고 왔다. "바닥에서 하면 돼."

"시간제한은?" 레베르토프였다.

베스에게 번뜩 어떤 생각이 떠올랐다. "스피드 체스로 하자."

"그럼 우리가 유리하지. 네 차례에 다음 수를 생각할 수 있잖아."

"해 보지 뭐."

"별론데." 베니의 목소리가 단호했다. "너는 스피드 체스를 그렇게 잘하진 않잖아. 기억 안 나?"

그녀 안의 무언가가 그가 삼킨 말에 강하게 반응했다. "내가 너 이긴다에 10달러 걸게."

"나 상대하느라 다른 애들 게임을 나 몰라라 하면?"

그녀는 그를 발로 차 버리고 싶었다. "각 판에 10달러씩 걸게." 그녀는 자신의 목소리에 담긴 확고함에 흠칫 놀랐다.

"그래, 네 돈이니까."

"자, 바닥에 체스판 세 개 깔자. 내가 가운데 앉을게."

그들은 시계를 세 개 써 가며 게임을 했다. 베스는 지난 며칠간 아주 날카로워졌고, 한 번에 모든 체스판을 공격하며 망설임 없이 정확하게 수를 두었다. 그리고 여유 있게 세 남자를 이겼다.

게임이 끝났을 때 베니는 입도 뻥끗하지 못했다. 그는 방으로 가 지갑을 들고 와서 10달러짜리 세 장을 꺼내 베스에게 주었다.

"한 번 더 해." 베스가 말했다. 목소리에 응어리가 담겨 있었다. 가만히 곱씹어 보니 섹스를 의미하는 말일 수도 있겠구나, 싶었다. 한 번 더 해. 만약 베니가 그녀와의 잠자리를 원한다면 그는 그녀와 잘 수 있을 터였다. 베스가 기물을 세팅하기 시작했다.

그들은 바닥에 자리를 잡았고 베스는 세 판을 상대로 백을 맡았다. 빙빙 돌며 수를 두지 않아도 되게끔 그녀 바로 앞에 체스판 세 개가 펼쳐졌지만 어쨌든 수를 둘 때를 제외하고는 그들과 거의 상의하지 않았다. 머릿속으로 체스를 두며 게임했다. 심지어 수를 두고 시계 버튼을 누르는 기계적인 행동도 상상 속 체스에 전혀 영향을 미치지 않았다. 베니의 시계 깃발이 떨어졌을 때 그의 포지션은 이미 가망이 없었다. 반면 그녀는 시간이 남아 있었다. 그가 그녀에게 30달러를 또 건넸다. 한 번 더 하자는 그녀의 제안에 그는 "싫어"라고 답했다.

집 안에 긴장감이 가득했고 그 누구도 선뜻 나서지 않았다. 어색함에 제니가 "이거 완전 남성 우월주의네"라고 웃으며 말했지만 별 도움이 되진 않았다. 베스는 베니 때문에 울화가 치밀었다. 그를 너무 쉽게 이겨서 화가 났고 아무렇지도 않은 척 꿈쩍도 않고 패배를 받아들이는 그의 모습에 화가 났다.

잠시 후 베니가 의외의 행동을 했다. 그가 등을 곧게 펴고 앉아 있다가 갑자기 벽에 기대고 바닥 위로 다리를 털썩 내려놓으며 긴장을 풀었다. "그래, 베스." 그가 내뱉었다. "네가 이겼다. 이겼어." 모두들 웃음을 터뜨렸다. 베스는 웩슬러 옆에 앉아 있는 제니를 바라봤다. 아름답고 지적인 제니가 존경을 담아 그녀를 보고 있었다.

베스와 베니는 그 후 며칠간 1950년대로 돌아가서 《샤크 마트니 리포트》를 연구했다. 때때로 체스를 두기도 했는데 늘 베스가 이겼다. 그녀는 그를 체력적으로도 앞서는 것 같았다. 두 사람 모두 믿기 어려웠다. 어떤 게임에서는 열세 번째 수에서 그녀가 그의 퀸 공격을 물리쳤고 결국 그의 킹은 열여섯 번째 수에 옆으로 고꾸라졌다. "흠," 그가 부드럽게 내뱉었다. "지난 십오 년간 날 이렇게 무너뜨린 사람은 없었어."

"보르고프도?"

"보르고프도."

가끔 베스는 한밤중에 깨어나 몇 시간 내내 체스에 붙들려 있기도 했다. 메듀엔에 있을 때도 그랬지만 그때보다 지금 마음이 더 편안했고 불면에 대한 걱정도 전혀 없었다. 자정이 넘은 시각, 바닥에 깔린 매트리스에 누워 열린 창문 틈으로 들려오는 뉴욕 길거리의 소음을 벗 삼아 머릿속으로 포지션을 연구했다. 그 어느 때보다 선명했다. 신경안정제를 먹지 않았는데도 뚜렷하게 잘 보였다. 지금은 게임 전체가 아니라 특별한 상황, 즉 '이론적으로 중요한' 그리고 '엄밀한 연구가 필요한' 포지션을 다루는 중이었다. 계속 누운 채로 밖에서 울리는 술 취한 행인의 고성을 들으며 고전 체스의 복잡한 포지션을 완벽하게 익혔다. 한번은 사랑싸움을 하는 여자가 "나보고 어쩌라고. 대체 어쩌란 말이야!" 하며 계속 소리를 질러 대자 남자가 "빌어먹을 네 여동생을 좋아한다고"라며 받아쳤다. 베스는 침대에 누워 전에 본 적 없는, 폰이 퀸으로 바뀌는 과정을 보던 참이었다. 정말 아름다웠다. 잘될 것 같았다. 그녀도 할 수 있을 것 같았다. "나가 뒈져라." 밖의 여자가 소리쳤고 베스는 숨을 내쉬며 돌아누워 기분 좋게 잠들었다.

베스와 베니는 3주간 연이어 보르고프의 게임을 복기했고 목요일 자정이 지난 후에야 전부 끝냈다. 그녀가 기권에 대한 분석을 마친 뒤 보르고프가 어떻게 무승부를 피하는지 콕 집어 말하며 고개를 들었더니 베니가 하품을 늘어지게 하고 있었다. 무더운 밤이었고 창문은 열려 있었다.

"샤프킨이 미들 게임에서 실수를 했어." 베스가 말했다. "퀸 사이드를 보호했어야 했다고."

베니가 졸린 눈으로 그녀를 바라보았다. "가끔은 나도 체스가 지긋지긋하다."

그녀가 체스판 앞에서 일어났다. "자, 이제 잘 시간이야."

"이렇게 빨리는 안 되지." 그가 그녀를 가만히 바라보더니 웃었다. "아직도 내 머리 스타일이 마음에 들어?"

"지금 바실리 보르고프를 어떻게 박살 낼지 공부하고 있잖아. 네 머리 스타일이 들어갈 자리는 없거든."

"네가 나랑 내 방으로 들어갔으면 좋겠는데."

함께 지낸 지 3주가 넘도록 섹스는 까맣게 잊고 있었다.

"피곤해." 베스는 성가셨다.

"나도야. 그래도 너랑 자고 싶어."

그는 매우 편안하고 행복해 보였다. 느닷없이 그가 따뜻하게 느껴졌다. "좋아." 베스가 선뜻 받아들였다.

아침에 눈을 떴는데 침대 옆에 사람이 있어서 화들짝 놀랐다. 베니는 웅크린 채 돌아누워 있었고 벌거벗은 그의 하얀 등과 머리칼이 그녀의 눈을 가득 메웠다. 일단 정신을 차렸다. 그를 깨우기가 겁이 났다. 조심스레 몸을 일으켜 벽에 등을 기댔다. 이 남자와 침대에 있는 건 정말 괜찮았다. 사랑을 나누는 것도 괜찮았다. 바라던 대로 썩 흥분되는 건 아니었지만. 베니는 말이 거의 없었다. 줄곧 그녀를 부드럽고 편안하게 대했으나 아직은 거리감이 느껴졌다. 처음 사랑을 나눴을 때 상대가 했던 말을 떠올렸다. "골머리 아프잖아." 그녀는 베니 쪽으로 몸을 틀었다. 밝은 데서 보니 그의 피부가 멋졌다. 빛이 나는 듯했다. 그에게 팔을 두르고 맨몸으로 그를 안고 싶었지만 꾹 참았다.

마침내 베니가 잠에서 깨어나 등을 돌리더니 베스를 보고 눈을 끔뻑였다. 그녀는 이불을 끌어 올려 가슴을 가렸다. 그러고는 이렇게 말했다. "좋은 아침."

그가 또 눈을 끔뻑였다. "보르고프를 상대로 시실리안을 하면 안 돼. 그 사람은 그걸 너무 잘 아니까."

그들은 루첸코의 경기 두 개를 공부하며 아침을 보냈다. 베니는 전술보다는 전략에 주안점을 두었다. 그는 기분이 좋아 보였던 반면 베스는 어쩐지 분한 느낌이었다. 사랑을 나누고 나서 뭔가 다른 어떤 것, 최소한의 친밀감을 바랐으나 그는 그녀를 가르치려 들기만 했다. "너는 타고난 전술가야. 그런데 네 계획은 완전 속 빈 껍데기지." 그녀는 대꾸도 하지 않고 가능한 이 짜증 나는 상황을 속으로 삭히려 했다. 그가 하는 소리는 백 번 다 맞는 말이었지만 그가 지적을 하며 즐거워하는 건 정말 거슬렸다.

정오에 그가 말했다. "포커 게임이나 하러 가야겠다."

베스가 한참 분석 중인 포지션에서 눈을 뗐다. "포커 게임?"

"월세 내야 하거든."

놀라웠다. 그가 도박꾼일 거라고는 짐작도 하지 않았다. 그녀가 묻자 그는 체스보다 포커와 백개먼*으로 돈을 더 많이 번다고 했다. "너도 배워 봐." 그가 웃으며 제안했다. "너 게임 잘하잖아."

"그럼 나도 데려가 줘."

"전부 남자들뿐인데?"

---

* 두 사람이 하는 서양식 주사위 놀이.

그녀가 인상을 찌푸렸다. “체스할 때도 그런 말 많이 들었거든.”

“그렇겠네. 원하면 같이 가서 구경해. 대신 입 다물고 있어야 해.”

“얼마나 걸리는데?”

“밤샐걸?”

베스는 언제부터 그 게임을 했는지 물으려다 그만두었다. 분명 어젯밤은 아니었을 테니. 그녀는 그와 함께 5번가에서 버스를 타고 44번지에 내려서 알곤퀸 호텔로 들어갔다. 베니는 어디에 정신을 빼앗겼는지 이야기를 나눌 생각이 없었고, 그렇게 둘은 아무 말 없이 걸었다. 베스의 속이 또 부글대기 시작했다. 이 일 때문에 뉴욕에 온 게 아니었기에, 가타부타 말도 없고 예고도 없는 그의 행동에 짜증이 났다. 그의 행동은 그의 체스 방식과 똑같았다. 겉으로는 부드럽고 편안해 보이지만 속은 사기꾼처럼 교묘하고 화가 많이 나 있는 상태. 그를 졸졸 따라다니는 게 싫었으나 그렇다고 아파트로 돌아가서 혼자 공부하고 싶은 건 또 아니었다.

호텔 육 층의 작은 스위트룸에서 게임이 있었고, 그가 말한 대로 전부 남자였다. 남자 넷이 커피 잔과 게임 칩, 카드를 앞에 두고 테이블에 둘러앉아 있었다. 에어컨이 시끄럽게 웅웅거렸다. 다른 두 남자는 그냥 주변에서 서성거리는 것 같았다. 베니가 들어서자 그들이 고개를 들어 장난스럽게 인사를 건넸다. 베니는 자신만만하고 기분이 좋아 보였다. “여기는 베스 하먼.” 그가 소개하자 남자들은 누군지 모르는 듯 고개만 대충 까딱였다. 그는 지갑을 꺼내 가볍게 지폐 한 뭉치를 빼고 테이블의 빈 곳에 내려놓은 다음 자리에 앉았다. 베스를 없는 사람 취급하면서. 그녀는 대체 여기서 뭘 어떻게 해야 하는지 파악하지 못한 채 커피 주전자와 컵이 있는 방으로 들어갔다. 커피를 한 잔 마시고 다시 돌아갔다. 베니의 앞에 칩이 한 더미 쌓여 있었고 손에는 카드가 들려 있었다. 왼쪽에 있는 남자가 말했다. “난 더 건다.” 단조롭게 툭 내뱉으며 파란색 칩을 테이블 가운데로 던졌다. 다른 사람들이 뒤이어 따라 했고 베니가 마지막이었다.

베스는 테이블에서 멀찍이 떨어져 구경했다. 예전에 지하실에서 샤이벌 아저씨가 하던 것에 격한 관심을 갖고 구경했던 자신의 모습이 떠올랐다. 지금은 그때와 달랐다. 포커를 하면 잘할 것 같았지만 전혀 관심이 가지 않았다. 그저 베니에게 화가 날 뿐이었다. 그는 게임하는 내내 한 번도 그녀를 보지 않았다. 그가 카드를 들고 손재간을 부리며 침착하게 테이블 중앙으로 칩을 던졌다. 간혹 “걸게”나 “다음번에” 같은 말을 하기도 했다. 결국 한 남자가 카드를 나눠 주는 동안 베스는 베니의 어깨를 톡톡 치며 부드럽게 말했다. “나 간다.” 그가 고개를 끄덕이며 “그래”라고 하고는 카드로 시선을 돌렸다. 엘리베이터를 타고 내려가면서 2대 8로 가르마 탄 그 자식의 머리를 한 대 후려치고 올걸 하는 후회가 들었다. 재수 없는 개자식. 그녀와의 섹스를 다급하게 끝내고 저 남자들한테 가 버렸다. 어쩌면 일주일 동안 계획한 것일지도 몰랐다. 전술과 전략. 그를 죽였어야 했다.

그러나 길을 걷다 보니 화가 누그러졌고, 3번가 버스에 올라타 78번지에 있는 아파트에 도착했을 땐 마음이 차분해졌다. 심지어 잠시 혼자 있는 게 좋기까지 했다. 그녀는 유고슬라비아에서 출간되는 체스 잡지인 《체스 인포맨트》의 신간을 들춰 보고 머릿속으로 게임을 두며 시간을 보냈다.

그는 한밤중에 돌아왔다. 그가 침대로 들어왔을 때 베스는 잠에서 깼다. 그가 돌아와서 내심 기뻤지만 잠자리를 하고 싶진 않았다. 다행히 그도 그럴 생각이 없었다. 그녀는 어땠냐고 물었다. 그는 “600달러 정도”라며 만족해했다. 그녀는 등을 돌리고 다시 잠이 들었다.

두 사람은 아침에 사랑을 나눴는데 이번엔 그저 그랬다. 포커 게임 때문에 아직도 꽁해 있어서 그런 듯했다. 게임 때문이 아니라 두 사람이 연인이 되자마자 보였던 그의 행동 때문이었다. 섹스를 마치고 그가 자리에 앉아 가만히 그녀를 바라봤다. “나한테 화났지, 맞지?”

"어."

"포커 게임 때문에?"

"나한테 제대로 알려 주지 않았잖아."

그가 고개를 끄덕였다. "미안. 내가 거리를 좀 두긴 했지."

그가 그렇게 말해서 그녀는 마음이 조금 놓였다. "나도 조금은 그랬던 것 같아."

"알고 있었어."

아침 식사 후 베스가 체스를 두자고 제안했고 그는 마지못해 동의했다. 간단하게 시간을 삼십 분씩 맞춰 놓았다. 그녀는 그의 위협을 한쪽으로 밀쳐 내고 인정사정없이 킹을 괴롭히며 시실리안 레벤피시로 손쉽게 제압했다. 경기가 끝났을 때 그가 지친 기색으로 말했다. "그냥 600달러가 필요했던 것뿐이야."

"그랬겠지. 그래도 타이밍은 별로였어."

"그렇다고 계속 화낼 건 아니잖아, 그렇지?"

"한 게임 더 할래?"

베니가 어깨를 으쓱하며 몸을 틀었다. "보르고프를 위해 남겨 둬." 그러나 그녀는 그가 이길 것 같았으면 게임을 더 했으리라고 짐작했다. 아까보다 기분이 훨씬 나아졌다.

두 사람은 연인 관계를 이어 갔고 책에서 나오는 경기를 제외하고는 더 이상 체스를 두지 않았다. 베니는 며칠 후 또 포커 게임을 하러 나갔고 200달러를 들고 들어왔다. 그들은 탁자 위에 돈을 올려놓고 침대 위에서 최고의 순간을 만끽했다. 그녀는 그를 좋아했지만 그게 전부였다. 파리로 떠나기 일주일 전, 이제 더는 그에게 배울 게 없다는 걸 깨달았다.

♖ 12장 ♖

휘틀리 부인은 여행을 갈 때면 늘 베스의 입양 서류와 출생 신고서를 가지고 다녔고 지금까지 필요한 적이 한 번도 없었으면서 베스는 그 습관을 계속 이어 갔다. 뉴욕에서 지내던 첫째 주에 베니가 그녀를 록펠러 센터에 데리고 갔을 당시 여권을 만드는 데 그 서류들을 사용했다. 멕시코는 여권이나 비자 대신에 발행되는 증명서인 여행자 카드만 요구했고 휘틀리 부인이 전부 알아서 처리했었다. 2주 뒤 입술을 꽉 다물고 찍은 사진이 붙은, 초록색 커버의 자그마한 책자, 여권이 발급되었다. 켄터키에서 오하이오로 출발하기 며칠 전, 파리에 갈지 말지 확실히 결정하지 않았는데도 일단 파리에 허가서를 보냈었다.

시간이 다가오자 베니가 차로 베스를 케네디 공항까지 바래다주었고 에어 프랑스 터미널 앞에 내려 주었다. "충분히 가능성 있는 거 알지?" 베니가 말했다. "그 사람, 이길 수 있다고."

"해 봐야지 뭐. 도와줘서 고마워." 그녀는 차에서 짐 가방을 내리고 운전자석 창문 앞에 섰다. 주차 금지 구역이어서 그는 차에서 내려 그녀를 배웅할 수 없었다.

"다음 주에 봐." 그가 말했다.

순간 그녀는 열린 창문 사이로 그에게 키스를 하고 싶었지만 꾹 참았다. "그래, 잘 가." 그러고는 짐 가방을 들고 터미널로 뚜벅뚜벅 걸어 들어갔다.

이번에는 건넛방에 있는 그를 보는 것만으로도 암울한 적대감이 들 거라 미리 예상하고 마음을 단단히 먹었지만 날카롭게 뿜어지는 호흡을 멈출 길은 없었다. 보르고프는 베스의 뒤쪽에서 기자들과 이야기를 나누고 있었다. 멕시코시티의 동물원에서 처음 그를 봤을 때처럼 초조하게 고개를 돌려 버렸다. 저 사람은 그냥 짙은 색 정장을 입은 한 남자일 뿐이야, 체스를 두는 어떤 러시아인일 뿐이라고, 속으로 중얼댔다. 그가 다른 기자들과 이야기를 나누고 있는데 한 기자가 사진을 찍었다. 베스는 한동안 그들 셋을 지켜보며 긴장을 누그러뜨렸다. 그를 이길 수 있다는 생각이 들었다. 몸을 돌려 접수처로 향했다. 이십 분 후에 경기가 시작될 예정이었다.

여태껏 본 것 중 규모가 가장 작은 토너먼트였고, 경기는 파리의 군사 학교 근처에 있는 우아하고 고풍스러운 건물에서 열렸다. 선수는 여섯이고 경기는 다섯 번 치러졌다. 닷새간 하루에 한 경기를 했다. 베스나 보르고프가 빠른 시일에 패한다면 서로 겨룰 필요가 없었다. 경쟁이 치열했다. 아무리 경쟁이 치열해도 이 두 사람 중 한 명이라도 이길 만한 선수는 없을 것 같았다. 그녀는 경기장 입구로 차분하게 들어갔다. 다행히 그날 아침에 있을 경기와 며칠에 걸쳐 치러야 할 경기들에 조바심이 나지 않았다. 어차피 결승전 전까지는 보르고프와 붙을 일이 없을 테니. 십 분 후 네덜란드 그랜드 마스터를 흑으로 상대해야 할 텐데도 전혀 불안하지 않았다.

프랑스는 체스로 잘 알려져 있지 않았으나 경기장은 정말 아름다웠다. 크리스털 샹들리에 두 개가 높고 푸른 천장에 걸려 있고 바닥에 깔린 파란빛 꽃들이 수놓아진 카펫은 두툼하고 고급졌다. 윤이 나는 호두나무 재질의 테이블 세 개 위에는 체스판이 있고 그 옆 작은 화병에 분홍 카네이션이 꽂혀 있었다. 푸른색 벨벳 천이 씌워진 골동품 의자는 천장, 바닥과 잘 어울렸다. 고급 레스토랑 같았고 토너먼트 감독들도 격식을 갖춘 웨이터처럼 턱시도 차림이었다. 모든 것이 차분하고 잔잔했다. 전날 밤 뉴욕에서 비행기를 타고 왔기 때문에 파리를 거의 구경하지 못해 낯설었지만 느낌은 편안했다. 비행기에서 그렇게 잘 잤는데도 호텔에서 또 잠이 들었다. 물론 지난 5주 동안 체스 연습을 하느라 빡빡하게 보내서 피곤하긴 했지만. 그녀는 그 어느 때보다도 단단히 준비되어 있었다.

네덜란드 선수는 레티 오프닝으로 시작했고 그녀는 베니와 경기했을 때처럼 아홉 번째 수에서 흑과 백의 지위를 평등하게 만들었다. 그가 캐슬링을 하기 전에 그녀는 우선 비숍을 희생시키며 공격을 시작했다. 이로 인해 그는 킹을 지키고 있던 나이트와 폰 두 개를 포기할 수밖에 없었다. 열여섯 번째 수에서 베스는 체스판 전체의 콤비네이션들에 위협을 가했다. 비록 콤비네이션 하나도 무너뜨릴 수 없는 상황이었지만 충분히 위협적이었다. 그는 조금씩 그녀에게서 물러나다가 결국엔 돌이킬 수 없게 봉쇄되어 포기해야만 했다. 정오쯤 베스는 따스한 햇살을 받으며 즐겁게 히볼리가를 따라 걸었다. 가게 유리 너머로 신발이며 블라우스를 구경했고 아무것도 사지 않았는데도 행복했다. 파리는 뉴욕과 비슷했지만 뭔가 더 세련된 분위기였다. 길거리마다 깨끗했고 상점 유리도 환했다. 말로만 듣던 노천카페들도 있었고 사람들은 그곳에 앉아 프랑스어로 이야기를 나누며 그 순간을 즐기고 있었다. 베스는 파리에 도착해서 지금까지 체스에만 푹 빠져 지내다가 그제야 문득 깨달았다. 자기가 정말 파리에 와 있다는 것을! 지금 걷는 이 길은 파리였고, 우아하게 차려입고 그녀 쪽으로 다가오는 여자들은 프랑스의 여인들, 파리지앵이었고, 베스는 열여덟 살 체스 미국 챔피언이었다. 순간 가슴속에서 묵직한 즐거움이 번져 나갔다. 걸음을 늦추었다. 남자 둘이 그녀 앞을 지나가면서 고개를 숙여 무슨 이야기를 하던 중 한 남자가 불어로 이렇게 말했다. "……두 부분으로만." 세상에, 프랑스 사람이 하는 말을 알아들었다! 발걸음을 멈추고 그 자리에 서서 길 건너에 있는 멋진 회색 건물들과 나무를 비추는 불빛과 인간미 넘치는 도시의 독특한 내음을 만끽했다. 언젠가 여기, 하스파이가 또는 카푸신 거리에 있는 아파트에 살 수도 있겠지. 이십 대에 세계 챔피언이 되면 원하는 도시에 살 수 있을 테니까. 아니면 파리 외곽에 있는 피에타르*에 살며 콘서트나 연극을 보러 다니고 매일 다른 카페에서 점심을 먹을 수 있을지도 모를 일이었다. 옆을 지나다니는 여자들처럼 완벽하게 모양을 잡아 빗어 올린 머리를 꼿꼿하게 세운 채 맞춤복을 맵시 입게 차려입고 자신에 대한 뚜렷한 확신과 믿음을 지닌 채 살아갈 수도 있고. 그리고 그녀는 누구도 가지지 못한 무언가를 가졌기 때문에 남들이 부

---

* 아파트나 콘도 같은 작은 주거 단위.

러워할 만한 인생을 살 수도 있었다. 베니가 그녀더러 이곳 파리와 내년 여름엔 모스크바를 꼭 가라고 했던 말이 맞았다. 켄터키에 있는 집에 발목 잡힐 필요가 없었다. 그녀의 가능성은 무한했으니까.

베스는 쇼핑을 위해 걸음을 멈추지 않고 지나가는 사람들과 건물들, 상점과 레스토랑, 나무와 꽃 들을 구경하면서 몇 시간 동안 가로수가 늘어선 도로를 걸었다. 빼가를 건너다가 실수로 나이 든 여자와 부딪혔는데 자기도 모르게 불어로 "죄송합니다, 부인"이라고 했다. 마치 평생 불어를 한 사람처럼 너무 자연스럽게.

네 시 삼십 분에 토너먼트가 치러지는 건물에서 환영회가 열릴 예정이었다. 베스는 돌아가는 길을 잘 찾지 못하고 헤매다 숨을 헐떡이며 십 분 늦게 도착했다. 경기를 치를 테이블들은 전부 연회장 구석으로 밀려났고 의자들은 벽 쪽에 빙 둘러 놓여 있었다. 그녀는 문 근처에 있는 자리에 안내되었고 작은 컵에 드립 커피 한 잔을 받았다. 여태까지 본 것 중 가장 아기자기하고 예쁜 빵들이 담긴 패스트리 카트가 돌아다녔다. 앨마 휘틀리가 봤으면 좋아했겠다는 생각이 들면서 문득 가슴이 미어졌다. 카트에서 밀푀유를 집어 들었을 때 연회장 한쪽에서 호탕한 웃음소리가 들렸고 그녀는 고개를 들었다. 바실리 보르고프가 커피를 손에 들고 있었다. 그의 양옆에 있는 사람들은 어떻게든 보르고프를 즐겁게 만들겠다는 마음으로 그를 향해 몸을 구부리고 있었다. 그의 얼굴은 심오한 환희로 일그러져 있었다. 베스의 뱃속이 얼음장처럼 차가워졌다.

저녁이 되자 호텔 방으로 돌아가 베니와 함께 철저하게 연구해서 빠삭하게 알고 있는 보르고프의 경기 열두 개를 또다시 진지하게 공부했다. 그러고는 열한 시에 침대로 갔다. 약 없이도 아주 푹 잤다. 보르고프는 십일 년째 세계적인 그랜드 마스터이고 오 년째 세계 챔피언인 대단한 선수였지만, 베스는 이번엔 결코 소극적으로 경기를 치르지 않을 작정이었다. 무슨 일이 일어나든 그에게 굴욕을 당하지 않을 생각이었다. 무엇보다 그녀에게는 확실한 이점이 있었다. 그는 분명 그녀만큼 상대를 속속들이 파헤치고 준비하지 않았을 것이다.

다음 날 베스는 프랑스인을 이겼고 그다음 날은 영국인을 제압했다. 보르고프 역시 게임에서 승리했다. 결승 하루 전날 그녀가 다른 네덜란드인과 붙었을 때 —전 네덜란드 남자보다 나이와 경험이 더 많은 남자였다— 바로 옆 테이블에 보르고프가 있었다. 그렇게 가까이에서 그를 보고 있자니 잠시 정신이 산만해졌으나 금세 대수롭지 않은 척 어깨를 들썩였다. 그 네덜란드 선수는 꽤 고수여서 경기에 집중해야 했다. 네 시간 정도가 지난 후 그에게 기권을 강요하며 경기를 마쳤을 때, 고개를 들어 보르고프가 경기를 끝내고 떠난 옆 테이블을 흘긋 보며 기물들을 살폈다.

자리에서 일어나 그 테이블 앞에 멈춰 서서 내일 아침에 누구와 경기를 치르느냐고 물었다. 감독이 서류를 휙휙 넘기고 희미하게 웃었다. "그랜드 마스터 보르고프입니다."

예상했던 일이었는데도 그 말을 듣는 순간 숨이 턱 막혔다.

그날 밤 신경안정제를 세 알 먹고 일찍 잠을 청했다. 마음을 안정시키고 깊이 잠에 들 수 있을지 확신이 서지 않았다. 그러나 걱정과 달리 잠을 푹 잤고 아침 여덟 시에 상쾌하게 일어났다. 자신만만하고 정신이 맑았다. 모든 준비가 되어 있었다.

경기장 안으로 들어갔다. 테이블 앞에 앉아 있는 그가 만만해 보였다. 그는 평소대로 짙은 색 정장 차림에 이마가 훤히 드러나게끔 시커먼 머리칼을 뒤로 넘겨 가지런히 빗질해 놓았다. 늘 그렇듯 그의 얼굴은 무표정했지만 위협적이지는 않았다. 그가 예의를 갖추며 자리에서 일어났다. 그녀가 손을 내밀자 그는 미소를 싹 거두고 악수만 했다. 그녀가 백이었다. 두 사람이 자리에 앉았을 때 그가 시계 버튼을 눌렀다.

그녀는 어떻게 할지 이미 결정을 내렸다. 베니의 조언에도 불구하고 시실리안 오프닝을 기대하며 폰을 킹열 4행으로 보낼 생각이었다. 책으로 나온 보르고프의 시실리안 경기는 전부 다 훑었다. 폰을 들어 4행으로 옮겼다. 그가 퀸 측 비숍 폰을 행마했을 때 그녀는 너무 기뻐서 전율이 일었다. 그를 상대할 만반의 준비가 되어 있었다. 나이트를 킹 측 비숍 3행으로 보냈다. 그의 나이트가 퀸 측 비숍열 세 번째 칸으로 갔다. 여섯 번째 수에서 그들은 볼스라브스키 변형*을 하고 있을 터였다. 베스는 보르고프의 움직임 하나하나를, 그가 여덟 개의 게임에서 볼스라브스키 변형을 썼다는 것까지 알고 있었다. 베니와 함께 그 모든 경기를 인정사정없이 연구하고 분석했다. 보르고프가 여섯 번째 수에서 폰을 킹열 네 번째로 보내기 시작했다. 베스는 그녀가 옳다는 확신을 갖고 나이트를 나이트열 3행으로 행마하고 체스판 너머로 그를 바라봤다. 그는 주먹으로 볼을 짓누르며 여느 선수들처럼 체스판을 내려다보고 있었다. 보르고프는 강하고 교활하며 쉽게 동요되지 않지만 그의 게임 방식에 마법이란 존재하지 않았다. 그가 그녀를 쳐다보지 않으며 비숍을 킹열 두 번째로 보냈다. 베스는 캐슬링을 했다. 그도 캐슬링을 했다. 그녀는 두

---

* 시실리안 오프닝에서 파생된 변형이며, 1. e4 c5 / 2. Nf3 Nc6 / 3. d4 cxd4 / 4. Nxd4 Nf6 / 5. Nc3 d6 / 6. Be2 e5 / 7. Nb3로 진행된다.

개의 체스 경기가 조용히 진행되고 있는, 밝고 아름답게 꾸며진 경기장을 쓰윽 둘러보았다.

열다섯 번째 수에 베스는 양쪽 측면에서 콤비네이션이 형성될 가능성을 보기 시작했고, 스무 번째 수에는 너무나도 또렷하고 확실해진 움직임에 흠칫 놀랐다. 여러 콤비네이션 중에서 세심하게 하나를 택하며 마음을 편안하게 움직였다. 퀸 측 비숍열에서 이중 공격으로 위협해 그를 서서히 압박했다. 그는 공격을 피해 다녔고 그녀의 중앙 폰은 점점 강해져 갔다. 보르고프가 그때그때 상대의 위협을 피하는데도 베스의 포지션은 갈수록 개방되었고 공격 가능성도 점차 커져 갔다. 이런 일은 충분히 벌어질 수 있었기에 그녀는 당황하지 않았다. 강력하고 위협적인 수를 찾을 능력이 무궁무진함을 느꼈다. 이보다 더 잘한 적은 없었다. 그녀는 연속적으로 위협하며 상대의 포지션을 위태롭게 만들고 두 배 세 배 더 센 공격으로 그가 도망가지 못하게 하려 했다. 이미 보르고프의 퀸 측 비숍열은 그녀의 수에 막혀 고착 상태에 이르렀고 퀸은 룩을 보호하느라 얽매여 있었다. 반면 베스의 기물은 매번 수를 둘 때마다 점점 더 자유로워졌다. 공격의 끝이 보이지 않는 듯했다.

주변을 다시 돌아봤다. 다른 경기들은 이미 끝나 있었다. 놀라운 일이었다. 시계를 봤다. 오후 한 시가 넘은 시각. 두 사람은 세 시간이 넘도록 대국을 치르고 있었다. 그녀는 다시 체스판으로 시선을 돌려 몇 분간 가만히 살핀 후 퀸을 중앙에 배치했다. 더욱 압박을 가할 타이밍이었다. 그리고 테이블 너머 보르고프를 바라보았다.

그는 여전히 침착했다. 베스와 눈을 마주치지 않고 계속 체스판만 응시하며 상대 퀸의 움직임을 연구했다. 그가 미세하게 어깨를 들썩하더니 룩으로 퀸을 공격했다. 예상했던 그대로였고 그에 응수할 채비를 이미 갖추고 있었다. 나이트를 그 사이에 끼어들게 해서 룩을 노리며 체크를 위협했다. 보르고프는 이제 킹을 움직여야 했다. 그러면 그녀가 룩열을 따라 퀸을 쭉 행마시키면 될 것이다. 그곳에는, 지금까지 했던 것보다 더 다급하게 그를 위협할 방법이 여섯 가지나 있었다.

보르고프는 즉시 수를 두었고 의외로 킹을 움직이지 않았다. 오로지 룩 폰만 전진시킬 뿐이었다. 베스는 오 분간 골똘히 그 수를 연구하다가 상대의 계획을 눈치챘다. 그녀가 체크하면, 룩을 잡게 두고 그의 비숍을 방금 밀어 올린 폰의 자리로 보낼 심산이었다. 그렇게 되면 베스는 반드시 퀸을 옮겨야만 하는 상황이었다. 너무 놀라 숨이 쉬어지지 않았다. 뒷줄에 있는 그녀의 룩과 함께 폰 두 개가 떨어져 나갈 위기였다. 재앙이었다. 퀸을 뒤로, 탈출할 만한 곳으로 빼내야 했다. 이를 악물고 수를 두었다.

그러거나 말거나 보르고프는 폰의 보호를 받던 비숍을 밀어 올렸다. 베스가 체스판을 가만히 노려보고 있는데 그의 수에 내재된 진정한 의미가 서서히 분명해졌다. 비숍을 축출해 낼 수 있는 몇 가지 방법 중 어느 것을 취해도 그녀에게 해가 될 것이었다. 그렇다고 비숍을 그 자리에 남겨 두면 그의 포지션이 전체적으로 강화될 터였다. 고개를 들어 그의 얼굴을 바라보았다. 이제 그는 넌지시 미소를 내비치며 그녀를 보고 있었다. 베스는 황급히 체스판으로 시선을 옮겼다.

베스는 비숍 하나로 대항하려 애썼지만 그가 폰으로 사선 길을 막으며 무력화시켰다. 우아하게 경기를 치렀으나 또는 여전히 우아하게 경기를 하는 중이었으나 보르고프가 전부 묵살시켜 버렸다. 어떻게든 죽어라 버텨 내야 했다.

베스는 죽어라 버텨 냈고 마침내 지금까지의 움직임만큼 멋지고 환상적인 수를 찾아냈다. 그러나 충분치 않았다. 서른다섯 번째 수에 목구멍이 바싹 말라 왔고 눈앞에 보이는 체스판의 포지션은 혼란 그 자체가 되었으며 보르고프의 힘은 점점 단단해져 갔다. 믿을 수 없었다. 그녀는 최고의 체스를 선보였는데 그가 깡그리 망가뜨리고 있었다.

서른여덟 번째 수에 그는 룩을 그녀의 두 번째 줄에 가볍게 내려놓고 첫 체크메이트를 위협하려 들었다. 피할 방법이 분명하게 보이긴 했지만 그 뒤에 더더욱 심각한 위협이 —체크메이트를 당하거나 퀸을 먹히거나 또는 그에게 두 번째 퀸이 주어지거나— 도사리고 있었다. 베스는 현기증이 났다. 체스판을 보고 있으니, 제 무력함의 징후가 훤히 드러나는 걸 보고 있자니, 정신이 아찔했다.

베스는 킹을 넘어뜨리지 않았다. 자리에서 일어나 냉담한 그의 얼굴을 보며 "기권합니다"라고 했다. 보르고프가 고개를 끄덕였다. 그녀는 몸을 돌려 경기장 밖으로 나갔다. 여기저기가 욱신욱신 쑤시는 듯했다.

뉴욕으로 돌아가는 비행기는 올가미 같았다. 창가 쪽에 앉아 보르고프와의 경기에서 헤어 나오지 못한 채 끝도 없이 게임을 복기하고 또 복기했다. 승무원이 여러 번 음료를 권했지만 애써 거절했다. 몸에 안 좋은 것, 오직 그것만을 원했다. 두려웠다. 신경안정제를 먹었는데도 뒤틀린 속이 풀어지지 않을 것 같아 두려웠다. 그녀는 경기에서 실수를 하지 않았다. 비범하게 잘 해냈다. 그런데 그녀의 마지막 포지션은 난장판이었고 보르고프는 별일 아닌 것처럼 굴었다.

베스는 베니를 만나고 싶지 않았다. 원래는 그에게 전화를 걸어 마중 나오라고 부탁하려 했지만 왠지 그의 아파트로 가고 싶지 않았다. 렉싱턴에 있는 집을 떠난 지 벌써 8주째였다. 집으로 돌아가서 한동안 패배의 아픔을 달래고 싶었다.

파리에서 받은 3등 상금은 생각보다 꽤 짭짤했다. 그 정도면 렉싱턴으로 가는 급행 왕복 티켓을 구매할 수 있었다. 게다가 변호사와 계약서 관련 서명 문제도 아직 남아 있었다. 일주일만 렉싱턴에 있다가 다시 뉴욕으로 가서 베니와 공부하면 될 것 같았다. 그런데, 베니에게 더 배울 게 있긴 할까? 파리에서 대국을 치르기 위해 혼자 준비했던 모든 과정이 떠오르자 또 현기증이 났다. 고개를 흔들며 기억을 떨쳐 내려 애썼다. 이제 중요한 것은 모스크바 경기를 준비하는 것이었다. 아직은 시간적 여유가 있었다.

베스는 케네디 공항에서 베니에게 전화를 걸어 결승에서 패했으며 보르고프에게 완전히 꺾였다고 털어놨다. 베니는 안타까워했지만 약간 거리를 두는 듯했고 그녀가 잠시 렉싱턴에 가 있을 거라고 하니 짜증스레 말했다.

"하, 그만두지는 마라." 그러고는 덧붙였다. "게임 하나 졌다고 전부 망하는 거 아니니까."

"그만 안 둬." 베스가 말했다.

집에는 우편물이 산더미처럼 쌓여 있었고 몇몇 편지는 집 문서 관리를 맡은 변호사 마이클 셔놀트에게서 온 거였다. 무슨 문제가 생긴 듯했다. 베스는 아직 그 집에 대한 확실한 소유권이나 그런 비슷한 권리를 갖고 있지 않았다. 올스톤 휘틀리가 문제를 만들어 내고 있었다. 나머지 우편물은 열어 보지도 않고 전화기로 가 셔놀트 씨 사무실에 전화를 걸었다.

셔놀트 씨가 전화를 받자마자 이렇게 말했다. "어제 세 번이나 전화했었다. 어디에 있었니?"

"파리요. 체스 경기가 있어서요."

"좋았겠구나." 그가 말을 멈췄다. "휘틀리 씨 때문에 전화했었어. 서명을 안 하시겠단다."

"무슨 서명이요?"

"집문서 말이다." 셔놀트 씨가 대답했다. "여기로 올 수 있겠니? 이 문제를 처리해야 하거든."

"제가 왜 필요하죠? 변호사는 아저씨잖아요. 그분이 필요하면 뭐든 서명하겠다고 했는데요."

"마음을 바꾼 모양이다. 네가 휘틀리 씨와 얘기를 좀 나눠 보든가."

"거기에 계세요?"

"사무실엔 없고 그 동네에 계신다. 내 생각엔 휘틀리 씨를 직접 만나서 네가 법적인 딸이라는 걸 상기시키면……."

"왜 서명을 안 하겠대요?"

"돈 때문이지." 변호사가 말했다. "집을 팔고 싶어 하더구나."

"내일 두 분이 저희 집으로 오시겠어요?"

"한번 확인해 보마."

베스는 전화를 끊고 거실을 둘러보았다. 이 집은 아직 휘틀리 씨의 소유였다. 충격적이었다. 그녀는 이 집에서 휘틀리 씨를 본 적도 별로 없는데 현실은 이 집이 그의 소유라는 것이었다. 베스는 그가 집을 갖게 하고 싶지 않았다.

무더운 7월 오후인데도 올스톤 휘틀리는 검은색과 흰색이 섞인 진회색 트위드 정장 차림이었다. 그는 바지의 주름을 살짝 추켜올려 적갈색 양말 위로 새하얀 정강이가 드러나게 한 후 소파에 앉았다. 십육 년을 이 집에 살았으면서 별다른 애정을 보이지 않았다. 화가 난 건지, 멋쩍은 건지 애매한 표정으로 이방인처럼 집 안으로 들어와 바짓단을 약간 올리고 소파 끝에 걸터앉아 아무 말도 하지 않았다.

그의 무언가가 베스를 짜증 나게 했다. 올스톤의 모습은 처음 디어도르프 원장실에서 휘틀리 부인과 함께 베스를 대충 훑어볼 때와 정확히 똑같았다.

"베스, 휘틀리 씨가 제안할 게 있으시다는구나." 변호사가 말했다. 베스는 고개를 약간 돌린 휘틀리 씨의 얼굴을 보고 있었다. "어디 안정적인 곳을 찾을 때까진 이 집에 있어도 된다고 하셔." 또 변호사였다. 휘틀리 아저씨는 왜 입을 꾹 다물고 있는 걸까?

휘틀리 씨가 난감해하자 베스는 자기도 당황스러운 듯 몸을 움츠렸다. "융자만 갚으면 이 집은 제 소유가 되는 줄 알았어요.” 베스가 말했다.

“휘틀리 씨는 네가 오해를 했다고 말씀하신다.”

내 변호사가 대체 왜 휘틀리 아저씨를 대변하고 있는 걸까? 저 아저씨는 도대체 왜 자기 변호사를 선임하지 않고 남의 변호사를 쓰고 있냐고. 베스가 그를 바라보았고 그는 여전히 고개를 반대쪽으로 기울인 채 고통스러운 표정으로 담배에 불을 붙이고 있었다. “휘틀리 씨는 네가 안정될 때까지 이 집에 머물게 허락한 것뿐이라고 하셔.”

“아니에요. 휘틀리 씨는 제가 여기에…….” 갑자기 무언가 강한 압박이 그녀를 일깨웠고 곧장 휘틀리 씨 쪽으로 몸을 틀었다. “전 아저씨 딸이에요. 절 입양하셨잖아요. 왜 직접 말씀하지 않으세요?”

그가 놀란 토끼 눈으로 그녀를 바라보았다. “앨마가…….” 마침내 입을 열었다. “앨마가 아이를 원했어…….”

“아저씨가 서류에 서명하셨잖아요.” 베스가 받아쳤다. “책임을 지셔야죠. 절 보지도 않으세요?” 올스톤 휘틀리가 자리에서 일어나 창가로 갔다. 그가 어느 정도 마음을 가다듬고 몸을 돌렸다. 잔뜩 화가 나 보였다. “앨마가 널 입양하자고 했어. 내가 아니라. 앨마의 입을 닥치게 하려고 그 빌어먹을 서류에 서명한 것뿐이라고. 그런데 네가 내 집을 갖고 이래라 저래라 할 자격은 없지!” 그가 창가로 돌아갔다. “그 여자는 계속 입을 나불댔다고."

"어쨌거나 절 입양했잖아요. 전 부탁한 적 없고요." 베스는 목이 꽉 메는 걸 느꼈다. "아저씨가 법적으로 제 아버지라고요."

그가 몸을 틀어 그녀를 바라봤다. 일그러진 그의 얼굴에 베스는 흠칫했다. "이 집에 들어간 돈은 다 내 거야. 멍청하고 못돼 처먹은 고아에게 뺏길 순 없어!"

"전 고아가 아니에요." 베스가 말했다. "아저씨 딸이라고요."

"누구 마음대로. 망할 네 변호사가 뭐라고 지껄이든 다 상관없어. 앨마가 떠들어 댈 때도 그랬고. 그 여자는 도대체 입을 닥치지를 않았다고."

한동안 그 누구도 입을 열지 않았다. 결국 셔놀트 씨가 조심스레 말을 꺼냈다. "휘틀리 씨, 베스한테 뭘 원하시는 겁니까?"

"저 애가 여기서 나가길 원합니다. 이 집을 팔 거니까요."

베스가 그를 가만히 쳐다보다가 이렇게 말했다. "그러면 저한테 파세요."

"무슨 소리냐?" 휘틀리 씨가 물었다.

"제가 산다고요. 아저씨 지분만큼 드릴게요."

"지금은 집값이 더 올라갔다."

"얼마나 더요?"

“7,000달러는 받아야겠다.”

베스는 그의 지분이 5,000달러도 되지 않는 걸 알고 있었다. “좋아요.”

“돈이 그만큼이나 있어?”

“네. 대신 엄마 장례식 비용은 빼고 드리죠. 영수증 보여 드릴게요.”

올스톤 휘틀리가 죽는 소리를 하며 신음했다. “그래.” 그가 마지못한 척했다. “두 사람이 서류를 준비하시죠. 전 호텔로 돌아가겠습니다.” 그가 현관문으로 갔다. “여기 상당히 덥구나.”

“코트를 벗지 그러셨어요.” 베스가 말했다.

은행 계좌에 2,000달러가 남아 있었다. 이렇게 돈이 적은 걸 베스는 좋아하지 않았지만 나름 괜찮았다. 우편함에 우승 상금이 꽤 짭짤하고 경쟁력 있는 토너먼트 초대장이 두 장 더 있었다. 하나는 우승 상금이 1,500달러였고, 다른 하나는 2,000달러였다. 게다가 러시아에서 온 편지도 있었다. 7월에 모스크바로 초청한다는 편지.

서류에 서명을 한 후 집문서를 들고 집으로 돌아와 거실 가구들을 손으로 살짝살짝 만지며 여러 번 왔다 갔다 했다. 휘틀리 씨가 가구에 대해선 별다른 말을 하지 않았으니 전부 그녀의 것이었다. 이미 변호사에게 물어봤다. 휘틀리 씨는 변호사 사무실에 나타나지도 않았다. 셔놀트 씨가 그에게 사인을 받기 위해 서류를 들고 파닉스 호텔로 갔고 그동안 베스는 사무실에서 《내셔널 지오그래픽》을 읽으며 기다렸다. 집이 낯설게 느껴졌다. 이제 이 집은 베스의 집이었다. 가구나 소품을 좀 새로 들여야 할 것 같았다. 높이가 낮고 편안한 소파와 세련되고 자그마한 팔걸이의자 두 개. 잔잔한 파란색 리넨 덮개에 짙은 파랑의 가두리 장식을 단 모습이 눈앞에 그려졌다. 휘틀리 부인의 파랑이 아니라 그녀의 파란색이었다. 베스의 파랑. 거실을 조금 더 밝고, 활기차게 꾸미고 싶었다. 반쯤 남은 휘틀리 부인의 존재를 이 공간에서 지워 버리고 싶었다. 바닥에 밝은색 러그를 깔고 창문도 깨끗이 닦을 생각이었다. 음향 기기와 음반들도 좀 사고 2층에 있는 침대 커버와 베개 커버도 새 것으로 바꿀 참이었다. 퍼셀 백화점에서 새로 산 것들로. 휘틀리 부인은 좋은 엄마였다. 부인은 애초에 죽을 마음도 없었고 베스를 떠날 마음도 없었다.

깊은 잠을 자던 베스는 화가 나 잠에서 깼다. 셔닐 실로 짠 가운을 걸치고 슬리퍼를 신고 —휘틀리 부인의 슬리퍼였다— 아래층으로 조용히 내려갔다. 올스톤 휘틀리에게 준 7,000달러 생각이 맹렬하게 몰아쳤다. 그녀는 돈을 좋아했다. 휘틀리 부인과 그녀는 이 토너먼트 저 토너먼트를 다니며 돈을 모으고 통장에 쌓여 가는 잔고를 보는 것에 즐거움을 느꼈다. 그들은 언제나 함께 베스의 계좌를 열어 보며 새로 창출된 소득이 얼마나 되는지 확인하곤 했다. 휘틀리 부인은 죽었지만 계속 이 집에 살면서 슈퍼마켓에서 먹을거리를 살 수 있다는 것과 돈에 쫓기지 않고 마음대로 영화를 볼 수 있다는 것, 일자리를 얻거나 또는 대학 진학을 고려해 볼 수 있다는 것, 우승할 만한 토너먼트를 찾을 수 있다는 것이 그녀에게 큰 위로가 되었다.

베스는 뉴욕을 떠날 때 베니의 체스 팸플릿을 세 권 챙겨 왔다. 계란을 삶는 동안 주방 조리대에 체스판을 준비하고 지난 모스크바 초청 경기의 게임들이 담긴 소책자를 꺼냈다. 러시아의 소책자는 질 좋은 종이에 글씨들이 선명하고 깔끔하게 인쇄되어 있었다. 전에 대학교의 러시아어 저녁반 강좌에서 러시아를 완벽하게 배우지는 못했지만 이름이나 표기법 정도는 충분히 쉽게 읽을 수 있었다. 그래도 키릴 문자는 여전히 생소했다. 소련 정부가 체스에 돈을 쏟아붓는다는 것과 심지어 영어와 다른 알파벳을 쓴다는 사실에 울컥 짜증이 났다. 계란이 다 삶아져서 껍질을 벗기고 버터와 함께 그릇에 넣었다. 그리고 페트로샨과 탈의 경기를 두기 시작했다. 그륀

펠트 디펜스*와 세미-슬라브 변형이었다. 그녀는 여덟 번째 수를 위해 흑 킹 측 나이트를 퀸열 두 번째 칸으로 보냈다. 그러나 금세 지루해졌다. 베니가 앞에 있었다면 지금 진행 중인 모든 수를 쫓고 따라하라고 했을 테니, 그녀는 쉬지 않고 빠르게 기물들을 움직이며 경기를 분석했다. 그러고는 삶은 계란을 숟가락으로 싹싹 긁어 먹고 나서 마당으로 이어지는 뒷문으로 나갔다.

무더운 아침이었다. 잔디가 웃자라서 추레한 월계화들이 있는 곳으로 이어진 좁다란 벽돌 길이 풀로 뒤덮일 것 같았다. 집 안으로 돌아가 백 룩을 퀸열 1행으로 보내고 가만히 응시했다. 체스 공부를 하고 싶지 않았다. 두려웠다. 모스크바에서 망신을 당하지 않으려면 앞에 놓인 어마어마한 양의 공부를 해야 했다. 두려움을 억누르고 샤워를 하기 위해 위층으로 갔다. 머리를 말리는 도중 머리를 좀 잘라야겠다는 생각이 들었고 드디어 오늘 할 일이 생긴 것 같아 안도감마저 들었다. 미용실을 갔다가 퍼셀 백화점으로 가서 거실에 놓을 소파를 볼 계획이었다. 하지만 돈을 더 모을 때까지는 사지 않는 게 현명해 보였다. 잔디는 어떻게 깎아야 하지? 전에는 어떤 소년이 마당의 잔디를 깎아 주곤 했는데 베스는

* 1. d4 Nf6 / 2. c4 g6 / 3. Nc3 d5로 움직이는 것이 특징인 체스 오프닝.

그의 전화번호나 주소를 몰랐다.

집을 정돈할 필요가 있었다. 여기저기 거미줄도 걸려 있고 이불이며 베개 커버도 지저분해 보였다. 싹 다 새로 바꿔야 했다. 옷들마저도. 해리 벨틱이 침실에 면도기를 두고 갔다. 우편으로 돌려줘야 하나? 우유는 상했고 버터도 오래됐다. 냉동고 뒤쪽에 오래된 인스턴트 치킨이 그득 쌓였고 성에도 잔뜩 끼어 있었다. 침실 러그에서 먼지가 풀풀 날리고 창문 유리에는 손자국이, 창문틀에는 작은 부스러기들이 널려 있었다.

베스는 머리를 흔들어 당혹감을 떨쳐 내고 로베르타 미용실에서 머리를 자르기 위해 오후 두 시로 예약을 잡았다. 몇 주간 집을 청소해 줄 수 있는 아주머니를 어디서 구하는지 알아봐야겠다고 생각했다. 그런 다음 모리스 서점으로 가 체스 도서들을 주문하고 토비에서 점심을 먹을 계획이었다.

그런데 모리스 서점에 평소에 있던 남자 직원이 없고 다른 여자 직원이 있었다. 그 직원은 체스 도서 주문에 관해 아는 게 없었다. 베스는 어떻게든 직원이 카탈로그를 찾을 수 있도록 해 시실리안 디펜스 관련 도서를 세 권 주문했다. 그랜드 마스터들의 경기를 다룬 책과 《체스 인포맨트》가 필요했다. 하지만 베스는 유고슬라비아의 어떤 출판사가 《체스 인포맨트》를 출간했는지 아는 바가 없었고 서점 직원 역시 몰랐다. 정말 짜증 났다. 그녀도 베니만큼 많은 장서들이 필요했다. 아니 그보다 더 많이 갖고 싶었다. 그런 생각을 하니 결국 화가 치밀었다. 이 모든 혼란을 잊고 훌쩍 떠나온 뉴욕으로 돌아가서 베니와 함께 있어야겠다는 생각이 들었다. 그렇지만 베니가 그녀에게 무엇을 가르칠 수 있을까? 미국인 중에 그녀를 가르칠 만한 사람이 있긴 할까? 베스는 미국 체스 선수를 전부 꺾고 정상에 올라섰다. 이제 혼자만 남았다. 그녀만이 미국 체스와 러시아 체스의 간격을 메울 수 있었다.

토비 레스토랑의 점장이 베스를 알아보고 앞쪽 좋은 자리로 안내했다. 그녀는 애피타이저로 비네그레트 드레싱*을 곁들인 아스파라거스를 주문하고 웨이터에게 애피타이저 먼저 먹고 메인 음식을 시키겠다고 했다. "칵테일 드시겠습니까?" 웨이터가 상냥하게 물었다. 그녀는 조용한 레스토랑과 점심을 먹는 사람들, 식당 입구 옆 벨벳 로프 근처에 있는 디저트 테이블을 바라보았다. "깁슨 주세요." 그녀가 말했다. "온 더 락**으로요."

칵테일은 곧바로 나왔다. 정말 아름다웠다. 텀블러가 깔끔했다. 칵테일 안의 진은 수정처럼 맑았고 새하얀 칵테일 어니

---

* 식초에 갖가지 허브를 넣어 만든 샐러드용 드레싱.

** 깁슨 칵테일에 가니쉬로 진주처럼 생긴 동그랗고 자그마한 칵테일 어니언을 곁들인 것.

언은 진주 같았다. 한 모금 마셨더니 윗입술이 얼얼했고 달달한 감칠맛이 목구멍을 찌르며 아래로 내려갔다. 긴장된 배 속에 놀라운 효과가 일어났다. 마실 만한 가치가 있었다. 천천히 칵테일을 다 마시자 내면 깊숙이에 있던 분노가 점차 가라앉았다. 한 잔 더 주문했다. 저 멀리 뒤쪽 끝에서 누군가 피아노를 연주했다. 베스는 시계를 봤다. 낮 열두 시 십오 분 전이었다. 생기 넘치기 좋은 시각이었다.

베스는 메인 음식을 주문할 생각은 전혀 하지 않았다. 오후 두 시에 토비에서 나와 햇살에 눈을 찌푸리고는 무단횡단으로 큰길을 건너 데이비드 맨리의 와인 가게로 들어갔다. 오하이오에서 받은 여행자 수표 두 장으로 폴 마송 버건디 한 박스와 고든 진 네 병, 마티니 앤 로시 베르무트 한 병을 샀고 맨리 씨가 불러 준 택시를 탔다. 그녀의 발음은 분명하고 깨끗했다. 걸음걸이도 안정적이었다. 그녀는 레스토랑에서 아스파라거스를 여섯 줄기 먹고 깁슨 네 잔을 마셨다. 몇 년째 술에 절어 있었다. 이제는 술과의 관계를 청산할 때였다.

집으로 들어갔을 때 전화가 울리고 있었지만 받지 않았다. 택시 운전자가 와인 상자 옮기는 걸 도와줬고 그녀는 팁으로 1달러를 내밀었다. 운전자가 떠나고 나서 와인을 한 병씩 꺼내 휘틀리 부인이 산 오래된 스파게티와 칠리 통조림 앞 토스터기 위의 선반에 있는 캐비닛 안에 가지런히 세웠다. 그러고는 진 한 병을 꺼내고 베르무트 뚜껑을 비틀었다. 칵테일을 만들어 본 적은 한 번도 없었다. 텀블러에 진을 붓고 베르무트를 약간 추가한 다음 휘틀리 부인이 쓰던 숟가락으로 저었다. 술을 들고 조심스레 거실로 가서 자리에 앉아 길게 들이켰다.

아침은 끔찍했지만 베스는 잘 견뎌 냈다. 셋째 날 크로거에 가서 달걀 서른여섯 알과 인스턴트 냉동식품을 샀다. 그런 다음 늘 그랬듯 달걀 두 알을 먹고 와인을 마시기 시작했다. 보통 정오쯤이 되면 취기를 이기지 못하고 헤롱거리기 일쑤였다. 소파나 의자에서 깨어나면 팔이 저릿했고 땀을 뻘뻘 흘려 목덜미가 축축했다. 가끔 머리가 어질어질하면 턱에 난 종기가 터질 때의 고통처럼 강력한 분노가 느껴지기도 했다. 또 치통이 너무 심했는데 술을 먹으면 그나마 완화되기도 했다. 간혹 술이 몸에 안 받는 날도 있었으나 술병을 잠시 내려놓고 조금 안정이 되길 기다렸다가 —음악 볼륨을 줄이는 것처럼— 다시 계속 퍼부었다.

토요일 아침 베스는 주방에 있는 체스판에 와인을 쏟았고, 월요일에는 어쩌다가 테이블에 부딪치는 바람에 기물 몇 개를 바닥으로 떨어뜨렸다. 그냥 그대로 두고 지내다가 드디어 젊은 남자가 잔디를 깎아 주러 오는 날인 목요일이 되어서야 정리를 했다. 캐비닛에 남은 마지막 술병을 꺼내 소파에 누운 채 들이켜며 우렁찬 잔디깎이 기계의 소리를 듣고 막 잘린 향긋한 풀 냄새를 맡았다. 남자에게 돈을 주러 밖으로 나갔을 때 잔디 냄새가 풀풀 풍겼다. 잔디밭이 잘 다듬어져 있었다. 전과 확 달라진 마당의 모습이 꽤 감동적이었다. 다시 집으로 들어가서 지갑을 꺼내고 택시를 불렀다. 법적으로 와인이나 술은 배달이 불가능하기 때문이었다. 나가서 술을 한 박스 더 사 올 생각이었다. 두 박스면 더 좋고. 이번엔 알마덴을 마셔 볼 참이었다. 누군가 알마덴 버건디가 폴 마송보다 더 낫다고 한 적이 있었다. 알마덴을 한번 사 보고 화이트와인도 몇 병 살 계획이었다. 음식도 더 필요했다.

점심은 통조림 음식이었다. 통조림 칠리에 후추를 뿌려 먹으면 제법 맛이 좋았다. 거기에 버건디 한 잔을 곁들였다. 알마덴은 떫은맛이 덜해서 폴 마송보다 더 괜찮았다. 그러나 깁슨은 곤봉으로 후려치듯 그녀를 때렸고 하는 수 없이 깁슨을 가려 마시기 시작했다. 기절하기 직전까지 아껴 두거나 어떤 때는 아침에 첫 잔으로 마시려고 남겨 두기도 했다. 셋째 주에는 밤마다 깁슨을 만들어 위층의 침대로 가지고 올라갔다. 《체스 인포맨트》가 놓인 탁자에 깁슨을 올려 알코올이 증발되게 한 다음 한밤중에 잠에서 깨면 마셨다. 깨지 않을 땐 다음 날 아침 아래층으로 내려가기 전에 전부 마셨다.

가끔 전화가 울렸지만 정신이 멀쩡하고 목소리가 또렷할 때만 전화를 받았다. 항상 수화기를 들기 전에 일부러 크게 목소리를 내지르며 얼마만큼 맨정신인지 확인했다. 이런 문장을 연습하기도 했다. "중앙청 창살은 쌍창살이고 시청의 창살은 외창살이다." 발음이 잘되면 전화를 받았다. 뉴욕에서 걸려 온 전화였는데 베스더러 「투나잇 쇼」에 출연해 달라고 했다. 베스는 거절했다.

술독에 빠져 지낸 지 삼 주가 지난 후에야 전에 뉴욕에 있을 때 배달된 잡지 더미를 훑어보았고 그중 《뉴스위크》에 그녀의 사진이 실린 걸 발견했다. 그녀에 관한 기사가 스포츠면 첫 페이지를 가득 채우고 있었다. 베니와 시합을 두는 모습이 실려 있었는데 오프닝을 하던 중 사진기사가 촬영을 했던 순간이 기억났다. 사진에 전시용 체스판의 기물 포지션이 잘 보였다. 기억하는 대로 그녀가 막 네 번째 수를 마쳤을 때였다. 베니는 평소처럼 거리를 둔 채 생각에 잠겨 있었다. 기사에는 베스가 베라 멘치크 이후 최고의 여성 선수라는 내용이 담겨 있었다. 그녀는 반쯤 취한 상태로 기사를 읽으며 자신이 더 실력이 좋은 선수라는 내용 이전에 멘치크가 1944년 런던의 폭발사고로 목숨을 잃었다는 이야기가 자리를 차지하고 있어서 짜증이 났다. 대체 여성이라는 게 그것과 무슨 상관이란 말인가. 베스는 미국의 어떤 남자 선수보다도 실력이 뛰어났다. 《라이프》 기자의 질문이 떠올랐다. 남자들의 세계에 여자로서 들어가 있는 게 어떠냐는 질문. 시계가 정오를 가리켰다. 통조림 스파게티를 프라이팬에 넣고 데우면서 나머지 부분을 읽었다. 마지막 단락이 가장 강렬하게 다가왔다.

열여덟 베스 하먼은 미국 체스의 여왕 자리를 차지했다. 그녀는 모피나 카파블랑카 이후 가장 뛰어난 선수이며 그 실력의 끝이 얼마만큼인지, 어린 소녀의 눈부신 뇌와 몸속에 얼마나 대단한 잠재력이 숨어 있는지 누구도 알 수 없다. 미국 체스가 열등한 지위를 극복했다는 것을 세계에 증명하기 위해 그녀는 거물들이 있는 곳으로 가야만 한다. 그녀는 소련 연방으로 발을 내디뎌야 할 것이다.

베스는 잡지를 덮고 스파게티에 곁들여 마실 알마덴 마운틴 샤블리를 한 잔 따랐다. 오후 세 시였고 더위가 맹렬했다. 그리고 와인이 점점 줄어들었다. 토스터기 위의 선반에는 이제 와인이 두 병밖에 남지 않았다.

《뉴스위크》 기사를 읽은 지 일주일이 지난 목요일 아침, 침대에서 나가려는데 몸이 너무 아팠다. 일어나 앉으려는데 도무지 되질 않았다. 머리가 지끈거리고 배가 욱신댔다. 전날 밤부터 입고 있던 청바지와 티셔츠가 그녀를 옥죄는 것 같았다. 그런데도 그녀는 옷을 벗지 않았다. 티셔츠가 상체에 딱 달라붙어 있어서 머리 위로 끄집어 올릴 기운이 없었다. 탁자에 깁슨이 있었다. 간신히 그쪽으로 굴러가 두 손으로 컵을 들고 반 정도 들이켰더니 구역질이 나기 시작했다. 난데없이 숨이 막혀 쉴 수가 없었다. 잠시 뒤 겨우 호흡을 가다듬을 순간이 왔을 때 그녀는 나머지를 다 마셔 버렸다.

겁이 났다. 불구덩이에 혼자 있는 것 같았고 죽음이 두려웠다. 속이 쓰리고 장기들이 아팠다. 내 손으로 와인과 진에 독을 넣은 걸까? 그녀는 다시 몸을 일으키려고 아등바등했고 술기운으로 겨우 일어나 앉았다. 잠시 가만히 앉아서 자신을 진정시켰다가 비틀비틀 화장실로 가서 전부 게워 냈다. 독이 다 빠져나간 기분이었다. 간신히 옷을 벗고 샤워를 하려는데 샤워를 하다가 바닥에 미끄러지거나 고관절이 부러져서 나이 든 여자들처럼 엉거주춤 다니게 될까 봐 욕조에 미지근한 물을 받아 목욕을 했다. 휘틀리 부인의 나이 든 의사, 맥앤드류 박사에게 전화를 걸어 정오쯤에 진료 예약을 잡아야 했다. 만일 병원으로 갈 수 있다면 말이다. 이건 숙취가 아니었다. 그녀는 정말 아팠다.

그런데 목욕을 마친 후 아래층으로 내려갔더니 상태가 좀 나아졌고 계란 두 알도 아무렇지 않게 삼킬 수 있었다. 수화기를 들어야 한다는 생각과 누군가에게 전화를 해야겠다는 마음이 차츰 멀어져 갔다. 그녀를 세상과 연결시켜 주는 전화기와 그녀 사이에 어떠한 장벽이 존재했다. 그 장벽을 뚫고 들어갈 수가 없었다. 이제 괜찮을 테니까. 이제 술을 덜 마실 거니까. 점점 줄일 거니까. 술을 마시고 나면 맥앤드류 박사에게 전화하고 싶을지도 모를 일이었다. 샤블리를 컵에 가득 붓고 홀짝였다. 그랬더니, 술이 마법의 약인 걸까, 아픈 게 나아졌다.

다음 날 아침 식사 중에 전화가 울렸고 베스는 아무 생각 없이 수화기를 들었다. 에드 스펜서라는 사람의 전화였다. 그가 지역 토너먼트의 감독이라는 걸 기억해 내는 데 시간이 좀 걸렸다. "내일 문제로 드릴 말씀이 있어 전화했습니다." 그가 말했다.

"내일이요?"

"토너먼트요. 한 시간 일찍 오실 수 있나 해서요. 루이빌 신문사에서 사진 기자를 보낸다더군요. WLEX 방송국에서도 기자가 올 것 같아요. 아홉 시까지 올 수 있을까요?"

심장이 쿵 떨어졌다. 그는 켄터키주 챔피언십에 대해 이야기하는 중이었고 그녀는 까맣게 잊고 있었다. 베스는 지역 토너먼트에 출전해 자신의 타이틀을 방어해야 했다. 내일 아침 헨리 클레이 고등학교로 가서 챔피언 자리를 지키기 위해 이틀간 진행되는 토너먼트에 참가하기로 했었다. 머리가 지끈거리고 커피 잔을 들고 있는 손이 덜덜 떨렸다. "글쎄요." 그녀가 대답했다. "한 시간 뒤에 다시 전화 주시겠어요?"

"그러죠."

"고마워요. 한 시간 뒤에 다시 말씀드릴게요."

베스는 겁이 났다. 체스를 두고 싶지 않았다. 올스톤 휘틀리에게 집을 산 이후로 체스 책을 보지도 않았고 기물에 손도 대지 않았다. 게다가 체스에 대해 생각하고 싶지도 않았다. 어젯밤에 마신 술병이 아직도 토스터기 옆 조리대에 있었다. 술을 반 컵 정도 따라서 마시는데 혀를 찌르는 역겨운 맛이 났다. 마시다 만 술잔을 싱크대에 넣고 냉장고에서 오렌지주스를 꺼냈다. 머릿속을 말끔하게 비우지 않고 경기에도 참가하지 않는다면, 내일은 더 취해서 몸이 더 아플 터였다. 주스를 다 마시고 위층으로 올라가 지금까지 마신 와인을 세어 봤더니 가슴이 철렁 내려앉았다. 내면이 엉망진창으로 뒤섞이고 혹사당한 기분이 들었다. 당장 뜨거운 물로 샤워를 하고 깨끗한 옷으로 갈아입어야 했다.

한편으론 괜한 시간 낭비일 것 같았다. 벨틱은 토너먼트에 참가하지 않을 거고 그 경기엔 벨틱만큼 잘하는 사람도 없었다. 켄터키는 체스에 일가견이 없었다. 맨몸으로 욕실에 서서 눈을 가늘게 뜨고 상상의 체스판에 기물들을 세우고 시실리안의 레벤피시 변형을 두기 시작했다. 비록 기물들이 작년처럼 선명하게 나타나진 않았지만, 실수 없이 처음 열두 개의 수를 해냈다. 열여덟 번째 수가 지나고 나서 잠시 망설이다가 흑 폰을 나이트열 네 번째 칸으로 옮기자 흑과 백이 동등해졌다. 1958년에 있었던 스미슬로프 대 보트비닉의 경기였다. 베스는 남은 경기를 하려고 했지만 두통이 밀려와 잠깐 멈추고 아스피린을 두 알 먹었다. 폰을 어디로 보내야 좋을지 정확히 결정을 내릴 수 없었다. 그래도 열여덟 번째 수까지는 그럭저럭 잘 해냈다. 오늘은 술에 휘둘리지 않고 차분히 지내고 내일 체스를 두면 될 것 같았다. 이 년 전 주 챔피언십에서 우승했을 때도 쉽게 경기했었다. 켄터키주에는 그녀 이후로, 아니 그녀와 해리 이후로 실력이 뛰어난 선수가 없었다. 골드먼과 사이즈모어 정도는 이제 식은 죽 먹기였다.

전화가 다시 울렸고 베스는 에드 스펜서에게 아홉 시 반까지 가겠다고 전했다. 삼십 분이면 사진을 찍고도 남을 시간이었다.

베스는 마음 한구석에 타운스가 카메라를 들고 나타나면 좋겠다는 희망을 품었지만 그는 털끝만큼도 보이지 않았다. 루이빌에서 온 기자도 없었다. 그녀는 《헤럴드-리더》의 여자 사진기자의 요청에 따라 1번 체스판에서 포즈를 취했고 지역 텔레비전 방송국의 기자와 삼 분간 인터뷰를 진행했다. 그러고는 실례한다고 말한 뒤 밖으로 나가서 토너먼트 시작 전에 주변을 산책했다. 전날 간신히 술을 입에 대지 않으며 버텨 냈고 초록색 약 세 알의 도움으로 겨우 깊이 잠에 들었지만, 속은 여전히 메슥거렸다. 아침인데도 햇볕이 쨍하게 내리쬐었다. 한 블록을 돌고 났더니 살짝 땀이 나면서 조금씩 몸에 열이 올랐다. 발이 아팠다. 아직 열여덟 살밖에 안 되었는데 사십 대가 된 기분이었다. 술을 그만 마셔야겠다는 생각이 문득 머리를 스쳤다. 첫 대국 상대는 포스터라는 사람이었고 그의 레이팅은 1,800대였다. 베스가 흑으로 경기를 하겠지만 볼 것도 없이 식은 죽 먹기일 거란 생각이 들었다. 더군다나 그가 폰을 킹열 4행으로 시작하면서 그녀를 시실리안으로 끌어 들인다면.

포스터는 첫 상대가 미국 챔피언인데도 불구하고 굉장히 침착해 보였다. 그리고 킹의 폰으로 그녀를 대항하지 않는 퍽 괜찮은 분별력을 가지고 있었다. 포스터는 퀸의 폰을 4행으로 행마했고 베스는 퀸스 갬빗을 거절하며 더치 디펜스*를 이용해 그를 익숙지 않은 영역으로 끌어 들이려는 속셈이었

* 1. d4 f5를 특징으로 하는 오프닝.

다. 다시 말해 그녀는 킹 측 비숍 앞의 폰을 움직였다. 두 사람은 한동안 북 무브*를 두었고 그녀는 어느새 스톤월 포메이션**으로 들어가는 자신을 발견했다. 그러나 그 형태를 그다지 좋아하는 편은 아니었다. 체스판의 앞길을 들여다보던 베스는 자신에게 짜증이 나기 시작했다. 그녀가 해야 할 일은 막힌 길을 열어젖히고 그의 목에 칼을 겨누는 것이었고, 이제는 기물을 깨작거리며 잠깐 놀아 주던 짓거리를 끝내고 싶었다. 머리가 계속 아팠다. 값비싼 회전의자에 앉아 있는데도 어딘가 불편했다. 경기장 안에 구경꾼이 너무 많았다. 포스터는 얼굴이 허옇고 금발인 이십 대 청년이었고 지나치게 얌전하게 수를 두었는데 그것 때문에 돌아 버릴 지경이었다. 열두 번째 수를 마친 후 그녀는 체스판 위의 빽빽한 포지션을 보고 중앙에 있는 폰을 재빠르게 밀어 올려 희생시켰다. 서둘러 길을 열어 공격을 시작하고 싶었다. 이런 재수 없는 자식한테는 레이팅 600이면 충분했다. 그를 자빠뜨리고 맛있는 점심을 먹고 커피나 마시면서 오후에 있을 골드먼이나 사이즈모어와의 경기를 준비하고 싶었다.

* 오프닝에서 두는 수 중 이론적으로 최선이라고 증명된 표준 수를 뜻한다. 체스 백과서전 같은 참고도서에 정리되어 있는 수이다.

** 백이 d4와 e3로 폰을 움직이고 그다음 c3와 f4로 행마하는 특수한 진영 형태를 의미한다. 흑이 c6, d5, e6, f5로 스톤월 포메이션을 이루는 것이 더치 디펜스 변형이다.

폰 희생은 다소 성급한 결정이었다. 예상했던 것과는 달리 포스터는 폰이 아니라 나이트로 그녀의 폰을 잡았고 그로 인해 그녀는 또 다른 폰을 보호하거나 빼내야 했다. 언짢은 듯 베스는 입술을 깨물고 그를 공포에 떨게 할 만한 수를 찾아보았다. 하지만 그런 수는 없었다. 마음이 지독하게 천천히 움직였다. 결국 폰을 보호하기 위해 비숍을 후퇴시켰다.

포스터가 눈썹을 살짝 올리더니 룩을 퀸열로 보냈다. 그 퀸열은 베스의 폰 희생으로 인해 열린 것이었다. 베스가 눈을 깜빡였다. 이런 식의 경기 진행이 마음에 들지 않았다. 두통이 더욱 심해졌다. 자리를 박차고 일어나 감독에게 가서 아스피린을 구할 수 있는지 물었다. 감독이 어디선가 약을 찾아왔고, 세 알을 입에 넣은 다음 뒤이어 종이컵에 있는 물을 마셨다. 다시 포스터에게 돌아갔다. 그녀가 경기장 중앙으로 걸어가자 사람들이 체스를 두다 말고 고개를 들어 그녀를 쳐다봤다. 문득 이런 삼류 토너먼트에 참가하겠다고 나선 것에 화가 났다. 다시 돌아가서 포스터에 만족해야 하는 것에도 화가 났다. 이런 상황이 정말 싫었다. 그를 이기는 건 그녀에겐 별 의미가 없겠지만, 그가 그녀를 이긴다는 건 정말이지 끔찍한 일이었다. 물론 그가 그녀를 이길 가능성은 없었지만. 베니 와츠도 그녀를 이길 수 없었고, 얌전 빼고 앉아 있는 저루이빌 출신의 대학원생도 그녀를 궁지에 몰아넣을 수 없었다. 반드시 어디선가 콤비네이션을 찾아내서 그를 갈기갈기 찢어 버릴 작정이었다.

그러나 콤비네이션은 어디에도 없었다. 그녀는 한 수 한 수 진행될 때마다 점차 변해 가는 포지션을 응시했으나 그다지 호의적이지 않았다. 포스터는 레이팅에 비해 확실히 실력이 좋기는 했지만 그렇게 잘하는 건 또 아니었다. 작은 공간을 가득 채운 사람들이 점점 수세에 몰리던 베스가 상대에게 지배당하기 시작했을 때 난처한 표정을 들키지 않으려 애쓰는 그녀의 모습을 조용히 지켜보았다. 내면에 무슨 문제가 생긴 걸까? 그녀는 이틀간 밤에도 낮에도 술을 마시지 않았다. 대체 뭐가 문제인 걸까? 가슴이 철렁 내려앉으며 지옥 같은 기분이 들었다. 그녀가 자신의 재능을 어떤 식으로든 망쳐 버린 거라면…….

그 후 스물세 번째 수에 포스터는 체스판 중앙에서 일련의 교환을 시작했고 베스는 그걸 저지할 수가 없었다. 뒤엉키는 속을 느끼며 그녀의 기물이 눈앞에서 사라지는 걸, 그녀의 포지션이 점점 더 약해져 가는 걸 보고만 있었다. 그녀는 게임의 패배를 깨달으며 자신이 레이팅 1,800인 선수의 폰 두 개의 이점에 제압당했다는 걸 인지했다. 더 이상 할 수 있는 일이 없었다. 그가 폰을 퀸으로 승진시켰다. 정말 수치스러웠다.

베스는 그가 수를 두기 전에 먼저 킹을 들어 올리고 자리를 떠났다. 포스터에게 눈길도 주지 않으며 숨도 쉬지 않고 관중들의 시선을 피하고 헤치며 메인 경기장을 지나 접수처로 갔다.

"몸이 안 좋아요." 그녀가 감독에게 말했다. "이번 경기에서 빠질게요."

베스는 혼란스러운 상태로 무거운 다리를 이끌며 큰길로 걸어갔다. 경기 생각을 하지 않으려 노력했다. 정말 최악이었다. 그녀는 이 토너먼트를 통해 자신을 시험해 보고 싶었다. 알코올 중독자가 만든 일종의 조작된 테스트였다. 보기 좋게 실패하고 말았다. 집에 들어가도 술을 마시지 말아야 했다. 책을 읽고 체스를 두며 마음을 추슬러야만 했다. 그러나 텅 빈 집에 들어간다는 생각에 두려움이 엄습했다. 그녀가 할 수 있는 일이 또 뭐가 있을까? 하고 싶은 일도 없고 전화할 사람도 없었다. 패한 경기는 하찮았고 토너먼트 역시 아무것도 아니었지만 수치감이 온몸을 휘감았다. 어쩌다가 포스터에게 졌는지에 관한 논의 따위 듣고 싶지 않았다. 그리고 다시는 포스터를 만나고 싶지 않았다. 그래도 술은 절대 안 되었다. 다섯 달 후에 캘리포니아에서 제대로 된 토너먼트가 있을 예정이었다. 이미 자신에게 해선 안 될 짓을 한 걸까? 재능이 형성되어 있는 복잡한 신경회로의 표면을 깎아 낸 건 아닐까? 언젠가 책에서 팝 아트 작가가 미켈란젤로의 원본

밑그림을 사서 미술용 지우개로 전부 지우고 빈 종이만 남게 했다는 글을 읽은 적이 있었다. 당시 그의 어리석은 행동에 큰 충격을 받았었다. 그런데 바로 지금, 베스는 체스의 재능이 깔린 뇌의 표면을 자기 손으로 싹 지워 버렸을지도 모른다는 생각이 들었다. 그때처럼 등골이 서늘했다.

집에 돌아온 베스는 러시아의 경기가 실린 책들을 보려고 했지만 도무지 집중이 되질 않았다. 주방에 체스판을 준비하고 포스터와의 게임을 복기했다. 모든 수들이 매우 형편없었다. 빌어먹을 스톤월과 성급하게 올린 폰이 문제였다. 거지 같은 수였다. 아주 질 떨어지는 체스였고 주정뱅이 체스였다. 전화벨이 울렸지만 받지 않았다. 고통스럽게 체스판 앞에 앉아 있는데 순간 누군가와 전화 통화를 하고 싶었다. 해리 벨틱은 루이빌로 돌아갔을 터였다. 더군다나 그에게는 포스터와의 시합을 털어놓고 싶지 않았다. 어차피 머지않아 그도 알게 될 테니까. 베스는 베니에게 전화하고 싶었다. 하지만 파리를 다녀온 후로 그가 그녀를 차갑게 대했기 때문에 썩 대화가 내키지 않았다. 아무도 없었다. 지친 기색으로 자리에서 일어나 냉장고 옆에 있는 선반의 캐비닛을 열어 화이트 와인 한 병을 내려놓고 한 잔 가득 따랐다. 내면의 목소리가 격노하며 울부짖었지만 무시했다. 한 모금에 쭉 들이켜 반이나 마시고 알코올이 온몸에 퍼질 때까지 서서 기다렸다. 그러고는 컵에 남은 술을 전부 마신 다음 또 한 잔 부었다. 그렇다. 사람은 체스 없이 살 수 있었다. 대부분 그랬다.

다음 날 아침, 소파에서 깨어나 보니 포스터와 대국을 둘 때 입고 있던 옷, 파리에서도 입었던 그 옷을 입고 있었다. 또 다른 공포가 몰려왔다. 알코올로 인해 육체적 느낌이 흐려졌는지 위치가 명확하게 파악되지 않고 자세를 인지하는 감각이 희미해지는 게 느껴졌다. 그러나 아침 식사를 한 뒤 샤워를 했더니 좀 나아져서 또 와인 한 잔을 따랐다. 기계적이었다. 이렇게 그녀는 생각의 연결을 끊는 방법을 배웠다. 중요한 것은 먼저 토스트를 먹는 것이었다. 빈속에 와인을 먹고 탈이 나지 않으려면 말이다.

베스는 며칠 동안 술을 마셨지만 패한 경기에 대한 끔찍한 기억과 재능의 예리한 가장자리에 무슨 짓을 한 건지에 대한 공포는 사라지지 않았다. 생각조차 할 수 없을 정도로 취했을 때 빼고. 일요 신문에 그녀의 기사가 실렸다. 토너먼트가 있었던 날 아침에 고등학교에서 찍은 사진이 있었고 헤드라인에는 이렇게 적혀 있었다. *'체스 챔피언, 토너먼트에서 나가떨어지다.'* 기사를 읽지 않고 신문을 던져 버렸다.

어느 날 아침, 음침하고 혼란스러운 꿈을 꾸다가 깨어났는데 이상하게 정신이 맑고 명료했다. 즉시 음주를 멈추지 않으면 가진 걸 전부 잃게 될 것 같았다. 그녀는 자신을 이토록 무시무시한 어둠 속에 빠지게 내버려 두었다. 이 모든 것에서 벗어날 수 있는 발판을 어디선가 찾아야만 했다. 도움을 받아야 했다. 바로 그때 누구의 도움이 필요한 건지 번뜩 떠오르며 굉장한 안도감이 느껴졌다.

♖ 13장 ♖

졸린은 렉싱턴 전화번호부에 없었다. 베스는 루이빌과 프랭크포트에서도 정보를 찾아봤다. 졸린 드위트는 없었다. 결혼을 해서 성을 바꿨을 가능성도 있었다. 시카고나 클론다이크로 갔을 수도 있고. 메듀엔 보육원을 떠난 후로 졸린을 보지도 듣지도 못했다. 이 문제를 해결할 수 있는 방법은 딱 한 가지뿐이었다. 휘틀리 부인의 책상 서랍에 입양 서류가 있었다. 서류철을 꺼내 메듀엔 로고 위에 붉은색 슬로건이 있는 서류를 찾았다. 거기에 전화번호가 있었다. 그녀는 잠시 초조하게 종이를 들고 있었다. 맨 아래에 작고 정갈한 필체의 서명이 있었다.

헬렌 디어도르프, 원장.

정오가 다 된 시각. 베스는 아직 술을 마시지 않았다. 순간 깁슨으로 불안한 마음을 달래 볼까 하는 충동이 일었다. 그런 어리석은 생각은 역시나 자기 자신에게도 숨겨지지 않았다. 깁슨은 최후의 보루였다. 그녀는 알코올 중독자일지는 몰라도 바보는 아니었다. 위층으로 올라가 멕시코에서 산 리브륨 약병을 꺼내 두 알 먹었다. 불안이 사라지길 기다리며 전날 소년이 잔디를 깎아 놓은 마당을 거닐었다. 월계화가 드디어 만개했다. 꽃잎은 대부분 떨어졌고 꽃이 있었던 줄기 끝에는 임신한 것처럼 보이는 둥근 엉덩이 모양이 있었다. 6월과 7월에 활짝 피고 저렇게 변하는 과정을 지금껏 한 번도 눈여겨본 적이 없었다.

주방 뒤편에 다다르자 어느 정도 안정되었다. 약이 효과가 있었다. 신경안정제 1밀리그램당 뇌세포는 얼마나 죽을까? 그래도 술만큼 나쁘진 않겠지. 그녀는 거실로 들어가 메듀엔 보육원에 전화를 걸었다.

메듀엔의 상담원이 잠깐 기다리라고 했다. 베스는 약병으로 손을 뻗어 초록색 약을 꺼내고 삼켰다. 마침내 놀라울 정도로 상냥한 목소리가 전화를 받았다. "헬렌 디어도르프입니다."

베스는 순간 입이 떨어지지 않아서 전화를 끊으려고 했지만 숨을 크게 들이마시고 말을 시작했다.

"디어도르프 원장님, 베스 하먼이에요."

"정말이니? 아니, 이게 누구야." 놀란 목소리였다.

"네."

"그래, 그렇구나." 잠시 침묵이 이어졌고 베스는 디어도르프 원장이 할 말이 없다는 걸 눈치챘다. 베스가 말을 꺼내기 어려운 것처럼 디어도르프 역시 마찬가지였을 것이다. "그래," 디어도르프가 말했다. "네 소식은 잘 듣고 있단다."

"샤이벌 아저씨는요?" 베스가 물었다.

"샤이벌 씨도 아직 여기에 함께 계시지. 그거 물어보려고 전화한 거니?"

"졸린 드위트 때문에 전화했어요. 졸린과 연락을 하고 싶어서요."

"미안하구나. 메듀엔 규정상 전화번호나 주소를 마음대로 알려 줄 수가 없어."

"원장님," 베스의 목소리가 갑자기 폭발하듯 튀어나왔다. "원장님, 저 좀 도와주세요. 졸린과 꼭 할 이야기가 있어요."

"법적으로……."

"원장님, 제발요."

디어도르프의 목소리 톤이 달라졌다. "좋아, 엘리자베스. 드위트는 렉싱턴에 살아. 전화번호 알려 주마."

"이런 세상에! 이게 누구야!" 졸린이 수화기 너머로 말했다. "세상에!"

"잘 지냈어, 졸린?" 베스는 울고 싶은 심정이었다. 목소리가 떨렸다.

"대체 이게 무슨 일이야." 졸린이 웃었다. "네 목소리 들으니까 너무 좋다. 너 아직도 못난이냐?"

"그럼 넌 아직도 깜둥이고?"

"난 여전히 깜둥이 숙녀지. 너는 예뻐졌지만. 잡지에 나온 거 많이 봤어. 우리 모두의 친구 바브라 스트라이샌드(미국의 유명 가수이자 배우-옮긴이)보다 더 많이 봤지."

"연락하지 그랬어?"

"샘나서."

"졸린, 너 입양됐어?"

"젠장, 아니. 보육원 졸업하고 나왔지. 그런 너는 왜 나한테 편지나 선물 같은 거 안 보냈는데?"

"대신 오늘 저녁 사 줄게. 큰길에 있는 토비로 일곱 시까지 올래?"

"그럼 수업 땡땡이쳐야겠네." 졸린이 말했다. "진짜 대박이야. 네가 역사적인 경기인 체스의 미국 챔피언이라니! 천재 우승자."

"너와 나누고 싶은 얘기가 바로 그거야." 베스가 받아쳤다.

두 사람이 토비에서 만났을 때는 전화 통화에서의 자연스러움은 사라지고 무언가 어색함이 감돌았다. 베스는 그날 술 없이 보냈고 로베르타에서 머리 손질도 하고 주방도 깨끗하게 청소했다. 졸린과 다시 대화를 할 생각에 몹시 신나고 흥분됐다. 베스는 약속 시간보다 십오 분 일찍 도착했고 웨이터가 늘 마시던 술을 가져왔을 때는 조마조마하게 사양했다. 졸린이 도착했을 때 베스의 앞에는 콜라가 놓여 있었다.

처음에 베스는 졸린을 알아보지 못했다. 코코 샤넬 같아 보이는 정장에 풍성한 아프로 헤어스타일을 한 키 큰 여자가 테이블 쪽으로 다가오고 있었다. 베스는 졸린일 줄은 꿈에도 몰랐다. 그녀는 영화배우 또는 연예인 같았다. 유명 가수 다이애나 로스만큼 풍만하고 또 다른 인기 가수 리나 혼처럼 멋졌다. 다시 눈을 씻고 바라보니 졸린이 분명했다. 그녀의 미소와 눈은 베스가 기억하는 그대로였다. 베스는 어색하게 자리에서 일어났고 둘은 서로를 안았다. 졸린의 향수가 강하게 풍겼다. 베스는 약간 쑥스러웠다. 졸린이 포옹하면서 그녀의 등을 어루만졌다. 그리고 이렇게 말했다. "베스 하먼. 다 컸네, 다 컸어."

두 사람은 자리에 앉아 서로를 서먹하게 바라봤다. 베스는 맨정신으로는 이 상황을 견딜 수 없어서 술을 마셔야겠다고 생각했다. 그러나 다행히 웨이터가 와서 침묵을 깨 주었고 졸린은 탄산수를, 베스는 콜라를 한 잔 더 시켰다.

졸린이 마닐라지*로 만든 봉투를 테이블 위로 꺼내 베스 쪽으로 밀었다. 베스가 봉투를 들었다. 책이었다. 보자마자 책이라는 걸 알아챘다. 봉투를 열었더니 《모던 체스 오프닝》이 있었다. 낡아서 다 해진 베스의 책 《모던 체스 오프닝》이었다.

"내가 가지고 있었어." 졸린이 말했다. "너만 입양되니까 약이 올라서."

베스가 얼굴을 찡그리며 책을 펼쳤다. 타이틀 페이지에 어린아이 글씨로 '엘리자베스 하먼, 메듀엔 보육원'이라고 적혀 있었다. "흰둥이라고 쓰지 그랬어?"

"그걸 누가 까먹겠어?" 졸린이 말했다.

베스는 졸린의 예쁘고 아름다운 얼굴과 인상적인 머리 스타일, 기다랗고 까만 속눈썹, 도톰한 입술을 바라보았다. 온몸에 소소한 안도감이 느껴지면서 수줍은 생각이 점차 나가떨어졌다. 그녀가 환하게 웃었다. "얼굴 보니까 너무 좋다." 사실 베스가 진짜 하고 싶었던 말은 "사랑해"였다.

음식을 먹으면서 졸린은 메듀엔에 대해 이야기했다. 예배 시간 중에 통잠을 잔 것, 맛없는 음식, 셸 선생님과 그레이엄 선생님에 관한 이야기 그리고 토요일의 기독교 영화 등등. 졸

* 두툼하고 튼튼한 누런색 종이.

린은 디어도르프 원장이 고개를 홱 쳐들고 빽빽한 목소리로 말하는 걸 웃기게 흉내 내기도 했다. 그녀는 깔깔 웃어 대며 음식을 천천히 먹었고 베스도 함께 웃었다. 이렇게 웃어 본 지가 얼마 만인지 생각도 나지 않았다. 누군가와 함께 있으면서 이런 편안함을 느껴 본 건 처음이었다. 휘틀리 부인과 있을 때도 이렇게 편하지는 않았다. 졸린은 송아지 고기와 화이트 와인을 한 잔 주문했고 베스는 망설이다가 웨이터에게 얼음물을 달라고 했다.

"아직 술 마실 나이 안 됐나?" 졸린이 물었다.

"됐지. 나 열여덟이야."

졸린이 눈썹을 올리더니 송아지 고기로 시선을 돌렸다. 잠시 후 그녀가 다시 입을 열었다. "네가 입양돼서 나갔을 때 나는 배구를 진지하게 하기 시작했어. 열여덟에 메듀엔을 졸업할 때 대학의 체육교육과에서 장학금을 받았지."

"그래서 어떤데?"

"뭐, 다 좋아." 졸린이 약간 성급하게 대답했다. 그러더니 "아니, 사실은 아니야. 도통 뭐 하는 건지 모르겠어. 나는 운동 코치가 되고 싶지 않거든"이라고 했다.

"다른 거 하면 되지."

졸린이 고개를 저었다. "작년에 학사 학위를 받을 때까지도 내가 정말 뭘 하고 싶은지 몰랐어." 그녀는 입 안에 음식을 잔뜩 넣고 이야기를 이어 갔다. 음식을 다 삼키고 테이블에 팔꿈치를 대며 앞으로 몸을 기울였다. "법이나 정부 관련 공부를 했어야 했어. 나랑 잘 맞더라고. 그런데 팔 벌려 뛰기나 복부의 주요 근육 이런 거나 배우며 시간을 날렸지 뭐야." 그녀가 목소리를 낮추며 힘을 줬다. "나는 흑인 여자야. 고아고. 그래서 하버드에 가야 해. 너처럼 《타임》에 실려야 한다고."

"그래, 넌 바버라 월터스(언론인-옮긴이)와도 잘 어울릴 거야. 고아들의 정서적 박탈감에 대해서도 이야기할 수 있고."

"그럼 당연하지. 헬렌 디어도르프와 그 여자가 준 신경안정제에 대해서도 말하고 싶어."

베스는 잠시 머뭇거렸다. 그러고는 "아직 약 먹어?"라고 물었다.

"아니. 당연히 아니지." 졸린이 웃었다. "네가 유리병에 든 약을 몰래 훔쳐 갔던 일은 잊히지도 않아. 그 망할 보육원의 다목적실 바로 앞에서 늙은 원장이 소금 기둥처럼 완전 얼어 있고 우리는 전부 턱을 헤벌레 벌리고 있었지." 그녀가 계속 웃었다. "넌 진짜 영웅이었다니까. 네가 간 다음에 새로 들어온 애한테 그 얘기를 해 줬었지." 졸린이 식사를 마치고 접시를 테이블 중앙 쪽으로 밀어 놓은 다음 의자에 등을 기대어 앉았다. 그러더니 재킷 주머니에서 켄트를 한 갑 꺼내 가만히 바라봤다. “《라이프》에 네 사진이 실렸을 때 보육원 도서실 게시판에 붙이고 그랬어. 아마 지금도 있을걸.” 그녀가 자그마한 검은색 라이터로 담배에 불을 붙이고 깊게 숨을 마셨다. “모차르트 소녀가 체스계를 놀라게 하다. 하하.”

“난 지금도 약 먹어.” 베스가 털어놨다. “그것도 많이.”

“오 이런, 힘들겠다 너.” 졸린이 담배를 보며 얼굴을 찌푸렸다.

베스는 아무 말도 하지 않았다. 둘 사이의 침묵이 강화되었다. 베스가 입을 열었다.

“디저트 먹자.”

“초콜릿 무스로.” 졸린이 말했다. 그녀가 디저트를 먹다 말고 테이블 너머의 베스를 바라봤다. “베스, 안색이 안 좋아. 부은 것 같은데.” 베스가 고개를 끄덕이고 무스를 마저 먹었다.

졸린이 은색 폭스바겐으로 베스를 집까지 바래다줬다. 쟌웰에 도착했을 때 베스가 말했다. “졸린, 우리 집에 잠깐 들어갈래? 집 구경시켜 주고 싶어서.”

“물론이지.” 졸린이 흔쾌히 대답했다. 베스는 길 한쪽에 차를 댈 수 있는 곳을 알려 주고 차에서 내렸다. 졸린이 물었다. “이 집이 전부 네 거라고?” 베스가 “응”이라고 내납했다.

졸린이 웃었다. “이제 고아 아니네. 더는 아니야.”

그러나 좁다란 통로를 따라 집으로 가는데 현관문 안쪽에서 코를 찌르는 퀴퀴하고 썩은 냄새가 진동했다. 전에는 전혀 인지하지 못했었다. 베스가 거실 불을 켜고 주변을 둘러보는 동안 난감한 침묵이 이어졌다. 그동안은 텔레비전 화면에 뽀얗게 앉은 먼지나 간이 테이블에 묻은 얼룩이 도무지 보이지 않았다. 계단 근처에 있는 거실 천장 구석에도 거미줄이 빽빽하게 쳐져 있었다. 집 전체가 음침하고 지저분했다.

졸린이 집을 돌아다니며 구경했다. “약 먹는 것보다 더 급하게 할 일이 있는 것 같은데.”

“계속 와인만 마셔 댔어.”

“그래 보이네.”

베스가 주방에서 커피를 내렸다. 그래도 주방 바닥은 깨끗했다. 마당으로 이어지는 창문을 열고 상쾌한 공기가 들어오게 했다.

체스판은 아직도 주방 조리대에 있었고 졸린이 그 앞에서 백 퀸을 집어 들었다. “게임이라면 지긋지긋해. 이런 건 배워본 적도 없어.”

“가르쳐 줄까?”

졸린이 웃었다. “그냥 얘기나 해 봐.” 그러더니 퀸을 다시 내려놓았다. “대학에서 핸드볼, 라켓볼, 패들볼을 배웠어. 테니스, 골프, 피구도 할 줄 알고 레슬링도 하지. 체스까지는 필요 없어. 내가 듣고 싶은 얘기는 와인 얘기야.”

베스가 커피 잔을 내밀었다.

졸린이 바닥에 앉아서 담배를 꺼냈다. 밝은 남색 정장에 아프로 머리를 하고 어두침침한 주방에 앉아 있으니 그녀가 이 공간의 새로운 중심인물 같았다.

“약 얘기 먼저 할래?” 졸린이 물었다.

“약을 너무 좋아했어. 정말로 너무 좋아했지.”

졸린이 고개를 절레절레 흔들었다.

“그래도 오늘은 술을 하나도 마시지 않았어.” 베스가 불쑥 말했다. “내년에 러시아에서 경기가 있거든.”

“루첸코.” 졸린이 말했다. “보르고프.”

베스는 그녀가 그 이름들을 알아서 깜짝 놀랐다. “그런데 무서워.”

“그러면 가지 마.”

“안 가면 할 일이 없어. 맨날 술이나 퍼마시겠지.”

“그게 문제가 아닌 것 같은데.”

“술이랑 약을 끊고 집도 좀 치워야 해. 오븐 위에 저 기름 얼룩 좀 봐.” 베스가 오븐을 가리켰다. “하루에 여덟 시간씩 체스 공부를 해야 하고 토너먼트에도 나가야 해. 체스 연합은 내가 샌프란시스코에서 시합도 하고 「투나잇 쇼」에도 나가길 원해. 전부 다 해야 한다고.”

졸린이 그녀를 빤히 쳐다보았다.

"내가 원하는 건 술이야. 네가 없었다면 오늘도 와인 하나 땄을걸." 베스의 말에 졸린이 인상을 찌푸렸다. "무슨 영화배우 수전 헤이워드가 대사 치는 것처럼 말하네."

"영화가 아니야." 베스가 말했다.

"그러면 그런 식으로 말하지 마. 네가 뭘 해야 하는지 알려 줄게. 내일 아침 열 시에 유클리드가에 있는 알룸니 체육관으로 와. 내가 운동하는 시간이거든. 운동화랑 운동복 챙겨 오고. 무슨 계획을 세우기 전에 일단 퉁퉁 부은 네 얼굴부터 치워야 해."

베스가 졸린을 응시했다. "난 원래 운동을 별로……."

"나도 알아."

베스는 곰곰이 생각해 봤다. 바로 뒤에 레드 와인과 화이트 와인이 든 캐비닛에서 졸린이 떠나자마자 참지 못하고 한 병을 꺼내 코르크를 따고 컵에 가득 붓는 모습을. 목으로 넘어가는 와인의 환상적인 감각이 느껴졌다.

"그렇게 나쁘진 않았어." 졸린이 말했다. "내가 깨끗한 수건도 좀 챙겨 갈게. 내 드라이기도 같이 쓰고."

"거기에 어떻게 가는지 몰라."

"택시 타. 아니면 그냥 걷든가."

베스가 그녀를 바라보았다. 낭패였다.

"어이 아가씨, 엉덩이 좀 움직이지 그러셔?" 졸린이 비아냥

댔다. "엉덩이 뭉개고 앉아 있지만 말고."

"알겠어. 갈게." 베스가 말했다.

졸린이 떠난 후 베스는 와인을 한 잔 마셨다. 그러나 두 잔은 마시지 않았다. 집의 모든 창문을 열고 마당 뒤쪽의 작은 창고 바로 위에 앉아 거의 꽉 찬 달을 보며 와인을 마셨다. 시원한 바람이 불었다. 긴 시간 동안 와인을 마시며 살랑거리는 바람이 주방 창문으로 들어가게 했고 커튼이 사르르 흔들리게 했다. 신선한 바람이 주방을 거쳐 거실 전체로 퍼져 집 안의 공기를 깨끗하게 만들었다.

체육관은 천장이 높고 벽이 하얬다. 희한하게 생긴 운동기구들이 줄지어 있는 벽면을 따라 난 거대한 창문으로 햇살이 들어왔다. 졸린은 노란색 타이츠와 운동화를 신고 있었다. 아침은 따뜻했고, 베스는 하얀 바지 차림으로 택시를 타고 왔다. 운동실 저 끝에 회색 반바지를 입은 젊은 남자가 벤치에 등을 대고 누워 처절한 표정으로 끙끙거리며 웨이트를 들어 올리고 있었다. 그곳에 그 남자 말고는 베스와 졸린뿐이었다.

두 사람은 각각 실내용 자전거를 타기 시작했다. 졸린이 베스 자전거의 레벨을 10단계로 올렸고 자기 것은 60으로 올렸다. 자전거를 탄 지 십 분쯤 지났을 때 온몸이 땀으로 흠뻑

젖었고 종아리는 터질 것처럼 아팠다.

"점점 아플 거야." 졸린이 말했다.

베스는 이를 악물고 페달을 계속 밟았다.

누워서 다리를 뻗는 기구에서 균형을 제대로 잡지 못해 다리를 밀어 내릴 때마다 자꾸만 인조가죽 벤치에서 엉덩이가 미끄러졌다. 졸린이 무게를 20킬로그램으로 재조정했는데도 너무 무거웠다. 다른 쪽에 발목으로 무게를 들어 올리는 기구도 있었는데, 그 기구를 움직이는 순간 다리 위쪽으로 힘줄이 불끈 솟아오르고 통증이 몰려왔다. 다음에는 전기의자를 연상시키는 의자에 똑바로 앉아 팔꿈치로 체중을 들어 올려야 했다. "가슴 근육을 좀 단단하게 해 봐." 졸린이 채근했다.

"무슨 물고기가 된 기분이야."

졸린이 웃었다. "날 믿어. 너한테 필요한 운동이니까."

베스는 꾸역꾸역 전부 다 해냈다. 격렬하고 거친 숨이 뿜어졌다. 졸린이 훨씬 더 무거운 무게로 운동한다는 사실에 약이 올랐다. 하긴 그래서 졸린의 몸매가 완벽한 거였지만.

운동을 마치고 하는 샤워는 정말 꿀맛이었다. 샤워기에서 물이 강하게 분사되었고, 베스는 땀을 씻어 내려 물줄기를 더 강하게 조절했다. 몸에 비누칠을 한 다음 뜨겁고 강한 물줄기로 닦아 내면서 발아래로 떨어져 하얀색 타일 위를 빙빙 돌아다니는 비누거품을 내려다보았다.

카페테리아에 있는 여자가 베스에게 솔즈베리 스테이크를 내밀자 졸린이 베스의 접시를 올려 자기 쪽으로 빼냈다. “이런 건 안 돼.” 졸린이 말했다. 그녀는 접시를 다시 돌려주었다. “그레이비소스는 안 돼. 감자도.”

“나 비만 아니거든. 감자 좀 먹는다고 어떻게 되는 건 아니잖아.”

졸린은 아무 말하지 않았다. 두 사람이 쟁반을 들고 젤리오와 바바리안 크림 파이 앞을 지나갈 때도 졸린은 고개를 저었다. “어젯밤에 초콜릿 무스는 먹었으면서.” 베스가 투덜댔다.

“어젯밤은 특별한 날이었지. 오늘은 아니고.”

졸린이 열두 시에 수업이 있어서 둘은 열한 시 반에 점심을 먹었다. 베스가 무슨 수업이냐고 묻자 졸린이 대답했다. “20세기의 동부 유럽 정세.”

“그게 체육교육과 수업이야?” 베스가 물었다.

“어제 다 얘기하진 못했는데 정치학 석사과정을 밟고 있어.” 베스가 그녀를 가만히 바라봤다. “남들과 다른 생각을 하는 사람이 되어라.” 졸린이 불어로 말했다.

다음 날 아침, 잠에서 깨어 보니 등과 종아리가 욱신거려서 그날은 체육관에 가지 말아야겠다고 결심했다. 하지만 아침 식사 거리를 찾으려고 냉장고를 열었을 때 층층이 쌓인 인스턴트식품이 눈에 들어왔고, 문득 휘틀리 부인이 스타킹을 돌돌 말아 발목으로 내리고 있었을 때 봤던 그녀의 희멀건 다리가 떠올랐다. 메스꺼움에 고개를 절레절레 흔들며 인스턴트 상자들을 풀어 헤쳤다. 냉동 치킨과 로스트비프 그리고 칠면조 고기 때문에 토할 것 같았다. 인스턴트식품을 전부 비닐봉지에 처박았다. 통조림 음식을 보려고 캐비닛을 열었는데 통조림 앞에 알마덴 마운틴 라인 세 병이 있었다. 망설이다가 캐비닛을 닫았다. 나중에 다시 생각해 볼 심산이었다. 아침으로 토스트와 블랙커피를 먹었다. 체육관으로 가는 길에 쓰레기통에 냉동 인스턴트식품 더미를 떨어뜨렸다.

점심시간. 졸린이 학생회관 게시판에 시간당 2달러에 잡다한 일을 해 주겠다는 학생들의 명단이 있다고 알려 주었다. 졸린은 수업 가는 길에 베스를 그리로 데려갔고 베스는 두 군데의 번호를 적었다. 오후 세 시, 경영학과 학생이 베스의 집 뒷마당에서 카펫을 탈탈 털었고 미술사학과 학생이 냉장고와 주방 수납장을 벅벅 문질렀다. 베스는 그들을 감시하지 않았다. 님조-인디언 디펜스의 변형을 연습하며 시간을 보낼 뿐이었다.

다음 주 월요일, 그녀는 헬스 기구 일곱 가지를 전부 하고 윗몸 일으키기까지 했다. 수요일엔 졸린이 각 기구마다 약 4킬로그램씩 무게를 올렸고 윗몸 일으키기를 할 때는 가슴에 2킬로그램을 올리고 하라고 했다. 그 후 일주일이 지나고 둘은 핸드볼을 시작했다. 핸드볼에 젬병인 베스는 숨을 가쁘게 몰아쉬었다. 졸린이 얄짤없이 그녀를 꺾었다. 베스는 숨을 헐떡이고 땀을 뻘뻘 흘리며 끝까지 물고 늘어졌다. 이따금 작고 검은 공을 치다가 손바닥에 멍이 들기도 했다. 베스가 졸린을 이긴 건 열흘 뒤였다. 운도 좀 따랐지만.

"조만간 네가 이길 줄 알았지." 졸린이 말했다. 두 사람은 코트 중앙에 서서 땀을 흘리고 있었다.

"나는 지는 게 싫어." 베스가 말했다.

집에 돌아와 보니 크리스천 크루세이드라는 곳에서 보낸 편지가 그녀를 기다리고 있었다. 편지 내용은 이랬다.

하먼 씨에게.

전화 연결이 되지 않아 이렇게 편지를 보냅니다. 곧 소련에서 있을 경기 비용에 대한 크리스천 크루세이드의 후원에 관심이 있으실지 확인하고자 합니다.

크리스천 크루세이드는 비영리단체로서 그리스도의 메시지에 굳게 닫힌 문을 여는 역할을 하고 있습니다. 귀하께서 메듀엔 보육원과 같은 기독교 관련 기관에서 교육을 받은 경험이 인상 깊었습니다. 저희는 귀하의 기독교 이상과 열망에 뜻을 함께하기에 곧 출전하실 경기에 도움을 드리고 싶습니다. 저희의 지원에 관심이 있으시면 휴스턴의 사무실로 연

락 주시길 바랍니다.

그리스도 안에서 당신께 드립니다.

크로퍼드 워커

책임자

크리스천 크루세이드

해외사업부

편지를 집어던지다시피 아무 데나 두는데 베니가 전에 어떤 교회 그룹에서 러시아 경비를 대 줬다는 이야기를 한 게 번뜩 떠올랐다. 베니의 전화번호가 적힌 쪽지는 고이 접혀서 체스 시계 상자에 들어 있었다. 쪽지를 꺼내 전화를 걸었다. 전화벨이 세 번 울린 후 그가 수화기를 들었다.

"여보세요. 나야, 베스."

베니는 약간 심드렁하게 전화를 받았다. 그러나 베스가 후원 편지 이야기를 꺼내자 단번에 이렇게 말했다. "받아. 거기 돈 많아."

"러시아행 비행기표도 대 주려나?"

"그 이상이지. 그리고 잘 얘기하면 나도 같이 보내 줄 거야. 방은 따로 줄 거고."

"거기에서 왜 그렇게 돈을 많이 쓰는 건데?"

"거기는 예수를 위해 공산주의자를 제압하고 싶어 하니까.

이 년 전에 내 경비 중 일부를 대 준 곳이야." 베니의 말이 맞았다. "뉴욕으로 다시 올 거야?" 그의 목소리는 신중했다.

"켄터키에 더 있어야 해. 체육관 다니면서 운동하거든. 캘리포니아 토너먼트에도 나갈 거고."

"좋네." 그가 말했다. "잘됐어."

그날 오후 베스는 편지에 크리스천 크루세이드의 후원 제안에 무척 감사하다며 대타 선수로 벤자민 와츠도 동행하고 싶다고 적었다. 연한 파란색 편지 봉투에 적힌 '올스톤 휘틀리 부인'에 가위표를 하고 그 위에 '엘리자베스 하먼'이라고 썼다. 편지를 부치려고 모퉁이를 걸어가다가 시내로 발길을 돌려 침대 커버와 베개 커버 그리고 식탁보를 새로 샀다.

샌프란시스코의 겨울 볕은 인상적이었다. 전에는 그런 걸 본 적이 없었다. 수많은 빌딩들이 모여 초자연적인 선이 뚜렷하게 형성되어 있고, 텔레그래프 힐 꼭대기에 올라가 뒤를 돌아보면 아름다운 집과 호텔 들이 이루고 있는 비스듬한 선을 따라 펼쳐진 새파란 바다에 압도되어 숨이 막혔다. 길모퉁이에 꽃 판매상이 있어서 매리골드 한 다발을 샀다. 다시 바다를 바라보고 있는데 한 블록 떨어진 곳에서 젊은 커플이 올라오고 있었다. 그 커플은 숨이 찬지 헉헉대며 쉬어 갔다. 베스는 자신이 여기까지 쉽게 올라왔다는 사실에 흠칫했다.

여기에 머무는 일주일간 산책을 많이 해야겠다는 생각이 들었다. 걷다 보면 어딘가에서 체육관을 발견할 수도 있었다.

언덕을 올라 경기장으로 가는 길. 아침 공기가 산뜻하고 하늘 색도 밝았지만 긴장감은 감춰지지 않았다. 규모가 큰 호텔 엘리베이터에 사람이 바글바글했다. 몇몇 사람들이 그녀를 뚫어지게 응시했고 그녀는 안절부절못하며 고개를 돌렸다. 접수처로 다가가자 접수를 받는 남자가 하던 일을 멈추었다.

"여기에서 접수하나요?" 베스가 물었다.

"그러실 필요 없습니다, 하먼 씨. 안으로 들어가시면 됩니다."

"몇 번 체스판으로 가죠?"

그가 눈썹을 올렸다. "1번 체스판이요."

1번 체스판은 독방에 마련되어 있었다. 한 걸음 높이의 단상에 테이블이 놓였고 그 옆에 영화관 스크린만 한 전시용 체스판이 세워져 있었다. 테이블 양쪽에 갈색 가죽과 금속으로 이루어진 큼직한 회전의자가 배치되어 있었다. 오 분 후 경기가 시작될 예정이었고, 경기장 안은 사람들로 북새통을 이루었다. 베스는 사람들 사이를 비집고 들어가 경기를 치를 곳으로 향했다. 그러자 웅성이던 소리가 일순간 잦아들었다. 모두가 그녀를 바라보았다. 그녀가 단상으로 올라가자 박수가 쏟아졌다. 두려움이 몰아쳤지만 애써 감추려 노력했다.

마지막으로 치른 경기는 다섯 달 전 패배한 경기였다.

베스는 상대가 누군지조차 알지 못했다. 물어볼 생각도 하지 않았다. 마음을 비우고 앉아 있는데 거만해 보이는 청년이 군중 사이를 뚫고 씩씩하게 들어와 단상 위로 올라왔다. 그는 길고 검은 머리에 콧수염이 덥수룩했다. 어디선가 본 적이 있는 얼굴이었고, 그가 자신을 앤디 레빗이라고 소개했을 때 《체스 리뷰》에서 봤던 게 떠올랐다. 그가 꼿꼿한 자세로 앉았다. 토너먼트 감독이 테이블로 다가와 레빗에게 조용하게 말했다. "상대의 시계를 작동시키세요." 레빗이 뚱한 얼굴로 손을 뻗어 베스의 시계 버튼을 눌렀다. 그녀는 평정심을 유지하며 체스판에 시선을 고정한 채 퀸의 폰을 움직였다.

미들 게임에 들어갔을 무렵 출입문까지 사람들이 붐볐고 어떤 이는 군중들을 조용히 시키며 질서를 유지하려 했다. 대국을 두면서 구경꾼이 이렇게 많은 적은 처음이었다. 베스는 다시 체스판에 집중하며 신중하게 열린 파일(세로줄)로 룩을 행마했다. 만일 레빗이 이를 방어할 방법을 찾아내지 못하면 그녀가 세 수 안에 공격을 시도할 수 있는 상황이었다. 이 포지션에서 어떤 식으로든 밀리지 않는다면 말이다. 상대의 킹을 캐슬링하고 있는 폰들 사이를 파고들기 위해 베스는 조심스레 상대의 진영으로 발을 들이기 시작했다. 그러고는 숨을 깊게 들이마시며 룩을 7행에 두었다. 일 년 전 신시내티에서 체스광이 했던 말이 마음속에서 들렸다. “룩이 7행으로 가면 바로 눈에 딱 거슬려. 눈엣가시지”라고 했던 말이. 체스판 너머로 레빗을 바라봤다. 그의 얼굴은 가시가 아니라 닭 뼈가 안쪽 깊숙이에 박힌 듯했다. 그가 당혹감을 감추려고 하는 모습을 보니 기분이 굉장히 좋았다. 그녀의 퀸이 룩을 뒤따라가 7행을 잔혹하게 만들자 그는 즉시 기권했다. 경기장에서 열띤 박수갈채가 쏟아졌다. 베스가 단상에서 내려와 미소지었다. 사람들이 표지에 베스가 실린 예전의 《체스 리뷰》를 들고 사인을 받기 위해 기다렸다. 어떤 이들은 일정표 또는 맨종이에 베스의 사인을 받고 싶어 했다.

그녀는 어느 잡지에 사인을 하면서 오하이오에서 받은 커다란 트로피를 들고 찍은 흑백 사진을 잠시 들여다봤다. 배경에 베니와 바네스, 그 외 다른 선수들이 흐릿하게 찍혀 있었다. 그녀는 피곤하고 창백해 보였다. 문득 잡지사가 누런 서류 봉투 안에 넣어서 보낸 그 잡지를 한 달 동안이나 간이 테이블에 아무렇게나 쌓아 놨다가 어느 날 겨우 봉투를 열어 사진을 찾아봤던 기억이 떠올랐다. 부끄러웠다. 누군가 사인을 받으려고 다른 잡지를 내밀었고, 그녀는 고개를 흔들어 기억을 떨쳐 냈다. 사람들로 붐비는 경기장 안에서 사인을 해 주었고 문밖에도 또 다른 사람들이 대기 중이었다. 그녀가 경기한 경기장과 연회장 사이에는 아직 다른 경기가 한창이었는데도 많은 사람들이 사인을 받으려고 모여들었다. 베스가 경기장 밖으로 나가자 토너먼트 감독 두 명이 다른 선수들에 방해가 가지 않게끔 군중들을 조용히 시키려 애썼다. 선수들 몇몇이 체스판에서 눈을 돌려 그녀를 못마땅하게 쳐다봤다. 베스는 이 모든 사람들이 찬사를 보내며 가까이에서 밀치고 당기는 것이 짜릿하면서도 섬뜩했다. 사인을 받은 어떤 여자가 말했다. "체스라고는 전혀 아는 게 없었는데 당신 덕분에 정말 설렌답니다." 중년의 남자는 그녀와 악수를 하며 "당신은 카파블랑카 이후 최고의 선수입니다"라고 했다.

"고맙습니다." 베스가 대답했다. "정말 그랬으면 좋겠네요." 맞는 말일 수도 있고, 라며 속으로 생각했다. 베스의 뇌는 아직 괜찮은 것 같았다. 어쩌면 망가지지 않았을 수도 있었다.

밝은 햇살을 맞으며 호텔로 이어지는 길을 당당하게 걸었다. 이제 여섯 달 후에 러시아로 갈 예정이었다. 크리스천 크루세이드가 베스와 베니가 탈 러시아 항공사 아에로플로트의 비행기표를 대 주겠다고 했고 미국 체스 연합에서 나온 직원이 두 사람의 숙박비를 지불할 것이라고 전했다. 음식은 모스크바 토너먼트 측에서 제공해 줄 터였다. 베스는 계속 하루에 여섯 시간씩 체스 공부를 했다. 그리고 카네이션을 마지막으로 더는 꽃을 사지 않았다. 지난밤 베스가 저녁을 먹고 들어가는데 호텔 리셉션의 여직원이 사인을 해 달라고 했고, 그녀는 여직원에게 꽃병을 하나 더 받을 수 있는지 물었다. 캘리포니아를 떠나기 전 베니가 가지고 있는 잡지 전부를 구독하기 위해 현금을 우편으로 보냈다. 가장 오래된 체스 잡지인 독일의 《도이체 샤흐차이퉁》과 영국의 《브리티시 체스 매거진》, 러시아, 즉 소련의 《샤크마트니 리포트》를 조만간 받아 볼 수 있었다. 프랑스의 《유럽 에셱》과 미국의 《아메리칸 체스 불레틴》도 있을 테고. 일단은 그 잡지들의 그랜드 마스터 게임을 전부 연습한 다음, 중요한 것은 암기하고 그녀에게 익숙지 않은 발전적인 전략이나 전술이 담긴 수를 모두 분석할 계획이었다. 봄이 시작되면 뉴욕으로 가서 US 오픈을 치르고 베니와 몇 주 머물까, 하는 생각도 들었다. 손에 들린 꽃이 진홍빛을 발하고 있었고, 피부에 닿는 깨끗한 청바지와 순면 스웨터의 촉감, 시원한 샌프란시스코의 공기와 길 아래 펼쳐진 파란 바다가 다 잘될 거라고 말해 주는 것 같았다. 그녀의 영혼이 너른 태평양을 향해 잔잔하게 노래 불렀다.

베스는 트로피와 우승 상금을 들고 집으로 돌아왔다. 우편물 더미 중에 두 군데에서 온 공문이 있었다. 하나는 미국 체스 연합에서 보낸 거였는데, 현금 100달러와 함께 이제 더는 지원을 해 줄 수 없다는 메시지가 적혀 있었다. 다른 하나는 크리스천 크루세이드에서 온 것이었다. 세 장의 편지에는 기독교의 신조를 세계적으로 홍보해야 한다는 내용과 기독교 신조의 발전을 통해 공산주의를 무너뜨려야 한다는 내용이 포함되어 있었다. 편지에 '그분'이라는 글씨만 진하게 표시되어 있는 게 자꾸 눈에 거슬렸다. '그리스도 안에서 당신께 드립니다'라는 문구에 네 명이 서명을 했고, 봉투 안에 4,000달러가 고이 접혀 있었다. 그녀는 한동안 돈을 손에 들고 있었다. 샌프란시스코에서 받은 우승 상금은 2,000달러였고 그 돈으로 여행 경비를 써야 했다. 여섯 달 전부터 통장의 잔고가 점점 줄어들고 있었다. 그래서 텍사스에 있는 크리스천 크루세이드로부터 최대 2,000달러 정도를 후원받길 내심 바랐다. 그들이 어떤 미친 생각을 하든 간에 돈은 천국에서 온 선물과 같은 거였으니까. 베스는 베니에게 이 좋은 소식을 전하려 전화를 걸었다.

수요일 아침 스쿼시를 마치고 집에 들어왔더니 전화가 울렸다. 서둘러 우비를 벗어 소파에 던지고 전화를 받았다. 여자 목소리였다. "엘리자베스 하먼의 집 맞나요?"

"네, 그런데요."

"엘리자베스, 메듀엔 원장 헬렌 디어도르프란다." 베스는 너무 놀라서 말을 할 수가 없었다. “할 얘기가 있어, 엘리자베스. 샤이벌 씨가 어젯밤에 돌아가셨어. 네가 알아야 할 것 같아서 전화했다.”

뚱뚱하고 나이 든 경비 아저씨가 지하실의 체스판 앞에 구부정하게 앉아 있는 모습이, 벽난로가에 갓도 씌워지지 않은 전구 아래에 앉아 기묘한 분위기를 내뿜는 아저씨의 모습이 불현듯 눈앞에 나타났다. 어린 베스는 그런 그를 그의 옆쪽에 우두커니 서서 바라보고 있었다.

“어젯밤에요?”

“심장마비였어. 나이는 육십 대이고.”

그 뒤에 이어진 베스의 말에 디어도르프는 깜짝 놀랐다. 베스는 고민할 것도 없이 이렇게 말했다. “아저씨 장례식에 가고 싶어요.”

“장례식?” 디어도르프가 의아해했다. “글쎄, 언제인지는 정확하게 모르겠는데. 결혼하지 않은 여동생이 있더구나. 힐다 샤이벌이라고. 그분께 전화해 보렴.”

육 년 전 휘틀리 부부가 베스를 데리고 렉싱턴으로 오는 길, 그녀는 좁다란 아스팔트 길 위를 달리는 차 속에서 환하게 빛나는 옷을 차려입은 사람들이 길을 건너고 상점 앞의 도보를 무리 지어 다니는 모습을 유심히 보았었다. 그런데 지금은 졸린과 함께 그 길을 지나가고 있었다. 이제 그 길은 콘크리트로 포장된 4차선 도로가 되었고 동네들은 초록색 표지판에 적힌 이름으로만 알아볼 수 있게 되었다.

"그 아저씨 진짜 고약한 영감탱이 같았지." 졸린이 말했다.

"아저씨랑 체스 두는 것도 사실은 쉽지 않았어. 내가 아저씨를 무서워했던 것 같아."

"난 전부 다 무서웠어." 졸린이 말을 이었다. "벌어먹을 재수 없는 것들이지."

베스는 의아했다. 당시 졸린은 무서운 게 전혀 없어 보였다. "퍼거슨은?"

"퍼거슨은 사막의 오아시스 같은 존재였지. 그런데 그 사람도 처음에 왔을 땐 무섭게 굴었어. 시간이 지날수록 괜찮아진 거였지." 졸린이 배시시 웃었다. "구닥다리 퍼거슨."

베스는 순간 주저했다. "퍼거슨이랑 둘이 뭐 있었어?" 그녀는 졸린이 건넨 초록색 약을 기억하고 있었다.

졸린이 웃었다. "희망 사항이었지."

"몇 살 때 메듀엔에 들어갔어?"

"여섯 살."

"부모님에 관해 아는 거 뭐 있어?"

"할머니뿐이었어. 돌아가셨지. 루이빌 근처 어딘가에 살았어. 부모님에 대해 전혀 알고 싶지 않아. 내가 사생아인지, 왜

나를 할머니한테 맡겼는지, 할머니는 왜 날 메듀엔에 처넣었는지 신경 쓰지 않아. 그냥 모든 것에서 벗어나 자유가 된 게 좋아. 8월에 석사학위를 따면 이 도시를 떠날 거야. 영원히."

"나는 우리 엄마가 아직 생각나." 베스가 말했다. "아빠 생각은 희미하고."

"잊어버리는 게 나아. 할 수 있다면 말이야."

졸린이 왼쪽 차선으로 들어가며 석탄을 실은 트럭과 캠핑카 두 대를 앞질렀다. 저 앞에 있는 초록색 표지판에 마운트 스털링까지 남은 거리가 표시되어 있었다. 어느 봄날이었고, 차를 타고 먼 길을 간 건 정확히 일 년 만이었다. 베니와 함께 펜실베이니아의 지저분한 유료 도로를 달리던 때가 생각났다. 콘크리트가 깔린 이 도로는 말끔했고 양쪽으로 켄터키의 초록 들판 위에 하얀 울타리를 쳐놓은 농가들이 보였다.

얼마 뒤 졸린이 담배에 불을 붙였을 때 베스는 "졸업하면 어디로 갈 건데?" 하고 물었다. 베스는 잠시 뒤 이어진 졸린의 말에 그녀가 자기의 말을 듣고 있지 않았다는 걸 깨달았다. "백인만 있는 유망한 애틀랜타의 로펌에서 일자리 제안이 왔어." 졸린이 다시 입을 다물었다. "그들이 원하는 건 시대의 흐름을 함께할 흑인을 꽂아 두는 거지."

베스가 그녀를 바라봤다. "내가 흑인이라면 그렇게 멀리 남부로 가진 않을 것 같아."

"그래, 당연히 너라면 그러지 않겠지. 애틀랜타는 뉴욕보다 돈을 두 배나 더 줘. 거기에서 내 손끝의 권리를 행사할 수 있는 홍보 관련 일을 하려고. 그러면 나를 창문이 두 개 달린 사무실에 앉히고 백인 여자애더러 내 문서를 타이핑하라고 시키겠지."

"그렇지만 너는 법학 공부를 하지 않았잖아."

졸린이 웃었다. "그 사람들은 그걸 기대하고 있을걸? 그래, 슬로컴 앤 리빙스턴은 흑인 여자가 불법 행위들을 검토하길 원하지 않겠지. 그들이 원하는 건 멋진 엉덩이와 대단한 어휘력을 가진 깔끔한 흑인 여자야. 그래서 면접 볼 때 '비난받을 만한'이나 '이분법' 같은 어려운 말을 일부러 많이 썼거든. 그랬더니 바로 뽑더라고."

"졸린, 너는 그런 취급을 받기엔 너무 똑똑해. 대학에서 학생들을 가르치는 건 어때? 넌 운동도 잘하고……."

"나도 내가 뭘 잘하는지 알아. 테니스도 잘하고 골프도 잘 치지. 그리고 야망도 있고." 졸린이 담배를 길게 빨았다. "내가 얼마나 야망이 넘치는지 넌 모를 거야. 정말 열심히 운동했고 이대로 계속하면 프로선수가 될 거라 확신하는 코치들도 여럿 있어."

"나쁘지 않은데?"

졸린이 천천히 담배 연기를 내뿜었다. "베스, 나는 네가 가진 걸 갖고 싶어. 이 년간 죽어라 백핸드를 해 봤자 마이너리그 선수가 될 뿐이야. 너는 이미 아주 오래전부터 한 분야에 최고가 되었잖아. 그래서 다른 사람들이 어떤지 몰라."

"나도 네 반만큼만이라도 얼굴이 잘났으면 좋겠는데……."

"그런 소리 집어치워. 거울 앞에서 인생을 보낼 순 없는 거야. 어쨌든 너는 더 이상 못난이가 아니라고. 내가 하고 싶은 말은 그러니까 결국엔 천부적인 재능이 중요하다, 이런 얘기야. 네가 체스에 모든 걸 바친 것처럼 나도 테니스에 내 엉덩이를 바쳐 왔거든."

졸린의 목소리에 확실한 신념이 담겨 있었다. 베스가 그녀의 옆모습을 바라보았다. 그녀의 아프로 머리가 차의 천장에 가볍게 닿았고 매끈한 갈색 팔에서 뻗어 나온 단단한 손은 핸들을 잡고 있었으며 얼굴에는 부아가 서려 있었다. 그리고 아무 말도 하지 않았다.

잠시 뒤 졸린이 입을 열었다. "자, 이제 거의 다 왔다."

약 2킬로미터 앞 오른쪽에 검은 지붕과 창문에 검은색 셔터가 쳐진 짙은 색 벽돌 건물이 세 개 보였다. 고아들이 지내는 메듀엔 보육원이었다.

콘크리트로 포장된 길 끝의 노랗게 페인트칠된 원목 계단이 보육원 건물로 이어졌다. 처음 여기에 왔을 때는 계단도 크고 웅장해 보였고 변색된 청동 안내판에는 엄중한 경고 사항 같은 게 적혀 있는 것 같았다. 그러나 지금은 시골구석의 낡아 빠진 건물 입구로 보일 뿐이었다. 계단의 페인트도 군데군데 벗어져 있었다. 측면에 있는 덤불들은 손질이 되지 않아 지저분했고 잎사귀에도 먼지가 자욱했다. 졸린이 놀이터에서 녹슨 그네와 오래된 미끄럼틀을 바라보고 있었다. 당시 퍼거슨이 놀이터에서 아이들을 감시할 때를 제외하고는 그네와 미끄럼틀을 탈 수 없었다. 베스는 햇살이 비추는 길 위에 우두커니 서서 나무문을 지그시 보았다. 저 안에 널찍한 디어도르프 원장실과 사무실들이 있고, 옆 건물에는 도서실과 예배실이 있었다. 또 다른 건물엔 교실 두 개가 있는데 교실을 지나 복도 끝으로 가면 지하실로 연결되는 문이 있었다.

베스는 일요일 아침마다 체스를 두는 것을 특권이라고 여기고 지하실로 가곤 했다. 딱 그날까지만. 그날을 떠올리면 지금도 목구멍이 바짝 말라 왔다. 숨 막히는 침묵 속에 "엘리자베스!"라고 외치는 디어도르프 원장의 날카로운 목소리와 작은 폭포처럼 쏟아지던 약들과 사방으로 조각난 유리병. 그 후로는 더 이상 체스를 둘 수 없었다. 대신 예배시간 한 시간 반 동안 론즈데일 선생님을 도와 의자를 정리하고 선생님의 기독교 설교를 들어야 했다. 의자를 다 정리하고 난 뒤에는 또 한 시간 동안 디어도르프 원장이 시키는 대로 예배

내용을 요약했다. 일 년 내내 일요일마다 설교 내용을 요약했고, 그러면 디어도르프 원장이 월요일에 요약본에 붉은색 펜으로 '다시 쓰기. 구조가 잘못됨'과 같은 말을 칼같이 적어서 돌려주었다. 그때 베스는 도서실에서 첫 번째 요약 주제였던 공산주의를 찾아보아야 했다. 마음속 저편에서 기독교가 무언가 더 많은 공을 들여야 한다는 생각이 들었다.

졸린이 햇살에 눈을 찌푸리며 다가와 베스 옆에 섰다. "체스를 배운 데가 어디야?"

"지하실."

"제기랄. 네가 체스를 할 수 있도록 도와줬어야지 지하실이 웬 말이야. 경기를 한 번만 치르게 할 게 아니라 더 많이 참가할 수 있도록 했어야 했다고. 메듀엔은 언론의 관심만 좋아했지. 어디나 그렇듯이."

"언론의 관심?" 베스는 어안이 벙벙했다.

"돈이 되니까."

그때는 메듀엔이 자기를 도와줄 거란 생각은 전혀 해 본 적이 없었다. 그런데 메듀엔 건물 앞에 서 있으니 이제야 이런 생각이 들었다. 그랬다면 나도 베니처럼 아홉 살이나 열 살 때 토너먼트에 출전할 수도 있었을 텐데……. 어린 베스는 체스에 대한 열망이 대단했고 눈을 반짝이며 열심히 배웠다. 어쩌면 더 빨리 그랜드 마스터들과 대국을 치를 수도 있었고 샤이벌이나 갠즈 씨 같은 사람들이 절대 가르쳐 줄 수 없는 것들을 진즉에 배웠을 수도 있었다. 더군다나 기레브는 이제 겨우 열세 살인데 세계 챔피언이 될 꿈을 꾸고 있었다. 그의 절반만큼이라도 기회가 있었다면 그녀 역시 열 살 때 같은 꿈을 꾸었을 것이다. 마음 한쪽에서 체스계를 군림하고 있는 독재적인 러시아 협회와 지금 서 있는 이곳의 전제주의가 어우러졌다. 러시아 체스 협회와 메듀엔 보육원. 체스는 기독교를 모독하지도, 마르크스주의를 침해하지도 않았다. 그건 이념과 관련된 문제가 아니었다. 어린 베스를 체스에 입문시킨다고 해서 디어도르프 원장에게 해가 되는 건 없었을 것이다. 오히려 자랑거리가 되었을 터였다. 문득 디어도르프의 얼굴이 떠올랐다. 홀쭉한 얼굴에 불그스름한 볼, 경직된 조소와 약간 사디스트적인 눈빛. 베스가 너무나 원하는 체스를 못 하게 하는 걸 원장은 좋아했다. 그것이 원장을 기쁘게 했다.

"들어갈 거야?" 졸린이 물었다.

"아니, 어디 모텔이나 찾아보자."

모텔 근처 도로에서 얼마 떨어지지 않은 곳에 작은 수영장이 있고 그 옆에 시들시들한 단풍나무가 우뚝 서 있었다. 저녁 날씨가 식사 후 잠깐 수영을 할 수 있을 정도로 온화했다. 졸린이 최고의 수영선수처럼 물살을 일으키지 않으며 수영장을 왔다 갔다 하는 동안 베스는 다이빙대 아래에 발을 디디고 서 있었다. 졸린이 그녀 옆에 멈춰 섰다. "우린 겁쟁이야." 졸린이 말했다. "관리 동으로 들어갔어야 했어. 원장실에 들어가 볼 걸 그랬나 봐."

장례식은 어느 아침 루터 교회에서 시작됐다. 열두어 명의 사람들과 뚜껑이 닫힌 관이 하나 있었다. 베스는 보통 크기인 저 관에 샤이벌 아저씨의 배가 어떻게 들어갔는지 의문이 들었다. 교회는 휘틀리 부인의 장례식을 치른 렉싱턴의 교회보다 작았지만 장례식 자체는 매우 흡사했다. 장례식이 시작된 지 오 분이 지나자 따분함에 엉덩이가 들썩였고 심지어 졸린은 꾸벅꾸벅 졸기까지 했다. 장례식이 끝난 후 두 사람은 묘지로 가는 작은 행렬을 따라갔다. "기억나." 졸린이 입을 열었다. "아저씨가 언제 한번 도서실 바닥 밟지 말라면서 나한테 막 무섭게 소리친 적이 있었어. 아저씨가 거기 걸레질을 하고 있었거든. 나는 셸 선생님이 도서실에서 책을 가져오라고 해서 간 거였고. 아무튼 저 영감탱이는 애들을 싫어했어."

"디어도르프 원장님은 교회에 안 왔네."

"아무도 안 왔는데 뭐."

묘지에서의 예배는 실망스럽기 짝이 없었다. 사람들이 관을 내리고 목사가 기도를 했다. 눈물을 훔치는 사람은 없었다. 다들 은행 창구 앞에서 자기 순서를 기다리는 사람들 같았다. 베스와 졸린만 젊은 사람이었고, 아무도 그들에게 말을 걸지 않았다. 장례식이 끝나자마자 오래된 묘지의 좁다란 길을 따라 걸었다. 글씨가 흐릿해진 묘비와 민들레를 지나갔다. 베스는 죽은 사람을 향한 슬픔도 그리 크게 느껴지지 않았고 아저씨가 떠났다는 것이 별로 안타깝지도 않았다. 마음의 짐이 되는 건 아저씨에게 빚진 10달러뿐이었다. 진즉에 우편으로라도 돈을 갚았어야 했다.

두 사람은 렉싱턴으로 돌아가는 길에 메듀엔을 지나갔다. 갈림길로 들어서기 직전에 베스가 불쑥 내뱉었다. “들어가 보자. 왠지 뭔가 있을 것 같아.” 졸린은 보육원으로 차를 돌렸다.

졸린은 차에 머물고 베스만 내려 관리 동의 옆문을 밀고 들어갔다. 내부는 춥고 음침했다. 바로 앞에 있는 문에 ‘헬렌 디어도르프-원장실’이라고 적혀 있었다. 텅 빈 복도를 내려가 끝에 있는 문으로 향했다. 문을 열었더니 아래에 잔잔한 불빛이 보였다. 천천히 계단을 내려갔다.

체스판과 기물들은 없었지만 체스를 뒀던 테이블은 여전히 난로 옆에 있고 페인트칠이 되어 있지 않은 아저씨의 의자도 그 자리에 그대로 있었다. 맨전구도 위에 달려 있었다. 베스는 그 자리에 서서 테이블을 내려다보았다. 그러고는 샤이벌의 의자에 앉아 생각에 잠겨 있다가 고개를 들었다. 전에 없던 무언가가 보였다.

베스가 체스를 두던 자리 뒤에 일종의 게시판 같은, 가로 120센티미터에 세로 60센티미터 크기의 거친 나무판자가 못에 박혀 있었다. 그 자리엔 원래 달력이 걸려 있었는데 몇 달 동안 달력 위에 독일 바이에른주의 풍경 사진이 붙어 있곤 했다. 그러나 지금은 달력이 없고 게시판 전체에 《체스 리뷰》에 나온 사진과 기사, 표지들로 가득했다. 전부 테이프로 꼼꼼하게 붙어 있었고, 그 위에 투명한 비닐을 덧대어 때 타지 않게 해 놓았다. 그것이 우중충한 지하실에 있는 유일한 것이었다. 전부 베스의 사진이었다. 《체스 리뷰》에 실렸던 경기들과 렉싱턴의 지역 신문인 《헤럴드-리더》와 《뉴욕 타임스》, 그리고 독일 잡지에 실린 기사들이 수집되어 있었다. 그녀가 미국 챔피언십 트로피를 들고 찍은 《체스 리뷰》의 표지 사진 옆에 오래전 《라이프》에 실린 기사도 있었다. 그 작은 지하 공간을 온갖 신문 기사와 사진, 복사본들이 가득 메웠다. 대충 봐도 사진이 스무 장도 넘게 있었다.

"뭐 좀 찾았어?" 베스가 차로 돌아오자 졸린이 물었다.

"많이." 베스가 말했다. 무슨 말을 더 하려고 했지만 그럴 수가 없었다. 졸린이 차를 후진시켜 주차장을 빠져나가고 고속도로로 이어지는 길을 탔다. 경사로를 올라가 간선도로 진입로로 들어섰을 때 졸린이 폭스바겐을 부아앙 몰며 총알처럼 튀어 나갔다. 누구도 뒤를 돌아보지 않았다. 그즈음 베스는 눈물을 멈추고 손수건으로 얼굴을 닦았다.

"너무 무리한 거 아냐?" 졸린이 물었다.

"아니야. 괜찮아." 베스가 코를 팽 풀었다.

두 여자 중 키가 더 큰 여자는 헬렌 디어도르프 원장과 비슷하게 생겼다. 아니, 영적 자매결연의 모든 징후를 보여 주는 것치고는 그렇게 똑 닮진 않았다. 그녀는 베이지색 정장에 구두를 신고 철저히 영혼 없는 미소를 지었다. 그녀의 이름은 블로커. 약간 통통한 다른 한 명은 살짝 어리숙해 보였고 어두운 꽃무늬 옷에 굽이 없는 구두를 신고 있었다. 그녀의 이름은 닷지였다. 그들은 휴스턴에서 신시내티로 가는 길에 베스와 이야기를 나누려 잠시 들렀다. 베스의 소파에 나란히 앉아 휴스턴의 발레와 도시가 문화적으로 성장하는 방법에 대해 이야기했고 크리스천 크루세이드가 단순히 정통파 기독교만 이끄는 편협한 단체가 아니라는 걸 베스에게 확실히 알려 주고 싶어 했다. 얼마 전, 그들은 그녀의 집에 들르겠다고 미리 편지를 보냈었다.

베스는 점잖게 앉아 휴스턴에 관한 이야기와 신시내티에 마련 중인 사무소 이야기를 잠자코 들었다. 그 사무소는 기독교 보호 업무를 맡는 곳이라고 했다. 순간 대화가 어색하게 흘러가자 닷지 부인이 이렇게 말했다. "엘리자베스, 우리가 정말 하고 싶은 말은, 음, 일종의 성명 같은 거랍니다."

"성명이요?" 베스는 휘틀리 부인의 팔걸이의자에 앉아 그들이 있는 소파 쪽을 바라보고 있었다. 블로커 부인이 무언가를 꺼냈다. "크리스천 크루세이드는 당신이 입장을 공표하기를 원해요. 너무도 많은 사람이 침묵하고 있는 이 세상에……." 그녀는 말을 마치지 못했다.

"무슨 입장이요?" 베스가 물었다.

"알다시피," 닷지 부인이 말했다. "공산주의의 확산은 무신론의 확산이잖아요."

"그렇겠죠." 베스가 대답했다.

"'그렇겠죠'라고 할 문제가 아니에요." 블로커 부인이 황급히 받아쳤다. "명백한 사실이죠. 마르크스-레닌주의가 사실이란 얘기예요. 크렘린 궁전에서는 성경 말씀이 곧 저주라고요. 크렘린과 거기에 앉아 있는 무신론자와 경쟁을 벌이는 것, 그게 바로 크리스천 크루세이드의 주요 목적입니다."

"그 말엔 이의가 없어요." 베스가 동의했다.

"좋아요. 저희가 원하는 건 성명이에요." 블로커 부인의 화법이 어쩐지 수년 전 디어도르프 원장의 목소리를 연상시켰다. 숙련된 협박이었다. 마치 상대 선수가 퀸을 너무 빨리 전진시키는 것 같은 기분이었다. "그러니까 언론에 성명서를 발

표해 달라는 거죠?"

"정확해요!" 블로커 부인이었다. "크리스천 크루세이드가……." 그녀가 말을 멈추고 무게를 짐작하는 듯 무릎 위에 있는 서류 봉투를 만지작거렸다. "여기 준비해 왔습니다."

베스는 아무 말 없이 증오에 찬 얼굴로 그녀를 바라봤다.

블로커 부인이 봉투를 붙잡고 무슨 글씨가 잔뜩 적힌 종이 한 장을 꺼냈다. 그러고는 베스에게 건넸다.

크리스천 크루세이드에서 보내던 것과 같은 편지지였고 아래쪽 측면에 이름들이 적혀 있었다. 베스가 명단을 흘긋 바라보았다. '텔사 R. 블로커, 비서실장'이 보였다. 그 위에 남자 이름 여섯 개가 있고 앞에 목사라고 써져 있었다. 베스는 성명서를 빠르게 읽어 내려갔다. 어떤 문장에는 밑줄이 쳐져 있었는데 이를 테면 '무신론자와 공산주의자의 결합' 또는 '기독교인들의 전투적인 노력' 같은 문구였다. 베스는 고개를 들고 블로커 부인이 두 다리를 모으고 앉아 주변을 둘러보며 반감을 억누르고 있는 모습을 지켜봤다. "저는 체스 선수예요." 베스가 조용히 입을 열었다.

"당연하죠." 블로커 부인이 덧붙였다. "그리고 기독교인이고요."

"확실하진 않아요."

블로커 부인이 그녀를 빤히 쳐다봤다.

"저기요, 저는 이런 말을 할 생각이 없어요."

블로커 부인이 몸을 앞으로 기울이더니 성명서를 가져갔다. "크리스천 크루세이드가 이미 투자한 돈이 얼만데……." 그녀의 눈이 번득였다. 전에 본 적 있는 익숙한 눈빛이었다.

베스가 자리에서 일어났다. "돌려 드릴게요." 그러고는 책상으로 걸어가 수표장을 찾았다. 순간 무모하고 바보 같은 짓이라는 생각이 들었다. 이 돈은 그녀와 베니 그리고 동행할 체스 연합 직원의 비행기표 값이었다. 그 돈이면 호텔비도 낼 수 있고 부수적인 경비를 댈 수도 있었다. 그러나 크리스천 크루세이드에서 한 달 전에 보낸 수표 아래쪽에 —보통 이 돈이 무슨 목적으로 쓰이는지 적는 칸에, 예를 들어 '월세' 또는 '청구서용'이라고 적는 곳— 누군가, 아마도 블로커 부인이 썼겠지만, 어쨌든 '크리스천 크루세이드 무상제공'이라고 적어 놓았다. 베스는 수표 금액란에 4,000달러를 쓰고 아래 칸에 '전액 환불'이라고 적었다.

닷지 부인의 목소리는 놀랍도록 부드러웠다. "당신이 지금 무슨 짓을 하고 있는지 잘 인지하길 바랄게요." 그녀는 진심으로 걱정스러운 표정을 지었다.

"저도 그러길 바라요." 베스가 말했다. 모스크바행 비행기는 5주 뒤에 출발할 예정이었다.

베니는 전화를 바로 받았다. "미쳤네." 베스의 이야기를 다 들은 후 그가 내뱉었다.

"어쨌든 그렇게 됐어. 되돌리기엔 너무 늦었어."

"비행기표는 샀고?"

"아니. 결제한 건 아무것도 없어."

"러시아의 외국인 관광국에 미리 호텔비를 지불해야 하는 건 알아?"

"나도 알아." 베스는 베니의 말투가 마음에 들지 않았다. "은행에 2,000달러 정도 있어. 돈이 더 필요하겠지만 집 꾸미느라 좀 썼어. 러시아에 가려면 3,000달러는 더 있어야 하겠지. 최소한."

"나 돈 없어." 베니가 말했다.

"무슨 소리야? 돈 있잖아."

"없어." 긴 침묵이 이어졌다. "체스 연합에 전화해 봐. 아니면 국무부나."

"연합에서 나 싫어해. 내가 체스에 신경을 덜 쓰고 있다고 생각하나 봐."

"「투나잇 쇼」나 「필 도너휴」에 나가서 텔레비전에 얼굴 좀 비추지 그랬어."

"지금 무슨 말하는 거야, 베니. 말도 안 돼."

"넌 미쳤어. 그 멍청이들이 뭘 믿든 그게 너랑 무슨 상관이

냐! 네가 뭘 입증하고 싶은 건데?"

"베니, 나 혼자 러시아에 가고 싶지 않아."

그의 목소리가 갑자기 커졌다. "머리가 돈 거 아니야?" 그가 소리쳤다. "너 진짜 더럽게 재수 없어!"

"베니……."

"뉴욕으로 돌아오지도 않고 헛짓거리나 저지르고 있다고! 제기랄, 너 혼자 갔다 와."

"그러지 말 걸 그랬나 봐." 베스는 가슴속에서 한기가 느껴졌다. "그 사람들한테 돈을 돌려주는 게 아니었나 봐……."

"그딴 말은 패자들이나 하는 잡소리고." 베니의 목소리가 얼음처럼 차가웠다.

"미안해, 베니."

"전화 끊어. 너는 처음에 만났을 때도 참 성가신 존재였는데 지금도 똑같아. 앞으로 전화하지 마." 전화기에서 딸깍 소리가 들렸다. 베스는 수화기를 내려놓았다. 그녀는 실수를 저질렀다. 그리고 베니를 잃었다.

체스 연합에 전화를 했다. 관리자가 전화를 받을 때까지 십 분을 기다려야 했다. 관리자는 그녀를 상냥하게 대하며 공감해 주고 모스크바에서 경기를 잘 치르길 바란다고 했지만 돈을 빌려줄 여력은 되지 않는다고 했다. "저희 수익 대부분은 잡지에서 발생됩니다. 최대한 끌어모아도 400달러 정도

밖에 안 될 겁니다."

다음 날 아침이 되어서야 워싱턴에서 전화가 걸려 왔다. 문화부의 오맬리라는 사람이었다. 베스가 그에게 현재 상황에 대해 말하자 미국 선수가 체스 경기에서 러시아인에게 한 방 먹이면 얼마나 신나겠냐며 계속 떠들어 댔다. 그러고는 어떻게 도와주면 되겠냐고 물었다.

"3,000달러가 필요해요. 급하게요."

"한번 알아보겠습니다." 오맬리가 말했다. "한 시간 후에 다시 전화드리죠."

그러나 그는 네 시간 후에 전화를 했다. 베스는 주방과 마당을 서성거리다가 크리스천 크루세이드에서 요구했던, 베스의 매니저 역할을 수행할 안네 리어던에게 급히 전화를 걸었다. 안네 리어던은 여자 선수였고 레이팅이 1,900 정도 되었다. 최소한 체스에 대해서는 알고 있었다. 예전에 서부 지역 어디선가 있었던 경기에서 안네의 기물을 거의 폭파시키며 단숨에 제압한 적이 있었다. 그러나 안네 리어던은 전화를 받지 않았다. 베스는 커피를 내리고 전화를 기다리며 독일의 체스 잡지인 《도이체 샤흐차이퉁》 몇 부를 눈으로만 대충 훑었다. 크리스천 크루세이드에 돌려준 돈이 떠오르자 속이 울렁거렸다. 한 번의 잘못된 행동으로 4,000달러가 휘리릭 날아가 버렸다. 마침내 전화가 울렸다.

오맬리였다. 안 된다는 답변이었다. 그는 몹시 미안해했다. 그러면서 추가적인 승인 절차도 없이 이렇게 촉박하게 재정 자금을 내줄 방법이 없다고 했다. "그 대신 저희 쪽에서 동행할 남자 한 분을 보내 드리겠습니다."

"소액도 안 될까요?" 베스가 물었다. "재정자금은 필요 없어요. 제가 지금 모스크바에서 정부의 재정을 악화시킬 자금을 달라는 게 아니에요. 그냥 절 도와줄 사람이 필요할 뿐이라고요."

"미안합니다. 정말 안타까워요." 오맬리가 말했다.

전화를 끊은 후 다시 마당으로 나갔다. 아침에 워싱턴에 있는 러시아의 외국인 관광국 사무실에 돈을 보내야 했다. 아무래도 혼자 가거나 아니면 국무부에서 보내 주는 사람과 같이 갈 것 같았다. 전에 러시아어를 배운 적이 있으니까 완전히 다 까먹진 않았을 거다. 어쨌든 러시아 선수들도 영어를 하긴 할 테니. 그리고 몇 달째 혼자 훈련을 해 왔으니까 앞으로도 혼자 할 수 있을 터였다. 마지막 남은 커피를 다 마셨다. 인생 대부분을 혼자 훈련했으니 문제 될 건 없었다.

♖ 14장 ♖

그들은 파리의 오를리 공항의 대기실에서 일곱 시간을 앉아 있었다. 마침내 아에로플로트 항공의 비행기를 탈 시간이 되었을 때 칙칙한 올리브색 유니폼을 입은 젊은 여자가 모든 승객의 티켓에 도장을 찍고 여권을 확인하는 동안 베스와 부스 씨는 맨 뒷줄에서 또 한 시간을 기다렸다. 드디어 베스의 차례가 되어 앞에 서자, 그 여자 승무원이 깜짝 놀람과 동시에 환하게 미소 지으며 "체스 챔피언이시죠!"라고 반색했고 베스는 그나마 기분이 조금 나아졌다. 베스가 미소로 화답하자 그녀가 말했다. "행운을 빌어요!" 마치 진심인 것처럼. 그 여자는 당연히 러시아 사람이었다. 베스의 이름을 아는 미국 공무원은 아마 없을 것이다.

그녀의 자리는 뒤쪽 창가였다. 의자에 짙은 갈색 커버가 끼워져 있고 팔걸이에는 장식이 달린 하얀 덮개가 있었다. 부스 씨가 그녀의 옆에 앉았다. 창밖으로 파리의 잿빛 하늘과 활주로의 널따란 바닥에 고인 물을 내다봤다. 어둑어둑한 저녁의 축축함 사이로 비행기들이 어슴푸레하게 빛났다. 벌써 모스크바에 도착한 것 같은 느낌이었다. 잠시 후 승무원이 물을 주었다. 부스 씨는 물을 반 컵 마시고는 재킷 주머니에 손을 넣어 무언가를 찾았다. 손을 꼼지락거리더니 은색 휴대용 술병을 꺼내 입으로 뚜껑을 땄다. 컵에 위스키를 따른 다음 뚜껑을 닫고 휴대용 술병을 주머니에 집어넣었다. 그가 형식적으로 베스에게 컵을 내밀었고 그녀는 고개를 저었다. 쉽지 않았다. 당장 술을 마실 수도 있었다. 그러나 이 이상한 비행기도 싫었고 옆에 앉은 저 남자도 싫었다.

베스는 케네디 공항에서 부스 씨를 만난 순간부터, 그가 자기를 소개한 그 순간부터 싫었다. 그는 문화부 국장의 보조원이었다. 모스크바에서 베스가 어떻게 해야 하는지 알려주려고 동행한 것이었다. 그러나 그녀는 다 필요 없었다. 더군다나 시커먼 정장을 입은, 눈썹을 아치 모양으로 만들며 매번 가짜 웃음을 짓고 목소리가 걸걸한 나이 든 남자는 더욱 필요 없었다. 그가 1940년대에 예일에서 체스를 두곤 했다며 물어보지도 않은 말을 했을 때 베스는 아무런 대꾸도 하지 않았다. 꼭 꾸며 낸 이야기 같았다. 그녀는 정말 베니 와츠와 함께 오고 싶었다. 어젯밤에도 그와 연락이 닿지 않았다. 전화를 두 번 걸었는데 한 번은 통화 중이었고 한 번은 부재중이었다. 미국 체스 연합 관리자가 건투를 빈다는 내용의 편지를 보냈고, 그게 전부였다.

의자에 등을 기대고 앉아 눈을 감고 귓구멍으로 흘러 들어오는 러시아어와 독일어, 불어를 들으며 긴장을 누그러뜨렸다. 손가방의 주머니에 초록색 약이 서른 알 든 약병이 있었다. 여섯 달 동안 한 알도 먹지 않았지만 필요하다면 이 비행기 안에서 먹을 생각이었다. 술보다는 훨씬 나을 테니…….

휴식이 필요했다. 공항에서 너무 오래 대기하는 바람에 신경이 들쭉날쭉했다. 졸린과 통화를 하려고 두 번 시도를 해 봤으나 그녀 역시 부재중이었다.

지금 베스에게 진정으로 필요한 건 베니 와츠였다. 바보처럼 굴지만 않았더라면 —이를테면 돈을 돌려준다거나 별 상관도 없는 일에 괜히 억지 부린다거나— 그랬으면 이렇게 되지 않았을 것이다. 그렇지만 협박을 거절하거나 허세 떠는 여자라는 소리를 듣는다고 해서 쓰레기가 되는 건 아니었다. 그래도 베스는 베니가 필요했다. 잠시 그녀는 D.L 타운스와 함께 모스크바에 있는 모습을 상상했다. 별로 좋지 않았다. 타운스가 아니라 베니가 그리웠다. 베니의 날렵하고 냉철한 성격과 분별력, 고집, 체스에 대한 지식과 그녀를 잘 알고 있는 점이 그리웠다. 그는 비행기에선 그녀의 옆에 앉아 체스에 대해 이야기를 나눴을 거고, 모스크바에선 끝난 경기를 분석하고 다음 상대를 대비하기 위한 계획을 세웠을 것이다. 호텔에서 함께 식사도 했을 것이다. 휘틀리 부인과 그랬던 것처럼. 또 모스크바를 구경하고 호텔 방에서 사랑을 나누었을 것이다. 하지만 애석하게도 베니는 뉴욕에 있고 그녀는 동유럽으로 향하는 음울한 비행기에 타 있었다.

비행기가 묵직한 구름 사이를 뚫고 아래로 내려갔고 베스는 러시아의 첫 풍경을 창밖으로 내다보았다. 켄터키주의 상공에서 본 것과 비슷했다. 좀 전에 약을 세 알 먹었는데도 잠을 설쳐서 눈이 멀게지고 멍한 기분이었다. 그레이하운드 버스를 오랜 시간 타고 난 뒤에 그랬던 것처럼. 한밤중에 약을 먹었던 게 기억났다. 비행기 안 승객들이 전부 잠에 들었을 때 복도를 따라 내려가 화장실로 가서 웃기게 생긴 작은 플라스틱 컵에 물을 담아 마셨다.

부스 씨는 베스를 도와주러 온 사람이란 걸 세관에서 증명했다. 그는 러시아어를 잘했고 베스가 검사받아야 하는 부스도 잘 안내해 주었다. 이곳의 모든 게 편안했다. 놀라운 일이었다. 유니폼을 입은 나이 든 남자가 가방 두 개를 열어 예의 바르게 이리저리 찔러 보며 검사를 하고는 다시 닫았다. 그게 끝이었다.

게이트로 나오자 대사관에서 보내 준 리무진이 기다리고 있었다. 그들은 이른 아침 햇살을 받으며 일하고 있는 남자와 여자 노동자 몇몇을 지나갔다. 도로를 따라 저 멀리에 거대한 트랙터 세 대가 보였는데 미국에서 봤던 것들보다 훨씬 컸고 천천히 움직이면서 들판을 지나 시선이 닿는 곳까지 쭉 뻗어 나갔다. 그리고 도로 위를 달리는 차도 간간이 보였다. 리무진이 자그마한 창문이 촘촘히 나 있는 6층 또는 8층짜리 건물이 줄지어 있는 도로에 진입했다. 하늘은 회색빛이었지만 따뜻한 6월의 아침이었기에 계단에 앉아 있는 사람들이 더러 있었다. 도로가 점점 넓어졌고, 초록이 가득한 작은 공원과 큰 공원 그리고 영원히 무너지지 않을 것 같은 웅장한 신축 빌딩 숲에 들어섰다. 교통량이 갈수록 많아졌다. 길 한쪽에선 자전거를 타고 보도에는 수많은 사람들이 걷고 있었다.

부스 씨는 꼬깃꼬깃해진 정장을 입고서 눈을 반쯤 감고 등을 기대고 있었다. 한편 베스는 기다란 차 뒷좌석에서 허리를 꼿꼿하게 세우고 앉아 창밖을 보았다. 모스크바의 모습은 전혀 위협적이지 않았다. 앞으로 어떤 대도시든 갈 수 있을 것 같았다. 그러나 내면의 긴장은 수그러들지 않았다. 토너먼트는 내일 아침에 있을 예정이었다. 완전히 혼자가 된 기분이었고 두려웠다.

대학에서 러시아어 수업을 들을 때 선생님이 러시아인들은 유리컵에 담긴 차를 마실 때 치아 사이에 설탕 덩어리를 물고 먹는다는 이야기를 들려준 적이 있었는데, 커다랗고 어둑한 응접실에는 의외로 그리스식 격자무늬가 새겨진 얇은 금색 자기 컵이 마련되어 있었다. 그녀는 컵과 하드롤이 올려진 컵받침을 들고 등받이가 높은 빅토리안 의자에 무릎을 포개어 앉아 토너먼트 감독이 하는 말에 주의를 기울였다. 그는 처음엔 드문드문 영어로 말하다가 나중에는 불어를 했고 다시 또 영어로 했다. "소련에 오신 걸 환영합니다. 경기는 정확히 오전 열 시에 시작할 겁니다. 각 체스판에 심판이 한 명씩 배정될 것이고 부정행위가 발생할 경우 조치를 취하도록 하겠습니다. 경기 중엔 흡연과 취식을 금합니다. 필요할 경우 수행원이 화장실에 동행합니다. 오른손을 들어 알리는 것이 적합할 것입니다" 같은 말들을 했다.

의자들이 동그랗게 놓여 있고 감독은 베스의 오른쪽에 있었다. 맞은편에 디미트리 루첸코와 빅토르 라예프, 레오니드 샤프킨이 있었는데 다들 고급스러운 정장과 하얀 셔츠 차림에 짙은 색 넥타이를 매고 있었다. 부스 씨가 러시아 남자들은 1930년대의 몽고메리 와드(미국의 소매 업체-옮긴이) 카탈로그에나 있을 법한 옷을 입는다고 말했지만 그와 달리 값비싼 회색 개버딘*과 소모사**로 짠 옷을 말끔하게 차려입고 있었다. 루첸코와 라예프, 샤프킨 저 셋 만해도 체스계의 신 같은 존재들이었고, 설령 미국 체스계의 기득권들이 총집합한다 해도 그들 옆에서는 허둥지둥 대며 입도 뻥긋하지 못했을 것이다. 그리고 베스의 왼쪽에 앉은 사람은 바실리 보르고프였다. 차마 그를 쳐다볼 수 없었지만 그의 향수는 그녀의 코로 흘러 들어왔다. 그와 러시아 선수 셋 사이에 앉은 약간 덜 유명한 선수들, 브라질 출신 조지 플렌토와 핀란드 출신 베른트 헬스트룀, 벨기에의 진 폴 뒤아멜 역시 여느 때처럼 정장 차림이었다. 베스는 차를 홀짝이며 차분해 보이려 노력했다. 키가 큰 창문에 고동색 커튼이 쳐져 있고 의자에는 금색 실로 수가 놓인 고동색 벨벳 커버가 씌워져 있었다. 아침 아홉 시 반이었다. 창밖의 여름날이 아름다웠을 테지만 아쉽게도 커튼이 빈틈없이 쳐져 있었다. 바닥에 깔린 오리엔탈 느낌의 카펫은 마치 박물관에서 가져온 것 같았다. 벽에는 고급 가구에만 쓰인다는 자단목이 덧대여 있었다.

베스는 두 여직원의 안내를 받아 호텔에서 이곳으로 왔다. 그녀는 다른 선수들과 악수를 하고 삼십 분간 자리에 앉아

* 날실에 양털을, 씨실에 무명을 사용하여 능직으로 조밀하게 짠 옷감.

** 굵기가 일정하고 매끈하며 보풀이 적으면서 광택이 나도록 만든 양모 재질의 실.

있었다. 어젯밤, 어딘가 수상쩍은 커다란 호텔 방의 수도꼭지에서 물이 똑똑 떨어지는 바람에 거의 뜬눈으로 밤을 새웠다. 그래서 일곱 시 반부터 남색 빛이 도는 값비싼 파란색 맞춤 드레스를 차려입고 있었는데 그래서인지 땀이 송골송골 맺혔다. 나일론 재질의 천이 다리를 감싸 후텁지근했다. 이곳에 어울린다는 느낌이 별로 들지 않았다. 주변에 있는 남자 선수들과 눈이 마주칠 때마다 그들이 희미하게 미소 지었다. 어른들의 사교 파티에 꼬맹이가 끼어 있는 느낌이었다. 머리가 지끈거렸다. 감독에게 아스피린이 있는지 물어봐야 할 것 같았다.

감독이 갑자기 설명을 멈추었고, 남자들이 자리에서 일어났다. 베스도 달그락거리며 컵을 컵받침에 올리고 벌떡 일어섰다. 카자흐스탄 스타일의 블라우스를 입은 웨이터가 달려와서 차를 가지고 갔다. 처음에 형식적인 악수를 하고 난 뒤 내내 그녀를 모른 체했던 보르고프가 그녀의 바로 앞을 지나 감독이 열어 놓은 문으로 걸어 나가면서 아예 눈길도 건네지 않았다. 다른 선수들도 뒤이어 나갔고 베스는 샤프킨 뒤에, 헬스트룀 앞에 서서 갔다. 그들이 문밖으로 나가 복도의 카펫에 섰을 때 루첸코가 발걸음을 멈추고 그녀에게로 몸을 돌렸다. "여기에 와 주셔서 기쁩니다." 그가 말했다. "당신과 대국을 두길 간절히 기대하고 있었어요." 그는 오케스트라 지휘자처럼 머리가 길고 백발이었으며 풀 먹인 하얀 목깃 아래에 은색 나비넥타이를 우아하고 완벽하게 매고 있었다. 그의 얼굴에 비친 따스함은 진심이었다. "감사합니다." 베스가 말했다. 중학생 때 루첸코의 책을 읽은 적이 있었다. 《체스 리뷰》에 나온 그의 기사에는 경외심이 담겨 있었다. 지금 그녀가 느끼는 것처럼. 몇 년 전 그가 세계 챔피언이었을 때 그는 보르고프와의 긴 대국 끝에 패배했었다.

그들은 적당한 거리를 유지하며 감독이 다른 문 앞에 멈춰서 문을 열 때까지 걸어갔다. 보르고프가 먼저 들어가고 나머지가 따라 들어갔다.

그곳은 대기실이었고 저쪽 끝에 닫혀 있는 문이 있었다. 멀리서 수군대는 소리가 들렸고 감독이 와서 문을 열자 웅성임이 더 커졌다. 짙은 커튼 말고는 아무것도 보이지 않았다. 주위를 둘러봤다. 숨이 턱 막혔다. 관중석에 어마어마하게 많은 사람들이 앉아 있었다. 만석이었던 라디오시티 뮤직 홀 같았다. 관중들이 저 멀리 몇백 미터 떨어진 곳까지 쭉 늘어서 있고, 통로에 놓인 접이식 의자들 가운데에 몇몇이 작은 무리를 지어 대화를 나누는 중이었다. 선수들이 널따란 카펫이 깔린 무대 위로 올라오자 정적이 흘렀다. 모두들 선수들을 응시했다. 1층 관중석 위에 커다란 붉은색 현수막이 걸린 넓은 발코니가 있고 그 위에는 더 많은 사람들이 나란히 줄 맞춰 있었다.

무대 위에 커다란 테이블이 네 개 놓여 있었는데 전부 책상만 한 크기였고 테이블 위에 널찍한 새 체스판이 상감 기법으로 박혀 있었다. 체스판에는 이미 기물이 세팅되어 있었다. 각 테이블마다 오른쪽에 특대형 체스 기물이 올려져 있고 원목으로 된 체스 시계가 있었다. 백의 오른쪽에는 물이 담긴 유리병과 컵이 두 개 있었다. 회전의자의 등받이가 높아서 관중들이 선수들의 옆모습을 잘 볼 수 있었다. 각 테이블 뒤에 하얀 셔츠에 나비넥타이를 맨 남자 수행원이 서 있고 그들 뒤쪽으로 오프닝 포지션을 갖추고 있는 전시용 체스판이 있었다. 체스판 테이블 위의 천장 조명은 밝았으나 직접적이지 않았다.

감독이 베스를 향해 미소 짓더니 손을 잡고 무대의 중앙으로 이끌었다. 관중석이 쥐 죽은 듯 조용했다. 감독이 무대 중앙의 스탠드에 꽂힌 오래된 마이크에 대고 말했다. 러시아어로 말하긴 했지만 베스는 체스라는 말과 미국이라는 말을 알아 들었고 마침내 그녀의 이름이 나왔다. 엘리자베스 하먼. 불쑥 박수소리가 터져 나왔다. 온기가 담긴 우레와 같은 박수였다. 온몸으로 느껴지는 따뜻한 박수였다. 감독이 그녀를 맨 끝 테이블의 흑 기물 쪽 의자로 안내했다. 감독이 나머지 외국인 선수 넷을 데리고 올라와 간단하게 소개를 하자 박수가 나왔다. 그다음 러시아 선수들이 나왔는데 첫 번째는 라예프였다. 박수소리가 귀가 먹먹해질 정도로 커졌고 마지막 러시아 선수인 보르고프가 무대 위로 올라왔을 때는 박수가 멈추지 않았다.

베스의 첫 상대는 라예프였다. 보르고프가 열화와 같은 박수를 받는 동안 라예프가 그녀의 맞은편에 앉았고 베스는 끊이지 않는 박수가 계속되는 동안 그를 흘긋 바라봤다. 라예프는 이십 대였다. 호리호리하고 풋풋한 얼굴에 딱딱한 미소가 배어 있었고 눈썹은 거슬릴 정도로 짙었다. 그리고 가느다란 손가락으로 소리 없이 테이블을 톡톡 두드렸다.

박수가 잦아들자 감독이 흥분으로 벌게진 얼굴로 보르고프가 백으로 경기를 할 테이블로 다가가 시계 버튼을 경쾌하게 눌렀다. 다음 테이블로 가서 똑같이 했고 그다음 테이블도 그렇게 했다. 베스의 테이블에서 그는 두 사람을 보고 거드름을 피우며 싱긋 미소 짓더니 베스의 옆에 있는 시계 버튼을 가볍게 톡 눌렀다. 라예프의 시계가 움직이기 시작했다.

라예프는 차분히 숨을 내쉬고 그의 킹 폰을 4행으로 보냈다. 베스는 주저하지 않고 퀸 측 비숍 폰을 행마했다. 막상 체스를 시작하니 마음이 편안해졌다. 기물들이 정말 크고 견고했고, 정교한 윤곽과 깔끔한 자태 그리고 섬세하게 칠해진 광택을 뽐내며 정확히 자기 칸의 한가운데에 서서 안정감 있고 단단하게 자리를 잡고 있었다. 테이블에 박힌 무광 체스판은 둘레를 따라 황동으로 상감되어 있었다. 의자는 상당히 크고 튼튼하면서도 부드러웠다. 베스는 안락함이 느껴지는 자세로 앉아 라예프가 킹 측 나이트를 비숍 3행으로 보내는 걸 지켜보았다. 그녀는 퀸 측 나이트를 들고 그것의 묵직함을 만끽하며 퀸 측 비숍열 세 번째로 옮겼다. 라예프는 폰을 퀸열 4행으로 행마했고, 베스는 폰으로 상대의 폰을 잡은 뒤 시계 버튼을 눌러 그의 시곗바늘이 오른쪽으로 움직이도록 했다. 뒤에 있던 수행원이 커다란 전시용 체스판에 모든 수를 기록했다. 어깨에 긴장이 아직 남아 있었지만 마음을 차분히 했다. 이곳은 러시아고 모든 게 낯설었으나 체스는 체스일 뿐이었다.

계속 공부해 왔던 《샤크마트니 리포트》에서 라예프의 스타일을 간파했기에 그녀가 여섯 번째 수에서 폰을 킹열 네 번째로 보내면 그가 나이트를 비숍 3행으로 옮기며 볼스라브스키 변형으로 이끌 것이고 곧바로 킹 사이드에서 캐슬링을 할 것임을 베스는 확신했다. 그는 1965년 페트로샨과 탈을 상대로 그렇게 했었다. 간혹 선수들은 중요한 토너먼트에 출전할 때면 몇 주 전부터 단단히 준비해서 낯설고 새로운 라인을 형성하는 경우가 있었지만 베스가 아는 한 러시아 선수들은 그녀를 상대로 그런 무리를 할 리가 없었다. 러시아 선수들은 그녀의 경기 수준이 대략 베니 와츠 정도 된다고 알고 있었고 라예프 같은 남자 선수들은 베니를 상대하는 경기에 그렇게 많은 노력을 기울이지 않았다. 다시 말해 그녀는 그들의 기준에서 영향력이 있는 선수가 아니었다. 베스의 유일하고도 특별한 점은 성별뿐이었는데 러시아에서는 그마저도 특별한 것이 아니었다. 노나 가프린다슈빌리는 이 토너먼트에 참가할 실력은 아니었지만 이전에 러시아의 그랜드 마스터들을 전부 만났던 여자 선수였다. 라예프는 베스를 쉽게 이기리라 기대했을 것이다. 예상한 대로 그가 나이트를 빼내고 캐슬링을 했다. 지난 여섯 달 동안 해 온 공부가 빛을 발하는 순간이었다. 상대의 수를 예측할 수 있어서 좋았다. 베스도 캐슬링을 했다.

경기는 별다른 오류 없이 천천히 오프닝을 지났고, 아슬아슬하게 균형을 이룬 채로 서서히 미들 게임을 향해 갔다. 둘 다 나이트 하나와 비숍 하나를 잃은 상태였고 킹은 잘 보호받고 있었다. 그 어디에도 구멍이 보이지 않았다. 열여덟 번째 수에 체스판의 균형이 위태로워졌다. 이 경기는 그녀만의, 또는 미국인의 명성이라 할 수 있는 공격적인 체스가 아니었다. 미묘하고 복잡한 실내악 연주회 같은 체스였다.

백으로 경기하는 라예프는 여전히 우위에 있었다. 그의 수에는 교활한 속임수가 숨어 있었지만 베스는 속도와 포지션을 잃지 않고 그의 위협을 쳐 냈다. 마침내 스물네 번째 수에서 기물을 교묘하게 행마할 수 있는 기회를 찾아냈다. 그녀는 퀸 측 룩의 파일(세로줄)을 열고 그가 비숍을 다시 철수하도록 압박했다. 베스가 그렇게 하자 라예프는 한참 체스판을 살피더니 익숙지 않은 눈빛으로 그녀를 바라봤다. 마치 그녀를 처음 보는 것처럼. 환희의 전율이 온몸으로 퍼졌다. 그는 재차 체스판을 보다가 결국 비숍을 후퇴시켰다. 그녀가 룩을 앞으로 전진시켰다. 이제 그와 동등한 입장이 되었다.

다섯 수 뒤에 그녀는 우위에 오를 방법을 찾았다. 폰을 다섯 번째로 보내 희생시켰다. 여태 그래 왔던 것처럼 아주 매력적으로 응수하자 라예프가 방어를 하기 시작했다. 그는 그녀의 폰을 잡지 않았지만 폰을 공격하고 있던 나이트를 상대의 퀸 앞으로 돌려놓았다. 베스는 룩을 세 번째 칸에 놓았고 그는 그에 반응을 해야만 했다. 그녀는 상대에게 부드러운 압박도 하지 않았다. 그런데도 그는 개의치 않는 척하며 슬슬 양보하기 시작했다. 그는 그러고 있을 때가 아니었다. 진즉에 놀랐어야 했다. 러시아 그랜드 마스터들은 미국 여자에게 그런 꼴을 당해선 안 됐으니까. 그녀는 그를 쫓아다니다가 마침내 남아 있는 나이트를 퀸열 다섯 번째에 안착시킬 수 있는 상황에, 그가 절대로 몰아낼 수 없는 상태에 이르렀다. 그녀는 나이트를 그 자리에 놓았고 두 수 뒤 룩을 나이트의 파일(세로줄)로 빼냈다. 즉, 그의 킹 바로 위에. 그의 시계의 째깍 소리가 유독 크게 들렸고, 그는 한참 동안 체스판을 들여다봤다. 그러고는 그녀가 열렬히 바라던 대로 움직였다. 결국 그는 킹 측 비숍의 폰을 올려 베스의 룩을 공격했다. 그는 시계 버튼을 누르고도 고개를 들지 못했다.

베스는 망설임 없이 비숍을 들어 그의 폰을 잡고 희생시켰다. 수행원이 전시용 체스판에 그 수를 놓자 관중석에서 웅성거리는 소리가 흘러나왔다. 라예프는 뭐라도 해야 했다. 비숍을 무시해선 안 되었다. 그는 손가락으로 머리를 쥐어짜며 다른 손으로는 테이블을 톡톡 두드렸다. 베스는 의자에 등을 대고 누워 몸을 쭉 폈다. 그녀가 그를 제압했다.

그는 이십 분간 수를 연구하더니 갑자기 벌떡 일어나 손을 내밀었다. 베스도 자리에서 일어나 그의 손을 잡았다. 관중들은 조용했다. 토너먼트 감독이 다가와 그녀와 악수를 했고 그녀는 그와 함께 무대에서 내려갔다. 그러자 난데없이 충격의 박수소리가 터져 나왔다.

베스는 부스 씨 그리고 대사관에서 온 다른 사람들과 함께 점심을 먹으려 했지만 바닥에 카펫이 깔려 있고 벽에 빅토리안 팔걸이의자가 줄 맞춰 세워져 있는, 체육관만큼 거대한 호텔 로비로 들어갔을 때 그는 거기에 없었다. 데스크에 있는 여자가 그녀에게 메모를 건넸다. '정말 미안합니다. 문제가 생겨서 급히 자리를 비우게 되었습니다. 다시 연락드리겠습니다.' 메시지는 타자기로 친 거였고 아래에 부스 씨의 이름도 적혀 있었다. 베스는 호텔 레스토랑을 찾아냈는데 이곳 역시 카펫이 깔린 체육관처럼 컸다. 음식 주문 정도는 충분히 러시아어로 할 수 있어서 블리니*와 차 그리고 블랙베리 잼을 시켰다. 웨이터는 심각한 표정을 한 열네 살 정도 된 소년이었다. 그는 베스의 접시에 메밀 팬케이크를 놓고 그 위에 녹은 버터와 캐비어, 사워크림을 얹어 준 뒤 작은 은색 숟가락도 가져다주었다. 레스토랑에는 군복 차림의 나이 든 남자 무리와 스리피스 정장을 입은 권위 있어 보이는 남자 둘뿐이었다. 잠시 후 다른 젊은 웨이터가 은색 쟁반에 물처럼 보이는 액체가 담긴 유리병과 작은 유리컵을 들고 왔다. 그가 상냥하게 웃었다. "보드카 드시겠어요?"

그녀는 황급히 고개를 저으며 "아니요"라고 하고는 테이블 가운데의 무늬가 새겨진 유리컵에 물을 부었다.

오후에는 일정이 없어서 스베르들로프 광장과 벨리 고로드, 성 바실리 대성당의 박물관을 구경할까 생각했다. 그러나 너무도 아름다운 여름날이었는데도 기분이 별로였다. 앞

* 메밀가루와 밀가루를 섞어 얇고 둥글게 부친 러시아식 팬케이크.

으로 하루 이틀은 더 그럴듯했다. 피곤해서 낮잠을 자고 싶었다. 첫 경기에서 러시아 그랜드 마스터를 꺾었다는 사실은 그녀를 둘러싸고 있는 이 거대한 도시를 구경하는 것보다 더 중요했다. 어차피 이곳에 팔 일 동안 머물 예정이었으니 모스크바는 다른 날에 보면 되었다. 점심을 먹고 나자 시계가 오후 두 시를 가리키고 있었다. 낮잠을 자기 위해 엘리베이터를 타고 호텔 방으로 올라갔다.

베스는 라예프를 꺾었다는 사실에 고조되어 잠을 이룰 수 없었다. 한 시간 가까이 푹신한 침대에 누워 천장만 바라보며 그와의 게임을 복기했다. 때로는 자신의 수에서 약점을 찾기도 했고 그러다 이따금 여러 수 중 하나 또는 두 가지의 수를 뿌듯하게 바라보며 기분 좋은 호사를 누리기도 했다. 경기 중 그녀는 그에게 비숍을 내주었던 그 지점에서 무의식적으로 쿵! 또는 펑!이라고 내지를 뻔했다. 정말 환상적이었다. 그녀의 수에는 실수가 없었다. 찾지 못한 것일 수도 있지만. 어쨌거나 약점은 없었다. 라예프는 손가락으로 테이블을 두드리고 노려보며 초조함을 표출했으나 기권할 때는 몹시 지치고 멍해 보였다.

베스는 조금 더 쉬고 나서 침대에서 나와 청바지와 하얀색 티셔츠로 갈아입고 창가의 묵직한 커튼을 젖혔다. 8층의 창밖으로 보니 도로 위에 점들이 모여드는 것처럼 차들이 빈 공간으로 모였다 사라지길 반복했고 도로 저편에는 나무가 울창한 공원이 있었다.

양말과 신발을 신고 있는데 마침 뒤아멜 생각이 번뜩 들었다. 뒤아멜은 내일 대국에서 백으로 상대할 선수였다. 그가 치렀던 경기는 두 개밖에 아는 게 없는 데다 수년 전 게임이었다. 챙겨 온 잡지에 그의 최근 게임이 더 있었기에 지금 당장 훑어봐야 했다. 베스가 호텔에서 나갈 때 그는 아직도 루첸코와 대국 중이었다. 저 경기는 나머지 세 경기와 마찬가지로 종이에 인쇄되어 오늘 저녁 호텔에서 있을 공식 만찬 때 선수들에게 전달될 터였다. 지금은 윗몸 일으키기와 무릎을 폈다 구부리기 운동을 조금만 하고 산책을 하는 게 나을 것 같았다.

저녁 만찬은 지루한 걸 넘어서서 짜증 났다. 베스는 기다란 테이블 끝에 뒤아멜과 플렌토, 헬스트룀과 함께 앉아 있었다. 러시아 선수들은 반대편에 그들의 부인과 앉았는데 보르고프 역시 베스가 멕시코시티 동물원에서 봤던 여자와 상석에 자리를 잡고 있었다. 러시아 선수들은 식사 내내 몸짓을 과장되게 하고 껄껄 웃으며 끊임없이 차를 마셔 댔고 그들 부인들은 조용히 앉아 사랑스러운 눈으로 자신의 남편을 바라보았다. 오전에 토너먼트에서 패한 라에프마저도 의기양양했다. 그들은 베스와 함께 테이블 끝에 앉아 있는 다른 나라 선수들을 깡그리 무시하는 듯했다. 그녀는 플렌토와 대화를 나누려 계속 시도했지만 형편없는 그의 영어 실력과 딱딱한 웃음이 그녀를 불편하게 했다. 몇 분 더 노력해 보다가 그냥 식사에 집중했다. 맞은편 테이블 끝에서 들리는 소음을 자체적으로 음소거할 수 있는 일은 그것뿐이었다.

저녁 식사가 끝나고 토너먼트 감독이 그날의 경기가 인쇄된 종이를 나눠 주었다. 그녀는 엘리베이터 안에서 전부 훑어봤다. 가장 먼저 보르고프의 경기부터 살폈다. 베스와 라예프의 경기를 제외한 세 경기 중 두 경기는 무승부였고, 보르고프는 승리를 거두었다. 그것도 아주 확실하게.

다음 날 아침, 운전자가 베스를 다른 길로 데려다주는 바람에 길가에 많은 사람들이 경기장 안으로 들어가려고 기다리고 있는 걸 보게 되었다. 아침부터 내리는 보슬비에 몇몇은 짙은 우산을 펴고 기다렸다. 운전자가 그녀를 어제와 같은 입구에 내려 주었다. 거기엔 약 스무 명이 서 있었다. 그녀가 차에서 내려 그들을 지나 서둘러 건물 안으로 들어갔을 때 그들이 박수를 쳐 주었다. 도어맨이 문을 닫기 직전에 어떤 이가 “리자베타 하먼!”이라고 외쳤다.

열아홉 번째 수에 뒤아멜이 잘못된 판단을 했고 베스는 곧장 덤벼들어 룩 앞에 있는 그의 나이트에 핀을 걸었다. 그녀가 다른 비숍을 전진시키는 동안 그는 꼼짝없이 갇혀 있었다. 그의 경기들을 분석하면서 베스는 그가 방어에 신중하고 강하다는 걸 알아냈다. 어젯밤 경기를 분석하던 중 오늘 경기에서 기회가 올 때까지 기다리고 있다가 단번에 그를 제압해야겠다고 결심했었다. 열네 번째 수에 그녀의 두 비숍이 그의 킹을 겨냥하게 만들었고 열여덟 번째에는 비숍의 대각선을 연 상태였다. 그는 그녀를 깨끗하게 물리치기 위해 나이트를 이용해 숨으려 했지만 그녀가 퀸을 꺼내자 감당할 수 없게 되었다. 스무 번째에 그는 베스를 막으려 아무짝에도 쓸모없는 시도를 하였다. 결국 스물두 번째에 그는 기권하고 말았다. 그 경기는 한 시간 남짓 걸렸다.

두 사람은 무대의 끝에서 경기를 했고, 플렌토와 대국 중인 보르고프는 반대편 끝에 있었다. 베스가 그를 지나갈 때쯤 박수가 잦아들었고 관중들은 아직 진행 중인 경기들로 관심을 돌렸다. 그가 그녀를 살짝 올려다봤다. 멕시코시티에서 그와 직접적으로 눈을 마주친 이후 첫 눈 맞춤이었다. 그의 눈빛에 베스는 겁을 먹었다.

충동적으로 경기장에서 벗어나 잠시 기다렸다가 커튼 끝자락으로 돌아와 그가 앉았던 곳을 내다봤다. 보르고프의 자리가 비어 있었다. 그가 반대편 끝에 서서 베스가 방금 끝낸 경기의 전시용 체스판을 보고 있었다. 커다란 손을 오므려 턱에 대고 다른 손은 코트 주머니에 찔러 넣은 채. 그가 포지션을 살피며 이마를 찌푸렸다. 베스는 서둘러 몸을 돌려 그곳을 떠났다.

점심 식사 후 길을 걸어 다니다가 공원으로 이어지는 좁은 길을 따라 내려갔다. 그 길은 소콜니키가로 바뀌었고, 거대한 보행자 무리 속에서 그 거리를 건너고 있었는데 주위의 교통량이 말도 못하게 많았다. 어떤 사람들이 그녀를 보고 미소 지었지만 말을 걸진 않았다. 비가 그치고 난 후라 해가 하늘 높이 걸려 있었다. 햇살이 비추니 길을 따라 늘어선 거대한 건물들이 그나마 덜 감옥스러웠다.

공원은 군데군데 숲을 이루고 있었고 길가엔 수많은 철제 벤치들이 쭉 나열되어 있었다. 나이 든 사람들이 벤치에 앉아 있었다. 베스는 가능한 사람들의 시선을 모른 체하며 나무들이 우거져 그늘진 곳으로 들어가 걷고 있었는데 삼각형 모양의 작은 꽃들이 여기저기에 퍼진 커다란 광장이 불쑥 나타났다. 광장 가운데 지붕이 있는 널찍한 곳에, 마치 커다란 정자처럼 생긴 그곳에 사람들이 줄지어 앉아 있었다. 그들은 체스를 두고 있었다. 적어도 마흔 개의 체스판에서 경기가 진행 중이었다. 전에 나이가 지긋한 남자들이 뉴욕의 센트럴 파크나 워싱턴 스퀘어에서 체스를 두는 걸 본 적이 있었으나 몇 명 없었다. 그런데 이곳 헛간만 한 정자 안에는 사람들이 꽉 들어차 있고 심지어 정자의 계단 아래에도 앉아 있었다.

베스는 정자로 이어지는 닳고 닳은 대리석 계단을 올라갈까 망설였다. 나이 든 남자 둘이 계단에 앉아 천으로 된 해진 체스판으로 경기를 하고 있었다. 이도 빠지고 머리도 빠진 늙은 남자가 킹스 갬빗을 하는 중이었다. 상대는 팔크비어 카운터 갬빗*으로 맞섰다. 베스에겐 좀 고전적으로 느껴졌지만 게임 자체는 굉장히 정교했다. 그들은 베스를 신경 쓰지 않았고, 그녀는 계단을 올라 정자 안으로 들어갔다.

표면에 체스판이 그려진 콘크리트 테이블이 네 줄로 나란히 놓여 있고 각각 두 명씩 앉아 체스를 두고 있었다. 전부 남자였다. 훈수를 두며 돌아다니는 사람들도 있었다. 그들은 대화를 거의 나누지 않았다. 종종 뒤쪽에서 아이들의 함성 소리가 들려왔는데 아이들이 내는 소리는 다른 언어들도 그렇듯이 러시아어로도 똑같았다. 그녀는 두 줄 사이를 천천히 걸으며 선수들의 담뱃대에서 흘러나오는, 코를 찌르는 담배 냄새를 맡았다. 몇몇이 고개를 들어 그녀를 바라보고 누군지 알아챘지만 말을 거는 사람은 아무도 없었다. 그들은 전부 나이가 많았다. 나이가 아주 많았다. 저 정도 나이면 대다수

---

* 킹스 갬빗에 맞서는 형태를 의미한다.

는 어렸을 때 혁명을 겪었을 것이다. 그들의 옷은 대개 짙은 색이었고 이런 따뜻한 날씨에도 회색 면 남방을 입고 있었다. 그들은 어디에서나 볼 수 있는 할아버지의 모습이었고, 아무도 신경 쓰지 않는 게임에 열중하는 샤이벌 아저씨의 화신들이 모여 있는 듯했다. 여러 테이블 위에 《샤크마트니 리포트》가 올려져 있었다.

포지션이 흥미로운 어느 테이블에 잠깐 멈춰 섰다. 시실리안의 변형인 리히터 라우저*였다. 몇 년 전 열여섯 살 때 《체스 리뷰》에 그것에 대한 글을 짧게 쓴 적이 있었다. 그 남자는 제대로 수를 두고 있었고 흑을 맡은 남자는 폰에 살짝 변형을 주었는데 처음 보는 수순이었다. 그럼에도 굉장히 견고했다. 멋진 체스였다. 그중 싸구려 천 조각 체스판에서 두 늙은이가 두는 체스가 최고의 체스였다. 백을 맡은 남자가 그의 킹 측 비숍을 움직이고는 고개를 들어 베스를 노려봤다. 순간 연한 파란색 나일론 치마에 회색 캐시미어 스웨터, 젊은 미국 아가씨처럼 손질한 머리 스타일, 그리고 어쩌면 그들의 한 달 수입과 맞먹을 정도로 값비싼 구두를 신고서 러시아 할아버지들 사이에 있는 자신이 겸연쩍게 느껴졌다.

그런데 그녀를 뚫어지게 보던 주름진 얼굴의 남자가 벌어

---

* 1. e4 c5 / 2. Nf3 d6 / 3. d4 cxd4 / 4. Nxd4 Nf6 / 5. Nc3 Nc6 / 6. Bg5 e6 로 움직이는 시실리안 디펜스의 변형이다.

진 치아 사이로 웃으며 말했다. "하먼? 엘리자베타 하먼?" 베스는 깜짝 놀라 말했다. "네." 그녀가 어떤 반응을 하기도 전에 그가 자리에서 일어나 팔로 그녀를 껴안고 웃으며 "하먼! 하먼!"이라고 연신 반복했다. 그랬더니 칙칙한 옷을 입은 나이 든 남자들이 그녀 주위로 몰려들어 너도나도 손을 내밀고 악수를 하려 했다. 한 번에 여덟 명, 아니 열 명이 그녀에게 러시아어로 말을 걸었다.

헬스트룀 그리고 샤프킨과의 경기는 가차 없고 엄숙했으며 진이 다 빠질 정도로 힘들었지만 베스는 단 한 번도 위험에 빠지지 않았다. 지난 육 개월간의 훈련이 그녀의 오프닝을 더 단단하게 만들었고 덕분에 미들 게임에서도 기조를 유지할 수 있었으며 결국엔 상대 선수 둘을 모두 기권하게 했다. 헬스트룀은 받아들이기가 힘들었는지 경기가 끝난 후에 그녀와 말도 섞지 않았지만 샤프킨은 굉장히 교양 있고 품위 있는 남자였기에 그녀에게 무자비하게 꺾였음에도 기품 있게 기권했다.

전부 일곱 경기를 해야 했다. 선수들은 첫날 한참 진행된 오리엔테이션에서 일정표를 받았었다. 베스는 침대 옆 탁자 서랍에 —초록색 약병이 서랍에 있었다— 일정표를 넣어 두었다. 마지막 날에 백으로 보르고프와 붙을 예정이었다. 그날은 루첸코를 상대해야 했다. 흑으로.

루첸코는 나이가 가장 많은 선수였다. 그는 베스가 태어나기 전에 세계 챔피언이 되었고 어린 시절 다면기에서 고수 알레힌을 이겼으며 보트비니크와는 무승부를 했고 아바나에서 브론스타인을 꺾었다. 지금은 더 이상 예전처럼 사납고 강력한 선수는 아니지만 제대로 공격에 들어가면 매우 위험한 선수가 된다는 걸 베스도 알고 있었다. 그녀는《체스 인포맨트》에 나왔던 그의 경기를 수십 개도 넘게 연습했고 대부분은 뉴욕에서 지낼 때 베니와 함께 연구했다. 루첸코가 공격하는 힘은 베스에게도 충격적일 만큼 강력했다. 그는 무시무시한 선수였고 무시무시한 남자였다. 매우 조심해야 했다.

두 사람은 전날 보르고프가 경기를 했던 첫 번째 테이블에서 경기를 치렀다. 베스가 자리에 앉아 있을 때 루첸코가 그의 의자 옆에 서서 가볍게 목례를 했다. 그날 그의 정장은 실크 재질의 회색이었고, 그가 테이블로 다가올 때 그의 신발을 유심히 봤는데 윤이 나는 검은색 구두가 아주 매끈해 보였다. 이탈리아에서 수입한 신발 같았다.

베스는 하얀 장식이 달린 짙은 초록색 드레스를 입었다. 전날 잠을 푹 잤다. 그를 상대할 만반의 준비가 되어 있었다.

그러나 그는 열두 번째 수에 공격을 시작했다. 폰을 퀸 측 룩열 3행에 두는 아주 교활한 공격이었다. 삼십 분 뒤 그는 폰을 무지막지하게 퀸 사이드로 점차 올려 갔고 베스는 하는 수 없이 준비해 뒀던 수를 다음으로 미뤄야 했다. 체스판을 한참 들여다보다가 나이트를 출격시켜 방어에 들어갔다. 사실 그렇게 하고 싶지 않았지만 어쩔 도리가 없었다. 체스판 너머로 루첸코를 바라봤다. 그가 고개를 약간 흔들었지만 그건 의도된 몸짓이었고 이내 입가에 옅은 미소를 띠며 손을 뻗어 나이트의 폰을 전개시켰다. 마치 그 자리에 베스의 나이트가 있다는 것을 신경 쓰지 않는 것처럼. 뭘 하려는 걸까? 베스는 다시 포지션을 연구했다. 충격적이었다. 만일 그녀가 도망칠 곳을 찾아내지 못한다면 그녀는 나이트로 그의 룩 폰을 잡아야 할 것이고, 그러면 네 수 뒤 그는 맨 뒷줄의 순진해 보이는 비숍을 나이트열 5행으로, 즉 균열된 베스의 퀸 사이드 쪽으로 빼낼 것이었다. 그런 다음 비숍을 그녀의 퀸 측 룩과 교환할 터였다. 앞으로 일곱 수 뒤에 벌어질 일이었다. 베스는 그걸 놓치고 있었다.

팔꿈치를 테이블에 올리고 두 주먹을 볼에 댔다. 이 난관을 어떻게든 헤쳐 나가야 했다. 그녀는 루첸코와 관중들, 째깍거리는 시계, 다른 모든 것들을 털어 버리고 신중하게 앞으로 이어질 수십 가지의 수들을 예측하며 연구했다. 하지만 할 만한 게 없었다. 최선은 교환을 그냥 포기하고 그의 룩 폰을 잡아 위안을 삼는 것이었다. 그러고 나면 그는 계속 퀸 사이드에서 공격을 가할 것이었다. 베스는 그러고 싶지 않았지만 그렇게 할 수밖에 없었다. 이런 일이 벌어질 거란 걸 진즉에 봤어야 했다. 어쩔 수 없이 퀸 측 룩열 폰을 올리고 기물들이 저절로 움직이는 모습을 지켜보았다. 일곱 수 후에 그는 자신의 비숍과 베스의 룩을 교환했다. 그가 그녀의 기물을 잡아 올려 체스판 옆에 내려놓는 걸 보았을 때 베스는 뱃속이 뒤틀렸다. 두 수 뒤 그녀가 룩 폰을 잡았지만 별 도움이 되지 않았다. 그녀는 게임에서 뒤지고 있었고 온몸이 긴장으로 빳빳해졌다.

그녀의 퀸 사이드로 쭉쭉 올라오는 그의 폰들을 막으려 애써 봤자 소용없었다. 그의 폰을 처리했더니 그가 킹 파일(세로줄)에 더블 룩을 만들었다. 그는 결코 느슨해지지 않았다. 그녀는 그의 킹을 위협하는 척하며 하나 남은 룩과 그의 룩 중 하나를 교환했다. 자칫 상대가 강해질 수 있기 때문에 아래쪽에 있는 기물로 교환을 하는 건 별로 좋지 않은 방법이었다. 그러나 베스에겐 다른 수가 없었다. 루첸코가 무심하게 교환된 기물을 보내더니 그녀의 룩을 또 먹었다. 눈처럼 하얀 그의 백발을 보고 있는데 치가 떨렸다. 과장되게 부풀린 그의 머리도 싫었고 교환으로 그녀를 앞서가는 그도 너무 싫었다. 이런 식으로 교환이 계속되면 그녀는 낭떠러지로 떨어질 게 뻔했다. 무슨 수를 써서라도 그를 멈추게 할 방법을 찾아내야 했다.

미들 게임은 비잔틴 체스였다. 그들의 기물은 전부 최소한 한 번씩 대개는 두 번씩 단단히 지지를 받아 강화되어 있었다. 그녀는 교환을 피하고 자신의 기반을 견고하게 할 쐐기를 찾으려 고군분투했다. 그는 깔끔하고 말쑥한 아름다운 손길로 기물을 움직이며 그녀의 모든 시도에 대응했다. 수를 두는 간격이 점점 길어졌다. 베스는 여덟 번째 또는 열 번째 수 뒤쯤 라인 아래에서 희미하게 반짝이는 가능성을 어렴풋이 보긴 했으나 결코 실현시킬 수 없었다. 그는 그의 룩을 3행으로 보내 캐슬링 된 킹 위에 놓았다. 룩의 움직임은 세 칸으로 제한되어 있었다. 만일 그가 나이트로 룩을 잡아 두기 전에 먼저 베스가 그의 룩을 옭아맬 방법만 찾는다면……. 베스는 그 방법을 찾아내려 굉장한 집중력을 발휘했다. 그 순간 그녀의 강렬한 집중력이 레이저가 되었고 그 레이저가 체스판 위의 룩을 폭파시켜 버릴 것 같았다. 머릿속에서 나이트로, 폰으로, 퀸으로, 심지어 킹으로도 룩을 공격했다. 마음속으로 루첸코가 폰을 움직여서 룩의 비행 길인 두 칸에 파고들도록 그를 압박했다. 그러나 그렇게 할 방법이 전혀 보이지 않았다.

신경을 너무 많이 쓴 나머지 현기증이 났다. 테이블에서 팔꿈치를 내려 무릎 위에 손을 올리고 고개를 저으며 시계를 확인했다. 십오 분밖에 남지 않았다. 깜짝 놀라 기록표를 내려다봤다. 시계의 깃발이 떨어지기 전에 세 수를 더 두어야 했다. 안 그러면 전부 물거품이 될 것이다. 반면 루첸코는 사십 분이 남아 있었다. 할 수 있는 건 아무것도 없었지만 수를 두어야만 했다. 베스는 나이트를 나이트 다섯째 칸으로 보내는 수가 특별한 도움은 되지 않겠지만 나름 견고할 거라 생각했다. 예상대로 그는 베스가 나이트를 킹열 네 번째로 보낼 수밖에 없게 만들었고 그것은 애초에 그녀가 계획한 것이었다. 베스에게는 칠 분이 남아 있었다. 신중하게 고민하며 비숍을 그의 룩이 있는 대각선에 두었다. 역시나 그는 룩을 움직였고 이 역시 예상한 일이었다. 베스는 루첸코가 보지 못하게 한 손으로 기록표를 가려 다음 수를 적은 뒤 가지런히 접어서 봉인하고는 토너먼트 감독에게 손짓했다. 감독이 다가왔을 때 그녀가 "어드전이요"라고 했고 그가 봉투를 가져가길 기다렸다. 베스는 완전히 지쳐 있었다. 자리에서 일어나 힘없는 발걸음으로 터덜터덜 무대를 내려가는데 아무도 박수를 치지 않았다.

무더운 밤 베스는 창문을 열고 화려한 작업 책상 위에 체스판을 놓고 앉아 중단된 게임의 포지션을 연구했다. 어떻게 하면 루첸코의 룩을 구석으로 몰아낼 수 있을까, 속임수로 룩의 취약성을 이용하면서 그를 공격할 방법이 있을까, 하면서. 두 시간을 그러고 있다 보니 방 안의 열기가 참을 수 없을 정도로 뜨거워졌다. 그래서 로비로 내려가서 산책을 조금 하기로 했다. 안전하고 법적으로 문제가 없다는 전제하에. 제대로 챙겨 먹지도 않고 체스에만 너무 열중했더니 어질어질했다. 치즈버거 하나만 먹으면 딱 좋을 것 같았다. 저절로 쓴웃음이 나왔다. 그녀는 해외에 있을 때 절대로 치즈버거를 갈망하지 않겠다고 다짐한 미국인이었으니까. 그런데 세상에, 너무 피곤했다! 결국 산책을 금세 끝내고 호텔로 돌아갔다. 내일 저녁까지는 어드전한 게임을 복기하지 않을 작정이었다. 어차피 내일 플렌토와 경기를 마치고 나면 루첸코와의 게임을 공부할 시간이 충분히 있을 테니.

엘리베이터는 복도 끝에 있었고 더위 때문에 몇몇 방들의 문이 열려 있었다. 베스가 어떤 방에 다가섰을 때 굵고 낮은 목소리의 남자들이 회의 같은 걸 하는 게 들렸다. 문간으로 가서 안을 들여다봤더니 정교하게 꾸며진 천장에 크리스털 샹들리에가 있고 속을 두툼하게 채워 넣은 초록색 소파 한 쌍과 벽에는 짙은 색의 유화가 걸려 있는 것이 분명 스위트룸의 웅장한 응접실 같았다. 침실로 이어지는 방문도 열려 있었다. 긴 소파 사이에 놓인 테이블 주변에 남자 셋이 셔츠 차림으로 서 있었다. 테이블 위에 크리스털 디켄터와 유리잔 세 개가 있고 그 가운데에 체스판이 놓여 있었다. 한 남자가 뭔가를 가늠하듯 손끝으로 기물을 움직이는 동안 나머지 둘은 체스판을 보며 의견을 내고 있었다. 기물을 움직이는 사람은 바실리 보르고프였다. 세계 최고의 체스 선수 셋이 머리를 맞대고 보르고프가 뒤아멜과 치렀던 어드전 게임의 포지션을 분석 중이었다.

언젠가 어렸을 때 메듀엔 관리 동의 복도를 걸어가다가 디어도르프 원장실 문이 평소답지 않게 열려 있어서 잠깐 그 앞에 서 있었던 적이 있었다. 슬쩍 들여다보니 디어도르프 원장이 나이 든 남자, 여자와 친밀하게 머리를 모으고 서서 대화를 나누고 있었다. 베스는 디어도르프가 누구와 친밀할 수 있는 사람이라고 생각해 본 적이 전혀 없었다. 어른들의 세계를 뚫어지게 들여다보던 베스는 충격을 받았다. 디어도르프가 그 남자와 눈을 맞추고 이야기를 나누면서 집게손가락으로 그의 옷깃을 톡톡 매만졌다. 그 이후 그 중년의 커플을 한 번도 본 적이 없었다. 베스는 그들이 무슨 대화를 나누었는지 전혀 아는 바가 없었지만 그 장면은 결코 잊히지 않았다. 보르고프가 스위트룸의 응접실에서 탈과 페트로샨의 도움으로 다음 수를 대비하는 모습을 보고 있으니 그때와 같은 감정이 느껴졌다. 자신이 한없이 작게 느껴졌다. 어른들의 세계를 엿보던 어린아이처럼. 지금 이 상황에서 누구를 떠올려야 할까? 그녀는 도움이 필요했다. 서둘러 그 방을 떠나 엘리베이터 쪽으로 갔다. 자신이 혼자임을 지독하고 끔찍하게 느끼면서.

옆 출입구에서 기다리는 관중의 수는 점점 더 늘어갔다. 아침에 베스가 리무진에서 내렸을 때 관중들이 환하게 웃으며 일제히 소리쳤다. "하먼! 하먼!" 어떤 사람들은 지나가는 그녀를 만지기도 했다. 애써 미소로 화답하며 초조하게 그들을 지나갔다. 전날 밤엔 시간마다 잠에서 깨 루첸코와의 중단된 경기의 포지션을 연구하거나 보르고프와 두 선수가 셔츠 바람에 넥타이를 느슨하게 푼 채 2차 세계 대전의 종전 계획을 세우던 루스벨트와 처칠, 스탈린처럼 체스판을 열중해서 연구하던 모습이 떠올라 맨발로 방을 서성거렸다. 아무리 자신에게 나도 그들만큼 훌륭하다고 되뇌어도 묵직한 검은 신발을 신은 그들이 그녀가 모르는 것을, 절대 그녀가 알 수 없는 것을 훤히 안다는 사실이 간담을 서늘하게 했다. 그녀는 자신의 이력에 집중하려 노력했다. 단시간에 미국 체스의 최강자 자리에 오른 것 이외에도 베니 와츠보다 더 강력한 선수가 되었다는 것과 단 한 번의 실수도 없이 라예프를 꺾었다는 것, 어린 나이에 체스의 대가인 모피의 경기에서 오류를 찾아냈다는 여러 가지 이력들 말이다. 그러나 아무 의미도 없고 소용도 없는 짓이었다. 그녀가 엿본 것은 러시아 체스의 기득권층이 호텔 방에서 베스를 완전히 넘어서는 확신을 갖고 낮은 목소리로 체스판을 연구하고 상의하던 모습 그 이상이었다.

그나마 다행인 건 상대가 플렌토라는 것이었다. 플렌토는 토너먼트에서 가장 약한 선수였다. 그는 이미 지칠 대로 지쳐서 한 경기에서는 완패를 당했고 두 경기에서는 무승부를 했다. 경기에서 패를 하거나 무승부를 하지 않은 사람은 베스와 보르고프, 루첸코뿐이었다. 경기 시작 전에 차를 한 잔 마셨더니 조금 도움이 되었다. 더 중요한 것은 다른 선수들과 함께 이 대기실에 있는 것만으로도 간밤에 느꼈던 감정이 조금이나마 수그러들었다는 것이었다. 대기실 안에 들어섰을 때 보르고프는 차를 마시고 있었다. 늘 그랬듯 그는 그녀를 모른 체했고 그녀 역시 무시했다. 찻잔을 들고 있는 그의 얼굴이 그리 무섭게 느껴지지 않았다. 어젯밤 상상 속에서 봤던 그의 묵직한 얼굴이 그날은 꽤나 멍해 보였다. 감독이 와서 그들을 무대로 안내했고 보르고프는 대기실을 떠나기 직전에 그녀를 흘긋 바라보며 "자, 다시 시작이다!"라고 말하려는 것처럼 눈썹을 살짝 올렸다. 베스는 자기도 모르게 그에게 희미한 미소를 보냈다. 컵을 내려놓고 그들을 따라갔다.

베스는 플렌토의 일정치 않은 이력을 잘 알았고 그의 게임

십여 개를 통째로 외우고 있었다. 심지어 렉싱턴을 떠나기 전 그와 어떻게 경기를 할지도 결정해 놓았다. 그녀가 백이면 잉글리시 오프닝을 할 계획이었다. 베스는 퀸 측 비숍 폰을 4행으로 올리며 잉글리시 오프닝을 시작했다. 이것은 시실리안을 거꾸로 한 것과 같았다. 편안함이 느껴졌다.

베스는 그를 이겼지만 경기는 네 시간 반이나 걸렸고 생각보다 훨씬 힘들었다. 그는 메인 대각선 두 줄에 힘을 실으며 포-나이츠 변형*으로 한동안 그녀보다 훨씬 품위 있게 경기했다. 하지만 미들 게임에 접어들며 베스는 포지션을 바꿀 기회를 잡았고 그것을 놓치지 않았다. 폰이 7행에 닿을 때까지 신경을 곤두세우는 건 좀처럼 하지 않는 포지션이었기에 긴장되었다. 그 폰을 제거하려면 플렌토는 남은 기물을 희생해야만 했다. 결국 그는 기권했다. 그 어느 때보다 박수소리가 우레와 같았다. 오후 두 시 반이었다. 베스는 아침을 걸러서 무척 지쳐 있었다. 점심 식사를 하고 낮잠을 자야 했다. 오늘 저녁에 있을 어드전 경기를 하기 전에 휴식을 취해야만 했다. 레스토랑에서 점심으로 시금치 키슈**와 슬라빅 포메스(감자

* 1. e4 e5 / 2. Nf3 Nc6 / 3. Nc3 Nf6 순서로 진행되는 형태이고, 나이트는 어떤 식으로든 같은 위치로 전개될 수 있다.

** 타르트에 달걀, 생크림, 다진 고기와 야채를 넣고 치즈를 듬뿍 올려 오븐에 구워먹는 음식.

튀김-옮긴이)를 서둘러 먹었다. 그러나 세 시 반에 방으로 올라가 침대에 누웠을 때 잠을 자는 건 꿈도 꿀 수 없었다. 위층에서 카펫을 새로 깔고 있는 건지 뭔지 머리 위에서 간헐적으로 쾅쾅 두드리는 소리가 들렸다. 두꺼운 신발이 쿵쿵 바닥에 부딪쳤고 가끔 허리 높이에서 볼링공을 떨어뜨리는 듯한 소리도 들렸다. 베스는 이십 분간 침대에 누워 있었지만 피로가 전혀 가시지 않았다.

저녁 식사를 마치고 경기장으로 도착했을 때 아까보다 더 피곤했다. 머리가 지끈거렸고 온종일 체스판 앞에 구부정하게 앉아 있으니 온몸이 결렸다. 아까 오후에는 자신을 곯아떨어지게 만들 주사를 맞고서 꿈도 꾸지 않을 깊은 잠에 푹 빠져 쉰 다음에 루첸코를 마주하기를 간절히 바랐었다. 그냥 리브륨을 먹어 버릴까, 하고 소망하기도 했다. 약발로 인한 머릿속의 아득함이 이보단 나을 것 같았다.

루첸코가 어드전 경기가 열릴 대기실로 들어왔다. 그는 침착하고 여유로워 보였다. 이번에 입은 짙은 색 소모사 재질의 정장은 흠잡을 데 없이 완벽했고 어깨에 우아하게 딱 떨어졌다. 베스가 보기에 그는 옷을 전부 해외에서 구매하는 것 같았다. 그가 절제된 공손함으로 그녀에게 미소를 건넸다. 그녀는 목례를 하며 “안녕하세요”라고 인사했다.

그날 저녁엔 어드전 경기가 두 개 있었다. 하나는 보르고프와 뒤아멜을 기다리는 고전적인 룩과 폰의 엔드 게임이었다. 루첸코와 대국 중인 베스의 포지션은 다른 체스판에 있었다. 그녀가 끝에 앉자 보르고프와 뒤아멜이 함께 들어와 엄숙한 침묵 속에 각자의 자리로 걸어갔다. 모든 게임에는 심판이 있었고 시계도 세팅되어 있었다. 연장전으로 베스에게 구십 분이 주어졌고 루첸코 역시 마찬가지였다. 그에게는 어제 남은 삼십오 분이 추가되었다. 그녀는 그의 추가 시간을 잊고 있었다. 그녀에게 불리한 것은 세 가지였다. 상대가 백을 맡았다는 것, 상대가 여전히 공격을 멈추지 않았다는 것, 그리고 상대의 추가 시간.

심판이 봉투를 들고 와서 두 선수에게 기록표를 보여 준 다음 베스의 수를 직접 두었다. 그러고는 루첸코의 시계를 작동시켰다. 베스의 예상대로 루첸코는 망설임 없이 폰을 전개시켰다. 그가 수를 두는 모습을 보니 확실히 안심이 되었다. 고려해 볼 만한 응수 몇 가지가 저절로 떠올랐지만 머릿속에서 그 라인들을 떨쳐 냈다. 저쪽에서 보르고프가 크게 기침을 하고 코를 푸는 소리가 들렸다. 보르고프 생각을 없애려고 애썼다. 내일 그와 대국을 두긴 하겠지만 지금은 눈앞의 게임에 온 정신을 집중해야 했다. 보르고프가 뒤아멜을 이길 확률이 다분했고 내일도 무패로 경기를 시작할 터였다. 내일 경기에서 이기려면 지금 진행 중인 이 경기를 반드시 손

안에 넣어야 했다. 루첸코가 교환으로 우위에 있었기에 상황이 그다지 좋지는 않았다. 하지만 루첸코의 룩은 대국을 하는 데 별 도움이 되지 않았고, 베스는 지난밤 몇 시간 동안 연구한 끝에 룩을 이용해 그를 대적할 방안 세 가지를 찾아냈다. 그녀가 그걸 해내면 룩으로 비숍을 교환할 수 있고 그러면 둘은 동등한 지위를 갖게 될 터였다.

베스는 피로를 잊은 채 경기에 열중했다. 얼기설기 얽힌 힘겨운 투쟁이었다. 게다가 루첸코는 추가 시간까지 있었다. 지난밤, 그녀는 더 발전된 계획을 짜기로 결심하고 퀸 사이드에서 나이트를 후퇴시켜 킹열 다섯 번째 칸까지 올리는 가상의 나이트 투어를 상상했다. 루첸코는 분명 이에 대한 대비책을 세웠을 것이고 어제 아침 이후로 종종 그의 포지션을 분석했을 것이다. 누군가의 도움을 받았을지도 모를 일이었다. 그렇지만 그가 분석하지 않은 움직임이 있을 수도 있고 지금까지 알아차리지 못했을 수도 있었다. 그녀는 그의 룩이 버티고 있는 대각선에서 비숍을 끌어 내리며 그가 그녀의 계획을 눈치채지 않기를 바랐다. 그로 인해 표면적으로는 그의 폰 대형이 공격을 받는 것처럼 보였고 그는 불안정하게 전진해야 한다는 압박을 받았다. 그러나 베스는 폰의 대형이 어떻게 변하든 별 관심이 없었다. 그녀가 진정으로 원하는 건 그의 룩이 확실히 죽도록 잔인하게 체스판 밖으로 내쫓는 것이었다.

루첸코는 그저 폰만 올릴 뿐이었다. 더 깊이 생각했어야 했는데 그러질 않았다. 그가 폰을 움직였다. 살짝 전율이 일었다. 대각선에서 나이트를 들어 킹열 다섯 번째가 아니라 퀸 측 비숍열 다섯 번째에 놓으며 그의 퀸에게 바쳤다. 만일 그의 퀸이 나이트를 잡으면 그녀는 비숍으로 룩을 잡을 생각이었다. 그것 자체는 ―나이트와 비숍을 대가로 룩을 취하는 것은― 그녀에게 별로 좋지 않았지만 루첸코는 퀸의 움직임 때문에 그다음 수에 그녀가 그의 나이트를 잡을 것이라는 걸 보지 못했다. 달콤한 순간이었다. 정말 달콤한 순간이었다. 베스가 머뭇거리며 그를 올려다봤다.

그녀는 거의 한 시간 동안 그를 쳐다보지 않았다. 지금 그의 모습은 충격적이었다. 그는 넥타이를 느슨하게 풀어 옷깃 한쪽으로 일그러뜨려 놨다. 머리도 헝클어져 있었다. 놀랍도록 핼쑥한 얼굴로 엄지손가락을 잘근잘근 깨물었다.

그는 삼십 분간 고민했지만 아무것도 찾아내지 못했다. 결국 그는 나이트를 잡았다. 마침내 그녀가 그의 룩을 잡았다. 너무 기뻐서 소리를 지르고 싶었다. 그가 그녀의 비숍을 잡았다. 그런 다음 베스가 체크를 하자 그의 기물이 그 사이에 끼어들었고 그녀는 폰을 나이트 자리까지 올렸다. 그를 다시 쳐다봤다. 경기는 이제 평형을 이루었다. 우아한 룩이 사라졌다. 루첸코는 비싼 정장을 입은 쭈글쭈글한 늙은이가 되었고 문득 베스는 지난 엿새간 경기에 치여 피곤에 찌든 사람이 자신뿐이 아니라는 것을 깨달았다. 루첸코는 쉰일곱 살이었다. 베스는 열아홉 살이었다. 더군다나 그녀는 다섯 달 동안 렉싱턴에서 졸린과 함께 운동을 하며 체력을 길렀다.

그 시점부터 그는 저항력을 잃었다. 베스가 그의 나이트를 잡은 후 그에게 기권을 재촉할 수 있는 명백한 위치적인 이유는 사실 존재하지 않았다. 그저 과도하게 균형을 유지하는 경기였다. 그의 퀸 사이드 폰들이 단단하게 뿌리를 내리고 있었다. 그러나 이제 그녀가 그의 남아 있는 비숍을 공격하고 그의 핵심 폰이 퀸을 보호하도록 압박하며 폰들에 교묘한 위협을 가했고 차츰 폰들을 무너뜨렸다. 루첸코가 퀸을 폰들과 함께 두었을 때 베스는 마침내 그를 집어삼킬 순간이 왔다는 걸 깨달았다. 베스는 그의 킹에 집중하며 강력한 한 방을 날릴 방법을 찾았다.

그녀의 시계에 이십오 분이 남아 있고 그는 아직도 한 시간 가까이 여유가 있었다. 베스는 고민하는 데 이십 분을 쓰고 킹 측 룩의 폰을 네 번째 칸에 쿵 내려놨다. 이것은 그녀의 의도를 여실히 공표하는 것이었고 그는 오랫동안 깊이 생각을 한 뒤에 수를 두었다. 그녀는 그의 시계가 째깍이는 시간을 이용하여 그가 취할 수 있는 모든 변형을 생각하며 답을 찾았다. 마침내 그가 방어막을 넘어 쓸데없이 퀸을 움직였을 때 그녀는 공격적인 그의 폰 가운데 하나를 움켜쥐고 그녀의 킹 측 룩 폰을 다른 칸으로 전진시킬 기회를 일부러 모른 체했다. 아주 아름다운 움직임이었고 그녀도 알고 있었다. 기쁨에 심장이 요동쳤다. 체스판 너머의 그를 바라보았다.

그는 아무 생각 없어 보였다. 마치 철학 서적을 읽다가 책을 덮고 난해한 문제를 생각하는 것 같았다. 그의 얼굴은 이제 잿빛이 되었고 메마른 피부에 자글자글한 미세 주름이 그물처럼 쳐져 있었다. 그는 또다시 엄지손가락을 잘근댔고, 베스는 말끔하게 손질됐던 그의 손끝이 하도 씹어 대서 너덜너덜 해진 걸 보고 적잖이 놀랐다. 그가 지친 눈으로 그녀를 슬쩍 흘겼다. 그 눈빛에 길고 긴 체스 경력과 정중한 경험의 무게가 전부 담겨 있었다. 마지막 순간이 다가왔고 이제 그녀의 룩 폰은 다섯 번째 줄에 놓였다. 그러자 루첸코가 자리에서 일어났다.

"대단해요!" 그가 영어로 말했다. "훌륭하게 만회했군요!"

그가 쓰는 단어들이 매우 유화적이어서 베스는 놀랐다. 그녀는 무슨 말을 해야 할지 몰랐다.

"대단합니다!" 그가 같은 말을 반복했다. 그리고 손을 뻗어 킹을 들어 올린 채 잠시 생각에 잠겼다가 체스판 위로 눕혔다. 그러고는 나른하게 미소 지었다. "기분 좋게 기권합니다."

그의 자연스러움과 악의 없음에 불쑥 베스는 부끄러웠다. 그녀가 손을 내밀자 그가 따뜻하게 악수를 해 주었다. "어렸을 때부터 마스터님의 경기를 정말 많이 연습했어요." 베스가 말했다. "언제나 존경했습니다."

그가 사려 깊은 시선을 보냈다. "열아홉 살이라고요?"

"네."

"이번 토너먼트에서 당신의 경기를 전부 살펴봤어요." 그가 잠시 말을 멈추었다. "정말 굉장해요. 내 평생 최고의 선수와 경기를 한 것 같군요."

베스는 아무 말도 할 수 없었다. 믿을 수 없다는 듯 그를 빤히 바라보기만 했다.

그가 그녀를 향해 웃으며 말했다. "익숙해질 겁니다."

보르고프와 뒤아멜의 경기는 조금 일찍 끝났으며 두 선수 모두 없었다. 루첸코가 떠난 뒤 그녀는 보르고프의 테이블로 가서 아직 포지션이 잡혀 있는 기물들을 들여다봤다. 흑은 킹을 보호한답시고 공연히 주변에 모여 있고 백의 포병대는 체스판 사방에서 구석으로 몰려들었다. 흑 킹이 옆으로 누워 있었다. 보르고프는 백으로 경기를 치렀다.

호텔 로비 뒤에 벽을 따라 놓인 의자 중 하나에서 어떤 남자가 벌떡 일어나 환하게 웃으며 베스에게 다가왔다. 부스 씨였다. "축하해요!"

“어떻게 되셨어요?” 베스가 물었다.

그가 미안한 듯 고개를 저었다. “워싱턴에서 일이 있었어요.”

그녀는 무슨 말을 하려 했지만 그냥 넘어갔다. 오히려 그가 그녀를 괴롭히지 않아서 좋았다.

그의 팔 아래에 신문이 끼워져 있었다. 그가 신문을 빼 건넸는데 모스크바에서 발행되는 대표적인 일간지 《프라우다》였다. 헤드라인에 적힌 볼드체의 키릴 문자를 이해할 수 없었지만 다음 면을 들추자 맨 아래에 플렌토와 경기 중인 그녀의 사진이 있었다. 신문의 세로 단을 세 칸이나 차지하고 있었다. 사진에 붙인 설명을 가만히 보다가 간신히 번역했다. ‘미국에서 건너온 놀라운 힘.’

“멋지죠, 그렇죠?” 부스 씨가 감탄했다.

“일단 내일까지 두고 봐야죠.” 베스가 말했다.

루첸코는 쉰일곱 살이었지만 보르고프는 서른여덟이었다. 또한 보르고프는 아마추어 축구 선수였고 창던지기 대학부 기록 소유자로 알려져 있었다. 토너먼트가 진행되는 동안 소련 정부가 특별히 그를 위해 한 체육관을 늦게까지 운영하도록 해서 그곳에서 웨이트를 한다는 소문도 있었다. 그는 흡연이나 음주를 하지 않았다. 열한 살 때부터 쭉 마스터였다.

《체스 인포맨트》와 《샤크마트니 리포트》에 나온 그의 경기들을 전부 다시 해 보았다. 패한 경기가 적어도 너무 적다는 것이 너무나 우려스러웠다.

다행히도 그녀는 이번 경기에서 백을 맡게 되었다. 죽을힘을 다해 백의 이점에 매달려야 했다. 퀸스 갬빗으로 경기를 할 생각이었다. 수개월 전 베니와 함께 몇 시간 동안 그에 관해 열띠게 상의를 하던 중 만약 보르고프를 상대로 백을 맡으면 그렇게 하기로 서로 동의했었다. 베스는 시실리안을 매우 잘 알고 있긴 하지만 보르고프의 시실리안을 상대하고 싶지 않았고 퀸스 갬빗이 그것을 피할 수 있는 최고의 방법이라고 생각했다. 냉정을 잃지 않으면 그를 물리칠 수 있을 것이다. 그렇지만 문제는 그가 실수를 하지 않는다는 것이었다.

그녀가 무대를 가로질러 관중석 쪽으로 가는데 생각했던 것보다 관중석이 많이 붐볐다. 통로마다 빼곡했고 맨 뒤 공간에는 서서 보는 사람들로 발 디딜 틈이 없었으며 거대한 군중들 위로 침묵이 쫘악 깔려 있었다. 벌써 자리에서 그녀를 기다리고 있던 보르고프를 슬쩍 살펴보다가 베스는 자신이 씨름해야 할 것이 그의 무자비한 체스뿐만이 아니라는 것을 깨달았다. 그가 정말 두려웠다. 멕시코시티의 고릴라 우리 앞에서 그를 본 후 줄곧 그를 무서워했다. 지금 그는 세팅된 흑기물을 내려다보고 있을 뿐이었지만 그녀의 심장과 호흡은 그를 본 순간 멈춘 듯했다. 그녀 또는 그를 응시하는 수천 명의 사람을 의식하지 않고 체스판 앞에 가만히 앉아 있는 그의 모습에는 어떤 나약함도 보이지 않았다. 위협의 아이콘 같았다. 그의 모습이 동굴 벽화에 새겨질 수도 있을 것 같았다. 베스는 천천히 걸어가 백 앞에 앉았다. 관중석에서 부드럽고 고요한 박수가 나왔다.

심판이 시계 버튼을 눌렀고 베스의 시계가 째깍이는 소리가 들렸다. 그녀가 폰을 퀸열 4행으로 행마하고 기물들을 내려다봤다. 아직 그의 얼굴을 정면으로 볼 준비가 되어 있지 않았다. 무대 위에서 다른 세 경기가 시작되었다. 뒤에서 선수들이 오전 경기를 하려고 자리에 앉는 소리와 시계 버튼이 딸깍 눌리는 소리가 들렸다. 그러고는 적막이 찾아왔다. 베스가 체스판을 보고 있는데 그의 손등 위의 거칠고 뭉툭한 손가락과 손마디의 검은 털이 눈에 들어왔고 그의 폰이 퀸열 네 번째 칸으로 움직였다. 베스는 폰을 퀸 측 비숍열 4행에 두며 갬빗 폰을 내주었다. 그의 손이 킹열 네 번째 칸에 폰을 내려놓으며 퀸스 갬빗을 거절했다. 알빈 카운터 갬빗*이었다. 그는 오래된 응수를 부활시켰지만 알빈에 대해선 베스도 알고 있었다. 그의 얼굴을 흘긋 흘기며 폰을 잡고 시선을 거

* 퀸스 갬빗을 방어하는 드문 수비 방법이다. 보통 1. d4 d5 / 2. c4 e5 / 3. dxe5 d4로 진행된다.

두었다. 그가 폰을 퀸열 다섯 번째로 올렸다. 그는 무표정했고 그녀가 겁먹은 만큼 두려워하지 않았다. 베스는 킹 측 나이트를 행마했고 그는 퀸 측 나이트를 전진시켰다. 기물들의 무도회는 계속되었다. 그녀는 자신이 작고 하찮게 느껴졌다. 어린 소녀처럼 느껴졌다. 하지만 마음만큼은 확고했고 어떤 수를 두어야 할지도 잘 알았다.

그의 일곱 번째 수는 놀라움으로 다가왔고, 그 즉시 그가 그녀에게 달려들기 위해 아껴 둔 수라는 것을 분명하게 알 수 있었다. 그녀는 이십 분간 최선을 다해 체스판을 꿰뚫어 본 뒤 알빈 카운터 갬빗에서 완벽하게 벗어나는 수를 두었다. 베스는 그것을 밀어내고 오픈으로 들어가게 되어 기뻤다. 여기서부터는 각자의 지혜와 기지를 발휘해 싸워야 했다.

보르고프의 기지는 곧 모습을 드러냈고 가공할 만했다. 열네 번째 수에 그는 베스와 동등한 입장이 되었고 어떻게 보면 더 유리해 보였다. 마음을 단단히 먹고 그의 얼굴에서 시선을 거둔 뒤 기물을 전개시켜 모든 곳을 방어하고 열린 파일(세로줄)에 감춰진 모든 기회 —아무것도 없는 대각선, 더블 폰, 잠재적인 포크나 핀, 스큐어*— 를 찾았다. 이번에는 머릿속으로 체스판 전체를 그리며, 그 표면을 움직이면서 변하

* 핀의 반대 상황이다. 즉 높은 가치의 기물이 공격을 받아 피하고 나면 뒤에 있는 다른 기물이 피해를 입는 경우이다.

는 모든 힘의 균형을 놓치지 않았다. 하나하나의 작은 입자들이 상대의 입자들에 의해 물거품이 되었지만 그 하나하나는 스스로 방출되어 구조를 깨뜨릴 준비가 되어 있었다. 만일 그녀가 그의 룩을 내보내면 그녀는 갈기갈기 찢어질 터였다. 그가 그녀의 퀸을 비숍열로 움직이게 하면 그의 킹의 보호막이 무너질 것이다. 그의 비숍이 체크를 하게 해선 안 되었다. 그리고 그는 그녀가 룩 폰을 올리게 할 수 없었다. 몇 시간 동안 베스는 그 또는 관중들, 심지어 심판까지 쳐다보지 않았다. 머릿속에서, 가슴속에서 모든 기물들 —나이트, 비숍, 룩, 폰, 킹 그리고 퀸— 의 위험의 화신에만 집중하고 있었다.

“어드전”이란 말을 꺼낸 사람은 보르고프였다. 그는 영어로 말했다. 베스는 상황 파악을 하지 못한 채 자신의 시계를 본 뒤 아직 깃발이 떨어지지 않았다는 것과 보르고프의 시곗바늘이 그녀보다 깃발에 더 가까이 있다는 걸 인지했다. 그에게는 칠 분이 남아 있었다. 베스는 십오 분이 있었다. 기록표를 보았다. 마지막 수가 마흔 번째 수였다. 보르고프는 경기를 중단하길 원했다. 그녀가 뒤를 돌아보았다. 무대의 뒤쪽은 비었고 다른 경기들도 이미 끝난 상태였다.

그러고는 보르고프를 다시 쳐다보았다. 그는 넥타이를 느슨하게 하거나 코트를 벗거나 머리를 헝클지 않았다. 지친 기색도 없었다. 베스는 고개를 돌렸다. 그 순간 적대적인 표정으로 멍하니 있는 그의 얼굴이 떠올랐고 그녀는 두려움을 느꼈다.

부스 씨는 로비에 있었다. 이번에는 기자들 대여섯과 함께였다. 《뉴욕 타임스》의 남자 기자와 《데일리 옵서버》의 여자 기자, 로이터와 UPI에서 나온 사람들도 있었다. 로비에 가까이 다가가자 처음 보는 얼굴도 둘이나 있었다.

"정말 피곤해 미칠 지경이에요." 베스가 부스 씨에게 말했다.

"그럴 것 같습니다." 그가 동조했다. "그런데 저 사람들하고 약속을 해서……." 그가 새로운 사람들을 한 명씩 소개했다. 한 사람은 프랑스의 잡지 《파리스 매치》에서 나왔고 다른 한 명은 《타임》의 기자였다. 그녀는 《타임》 기자에게 물었다. "제가 표지에 실리나요?" 그러자 그가 "이길 것 같습니까?"라고 물었고 그녀는 뭐라고 답해야 할지 난감했다. 베스는 여전히 두려웠다. 아직 경기를 마친 것도 아니었고 보르고프보다 아주 약간 우세할 뿐이었다. 그녀는 전혀 실수를 하지 않았다. 그건 보르고프도 마찬가지였다.

사진 기자가 두 명 있었고 그녀는 사진을 찍기 위해 포즈를 취했다. 한 사진 기자가 다 같이 호텔방으로 가서 체스판 앞에서 사진을 찍을 수 있냐고 물었다. 호텔방의 체스판에는 루첸코와의 경기 포지션이 아직도 세팅되어 있었다. 루첸코와의 대국이 아주 오래전 일처럼 느껴졌다. 베스는 사진 기자들을 위해 체스판을 다시 손보았고 기자들이 필름 한 통을 다 써 가며 호텔방 구석구석을 찍는데도 전혀 개의치 않았다. 아니, 오히려 반가웠다. 마치 파티를 하는 것 같았다. 사진사들이 그녀를 살펴보고 카메라를 조정하고 렌즈를 교체하는 동안 기자들이 그녀에게 질문을 했다. 내일 있을 어드전 경기의 포지션을 준비하고 전략을 짜는 데 집중해야 했지만 정신을 쏙 빼놓는 이 시끌벅적함이 제법 반가웠다.

보르고프는 지금쯤 스위트룸에 있을 것이다. 아마도 페트로샨, 탈과 함께. 아니면 루첸코, 라예프와 있을 수도 있고 다른 러시아 체스의 기득권층과 함께 있을 수도 있었다. 그들은 값비싼 코트를 벗고 셔츠 소매를 올리고서 베스의 포지션을 탐험하며 이미 있거나 또는 열 수 뒤에 나타날 약점을 찾아내고 외과의사가 해부할 때 신체를 꼼꼼히 들여다보듯 백 기물의 정렬을 면밀히 살피고 있을지도 모를 일이었다. 그러고 있을 그들의 모습이 어쩐지 터무니없어 보였다. 그들은 보르고프의 응접실에 있는 커다란 테이블에 앉아 체스판을 앞에 두고 저녁을 먹으며 밤이 깊어질 때까지 내일 아침을 준비할 터였다. 그러나 그녀는 바로 지금 벌어지고 있는 일이 좋았다. 더는 포지션을 생각하고 싶지 않았다. 그리고 누구보다 잘 알고 있었다. 포지션이 문제가 아니라는 것을. 저녁 식사 뒤 몇 시간만 있으면 여러 가지 가능성들을 충분히 연구할 수 있었다. 문제는 보르고프에 대한 그녀의 감정이었다. 베스는 잠시 내려놓고 싶었다.

기자들은 메듀엔 보육원에 관해 물었고 언제나처럼 그녀는 감정을 억눌렀다. 하지만 어떤 기자가 아주 살짝 압박을 가하자 자기도 모르게 이렇게 말했다. "보육원 선생님들이 체스를 못 두게 했어요. 벌이었죠." 기자가 곧장 받아 적었다. 굉장히 불우하고 열악한 환경에 있었던 것처럼 들렸다. 기자가 "왜 그런 식으로 벌을 줬을까요?"라고 물었고 베스는 "저는 그들이 도덕적으로 잔인했다고 생각해요. 최소한 원장님은요. 헬렌 디어도르프 원장이요. 이 내용도 기사에 넣으실 건가요?"라고 했다. 베스는 《타임》의 기자와 이야기 중이었다. 기자가 어깨를 으쓱했다. "법무팀이 결정할 일이죠. 내일 이기면 아마 실을 거예요."

"전부 잔인한 건 아니었어요. 퍼거슨이라는 남자 직원이 있었거든요, 조교나 뭐 그런 일을 맡았어요. 그 사람은 우리를 좋아했어요. 제 생각에는요."

모스크바에 도착한 첫날 그녀와 인터뷰를 했던 UPI의 기자가 입을 열었다. "보육원에서 못 하게 했다고 하셨는데, 그럼 누가 체스를 가르쳐 줬나요?"

"샤이벌 아저씨요." 베스는 지하실 벽에 있었던 사진들을 떠올렸다. "윌리엄 샤이벌이요. 아저씨는 경비였어요."

"더 이야기해 주시겠어요?" 《데일리 옵서버》의 기자였다.

"아저씨가 제게 체스를 알려 준 뒤 저희는 지하실에서 체스를 뒀어요."

기자들이 확실하게 반색을 했다. 《파리스 매치》 기자가 빙그레 웃으며 고개를 저었다. "경비 아저씨가 체스를 가르쳐 줬다고요?"

"네, 맞아요." 베스의 목소리가 자기도 모르게 떨렸다. "윌리엄 샤이벌 씨요. 정말 훌륭한 선수였어요. 아저씨는 체스에 시간을 많이 들였고 아주 잘하셨죠."

기자들이 가고 나서 베스는 주철로 만든 욕조에 따뜻한 물을 받아 스트레칭을 하며 목욕을 했다. 그러고는 청바지로 갈아입고 기물을 세팅하기 시작했다. 체스판에 기물을 다 올리고 가만히 살펴보기 시작하자마자 모든 긴장과 불안이 되돌아왔다. 파리에서의 포지션은 지금보다 더 강했는데도 패배를 했었다. 책상에서 몸을 돌리고 창가로 가 커튼을 젖혀 모스크바의 거리를 내다봤다. 해가 아직도 높이 떠 있고 저 아래의 도시는 전에 상상했던 모스크바보다 더 밝고 더 신나 보였다. 할아버지들이 체스를 두는 저 멀리의 공원은 초록으로 빛났지만 그녀는 겁이 났다. 끝까지 힘을 유지할 수도, 바실리 보르고프를 이길 것 같지도 않았다. 더는 체스를 생각하고 싶지 않았다. 방 안에 텔레비전이 있었다면 전원을 켰을 것이다. 뭐라도 병에 든 것이 있었다면 마셔 버렸을 것이다. 룸서비스를 부를까 잠깐 고민했지만 바로 그만두었다.

한숨을 푹 내쉬며 체스판으로 돌아갔다. 공부를 해야만 했다. 내일 아침 열 시를 위해 계획을 짜야만 했다.

베스는 새벽녘에 잠에서 깨 한동안 침대에 누워 있다가 시계를 봤다. 다섯 시 삼십 분이었다. 두 시간 반. 새벽 두 시 삼십 분에 잠들었으니 두 시간 반밖에 못 잔 거였다. 눈을 꽉 감고 잠에 들려고 노력했다. 그러나 뜻대로 되지 않았다. 중단된 게임의 포지션이 머릿속으로 들어왔다. 그녀의 폰도 있었고 퀸도 있었다. 보르고프의 기물도 있었다. 멈추지 못하고 계속 들여다봤지만 아무 의미 없었다. 어젯밤 몇 시간 동안 가끔은 진짜 체스판을, 또 가끔은 머릿속의 체스판을 보고 기물을 움직이며 남은 경기를 잘 치러 나갈 계획이나 전략 같은 걸 세우려 했지만 쉽지 않았다. 그녀는 퀸 측 비숍 폰을 전진시키거나 나이트를 킹 사이드 위로 올리거나 퀸을 비숍열 2행에 둘 수 있었다. 또는 킹열 2행이나. 보르고프의 봉인된 수가 나이트를 비숍열 다섯 번째 칸에 놓는 거라면 말이다. 만일 그가 퀸을 움직인다면 다르게 응수해야 했다. 그가 그녀의 분석을 헛되게 만들기 위해 킹 측 비숍을 행마시킬 수도 있었다. 다섯 시 삼십 분. 경기 시작까지 네 시간 반이 남아 있었다. 보르고프는 지금쯤 협의에 의해 도달한 전략과 수를 이미 준비했을 것이다. 그러고는 돌처럼 잠들었을 터다. 창밖에서 갑자기 사이렌 소리 같은 경보음이 멀리서 들려왔고 베스는 화들짝 놀라 벌떡 일어섰다. 러시아의 화재 대피 훈련 비슷한 거였는데도 너무 놀라 손이 부들부들 떨렸다.

베스는 아침으로 달걀과 카샤*를 먹고 다시 체스판 앞에 앉았다. 일곱 시 반이었다. 차를 세 잔이나 마셨는데도 체스판을 꿰뚫어 볼 수가 없었다. 마음을 열고 원래 그랬던 것처럼 상상 속에서 체스판과 기물들을 떠올리려 열심히 노력했지만 뜻대로 되지 않았다. 아무것도 보이지 않았다. 그러나 앞으로 있을 보르고프의 위협에 대한 응수는 보였다. 수동적이었다. 그녀는 그것이 수동적이라는 걸 알았다. 바로 그것이 멕시코시티에서 그녀를 패배하게 만들었고, 지금 또다시 억압하고 있었다. 자리에서 일어나 커튼을 열고 다시 체스판으로 돌아갔을 때, 전화가 울렸다.

* 물이나 우유에 곡물을 넣어 끓인 러시아 요리.

전화기를 빤히 쳐다보았다. 이 방에 있는 일주일 동안 한 번도 울린 적이 없었다. 부스 씨도 전화를 걸지 않았다. 그런데 지금 전화기가 아주 시끄럽게 쩌렁쩌렁 울리고 있었다. 전화로 다가가 수화기를 들었다. 어떤 여자가 러시아어로 뭐라고 했다. 하나도 알아들을 수가 없었다.

"베스 하먼입니다." 그녀가 말했다.

계속 러시아어가 흘러나왔다. 수화기에서 찰칵 소리가 나더니 옆방에서 전화를 건 것처럼 선명한 남자 목소리가 흘러나왔다. "그자가 나이트를 움직이면 킹 측 룩 폰으로 받아버려. 만약 킹 측 비숍을 택하면 너도 똑같이 하고. 그러면 네 퀸 파일이 열리지. 이거 국제전화비 엄청 비싸다."

"베니!" 그녀가 외쳤다. "베니! 아니 어떻게 알았……."

"《타임》에 실렸어. 여기는 오후고 우리 진짜 세 시간째 연구 중이야. 레베르토프랑 같이 있어. 웩슬러도."

"베니, 목소리 들으니까 너무 좋다."

"퀸 파일을 열어야 해. 네 가지 방법이 있어. 물론 그 사람이 어떻게 하느냐에 달렸지만. 받아 적을 수 있어?"

베스가 책상 쪽을 흘긋 봤다. "응."

"자, 상대가 나이트를 비숍 다섯 번째 칸에 두면 그 자리에 킹 측 룩열 폰을 전진시켜. 적었어?"

"응."

"좋아. 이제 그자가 할 수 있는 건 세 가지야. 가장 먼저, 비숍을 비숍열 네 번째에 둘 거야. 그렇게 되면 네 퀸을 킹열 4행으로 획 보내 버리는 거야. 그자는 그럴 줄 알았겠지만 이건 예상하지 못할 거야. 폰을 퀸열 5행으로."

"나는 잘……."

"상대의 퀸 측 룩을 잘 봐."

베스는 눈을 감고 가만히 들여다봤다. 그녀의 폰 중 딱 하나만 비숍과 룩 사이에 있었다. 만약 그가 폰을 막으려 하면 그의 나이트에 구멍이 생겼다. 그렇지만 보르고프와 그의 친구들이 그걸 놓칠 리 없었다.

"그 사람은 탈과 페트로샨이랑 함께 있어. 그 둘이 보르고프를 도와준다고."

베니가 휘파람을 불었다. "내가 그럴 줄 알았지. 그렇지만 멀리 봐, 베스. 네 퀸이 나오기 전에 그자가 룩을 움직이면, 어디로 보낼 것 같아?"

"비숍열."

"넌 폰을 퀸 측 비숍열 5행에 두고 그러면 네 파일은 거의 열리는 거야."

베니 말이 맞았다. 희망의 불씨가 보이기 시작했다. "그 사람이 비숍을 비숍열 네 번째에 두지 않으면 어쩌지?"

"레베르토프 바꿔 줄게."

레베르토프의 목소리가 수화기 너머로 들려왔다. "그 사람은 나이트를 비숍열 다섯 번째로 보낼 거야. 그러면 아주 곤란해져. 그렇지만 네가 한 템포 더 앞으로 나갈 수 있는 방법을 찾았어."

베스는 처음 레베르토프를 만났을 때 그를 별로 신경 쓰지 않았는데, 지금은 안아 주고 싶었다. "말해 봐."

그가 읊기 시작했다. 복잡했지만 그 움직임을 시각화하는 것은 어렵지 않았다.

"아름답다, 정말."

"베니 바꿔 줄게." 레베르토프가 말했다.

그들은 거의 한 시간 동안 라인을 따라가며 여러 가지 가능성을 함께 연구했다. 베니는 정말 놀라웠다. 그가 모든 걸 다 해냈다. 보르고프를 혼란스럽게 만들고, 교묘하게 처리하고, 속이고, 기물을 꽁꽁 묶어 타협과 후퇴를 강요할 방법이 차츰 보이기 시작했다.

이윽고 그녀는 시계를 보고 말했다. "베니, 여기 아홉 시 삼십 분이야."

"알았어." 그가 대답했다. "박살 내 버려."

건물 밖에 엄청난 군중들이 모여들었다. 관중석으로 들어가지 못하는 사람들을 위해 전시용 체스판이 입구 앞 위쪽에 세워져 있었다. 베스는 지나가는 차 안에서도 단박에 포지션을 알아차렸다. 아침 햇살이 그녀가 전개시킬 폰을, 곧 열릴 파일을 비추었다.

입구 옆에 모인 사람들은 어제보다 두 배는 더 많았다. 그들은 그녀가 리무진 문을 열고 내리기 전에 이름에 음을 붙여 소리치고 있었다. "하먼! 하먼!" 대개 나이가 좀 있는 사람들이었고 어떤 이들은 베스가 지나갈 때 미소를 지으며 손가락을 뻗어 그녀를 만지려고 했다.

이제 테이블은 하나뿐이었다. 무대 중앙에. 베스가 들어왔을 때 보르고프는 벌써 앉아 있었다. 심판이 그녀와 함께 의자로 향했고 베스가 자리에 앉자 봉투를 열고 체스판으로 손을 뻗었다. 그가 보르고프의 나이트를 들어 비숍열 다섯 번째 칸에 두었다. 그녀가 바라던 움직임이었다. 그녀는 룩 폰을 한 칸 위로 올렸다.

그 이후의 다섯 수는 베니와의 전화 통화에서 예상했던 라인을 그대로 따랐고 그녀는 파일을 열었다. 하지만 여섯 번째 수에 보르고프가 하나 남은 룩을 체스판 중앙으로 꺼냈고 그녀는 체스판을 가만히 들여다보고 있었다. 그의 퀸이 다섯 번째 칸에 안착했다. 분석할 때 전혀 예상하지 못했던 칸이었기에 베스의 심장은 쿵 내려앉았다. 그리고 베니의 전화는 두려움을 덮어 주었을 뿐이란 걸 깨달았다. 그를 상대로 이렇게 많이 수를 둔 것은 그나마 행운이었다. 보르고프는 그녀가 전혀 준비하지 않은 라인으로 경기를 이어 나갔다. 베스는 다시 혼자가 되었다.

간신히 체스판에서 시선을 떼고 관중을 바라봤다. 벌써 며칠째 여기에서 경기를 하는 중인데도 관중의 크기는 여전히 압도적으로 느껴졌다. 자신 없이 체스판으로 고개를 돌리고 룩을 중앙으로 보냈다. 룩으로 뭐라도 해야 했다. 그녀는 눈을 감았다. 그 즉시 어린 시절 보육원의 침대에서 봤던 것처럼 상상 속에서 체스판이 선명하게 나타났다. 계속 눈을 감은 채 포지션을 정밀하게 분석했다. 책에서 봤던 그 어떤 경기보다 복잡했고 다음 수가 무엇인지, 누가 이길지를 분석해서 보여 주는 출간물도 없었다. 두 선수 모두 퇴보하는 폰도, 약점도, 공격할 만한 뚜렷한 라인도 없었다. 남은 기물은 동일했지만 그의 룩이 기병대의 탱크처럼 체스판을 지배할 가능성이 있었다. 룩은 검은 칸에 있고 검은 칸을 담당하는 그녀의 비숍은 사라지고 없었다. 그녀는 폰으로 룩을 공격할 수 없었다. 나이트를 잡으려면 최소한 세 수는 더 두어야 했고 룩은 원래 자리인 구석에 묶여 있었다. 방법은 한 가지뿐이었다. 퀸을 움직이는 것. 그런데 어디에 퀸을 두어야 안전할까?

이제는 눈을 감은 채 주먹 쥔 손을 볼에 대고 있었다. 퀸은 무리 없이 뒷줄에, 퀸 측 비숍 칸에 있었고 아홉 번째 수 이후로 줄곧 그 자리를 지켰다. 오로지 대각선으로만 뻗어 나갈 수 있었는데 세 칸이 전부였다. 모든 기물이 약해 보였다. 그녀는 약점을 무시하고 킹 측 나이트열 5행까지 모든 칸을 하나씩 따져 봤다. 퀸이 그쪽으로 가면 그의 룩이 그 아래로 휙 들어와서 템포에 맞춰 그 파일을 차지할 수도 있었다. 그녀가 흑 퀸을 공격하거나 체크를 하는 등 대항을 하지 않으면 절망에 빠질 터였다. 그러나 그녀의 비숍을 제외하고는 그 어떤 기물로도 체크가 불가능했으며 그마저도 희생되어야 했다. 그의 퀸이 비숍을 잡고도 남을 일이었다. 하지만 그러고 난 후 나이트로 그의 퀸을 공격할 수 있었다. 그러면 그가 퀸을 어디에 둘까? 검은색 네모 칸 두 개 중 하나로 보낼 것이다. 베스에게 무언가 보이기 시작했다. 그의 퀸을 몰아넣어 나이트로 킹과 퀸을 동시에 공격하는 킹-퀸 포크를 만들 수 있었다. 그 후에 그가 그녀의 퀸을 잡을 거고, 그러면 그녀는 여전히 비숍 하나를 밑지고 있게 될 터였다. 하지만 그게 다가 아니었다. 그녀의 나이트가 또 다른 포크를 할 태세를 취할 것이고 그러면 그의 비숍을 손에 넣을 수 있었다. 그렇다면 그건 비숍을 희생한 것이 아닌 게 되었다. 둘은 다시 동등한 위치에 놓일 테고 그녀는 나이트로 룩을 계속 공격할 수 있었다.

베스는 눈을 뜨고 깜빡이며 퀸을 움직였다. 그가 그 아래에 룩을 갖다 놓았다. 그녀는 망설임 없이 비숍을 빼내어 체크를 하고 그의 퀸이 잡기를 기다렸다. 그가 퀸을 보더니 움직이지 않았다. 순간 베스는 숨이 막혔다. 무언가를 놓친 걸까? 두려움에 다시 눈을 감고 포지션을 떠올렸다. 그는 비숍을 잡는 대신에 킹을 움직일 수도 있었다. 그 사이에 끼어들 수도 있고.

갑자기 테이블 맞은편에서 믿을 수 없는 말을 하는 그의 목소리가 들렸다. "무승부." 그건 질문이 아니라 공표였다. 그가 그녀에게 무승부를 제안했다. 눈을 뜨고 그의 얼굴을 바라보았다. 보르고프는 무승부를 제안한 적이 한 번도 없었는데 지금 그녀에게 첫 무승부를 제안했다. 그의 제안을 받아들이면 토너먼트는 끝나는 것이었다. 자리에서 일어나 박수를 받을 것이고 공동 세계 챔피언으로 무대를 떠날 수 있었다. 속에서 뭔가가 느슨해졌고 마음이 조용하게 속삭이는 목소리가 들렸다. 받아들여!

다시 체스판으로 시선을 돌렸다. 그들 사이에 있는 실제 체스판으로. 이 혼돈이 잦아들면 모습을 드러낼 엔드 게임이 보였다. 보르고프는 엔드 게임의 저승사자였다. 명성이 자자했다. 베스는 늘 엔드 게임을 싫어했다. 심지어 루벤 파인의 엔드 게임 책을 읽는 것도 싫었다. 무승부를 받아들여야 했다. 그 정도만 해도 사람들의 입에 대단한 성과라고 오르내릴 것이다.

그러나 무승부는 우승이 아니었다. 그리고 베스가 인생에서 가장 좋아하는 한 가지는 단연 우승이었다. 보르고프의 얼굴을 다시 쳐다봤다. 지쳐 보이는 그의 모습이 조금 놀라웠다. 그녀가 고개를 저었다. 아니요.

보르고프가 어깨를 으쓱하고 비숍을 잡았다. 그 짧은 순간 베스는 바보가 된 기분이었지만 얼른 떨쳐 내고 나이트가 잡힐 위치에서 나이트를 들어 그의 퀸을 공격했다. 그는 퀸을 피신시켰고 그녀는 나이트로 포크를 했다. 그가 킹을 움직였고 그녀는 상대의 묵직한 퀸의 영향력을 약화시켰다. 그가 그녀의 말을 잡았다. 그녀가 룩을 공격하자 그가 다시 있던 자리로 돌려보냈다. 이 수순은 비숍으로 시작하는 것이 핵심이었다. 즉, 룩을 덜 위협적인 랭크(가로줄)로 가도록 압박해서 룩의 범위를 줄이는 것. 그러나 이제 어떻게 해야 할지 베스도 확신이 서지 않았다. 두 사람은 룩과 폰의 엔딩으로 향하고 있었다. 더는 불확신의 여지가 없었다. 순간 상상도 없고 목적도 없는 철창에 갇혀서 실수에 대한 두려움만 떠안은 기분이 들었다. 다시 눈을 감았다. 한 시간 반이 남았다. 시간은 아직 여유가 있었다. 진짜 제대로 해야 할 시간이다.

베스는 시계에 남은 시간을 보지 않으려고, 테이블 맞은편의 보르고프를 보지 않으려고, 또 경기를 보러 온 어마어마한 군중들을 보지 않으려고 눈을 감고 있었다. 마음속의 모든 걸 떨구고 오로지 복잡하게 뒤엉킨 상상의 체스판만 들어오게 했다. 누가 흑을 맡았는지, 천 재질의 체스판이 모스크바 또는 뉴욕에 있든지, 아니면 보육원의 지하실 구석 어디에 있든지, 전혀 중요하지 않았다. 그 직관적 이미지는, 즉 상상의 체스판은 베스 고유의 것이었다.

시계의 째깍 소리도 들리지 않았다. 마음을 침착하게 붙들고 상상의 체스판 표면 위를 움직여 기물들의 정렬을 결합하고 다시 결합하면서 흑 기물이 다음 수에 선택할 폰의 전개를 멈추지 못하게 했다. 4행에 있는 킹 측 나이트의 폰이 적임자였다. 머릿속으로 그 폰을 5행으로 올리고 흑 킹이 이를 방해할 수 있는 방법을 점검했다. 백 나이트가 핵심인 흑 폰을 위협하며 킹을 멈추게 하면 될 터였다. 백 폰이 6행까지 올라가면 모든 준비가 끝난다. 이 방법을 찾는 데 시간이 정말 오래 걸렸지만 그녀는 멈추지 않고 더 세게 몰아쳤다. 그녀의 룩이 위협적인 장애물을 갖고 있는 열쇠였다. 딱 네 수만 더 하면 되었다. 폰은 발을 내디뎌야 했다. 이제 다시 앞으로 나가야 할 순간이었다. 천천히. 이것이 유일한 방법이었다.

기운이 다 빠져서 머릿속이 멍해졌고 체스판이 흐릿하게 보였다. 다시 뚜렷하게 나타나게 하려는데 그녀도 모르게 한숨이 새어 나왔다. 일단 그 폰은 룩 폰의 도움을 받아야 했고, 룩의 폰을 올리는 것은 반대편에 있는 폰을 희생함으로써 주의를 딴 데로 돌리게 하기 위함이었다. 그렇게 되면 흑은 세 수 안에 퀸을 내주게 되고 백은 퀸을 제거하기 위해 룩을 바쳐야 할 터였다. 그렇게 했더니 백 폰이 안전하게 7행까지 미끄러져 나갔고, 흑 킹이 올라왔을 때 백의 룩 폰이 흑 킹을 그 자리에 잡아 두기 위해 모습을 드러냈다. 이제 마지막 수였다. 폰을 8행으로 승진시켰다.

베스는 머릿속으로 여기까지 갔었다. 전조와 추측에 따라 온 정신을 집중하며 보르고프가 보고 있는 실제 체스판의 포지션에서 열두 수를 더 둔 것이었다. 흔들림 없이 그렇게 할 수 있었다. 그러나 폰을 퀸으로 승진시키기 직전에 흑 킹을 싹둑 잘라 내지 않으면서 마지막 칸으로 보낼 방법이 보이지 않았다. 아직 피지 않은 꽃 같았다. 그 폰은 몸체가 무거워 보였고 움직이는 게 불가능했다. 그녀는 폰을 꼼짝 못하고 그대로 두었다. 여기까지 잘해 냈지만 더 나아갈 길이 없었다. 절망적이었다. 인생 최대의 강력한 정신력으로 모든 힘을 쏟아부었으나 소용없는 짓이었다. 폰은 퀸이 될 수 없었다.

진이 빠져 의자에 등을 기대고 눈을 감았다. 머릿속의 장면이 어두워졌다. 다시 정신을 차리고 마지막 장면을 떠올렸다. 이번에는 이런 게 보이기 시작했다. 그가 그녀의 룩을 잡기 위해 비숍을 사용하고, 이것이 그녀의 나이트를 움직이게 하는 수. 나이트는 한쪽에서 킹을 압박할 것이고, 비로소 백 폰은 퀸이 되고 네 수 뒤에 메이트를 할 터였다. 열아홉 수에 메이트였다.

그녀는 눈을 가늘게 뜨고 무대의 환한 불빛을 바라보다가 시계를 확인했다. 십이 분이 남아 있었다. 거의 한 시간을 눈을 감고 있었다. 여기서 실수를 하면 새로운 전략을 짤 시간이 없을 것이다. 앞으로 손을 뻗어 킹 측 나이트 폰을 5행으로 보냈다. 나이트를 내려놓을 때 어깨가 욱신거렸고 온몸의 근육이 뻣뻣했다.

보르고프가 킹을 전진시켜 폰을 막았다. 그녀는 나이트를 행마했다. 경기는 예상했던 그대로 흘러가고 있었다. 차츰 몸의 긴장이 풀어지고 그다음 수들로 이어지면서 잔잔한 평온함이 온몸으로 퍼졌다. 신중하게 기물을 옮기고 매 수마다 시계 버튼을 단단하게 눌렀다. 보르고프의 응수 속도가 점차 줄어들었다. 그는 이제 수를 두는 사이에 더 오래 고민했다. 기물을 들어 올리는 그의 손에 불신이 깃들어 있었다. 위협적인 장애물들을 처리하고 폰을 7행으로 서서히 움직이면서 그의 얼굴을 주시했다. 그의 표정은 변하지 않았지만, 허리를 꼿꼿이 세우고 손가락을 머리칼 사이에 찔러 넣으며 헝클었다. 베스의 몸에 전율이 일었다.

그녀가 폰을 7행으로 전진시켰을 때 그가 숨죽여 끙 앓는 소리를 냈다. 마치 그녀가 그의 복부를 후려친 것처럼. 그가 킹으로 이 모든 걸 막게 하기까지 시간이 오래 걸렸다.

베스는 잠시 기다렸다가 자신의 손이 체스판 위를 움직이게 했다. 손끝으로 나이트를 집었을 때 그것의 힘이 절묘하게 느껴졌다. 보르고프를 쳐다보지 않았다. 나이트를 내려놓자 완전한 적막이 주위를 삼켰다. 테이블 맞은편에서 거친 호흡이 내뱉어지는 소리를 듣고 고개를 들었다. 보르고프의 머리는 엉망이었고 얼굴엔 굳은 미소가 서려 있었다. 그가 영어로 말했다. "당신이 이겼습니다." 그러고는 의자를 뒤로 밀고 일어나더니 킹을 들어 올렸다. 킹을 옆으로 눕히는 대신 체스판 너머로 그녀에게 건넸다. "받으시죠." 그가 말했다.

박수가 터져 나왔다. 그녀가 손에 흑 킹을 쥐고 관중석으로 얼굴을 돌려 열렬한 박수의 대단한 무게에 자신을 바쳤다. 관중석 사람들이 기립하여 점점 더 크게 박수를 쳤다. 모든 박수를 몸으로 받들자 얼굴이 상기되었고, 우레와 같은 박수가 잡념을 씻어 냈을 때는 후끈한 열기에 땀이 송골송골 맺혔다.

바실리 보르고프가 베스 옆으로 다가와 섰다. 잠시 후 그가 팔을 벌리고 따뜻하게 안아 주었다. 그녀는 화들짝 놀랐다.

대사관에서 파티가 열렸고, 어떤 웨이터가 샴페인 트레이를 들고 왔다. 베스는 고개를 저었다. 다들 술을 마시며 그녀를 위해 건배를 했다. 대사가 그곳에 오 분간 머물며 그녀에게 샴페인을 권했지만 그녀는 탄산수를 마셨고 캐비어를 얹은 호밀빵을 먹으며 질문에 답했다. 기자들 십여 명이 있었는데 그중 러시아 사람도 있었다. 루첸코가 다시 우아해진 모습으로 파티에 참석했지만 보르고프가 오지 않아서 서운한 마음이 들었다.

오후가 중반을 지나고 있었으나 아직 점심을 먹지 않은 상태였다. 기운이 하나도 없고 지쳐서 어쩐지 육체가 분리되는 기분이었다. 베스는 원래 파티를 좋아하지 않았고 이 파티의 주인공이면서도 위화감을 느꼈다. 대사관 직원 몇몇이 기이한 사람을 보듯 그녀를 이상하게 쳐다봤다. 그들은 자기들이 체스를 할 만큼 똑똑하지 않다는 둥 어렸을 때만 체스를 둬봤다는 둥 하며 끊임없이 떠들어 댔다. 그런 소리는 더 이상 듣고 싶지 않았다. 다른 무언가를 하고 싶었다. 뭔지는 몰랐지만 일단은 그 사람들에게서 벗어나고 싶었다.

사람들 사이를 지나가며 텍사스 출신의 파티 개최자에게

감사 인사를 전했다. 그러고는 부스 씨에게 호텔로 돌아갈 차편이 필요하다고 했다.

"차량과 기사 준비시키겠습니다." 그가 말했다.

파티를 나오기 전에 루첸코를 또 보았다. 그는 역시나 완벽하게 그리고 말끔하게 차려입고 편안한 얼굴로 러시아 사람들과 함께 있었다. 베스가 손을 내밀어 악수를 청했다. "함께 경기하게 되어 영광이었어요." 그녀가 말했다.

그가 손을 잡고 살짝 목례를 했다. 순간 그가 손에 입을 맞출 거라 생각했지만 그는 그렇게 하지 않고 두 손으로 그녀의 손을 꽉 잡았다. "이 모든 게 전혀 체스 같지 않군요."

베스가 싱긋 웃었다. "맞아요."

대사관은 차이콥스코보가에 있었고 호텔까지 빽빽한 차량들을 뚫고 가느라 삼십 분째 차에 타 있는 중이었다. 아직 모스크바를 제대로 구경하지도 못했는데 벌써 내일 아침이면 떠날 예정이었다. 그냥 창밖으로 보고 싶진 않았다. 경기가 끝난 후 트로피와 우승 상금을 받았다. 인터뷰를 했고 축하도 많이 받았다. 어디를 가야 할지, 무엇을 해야 할지 별 생각이 없었고 할 일도 없었다. 낮잠을 좀 자다가 조용히 저녁을 먹고 일찍 잠자리에 들까, 하고 잠깐 고민했다. 그녀는 그들을 전부 이겼다. 러시아의 기득권층을, 루첸코와 샤프킨, 라에프를 꺾었고 보르고프를 기권하게 만들었다. 앞으로 이

년 안에 세계 챔피언 자리를 두고 보르고프와 맞붙게 될 터였다. 일단 최종 후보자들을 꺾어서 출전 자격을 얻어야 했지만 그 정도는 충분히 이길 수 있었다. 어느 한쪽으로 치우치지 않는 장소에서 경기가 열릴 것이고, 그녀는 보르고프와 머리를 맞대고 스물네 경기를 치러야 할 것이다. 그때가 되면 스물한 살이었다. 이제 그 생각은 그만하고 싶었다. 눈을 감고 있다가 리무진 뒷좌석에서 깜빡 잠이 들었다.

졸린 눈을 비비며 밖을 내다봤더니 신호에 걸려 있었다. 저 앞 오른쪽에, 호텔방에서도 잘 보이는 나무들이 우거진 공원이 보였다. 머리를 흔들어 잠을 쫓아내고 기사 쪽으로 몸을 기울였다. “공원에 내려 주세요.”

나무 사이로 퍼지는 햇살이 그녀에게 닿았다. 벤치에 앉아 있는 사람들은 전에 봤던 사람들 같았다. 그녀가 누군지 아는지 모르는지는 중요치 않았다. 그들을 지나 길을 따라서 빈터로 향했다. 아무도 그녀를 보지 않았다. 정자로 다가가 계단을 올랐다.

콘크리트 테이블의 첫째 줄 중간쯤에 노인이 혼자 앉아 기물들을 세팅하고 있었다. 육십 대로 보이는 노인은 회색 모자에 회색 면 남방을, 소매를 걷은 채 입고 있었다. 베스가 테이블 앞에 서자 호기심이 깃든 눈으로 그녀를 빤히 바라봤지만 그의 얼굴엔 어떤 깨달음도 나타나지 않았다. 베스가 혹

기물 앞에 앉아 정성껏 공손한 러시아어로 말했다.

“체스 두실래요?”

옮긴이의 말

베스의 소우주

교통사고로 엄마를 잃고 혼자 남겨져 외로운 나날을 보내던 베스의 봄날은 보육원 지하실에서 샤이벌 아저씨에게 체스를 배우며 시작된다. 그러나 보육원 원장에게 발각되어 체스를 두지 못하면서 그녀의 짧은 봄날은 끝이 나고 만다. 몇 년 후 입양된 베스는 지역 체스 토너먼트에서 해당 지역 챔피언을 꺾는 것을 시작으로 여러 지역의 토너먼트에서 잇따라 우승한다. 그렇게 그녀의 화양연화가 시작된 것 같았지만, 술과 약을 탐하면서 서서히 무너져 간다. 그러나 그것도 잠시일 뿐……. 베스는 주변 사람의 도움으로 모든 고난을 이겨 내고 여왕의 자리를 찾아간다. 책 속의 체스 경기들은 베스의 인생과 참 많이도 닮아 있다. 초반에 승기를 잡다가도 한순간에 구석으로 몰려 체스판 위를 방황하며 고심 끝에 올바른 길을 찾아가거나 또는 빗나가는 모습이 그렇다. 결국 체스판은 베스의 소우주인 셈이다. 우리들 인생이 그렇듯이 말이다.

제목이 왜 퀸스 갬빗일까? 퀸스 갬빗이 무엇일까?

이 책을 처음 마주했을 때 나의 첫 반응이었다. 체스를 좀 아는 사람이 아니고서야 책 제목만 보고 체스 용어라는 걸 알아내는 사람은 없을 거다. 눈치는 챌 수 있겠지만. 일단 번역하기에 앞서 퀸스 갬빗에 대해 알아봐야 했다.

굉장히 낯설었다. 표면적인 의미만 봐서는 잘 이해가 가지 않았다. 일단 넷플릭스의 <퀸스 갬빗>을 먼저 시청하고 퀸스 갬빗에 담긴 의미와 그것이 제목인 이유를 알아보기로 했다. 스토리와 구성, 소재 모두 인상 깊었지만, 영상물만 봐서는 가려운 곳이 아직 시원하지 않았다.

그 이후 체스에 대해 공부하고 원서를 읽고 번역하면서 나름대로 파악해 보았는데, 베스가 체스판 위의 퀸을 이용하여 나중에 퀸(여왕)의 자리에 앉게 된다는 의미를 담고자 제목을 《퀸스 갬빗》으로 한 것이 아닐까, 하는 생각이 들었다.

더 자세히 설명하자면 이렇다. 체스는 킹을 옴짝달싹 못하게 하여 승리를 이루는 게임이지만, 사실 체스판에서의 진짜 실세는 퀸이라고 해도 지나치지 않다. 그만큼 퀸은 체스에서 아주 중요한 역할을 하며, 퀸이 있고 없고에 따라 판세가 뒤집히는 경우도 많다. 퀸스 갬빗이란, 게임 초반에 폰(졸병)을 희생시키면서 퀸을 전쟁터로 내보내 이득을 보려는 오프닝을 뜻한다. 베스는 퀸스 갬빗으로 오프닝을 할 때마다 체스판을 휘어잡는 퀸의 화려함과 힘에 매료되고, 늘 마음이 안정되고는 한다. 또한 세계 최고의 그랜드 마스터와의 경기에서 퀸스 갬빗으로 상대를 제압하며 모두를 물리치고 여왕의 자리에 앉는다. 체스판의 퀸처럼 말이다.

이 책은 체스를 몰라도 재미있게 볼 수 있는 책이다. 체스 경기를 설명하는 부분이 적지는 않지만, 가벼운 마음으로 쭉 읽어 내려가면 경기장의 분위기와 베스의 심리를 잘 이해할 수 있기 때문에 체스를 모른다고 해서 그냥 넘기는 일이 없었으면 하는 마음이다. 덧붙여서 평소에 체스를 배워 보고 싶었던 독자들에게는 이 책이 꽤 괜찮은 동기 부여가 되지 않을까 싶다. 물론 막상 배워 보면 내가 그랬듯 쉽지 않을 수는 있겠지만. 그래도 뭐가 됐든 도전은 우리의 삶에 활기를 불어넣어 주는 존재이니 아무쪼록 이 책이 많은 사람에게 좋은 자극이 되었으면 좋겠다.

나현진